Pesadillas y alucinaciones II

STEPHEN KING

Pesadillas y alucinaciones II

Traducción de
Bettina Blanch Tyroller

DEBOLS!LLO

Papel certificado por el Forest Stewardship Council®

Penguin
Random House
Grupo Editorial

Título original: *Nightmares and Dreamscapes*

Primera edición con esta cubierta: junio de 2025

© 1993, Stephen King
Publicado por acuerdo con el autor, representado por The Lotts Agency, Ltd.
© 1994, 2025, de la edición en castellano para todo el mundo:
Penguin Random House Grupo Editorial, S. A. U.
Travessera de Gràcia, 47-49. 08021 Barcelona
© Bettina Blanch Tyroller, por la traducción
Diseño de la cubierta: Penguin Random House Grupo Editorial / Martí Sanchís
Imagen de la cubierta: © iStock

Printed in Spain – Impreso en España

ISBN: 978-84-663-8224-3
Depósito legal: B-6.393-2025

Compuesto en Zero pre impresión, S. L.
Impreso en Black Print CPI Ibérica
Sant Andreu de la Barca (Barcelona)

P 3 8 2 2 4 3

LA ESTACIÓN DE LAS LLUVIAS

Eran las cinco de la tarde cuando John y Elise Graham lograron, por fin, llegar al pequeño pueblo que se hallaba en el corazón de Willow, Maine, como un grano de arena adherido en el centro de una dudosa perla. El pueblo estaba a menos de diez kilómetros de Hempstead Place, pero se equivocaron dos veces de dirección en el camino. Cuando por fin llegaron a la calle principal, ambos tenían calor y estaban hartos. El aire acondicionado del Ford se había estropeado en el viaje desde Saint Louis, y daba la impresión de que la temperatura era de cuarenta grados en el exterior. Por supuesto, no era cierto, se dijo John Graham. Como decían los ancianos, no era el calor, sino la humedad. John tenía la impresión de que casi sería posible alargar el brazo y recoger cálidas gotas de agua del aire. El cielo aparecía claro y azul, pero aquella humedad hacía presentir que podría llover en cualquier momento. Qué narices... Parecía como si ya hubiera empezado a llover.

—Ahí está la tienda de la que nos habló Milly Cousins —señaló Elise.

—No parece exactamente el supermercado del futuro —gruñó John.

—No —convino Elise con cautela.

Ambos se comportaban con gran cautela. Llevaban

casados casi dos años y todavía se querían mucho, pero el viaje desde Saint Louis había sido muy largo, sobre todo teniendo en cuenta que habían viajado con la radio y el aire acondicionado estropeados. John esperaba con todas sus fuerzas que pasaran un verano agradable en Willow (desde luego, eso esperaba, ya que la Universidad de Missouri no les perdería ojo), pero creía que tal vez les llevaría una semana acostumbrarse e instalarse. Y con un tiempo tan caluroso como el de aquel día, una minucia podía convertirse en una discusión en un santiamén. Ninguno de los dos quería que el verano empezara de aquella forma.

John recorrió lentamente la calle principal en dirección a la Ferretería y Suministros Generales de Willow. De una de las esquinas del porche pendía un cartel oxidado que mostraba un águila azul, y John comprendió que se trataba también de la estafeta de correos. La tienda parecía adormilada a la luz de la tarde, y el único coche que se veía era un Volvo hecho polvo que estaba estacionado junto al cartel que anunciaba BOCADILLOS ITALIANOS - PIZZA - COMESTIBLES - LICENCIAS DE PESCA, pero en comparación con el resto del pueblo, parecía pletórico de vida. En el escaparate brillaba un cartel luminoso de cerveza, aunque faltaban casi tres horas para que cayera la noche. «Bastante radical —pensó John—. Espero que el propietario pidiera permiso al ayuntamiento antes de colgar el cartel.»

—Creía que Maine se llenaba de turistas en verano —murmuró Elise.

—A juzgar por lo que hemos visto hasta ahora, creo que Willow debe de estar un poco alejado de la ruta turística —repuso John.

Salieron del coche y subieron los escalones del porche. Un anciano con sombrero de paja estaba sentado en una mecedora con asiento de rejilla y los observaba con sus pequeños ojos azules y perspicaces. Se estaba liando un cigarrillo y dejaba caer virutas de tabaco sobre el perro que yacía a sus pies. Se trataba de un perrazo amarillo de marca y modelo indefinibles. Tenía las patas justo debajo de una de las guías curvadas de la mecedora. El viejo no hacía caso del perro, ni siquiera parecía darse cuenta de que estaba allí, pero la guía se detenía a un centímetro de las vulnerables patas del perro cada vez que el hombre se mecía hacia delante. A Elise el gesto le pareció inmensamente fascinante.

—Muy buenos días tengan, señores —saludó el anciano.

—Hola —repuso Elise al tiempo que le dedicaba una sonrisa vacilante.

—¿Qué tal? —añadió John—. Me llamo...

—El señor Graham —terminó el viejo con serenidad—. El señor y la señora Graham. Los que han alquilado Hempstead Place para el verano. Me han dicho que está escribiendo un libro o algo así.

—Sí, sobre la inmigración de los franceses en el siglo XVII —asintió John—. Las noticias vuelan, ¿eh?

—Sí, señor —convino el anciano—. Es un pueblo pequeño, ya se sabe...

El anciano se metió el cigarrillo en la boca, pero el cilindro se deshizo de inmediato y cubrió de tabaco las piernas del hombre y el pelaje del perro inmóvil. El animal ni se inmutó.

—Córcholis —masculló el anciano mientras se arrancaba el papel desenrollado del labio inferior—. Bueno, de todas maneras la parienta no quiere que fume. Dice que ha leído que le va a dar cáncer a ella además de a mí.

—Hemos venido al pueblo para comprar unas provisiones —explicó Elise—. Es una casa antigua preciosa, pero la despensa está vacía.

—Ajá —repuso el viejo—. Bueno, encantado de conocerlos. Me llamo Henry Eden.

Extendió una mano en su dirección. John se la estrechó y Elise lo siguió. Ambos le estrecharon la mano con cuidado, y el viejo asintió como para indicar que se lo agradecía.

—Los esperaba hace media hora. Supongo que se han equivocado de dirección un par de veces. Muchas carreteras para un pueblo tan pequeño —comentó con una carcajada hueca y ronca que pronto degeneró en una espesa tos de fumador—. ¡Sí, señor, hay un montón de carreteras en Willow! —añadió sin dejar de reír.

John tenía el ceño fruncido.

—¿Y cómo es que nos esperaba? —quiso saber.

—Lucy Doucette ha llamado y me ha dicho que pasarían por aquí —explicó Eden.

Sacó la lata de tabaco Top, la abrió, introdujo la mano y extrajo un paquete de papel de fumar.

—Ustedes no conocen a Lucy, pero ella dice que usted conoce a su sobrina nieta, señora.

—¿Es la tía abuela de Milly Cousins? —preguntó Elise.

—Exacto —asintió Eden.

Empezó a desmenuzar tabaco. Una parte aterrizó sobre el papel, pero la mayor parte fue a parar sobre el perro. Cuando John Graham empezaba a preguntarse si el perro estaría muerto, el animal levantó la cola y se tiró un pedo. Bueno, eso contestaba a su pregunta, se dijo John.

—En Willow, casi todo el mundo está emparentado con todo el mundo. Lucy vive al pie de la colina. Quería llamarlos yo mismo, pero como Lucy me dijo que venían de todas formas...

—¿Cómo sabía que vendríamos aquí precisamente? —inquirió John.

Henry Eden se encogió de hombros como diciendo: «¿Y adónde iban a ir si no?».

—¿Quería hablar con nosotros? —preguntó Elise.

—Bueno, tengo que hacerlo —repuso Eden.

Selló el cigarrillo y se lo metió en la boca. John esperaba que se rompiera como el anterior. Se sentía algo desorientado por todo aquello, como si hubiera ido a parar sin saberlo a una versión bucólica de la CIA.

El cigarrillo aguantó. En uno de los brazos de la mecedora había un pedazo de papel de lija clavado con una chincheta. Eden encendió allí la cerilla y la aplicó al cigarrillo, la mitad del cual se consumió de golpe.

—Creo que sería mejor que usted y la señora pasaran la noche fuera del pueblo —dijo por fin.

John parpadeó varias veces.

—¿Fuera del pueblo? ¿Por qué? Si acabamos de llegar.

—Pues sería buena idea, señor —dijo una voz detrás de Elise.

Los Graham se volvieron y vieron a una mujer alta de hombros caídos parada en el umbral de la oxidada puerta mosquitera de la tienda. Los miraba por encima de un viejo cartel de hojalata que anunciaba los cigarrillos Chesterfield. VEINTIÚN GRANDES CIGARRILLOS SUMAN VEINTIÚN GRANDES PLACERES. Abrió la puerta y salió al porche. Tenía un rostro cetrino y cansado, pero de ningún modo estúpido. Llevaba una hogaza de pan en una mano y un paquete de seis cervezas Dawson's Ale en la otra.

—Me llamo Laura Stanton —saludó—. Encantada de conocerlos. No queremos parecer poco hospitalarios, pero es que esta noche tenemos la estación de las lluvias.

John y Elise intercambiaron una mirada de confusión. Elise contempló el cielo. A excepción de algunas nubecillas de buen tiempo, aparecía despejado y azul.

—Ya sé que no lo parece —intervino Laura Stanton—, pero no significa nada, ¿verdad, Henry?

—No, señora —corroboró Eden.

Dio una chupada gigantesca a su desgastado cigarrillo y a continuación lo arrojó por la barandilla del porche.

—Pero se siente la humedad en el ambiente —siguió Laura Stanton—. Y esa es la clave, ¿verdad, Henry?

—Bueno —repuso Eden—, sí. Pero también es que pasa cada siete años. Exactamente.

—Exactamente —asintió Laura Stanton.

Ambos observaron expectantes a los Graham.

—Perdonen —dijo Elise por fin—. No entiendo nada. ¿Es una especie de chiste local o qué?

Esta vez fueron Henry Eden y Laura Stanton quienes intercambiaron una mirada, y a continuación exhalaron sendos suspiros al mismo tiempo, como si lo tuvieran ensayado.

—No soporto hacer esto —comentó Laura Stanton, aunque no quedó claro si se dirigía al anciano, a ella misma o a los Graham.

—Pero hay que hacerlo —replicó Eden.

La mujer asintió con un gesto y exhaló otro suspiro. Era el suspiro de una mujer que ha dejado una pesada carga en el suelo y sabe que tiene que volver a cogerla.

—Esto no pasa muy a menudo —explicó—, porque en Willow, la estación de las lluvias solo aparece una vez cada siete años...

—El diecisiete de junio —intervino Eden—. Estación de las lluvias cada siete años el diecisiete de junio. Siempre igual, incluso en los años bisiestos. Solo dura una noche, pero siempre la hemos llamado estación de las lluvias. Que me aspen si sé por qué. ¿Tú lo sabes, Laura?

—No —repuso la mujer—; y me gustaría que dejaras de interrumpirme, Henry. Creo que te estás volviendo senil.

—Bueno, perdón por respirar, es que estoy tan senil que me acabo de caer del coche fúnebre —replicó el anciano, a todas luces picado.

Elise lanzó a John una mirada algo asustada. «¿Nos están tomando el pelo? —preguntaba aquella mirada—. ¿O es que están locos?»

John no lo sabía, pero deseaba haber ido a Augusta a comprar provisiones. Más tarde podrían haber cenado algo rápido en uno de los chiringuitos de almejas de la carretera 17.

—Escuchen —dijo Laura Stanton en tono amable—. Les hemos reservado una habitación en el motel Wonderview de la carretera de Woolwich, si la quieren. El motel estaba lleno, pero el director es primo mío y conseguí que dejara una habitación libre para mí. Pueden volver mañana y pasar el resto del verano con nosotros. Nos encantará su compañía.

—Si es una broma, yo al menos no la entiendo —replicó John.

—No, no es una broma —aseguró la mujer.

Se volvió hacia Eden, quien le dirigió un brusco gesto de asentimiento, como si dijera: «Sigue, no pares ahora». La mujer miró de nuevo a John y Elise, pareció hacer acopio de fuerzas y por fin siguió hablando.

—Miren, es que aquí, en Willow, llueven sapos cada siete años. Bueno, ahora ya lo saben.

—¡Sí, señor, sapos! —corroboró Henry Eden en tono alegre.

John miró en derredor en busca de ayuda por si llegaban a necesitarla. Pero la calle principal aparecía completamente desierta. No solo desierta, sino cerrada a cal y canto. Ni un coche en la calle. Ni un peatón en ninguna de las dos aceras.

«Podríamos tener problemas aquí —se dijo—. Si esta gente está tan chiflada como parece, podríamos llegar a tener muchos problemas.» De repente, le cruzó por la mente el recuerdo de un relato corto de Shirley

Jackson, titulado «La lotería», por primera vez desde que iba a la escuela.

—No crean que estoy aquí diciendo estas barbaridades por placer —prosiguió Laura Stanton—. La verdad es que solo hago mi trabajo, igual que Henry. No es que caigan unos cuantos sapos, sino que hay un verdadero chaparrón de sapos.

—Vamos —dijo John a Elise al tiempo que la tomaba por el codo y dirigía a los otros dos una sonrisa forzada—. Encantado de conocerlos, amigos.

Condujo a Elise escalera abajo, mirando dos veces por encima del hombro al viejo y a la mujer. No le parecía muy buena idea volverles la espalda por completo.

La mujer avanzó un paso hacia ellos, y John estuvo a punto de tropezar y caer en el último escalón.

—Ya sé que es un poco difícil de creer —admitió—. Seguramente creen que estoy como un cencerro.

—Qué va —repuso John.

Tenía la impresión de que la sonrisa amplia y falsa le llegaba ya a las orejas. Dios mío, ¿por qué habría salido de Saint Louis? Había conducido dos mil quinientos kilómetros con la radio y el aire acondicionado estropeados para ir a toparse con el granjero Jekyll y la señora Hyde.

—Pero no importa —insistió Laura Stanton, y la extraña serenidad de su rostro hizo que John se detuviera junto al cartel de los BOCADILLOS ITALIANOS, a unos dos metros del coche—. Ni siquiera las personas que han oído hablar de lluvias de ranas, sapos y pájaros se hacen una idea de lo que ocurre en Willow cada siete años. Pero les daré un consejo; si deciden quedarse, les conviene no salir de la casa. Lo más probable es que no les pase nada si se quedan en la casa.

—Lo mejor es que cierren los postigos —añadió Eden.

El perro volvió a levantar la cola y se echó otro largo y articulado pedo de perro como para subrayar las palabras del anciano.

—Bueno..., bueno, pues eso haremos —aseguró Elise con voz débil.

John abrió la puerta del copiloto y casi la empujó al interior del coche.

—Desde luego —masculló sin dejar de esbozar aquella enorme sonrisa.

—Y vuelvan a vernos mañana —exclamó Eden mientras John se apresuraba a rodear el Ford para abrir su propia puerta—. Mañana se sentirán mucho más seguros con nosotros, creo yo. —Hizo una pausa antes de continuar—: Si es que siguen aquí, claro.

John saludó con la mano, subió al coche y lo puso en marcha.

Durante unos instantes reinó el silencio en el porche, mientras el viejo y la mujer de tez pálida y enfermiza seguían con la mirada el Ford que se alejaba por la calle principal. El coche se alejaba a una velocidad mucho más alta que al llegar.

—Bueno, ya está hecho —comentó el anciano con satisfacción.

—Sí —asintió la mujer—, y me siento fatal. Siempre me siento fatal cuando veo cómo nos miran. Cómo me miran a mí.

—Bueno —repuso el viejo—, solo pasa una vez cada siete años. Y hay que hacerlo exactamente así, porque...

—Porque forma parte del ritual —terminó ella en tono sombrío.

—Sí, señor, el ritual.

El perro volvió a levantar la cola y a echarse un pedo como si quisiera expresar su conformidad.

La mujer le dio un puntapié y se volvió hacia el viejo con los brazos en jarras.

—¡Es el chucho más apestoso en cien kilómetros a la redonda, Henry Eden!

El perro se incorporó con un gruñido y bajó los escalones del porche con paso vacilante, deteniéndose tan solo para lanzar una mirada de reproche a Laura Stanton.

—No puede evitarlo —lo defendió Eden.

Laura exhaló un suspiro al tiempo que seguía el Ford con la mirada.

—Es una pena —dijo—. Parecía una pareja encantadora.

—Eso tampoco podemos evitarlo —repuso Henry Eden antes de empezar a liarse otro pitillo.

Así pues, los Graham acabaron por cenar en un chiringuito de almejas. Encontraron uno en el pueblo vecino, Woolwich («hogar del panorámico motel Wonderview», señaló John en un intento vano de arrancarle una sonrisa), y se sentaron a una mesa de picnic situada al pie de un viejo y frondoso abeto. El chiringuito de almejas contrastaba de forma radical con los edificios de la calle principal de Willow. El aparcamiento estaba casi lleno de coches cuyas matrículas, al igual que la suya, eran principalmente de otros estados, niños con los rostros manchados de helado se perseguían a gritos mientras sus padres paseaban por ahí, mataban moscas y esperaban a que anunciaran sus números por los altavoces. El chiringuito tenía una carta bien surtida. De hecho, se dijo John, uno podía pedir casi cualquier cosa que le apeteciese, siempre y cuando no fuera demasiado grande como para no caber en una freidora.

—No sé si podré pasar ni dos días en ese pueblo, y mucho menos dos meses —comentó Elise—. Estoy un poco hecha polvo, Johnny.

—Era una broma, nada más. El tipo de broma que los del pueblo gastan a los turistas. Seguramente ahora mismo se están partiendo de risa.

—Pues parecía que hablaban en serio —objetó ella—. ¿Cómo voy a volver ahí y mirar a la cara a ese viejo después de lo que ha pasado?

—Yo de ti no me preocuparía... A juzgar por los cigarrillos que liaba, ha alcanzado la fase en que no reconoce a nadie. Ni siquiera a sus amigos más antiguos.

Elise intentó contener la risa, pero finalmente desistió.

—¡Eres malvado! —exclamó entre carcajadas.

—Sincero, quizá, pero no malvado. No quiero decir que tenga la enfermedad de Alzheimer, pero sí tenía el aspecto de necesitar un mapa de carreteras para ir al lavabo.

—¿Dónde crees que estaría la gente? El pueblo parecía desierto.

—Pues comiendo alubias en la fonda o jugando a las cartas en la taberna del pueblo, probablemente —repuso John mientras se desperezaba y echaba un vistazo a la cestita de almejas de Elise—. No has comido mucho, cariño.

—Tu cariño no tiene mucho apetito.

—Te digo que no era más que una broma —insistió John tomándola de las manos—. Alegra esa cara.

—¿Estás completamente seguro de que solo era una broma?

—Segurísimo. ¿Que cada siete años llueven sapos en Willow, Maine? Vamos, hombre, suena a monólogo de Steven Wright.

Elise esbozó una sonrisa tristona.

—No llueve —recordó—, sino que hay un verdadero chaparrón.

—Deben de ser de la opinión de que si cuentas una mentira, cuenta una gorda. Cuando era niño y me iba de colonias, normalmente la cosa iba de cuentos chinos. No es tan distinto. Y si te paras a pensarlo, no es tan sorprendente.

—¿Qué no es tan sorprendente?

—Que la gente que obtiene la mayor parte de sus ingresos del turismo veraniego desarrolle mentalidad de campamento.

—Pues la mujer no se comportaba como si fuera una broma. La verdad, Johnny..., me ha asustado un poco.

El rostro normalmente agradable de John Graham adquirió una expresión severa y dura. Aquella expresión no casaba con su rostro, pero tampoco parecía fingida ni insincera.

—Ya lo sé —repuso mientras recogía los envoltorios, las servilletas y las cestitas de plástico—. Y te aseguro que tendrá que pedirnos disculpas. No me molestan las tonterías inocentes, pero cuando alguien asusta a mi mujer, diablos, a mí también me han asustado un poco, la cosa ya pasa de castaño oscuro. ¿Estás preparada para volver?

—¿Encontrarás el camino?

John sonrió y su rostro adquirió de nuevo su expresión habitual.

—He dejado un rastro de migas de pan.

—¡Qué listo eres, cariño! —alabó ella al levantarse.

John se alegró de comprobar que su mujer volvía a sonreír. Elise respiró profundamente, lo cual hizo milagros con la pechera de la camisa de cambray azul que llevaba, y a continuación espiró todo el aire.

—Parece que ya no hay tanta humedad.

—Es verdad —asintió John mientras depositaba los restos de la cena en la papelera con un gancho de izquierda y le guiñaba un ojo—. Bueno, parece que se ha acabado la estación de las lluvias.

Sin embargo, cuando tomaron la carretera de Hempstead, la humedad había vuelto, y con creces. John tenía la sensación de que la camiseta que llevaba se había convertido en una masa pegajosa de telarañas que se le adhería al pecho y la espalda. El cielo, que había adquirido el delicado matiz rosado del anochecer, seguía despejado, pero aun así, tenía la impresión de que podía coger una pajita y beber directamente del aire.

En la carretera solo había una casa aparte de la suya, y estaba situada al pie de la colina coronada por Hempstead Place. Al pasar junto a ella, John distinguió la silueta de una mujer inmóvil que los miraba por una de las ventanas.

—Bueno, ahí está la tía abuela de tu amiga Milly —comentó John—. Qué encantador por su parte llamar a los chalados de la tienda del pueblo y decirles que íbamos para allá. Me pregunto si habrían sacado los petardos, los matasuegras y las bocas saltarinas si nos hubiéramos quedado más rato.

—El perro tenía un matasuegras incorporado.

John lanzó una carcajada y asintió repetidamente con la cabeza.

Al cabo de cinco minutos entraron en el sendero de coches de la casa. Estaba cubierto de maleza y arbustos enanos, y John tenía intención de ocuparse del asunto antes de que transcurriera mucho tiempo. Hempstead Place era una tortuosa granja ampliada a lo largo de múltiples generaciones según las necesidades... o tal vez tan solo los caprichos. En la parte posterior había un granero conectado en zigzag a la casa por tres incoherentes cobertizos. En el resplandor de principios de verano, dos de los tres cobertizos aparecían casi enterrados en fragantes matojos de madreselva.

La casa gozaba de una espléndida vista del pueblo,

sobre todo en una noche tan clara como aquella. John se preguntó cómo era posible que la noche fuera tan clara con aquella humedad. Elise se unió a él frente al coche, y permanecieron allí durante unos minutos, entrelazados, contemplando las colinas que ondulaban suavemente en dirección a Augusta, perdidos entre la sombra de la noche.

—Es precioso —murmuró Elise.

—Y escucha —indicó John.

A unos cincuenta metros del granero había una pequeña marisma de juncos y hierba alta, y desde allí les llegaba el canto y el chasquido de los elásticos que Dios, por alguna razón, había colocado en la garganta de las ranas.

—En fin —comentó Elise—. Aquí tenemos a las ranas.

—Pero no hay sapos —añadió John mientras volvía los ojos hacia el cielo despejado, en el que Venus había encendido su ojo ardiente y frío a un tiempo—. ¡Ahí están, Elise! ¡Ahí arriba! ¡Nubes enteras de sapos!

Su mujer soltó una risita ahogada.

—«Esta noche, en el pequeño pueblo de Willow —canturreó John—, un frente frío de sapos chocó contra un frente cálido de tritones, como consecuencia de lo cual...»

Elise le dio un codazo.

—Oye, tú —le reprendió—. Venga, entremos.

Entraron en la casa. Y no pasaron por la casilla de salida. Y no cobraron los doscientos dólares.

Se fueron directamente a la cama.

Al cabo de una hora, Elise se despertó sobresaltada de un agradable sueño al oír un golpe en el tejado. Se incorporó sobre los codos.

—¿Qué ha sido eso, Johnny?

—Hummm —repuso Johnny, y se dio la vuelta.

«Sapos», pensó y soltó una risita..., aunque una risita nerviosa. Se levantó y se acercó a la ventana, y antes de mirar hacia abajo para ver si había caído algo al suelo, volvió la mirada hacia el cielo.

Seguía completamente despejado y salpicado ahora de millones de estrellas. Elise las contempló durante unos instantes, hipnotizada por su sencilla belleza.

Bum.

Elise se apartó de la ventana con brusquedad y miró el techo. Fuera lo que fuese, había golpeado el tejado justo encima de su cabeza.

—¡John! ¡Johnny! ¡Despierta!

—¿Eh? ¿Qué?

John se incorporó en la cama. Tenía los rizos revueltos.

—Ya ha empezado —repuso ella con una aguda risita—. La lluvia de ranas.

—Sapos —corrigió John—. Elise, ¿de qué estás habla...?

Bum, bum.

John miró en derredor y puso los pies en el suelo.

—Esto es ridículo —murmuró enojado.

—¿Qué quieres...?

Bum CRAC. Ruido de cristales rotos en la planta baja.

—Maldita sea —masculló John mientras se levantaba y se ponía los tejanos a toda prisa—. Ya basta... Ya basta..., joder.

Varios golpes sonaron en los costados y el tejado de la casa. Asustada, Elise se apretó contra John.

—¿Qué quieres decir?

—Quiero decir que esa chiflada y probablemente el viejo y algunos amigos suyos están ahí afuera tirando cosas a la casa —explicó su marido—. Y voy a acabar con esto ahora mismo. Tal vez en este pueblo tengan la tradición de tomar el pelo a los recién llegados, pero...

¡BUM! ¡BANG! Desde la cocina.

—¡Maldita SEA! —gritó John mientras salía corriendo al pasillo.

—¡No me dejes sola! —gritó Elise, y lo siguió.

John encendió la luz del pasillo antes de correr escaleras abajo. Los golpes se sucedían con cada vez mayor frecuencia, y Elise tuvo tiempo de preguntarse: «¿Cuánta gente del pueblo ha venido? ¿Cuánta gente se necesita para hacer esto? ¿Y qué están tirando? ¿Piedras envueltas en fundas de almohada?».

John llegó al pie de la escalera y se dirigió al salón, donde había un ventanal que ofrecía la misma vista que habían admirado antes de entrar en la casa. La ventana estaba rota. Había fragmentos de vidrio esparcidos por toda la alfombra. Dio unos pasos hacia la ventana con la intención de amenazar a la gente que estuviera afuera con ir a buscar su rifle. Entonces echó otro vistazo a los cristales rotos, recordó que iba descalzo y se detuvo. Durante un instante no supo qué hacer, pero entonces distinguió entre los vidrios una silueta negra, la piedra que uno de aquellos hijos de puta retrasados había utilizado para romper la ventana, supuso, y perdió la paciencia. Es posible que incluso se hubiera abalanzado sobre la ventana a pesar de ir descalzo, pero en aquel preciso momento, la piedra se movió.

«No es una piedra —pensó John—. Es un...»

—John —llamó Elise.

Los golpes se sucedían ahora en todos los rincones de la casa. Era como si los bombardearan con piedras de granizo podridas y de gran tamaño.

—John, ¿qué es?

—Un sapo —repuso John con expresión estúpida.

Seguía con la mirada clavada en la silueta que se retorcía entre los vidrios rotos, y en realidad habló más para sus adentros que para que lo oyera su mujer.

Alzó la cabeza y miró por la ventana. Lo que vio lo

dejó mudo de horror e incredulidad. Ya no veía las colinas en el horizonte; maldita sea, ni siquiera veía el granero, y este se hallaba a menos de quince metros de distancia.

El aire estaba lleno de siluetas que caían sin cesar.

Tres más cayeron al interior de la casa por la ventana rota. Una de ellas aterrizó en el suelo, no muy lejos de su compañera. Se estrelló contra un afilado fragmento de cristal y una especie de fluido negruzco y espeso empezó a brotar de su cuerpo.

Elise lanzó un grito.

Las otras dos quedaron enredadas en las cortinas, que empezaron a retorcerse y a revolotear como movidas por una fuerte brisa. Una de ellas consiguió desenredarse, cayó al suelo y a continuación dio un salto en dirección a John, quien palpó a tientas la pared con una mano que no parecía formar parte de su cuerpo, encontró el interruptor de la luz y lo pulsó.

La cosa que daba saltos por entre los vidrios rotos en dirección a él era un sapo, pero al mismo tiempo no era un sapo. Su cuerpo entre verdoso y negruzco era demasiado grande y estaba demasiado lleno de protuberancias. Sus ojos negros y dorados sobresalían como huevos surrealistas. Y en la boca, entre las mandíbulas abiertas, se veían dos hileras de dientes grandes y afilados como cuchillos.

La criatura emitió un croar ronco y se abalanzó sobre John como movido por un resorte. Tras él, otros sapos iban cayendo al salón a través de la ventana. Los que se estrellaban contra el suelo morían o quedaban lisiados, pero muchos otros... demasiados, de hecho, utilizaban las cortinas como red de seguridad y de ahí pasaban al suelo sin novedad.

—¡Sal de aquí! —gritó John a su mujer al tiempo que daba un puntapié al sapo que, aunque pareciera una locura, lo estaba atacando.

El sapo no retrocedió, sino que hundió aquellas hileras de cuchillos en los dedos de sus pies. El dolor fue inmediato, agudo e inmenso. Sin detenerse a pensar, John dio media vuelta y dio una patada a la pared con todas sus fuerzas. Sintió que se le rompían los dedos de los pies, pero el sapo también se rompió, y su sangre negra salpicó el revestimiento de madera en un semicírculo que recordaba un abanico. Sus dedos se habían convertido en una señal de tráfico demente que apuntara en todas direcciones.

Elise estaba paralizada junto a la puerta del pasillo. De toda la casa le llegaba el ruido de cristales rotos. Se había puesto una camiseta de John después de hacer el amor, y ahora se aferraba al cuello de la prenda con ambas manos. El aire estaba repleto del feo croar de los sapos.

—¡Vete, Elise! —chilló John al tiempo que se volvía y sacudía el pie ensangrentado.

El sapo que lo había mordido estaba muerto, pero sus grandes e increíbles dientes seguían clavados en su carne como un amasijo de anzuelos de pesca. Esta vez dio un puntapié al aire, como un futbolista chutando un balón, y por fin el sapo salió despedido.

La desvaída moqueta del salón estaba llena de cuerpos hinchados y saltarines. Y todos ellos se dirigían hacia ellos.

John corrió hacia el vestíbulo. Pisó uno de los sapos y lo abrió en canal. Resbaló en la fría gelatina que brotó del cuerpo de la criatura y estuvo a punto de caer. Elise soltó por fin el cuello de la camiseta y se aferró a él. Se precipitaron juntos al vestíbulo, y John cerró la puerta de golpe, partiendo en dos a uno de los sapos que estaba a punto de pasar. La parte superior del bicho se retorció en el suelo mientras abría la boca negra y dentada y los miraba con sus saltones ojos moteados de negro y oro.

Elise se llevó las manos al rostro y empezó a chillar

como una histérica. John alargó la mano hacia ella, pero Elise sacudió la cabeza y se apartó de él con el cabello cayéndole sobre el rostro.

El sonido de los sapos al golpear el tejado era terrible, pero el croar y los chirridos eran peores, porque procedían del interior de la casa... de toda la casa. Recordó el momento en que el viejo sentado en su mecedora, en el porche de la tienda del pueblo, les gritaba: «Lo mejor es que cierren los postigos».

«¡Dios mío! ¿Por qué no le habré creído?»

Y desde el fondo de su corazón surgió otro pensamiento: «¿Cómo iba a creerle? ¡En toda mi vida no he visto nada que me preparara para creerle!».

Y bajo el sonido de los sapos al chocar contra el suelo del jardín y el de los que chocaban contra el tejado y morían aplastados, oyó otro ruido mucho más amenazador: el de los sapos intentando atravesar la puerta a mordiscos. De hecho, vio que la puerta quedaba cada vez más encajada en el marco a medida que más y más sapos se apoyaban contra ella.

John se volvió y comprobó que docenas de sapos bajaban la escalera a saltos.

—Elise —empezó al tiempo que la cogía del brazo.

Su mujer siguió chillando mientras intentaba zafarse de su brazo hasta arrancar una de las mangas de la camiseta. Durante un instante, John se quedó mirando el jirón con expresión de completa estupidez y a continuación lo dejó caer al suelo.

—¡Elise, maldita sea!

Los primeros sapos habían llegado al vestíbulo y saltaban ávidos hacia ellos. Se oyó un frágil tintineo al romperse el montante en abanico que había encima de la puerta. Uno de los sapos lo atravesó, se estrelló contra la moqueta y quedó tendido boca arriba con el vientre jaspeado de rosa expuesto y las patas palmeadas agitándose en el aire.

John agarró de nuevo a su mujer y la zarandeó.

—¡Tenemos que bajar al sótano! ¡En el sótano estaremos a salvo!

—¡No! —gritó Elise.

Sus ojos parecían dos ceros gigantes, y John comprendió que no rechazaba la idea de bajar al sótano, sino que lo rechazaba todo.

No había tiempo para medidas suaves ni palabras de consuelo. John la agarró por la pechera de la camiseta y tiró de ella por todo el vestíbulo como un policía que arrastrara a un preso recalcitrante hacia el furgón celular. Uno de los primeros sapos que había bajado por la escalera dio un salto monstruoso y mordió el aire justo en el lugar que acababa de abandonar el talón descalzo de Elise.

A medio camino del sótano, Elise empezó a captar la idea y a seguirle por su propia voluntad. Alcanzaron la puerta del sótano. John hizo girar el pomo y tiró, pero la puerta no se movió ni un ápice.

—¡Maldita sea! —masculló mientras volvía a tirar.

No sirvió de nada.

—¡John, date prisa!

Elise miró por encima del hombro y vio que gran cantidad de sapos se dirigían hacia ellos por el vestíbulo. Daban enormes saltos sobre los lomos de sus compañeros, tropezaban unos con otros, chocaban contra el papel pintado con motivos florales, aterrizaban boca arriba y eran arrollados por los demás. Eran todo dientes, ojos negros y dorados, y cuerpos hinchados y correosos.

—¡JOHN, POR FAVOR! POR...

En aquel instante, uno de ellos se abalanzó sobre ella y aterrizó contra su muslo izquierdo, justo por encima de la rodilla. Elise lanzó un grito y lo agarró, hundiendo los dedos en la piel y la carne líquida de la criatura. Por fin consiguió arrancársela y durante un momento, al levantar los brazos, tuvo el espantoso bicho delante de los ojos, entrechocando los dientes como una pieza del engranaje de una pequeña fábrica asesina. Elise lo arrojó con todas sus fuerzas. La criatura describió una voltereta en el aire y se estrelló contra la pared justo enfrente de la puerta de la cocina. No cayó al suelo, sino que quedó pegado en la cola de sus propias entrañas.

—¡DIOS MÍO! ¡DIOS MÍO, JOHN!

De repente, John Graham vio que lo estaba haciendo mal. En lugar de tirar de la puerta, la empujó. Se abrió de golpe, y John estuvo a punto de precipitarse escalera abajo; por un instante se sintió como un imbécil. Alargó la mano, logró aferrarse a la barandilla, y en aquel instante Elise estuvo a punto de hacerlo caer al pasar corriendo junto a él y lanzarse escalera abajo, gritando como una sirena de bomberos en la noche.

«Se va a caer, no podrá evitarlo, se va a caer y se romperá el cuello...»

Pero de algún modo, Elise no se rompió el cuello. Llegó al pie de la escalera y cayó al suelo hecha un ovillo, sollozando y con las manos aferradas al muslo.

Varios sapos estaban cruzando la puerta abierta del sótano.

John recobró el equilibrio, se volvió y cerró de un portazo. Algunos de los sapos que habían quedado dentro del sótano saltaron del rellano, chocaron contra la escalera y cayeron por entre los peldaños. Uno de ellos dio un salto casi vertical, y John se vio acometido por el acuciante deseo de reír cuando le cruzó por la mente la imagen de la rana Gustavo en patinete en lugar de con gabardina y micrófono. Sin dejar de reír, cerró el puño derecho y golpeó al sapo en el pecho hinchado y viscoso en el momento en que alcanzaba el punto más elevado de su salto y quedaba suspendido en perfecto equilibrio entre la gravedad y el esfuerzo realizado. El bicho salió despedido hacia las sombras, y John oyó un golpe sordo cuando chocó contra la estufa.

Palpó la pared en la oscuridad hasta encontrar el cilindro del anticuado interruptor. Encendió la luz, y en aquel momento, Elise empezó a gritar de nuevo. Se le había enredado un sapo en el cabello. La criatura se retorció, se volvió y empezó a morderle el cuello al tiempo que se enrollaba hasta parecer un gran rulo deforme.

Elise se incorporó de un salto y empezó a correr en círculos, esquivando de milagro las cajas apiladas y almacenadas en el sótano. Chocó contra una de las columnas de soporte, rebotó, y a continuación se volvió para golpearse la parte posterior de la cabeza dos veces contra la columna. Se oyó un ruido parecido al de un torrente espeso; el fluido negro de la bestia empezó a salpicar por todas partes, y el sapo se desenredó por fin del cabello de Elise y resbaló por la espalda de la camiseta, dejando un rastro gelatinoso.

Elise seguía gritando, y la demencia de aquel sonido dejó a John petrificado. Bajó la escalera dando tumbos y la tomó en sus brazos. En el primer momento, Elise intentó zafarse del abrazo, pero por fin sucumbió, y sus gritos se redujeron de forma gradual a sollozos.

De repente, por encima del suave trueno de los sapos al chocar contra la casa y el jardín, les llegó el croar de los sapos que habían caído al suelo del sótano. Elise se apartó de él y miró en derredor con los ojos abiertos de par en par, enloquecidos.

—¿Dónde están? —jadeó con voz ronca, casi afónica de tanto gritar—. ¿Dónde están, John?

Pero no tuvieron que molestarse en mirar; los sapos ya los habían visto y se acercaban a ellos con avidez.

Los Graham retrocedieron unos pasos, y en aquel momento, John vio una oxidada pala apoyada contra la pared. La cogió y fue matando con ella a los sapos a medida que llegaban. Uno de ellos pasó saltando junto a él. Saltó del suelo a una caja, desde la caja se abalanzó sobre Elise y aterrizó en la pechera de su camiseta, entre los pechos, donde quedó enredado y dando patadas.

—¡No te muevas! —gritó John.

Dejó caer la pala, avanzó dos pasos, cogió el sapo y lo arrancó de la camiseta. El bicho se llevó consigo un buen pedazo de tela, que le quedó enganchado entre los dientes mientras latía y se retorcía entre las manos de John. Tenía la piel verrugosa, seca pero espantosamente caliente y, de algún modo, *bulliciosa*. John cerró los puños y aplastó al sapo. Sangre y babas se le escurrieron entre los dedos.

Solo una media docena de monstruos habían logrado cruzar la puerta del sótano, y no tardaron en estar todos muertos. John y Elise se abrazaron con fuerza mientras escuchaban la constante lluvia de sapos procedente del exterior.

John volvió la mirada hacia las ventanas inferiores del sótano. Estaban oscuras, y de repente imaginó el aspecto que tendría la casa desde fuera, un edificio enterrado bajo un chaparrón de sapos que se retorcían, brincaban y saltaban.

—Tenemos que bloquear las ventanas —urgió con voz ronca—. Van a romperlas con su peso, y si pasa eso van a caer aquí dentro como un chaparrón.

—¿Y con qué las bloqueamos? —preguntó Elise con su voz ya quebrada por los gritos—. ¿Qué podemos utilizar?

John miró en derredor y vio varios tablones de contrachapado viejo y oscuro apoyados contra una pared. No era gran cosa, pero de algo serviría.

—Con esto —señaló—. Ayúdame a partir los tablones en trozos más pequeños.

Trabajaron con rapidez y un gran despliegue de energía. El sótano solo tenía cuatro ventanas, y el hecho de que fueran estrechas había permitido que los vidrios aguantaran más que las ventanas de los pisos superiores. Cuando terminaban con la última ventana, oyeron que el vidrio que se ocultaba tras el tablón de madera se hacía añicos... pero la madera aguantó.

Se dirigieron dando tumbos al centro del sótano; John cojeaba a causa del pie roto.

Desde lo alto de la escalera les llegaba el sonido de los sapos intentando echar la puerta abajo a mordiscos.

—¿Qué hacemos si consiguen atravesarla? —susurró Elise.

—No lo sé.

... Y entonces fue cuando la puerta de la carbonera, en desuso durante años pero todavía intacta, se abrió de pronto bajo el peso de todos los sapos que habían caído o saltado a ella, y centenares de bichos aterrizaron en el suelo del sótano a alta presión.

Esta vez, Elise no gritó. Se había destrozado las cuerdas vocales demasiado como para gritar.

Los Graham no duraron mucho después de que se abriera la puerta de la carbonera, pero John gritó como Dios manda por los dos hasta que todo acabó.

A medianoche, el chaparrón de sapos se había convertido en una suave y ronca llovizna.

A la una y media de la madrugada cayó del cielo oscuro estrellado el último sapo, que aterrizó en un pino situado cerca del lago, saltó al suelo y desapareció en la noche. Ya había pasado todo, al menos hasta al cabo de siete años.

Alrededor de las cinco y cuarto, las primeras luces del alba empezaron a abrirse paso en el cielo y sobre la tierra. Willow estaba enterrado bajo una alfombra latiente, saltarina y quejumbrosa de sapos. Los edificios de la calle principal habían perdido sus ángulos y esquinas; todo aparecía redondeado, jorobado y móvil. El cartel de la carretera que rezaba BIENVENIDOS A WILLOW, MAINE, EL LUGAR MÁS HOSPITALARIO daba la impresión de haber recibido unos treinta balazos. Los orificios, por supuesto, se debían a los sapos que habían chocado contra él. El cartel situado ante la tienda del pueblo y que anunciaba BOCADILLOS ITALIANOS - PIZ-ZA - COMESTIBLES - LICENCIAS DE PESCA estaba volcado. Unos cuantos sapos jugaban sobre y alrededor de él. Se celebraba una pequeña convención de sapos en los surtidores de la gasolinera Sunoco de Donny. Dos sapos estaban sentados sobre la veleta que giraba lentamente en la cúspide de Cocinas Willow; parecían niños pequeños y deformes en un tiovivo.

En el lago, las pocas plataformas flotantes que ya estaban en el lago (aunque solo los nadadores más curtidos se atrevían a zambullirse en el lago Willow antes del Cuatro de Julio, fueran sapos u otras criaturas), aparecían rebosantes de sapos, y los peces se estaban volviendo locos con tanta comida casi al alcance de la mano. De vez en cuando se oía un chapoteo cuando uno o dos sapos que intentaban hacerse un sitio caían de las plataformas y servían de desayuno a alguna trucha o salmón hambriento. Las calles de la ciudad y las carreteras de los alrededores —había muchas para tratarse de un pueblo tan pequeño, como había comentado Henry Eden— estaban pavimentadas de sapos. La electricidad estaba cortada por el momento, ya que muchos sapos habían roto el tendido en muchos puntos al caer. La mayoría de los huertos aparecían arrasados, pero, de todos modos, Willow no era una comunidad agrícola. Algunas personas tenían rebaños bastante grandes, pero los habían puesto a buen recaudo durante la noche. Los propietarios de vacas lecheras de Willow sabían todo lo que había que saber sobre la temporada de lluvias y no les apetecía en absoluto que hordas enteras de sapos saltarines y carnívoros devoraran a sus animales. ¿Qué contarían a sus compañías de seguros?

Cuando la luz del amanecer se extendió sobre Hempstead Place, empezaron a distinguirse pilas de sapos muertos sobre el tejado, canalones de lluvia arrancados por el bombardeo de sapos, un patio que hervía de sapos. Numerosos sapos entraban y salían del granero dando saltos, llenaban las chimeneas, brincaban elegantemente en torno a los neumáticos del Ford de John Graham y estaban sentados en ruidosas hileras sobre los asientos delanteros como una congregación de fieles esperando a que empezara el sermón. Centenares de sapos, en su mayoría muertos, aparecían apiñados contra las paredes del edificio. Algunas de dichas pilas medían casi dos metros de altura.

A las seis y cinco de la mañana, el sol despuntó por el horizonte, y los rayos empezaron a fundir los sapos.

Primero, los rayos de sol blanquearon la piel de las bestias, que al cabo de unos instantes se tornó transparente. A continuación, un vapor que despedía un vago olor a agua estancada empezó a elevarse de los cuerpos, y pequeños riachuelos burbujeantes de humedad empezaron a resbalar por ellos. Los ojos de los sapos se hundieron o se salieron de sus órbitas, según la posición en que se encontraban al caer sobre ellos los rayos de sol. La piel les estalló con un chasquido audible, y durante unos diez minutos dio la impresión de que en todo Willow se estaban descorchando innumerables botellas de champán.

Al término de aquel proceso, los sapos se descompusieron con rapidez, fundiéndose en charcos de una sustancia blanquecina que parecía semen humano. El fluido resbaló por las pendientes del tejado de Hempstead Place en pequeños riachuelos y empezó a gotear de los aleros como pus.

Los supervivientes murieron; los muertos simplemente se pudrieron hasta quedar reducidos a aquella sustancia blancuzca, que burbujeó durante unos instantes y a continuación empezó a filtrarse en la tierra. Del suelo se elevaron hilillos de vapor, y durante un rato, todos los campos de Willow recordaron las cercanías de un volcán agonizante.

A las siete menos cuarto había terminado todo, a excepción de las reparaciones, y los habitantes del pueblo estaban acostumbrados a ellas.

Parecía un precio razonable por otros siete años de tranquila prosperidad en aquel remoto reducto de Maine.

A las ocho y cinco, el Volvo hecho polvo de Laura Stanton entró en el patio de la Ferretería y Suministros Generales Willow. Al apearse del coche, Laura ofrecía un aspecto más pálido y enfermizo que nunca. De hecho, estaba enferma; todavía llevaba el paquete de seis cervezas Dawson's Ale en una mano, pero ahora todas las botellas estaban vacías. Laura tenía una resaca de las que hacen época.

Henry Eden salió al porche. El perro lo siguió.

—O haces entrar al chucho o me largo a casa ahora mismo —amenazó Laura desde el pie de la escalera.

—No puede evitar tirarse pedos, Laura.

—Eso no significa que yo tenga que estar aquí cuando lo haga —replicó Laura—. Lo digo en serio, Henry. Tengo un dolor de cabeza de narices, y lo último que me apetece es escuchar al perro tocando el himno con el culo.

—Entra, *Toby* —ordenó Henry mientras sostenía la puerta.

Toby alzó los húmedos ojos como si dijera: «¿De verdad tengo que irme? Ahora que las cosas se ponían interesantes».

—Vamos, entra —repitió Henry.

Toby entró en la tienda, y Henry cerró la puerta. Laura esperó hasta oír el chasquido de la puerta al cerrarse antes de subir los escalones del porche.

—Se te ha caído el cartel —señaló al tiempo que le alargaba las botellas vacías.

—Tengo ojos en la cara —replicó Henry.

Él tampoco estaba del mejor humor aquella mañana. De hecho, pocos habitantes de Willow estarían de buen humor aquel día. Gracias a Dios que aquello solo sucedía una vez cada siete años, porque de lo contrario la gente se volvería loca.

—Deberías haberlo entrado —indicó Laura.

Henry masculló algo que la mujer no entendió.

—¿Qué dices?

—Digo que tendríamos que habernos esforzado más —dijo Henry en tono desafiante—. Era una pareja de lo más agradable. Tendríamos que habernos esforzado más.

Laura sintió una punzada de compasión por el anciano a pesar del dolor de cabeza que tenía, y le puso una mano en el brazo.

—Es el ritual —murmuró.

—Bueno, pues a veces me dan ganas de mandar a la mierda el ritual.

—¡Henry!

Laura apartó la mano, sobresaltada a pesar suyo. Pero Henry se hacía viejo, se recordó a sí misma. Seguro que la azotea ya no le funcionaba como antes.

—Me da igual —insistió el viejo con obstinación—. Parecía una pareja muy agradable. Tú también lo dijiste, o sea que ahora no me vengas con que no lo dijiste.

—Sí que lo dije, y lo pensaba —repuso ella—. Pero no podemos evitarlo, Henry. Pero si tú mismo lo dijiste ayer.

—Ya lo sé —suspiró el anciano.

—No hacemos que se queden —prosiguió Laura—; todo lo contrario. Les advertimos que se vayan del pueblo. Ellos son los que deciden quedarse. Siempre deciden quedarse. Son ellos los que toman la decisión. Y eso también forma parte del ritual.

—Ya lo sé —repitió Henry antes de respirar profundamente y hacer una mueca—. No soporto el olor que deja esto. Todo el maldito pueblo huele a leche agria.

—A mediodía ya no se olerá nada. Ya lo sabes.

—Sí. Pero espero estar criando malvas la próxima vez que pase, Laura. Y si no, espero que otro se encargue del trabajito de hablar con quien se presente aquí justo antes de la estación de las lluvias. Me gusta poder pagar las facturas como a todo el mundo, pero te aseguro que uno se harta de los sapos. Incluso aunque solo aparezcan cada siete años, uno acaba hasta las narices de los sapos.

—A quién se lo cuentas —repuso ella en voz baja.

—En fin —suspiró Henry mirando en derredor—. Será mejor que empecemos a arreglar este desorden, ¿no te parece?

—Sí —asintió Laura—. Y ¿sabes, Henry? No somos nosotros quienes inventamos el ritual, solo lo seguimos.

—Ya lo sé, pero...

—Y las cosas podrían cambiar. No se sabe cuándo ni por qué, pero podrían cambiar. Es posible que ya no volvamos a tener estación de las lluvias. O que la próxima vez no venga nadie al pueblo...

—No digas eso —la interrumpió Henry atemorizado—. Si no viene nadie, es posible que los sapos no desaparezcan al salir el sol.

—¿Lo ves? —exclamó Laura—. Al final te has puesto de mi parte.

—Bueno, la verdad es que es mucho tiempo, ¿no? Siete años es mucho tiempo.

—Sí.

—Pero era una pareja muy agradable, ¿verdad?

—Sí —repitió ella.

—Qué manera tan espantosa de palmarla —comentó Henry con cierta brusquedad.

Laura guardó silencio. Al cabo de un momento, Henry le preguntó si lo ayudaría a enderezar el cartel de la tienda. Pese al terrible dolor de cabeza que la atormentaba, Laura accedió... No le gustaba ver a Henry tan deprimido, sobre todo si estaba deprimido por algo que no podía controlar más de lo que podía controlar las mareas o las fases lunares.

Cuando terminaron, Henry parecía encontrarse un poco mejor.

—Sí, señor —exclamó—. Siete años es mucho, pero que mucho tiempo.

«Es verdad —pensó Laura—. Pero siempre pasa, y la estación de las lluvias siempre vuelve, y los forasteros vuelven con ella, siempre en parejas, siempre un hombre y una mujer, y siempre les contamos exactamente lo que va a pasar, y nunca se lo creen... y pasa lo que tiene que pasar.»

—Vamos, viejo loco —dijo—, invítame a un café antes de que me estalle la cabeza.

Henry la invitó a un café, y antes de que se terminaran la taza ya habían empezado a escucharse los sonidos de los martillos y las sierras en todo el pueblo. Por la ventana vieron que en la calle principal, la gente abría los postigos y se ponía a charlar y a reír.

El aire era cálido y seco, el cielo aparecía de un color azul pálido y nebuloso, y la estación de las lluvias había terminado en Willow.

MI BONITO PONY

El viejo estaba sentado junto a la puerta del granero, rodeado por el olor de las manzanas, meciéndose, deseando no querer fumar, pero no por lo que le advertía el médico, sino porque el corazón le latía demasiado aprisa. Observó cómo el hijo de puta de Osgood contaba a toda velocidad con la cabeza apoyada en el árbol y a continuación se volvía, atrapaba a Clivey y se echaba a reír con la boca tan abierta que el viejo pudo comprobar que los dientes ya empezaban a pudrírsele, e imaginó a qué olería el aliento del crío; seguramente como el rincón más oscuro de un sótano húmedo. Y eso que el imbécil no podía tener más de once años.

El viejo observó a Osgood reír con su risa jadeante y espasmódica. El chico reía con tal fuerza que finalmente tuvo que agacharse y apoyar las manos en la rodillas; reía con tal fuerza que los demás salieron de sus escondites para ver qué sucedía, y cuando lo vieron también ellos se echaron a reír. Allí estaban, riéndose de su nieto bajo el sol de la mañana, y el viejo olvidó lo mucho que le apetecía un pitillo. Lo que quería ahora era comprobar si Clivey se echaría a llorar. Se dio cuenta de que aquel asunto despertaba su curiosidad en mayor medida que cualquier otro en los últimos meses, incluido el tema de su propia muerte.

—¡Te han cogido! —canturrearon los demás entre risas—. ¡Te han cogido, te han cogido, te han cogido!

Clivey permaneció quieto, impasible como una roca en el campo de un granjero, esperando que la chanza pasara para que el juego siguiera, le tocara a él parar y la vergüenza empezara a pertenecer al pasado. Al cabo de un rato, el juego continuó, en efecto. Más tarde, a mediodía, los demás chicos se fueron a sus casas. El viejo procuró fijarse en cuánto comía Clivey. No comió mucho. Clivey se limitó a pinchar las patatas con el tenedor, cambiar de sitio el maíz y los guisantes y dar pedacitos de carne al perro que estaba debajo de la mesa. El viejo observó con atención, interesado; contestaba cuando le hablaban, pero no los escuchaba ni se escuchaba a sí mismo. Estaba concentrado en el chico.

Después de la tarta le apeteció lo que no podía permitirse, así que se levantó de la mesa para ir a hacer la siesta y se detuvo a media escalera porque el corazón le latía como un ventilador con una carta atrapada en la rejilla. Permaneció inmóvil, con la cabeza gacha, esperando para comprobar si se trataba del ataque definitivo (ya había tenido dos), y al ver que no era así, siguió subiendo la escalera, se quitó toda la ropa a excepción de los calzoncillos y se tendió sobre la fresca colcha blanca. Un rectángulo de sol cubría su pecho escuálido; estaba dividido en tres partes por las oscuras sombras de los listones de la ventana. El anciano se puso las manos detrás de la cabeza y se adormiló sin dejar de escuchar. Al cabo de un rato le pareció oír al niño llorar en su habitación, situada al otro lado del pasillo, y se dijo: «Tengo que arreglar este asunto».

Durmió durante una hora, y cuando despertó la mujer estaba dormida en bragas junto a él, así que cogió su ropa y salió al pasillo para vestirse antes de bajar.

Clivey estaba sentado en los escalones del porche, lanzando un palo al perro, que lo cazaba al vuelo con mayor entusiasmo del que el chico mostraba al lanzár-selo. El perro, que no tenía nombre, sino que tan solo era el perro, parecía confuso.

El viejo llamó al chico y le pidió que diera un paseo con él hasta el huerto; el chico obedeció.

El viejo se llamaba George Banning. Era el abuelo del chico, y fue de él de quien Clive Banning averiguó la importancia de tener un bonito pony. Había que tener uno incluso si se era alérgico a los caballos, porque sin un bonito pony uno podía tener seis relojes en cada ha-bitación y tantos relojes en las muñecas que no pudiera levantar los brazos y, aun así, nunca saber qué hora era.

La instrucción (George Banning nunca daba conse-jos, sino instrucciones) tuvo lugar el día en que jugaban al escondite y el imbécil de Alden Osgood atrapó a Cli-ve. En aquel tiempo, a Clive su abuelo le parecía más viejo que Dios, lo cual significaba probablemente que tenía unos setenta y dos años. El hogar de los Banning se hallaba en Troy, Nueva York, que en 1961 empezaba a aprender cómo no parecerse al campo.

La instrucción de Clive tuvo lugar en la Huerta Occidental.

Su abuelo estaba de pie y sin abrigo en una ventisca que no eran las últimas nieves de invierno, sino los prime-ros brotes de primavera llevados por un viento fuerte y cálido. El abuelo llevaba su peto de siempre y debajo una camisa que antaño había sido verde, pero que había adquirido un desvaído color aceituna después de do-cenas o centenares de lavados; por entre el cuello de la camisa asomaba el cuello redondo de una camiseta de algodón, de las de tirantes, por supuesto; en aquella época ya se confeccionaban las otras, pero un hombre como el abuelo llevaría camisetas de tirantes hasta el fin. La camiseta estaba limpia pero mostraba el color de marfil viejo en lugar del blanco original, porque el lema de la abuela, el que recitaba con frecuencia e incluso había bordado en uno de esos tapetes enmarcados que se colgaban en la pared del salón, probablemente para las raras ocasiones en que la mujer no estaba presente para impartir la sabiduría que había que impartir, era el siguiente: «Úsalo, úsalo, no lo pierdas. ¡Agujeréalo! ¡Gástalo! ¡Cuídalo bien o pásate sin él!». Algunas flores de manzano se habían enredado en el largo cabello del abuelo, su cabello blanco solo a medias, y al chico le pareció que los árboles conferían hermosura a su abuelo.

Había visto que el abuelo los observaba mientras jugaban al escondite por la mañana. Que lo observaba a él. El abuelo había estado sentado en su mecedora junto a la puerta del granero. Una de las tablas crujía cada vez que el abuelo se mecía, y ahí estaba, con un libro abierto boca abajo sobre el regazo, las manos entrelazadas sobre el lomo, meciéndose entre los suaves y dulces olores del heno, las manzanas y la sidra. Aquel juego había alentado a su abuelo a ofrecerle formación sobre el tema del tiempo, sobre lo escurridizo que era, y sobre el hecho de que un hombre se pasa casi toda la vida intentando mantenerlo sujeto; el pony era bonito pero de corazón malvado. Si uno no lo vigilaba de cerca, saltaría la valla y se perdería de vista, y uno tendría que coger la brida y salir tras él en un viaje que, con toda probabilidad, lo dejaría molido por corto que fuera.

El abuelo dio comienzo a la formación afirmando que Alden Osgood había hecho trampa. Se suponía que tenía que quedarse con la cabeza apoyada contra el olmo muerto y los ojos cerrados durante un minuto entero, período que debía calcular contando hasta sesenta. Ello daría a Clivey (así lo había llamado siempre el abuelo y al chico no le había importado, aunque creía que tendría que pelearse con cualquier chico u hombre que lo llamara así una vez cumpliera los doce años) y a los demás tiempo suficiente para esconderse. Clivey estaba buscando un lugar donde esconderse en el momento en que Alden Osgood llegó a sesenta, se volvió y lo «pescó» cuando intentaba esconderse como último recurso tras unas cajas de manzanas apiladas de cualquier manera junto al cobertizo de la prensa, donde la máquina que prensaba las manzanas hasta convertirlas en sidra destacaba en la penumbra como un instrumento de tortura.

—Ha hecho trampa —insistió el abuelo—. Tú no te has quejado y has hecho bien, porque un hombre de verdad nunca se queja. Ni los hombres ni los niños lo suficientemente inteligentes y valientes se quejan. Pero aun así, ha hecho trampa. Yo puedo decirlo ahora porque tú no has abierto la boca esta mañana.

Las flores de manzano revoloteaban entre el cabello del anciano. Una de ellas fue a parar a la hendidura situada justo debajo de su nuez, y quedó atrapada ahí como una joya que es bonita porque algunas cosas no pueden evitar serlo, y magnífica porque era perecedera; al cabo de un momento, sería apartada de un manotazo impaciente y caería al suelo, donde se perdería en el perfecto anonimato que le conferiría la compañía de las demás.

Clivey le contó al abuelo que Alden había contado hasta sesenta, tal como mandaban las reglas, aunque no sabía por qué se ponía de parte del chico que, al fin y al cabo, lo había puesto en ridículo al no tener ni que encontrarlo, sino que simplemente lo había «pescado». Alden, que a veces abofeteaba a las chicas cuando se enfadaba, solo había tenido que girarse, verlo, apoyar la mano en el árbol muerto y entonar la mística e incuestionable fórmula de eliminación: «Te-he-visto-Clive-paras-tú».

Tal vez solo se ponía de parte de Alden para que él

y el abuelo no tuvieran que regresar todavía, para poder ver el cabello acerado del abuelo revolotear en la ventisca de flores, para poder admirar la joya perecedera atrapada en la hendidura que se abría en la base del cuello del anciano.

—Claro que ha contado hasta sesenta —exclamó el abuelo—. Claro que sí. Ahora mira muy bien esto, Clivey. ¡Y métetelo bien en la cabeza!

El pantalón de peto del abuelo tenía bolsillos de verdad, cinco en total, contando la bolsa de canguro de la pechera, pero además de los bolsillos laterales tenía unas cosas que parecían bolsillos, pero no lo eran. En realidad eran ranuras confeccionadas para poder llegar a los bolsillos que se llevaban debajo. En aquellos tiempos, la idea de no llevar pantalones debajo del peto no habría resultado escandalosa, sino ridícula, una conducta propia de alguien que no está muy bien de la azotea. Debajo del peto, el abuelo llevaba los sempiternos tejanos. «Pantalones de judío», los llamaba sin grandes aspavientos; un término que empleaban todos los granjeros a los que conocía Clive. Los Levi's eran «pantalones de judío» o simplemente «judíos».

El abuelo introdujo una mano en la ranura derecha del peto, rebuscó durante unos instantes en el bolsillo derecho de sus desgastados tejanos y por fin extrajo un opaco reloj de bolsillo plateado que colocó en la mano del niño. El peso del reloj fue tan repentino, el tictac bajo la piel metálica tan vivaz que Clivey estuvo a punto de dejarlo caer.

Miró al abuelo con los ojos castaños abiertos de par en par.

—No vas a dejarlo caer —aseguró el abuelo—, y aunque lo hicieras seguramente no se pararía; ya lo dejaron caer una vez en algún maldito bar de Utica, y no se paró. Y si se para, será tu problema, porque ahora el reloj es tuyo.

—¿Qué?

Quería decir que no entendía, pero no terminó la pregunta porque en aquel momento creyó comprender.

—Te lo regalo —explicó el abuelo—. Hace tiempo que quería hacerlo, pero que me aspen si lo pongo en el testamento. Costarían más los malditos derechos de herencia que el reloj.

—¡Abuelo... Yo... Dios mío!

El abuelo se echó a reír hasta que le entró un acceso de tos. Se inclinó hacia delante, riendo y tosiendo, y su rostro adquirió el color de las ciruelas. Una parte de la alegría y la sorpresa de Clive se transformó en preocupación. Recordaba que, mientras se dirigían hacia allí, su madre le había advertido una y otra vez que no debía cansar al abuelo porque estaba enfermo. Dos días antes, cuando Clive le había preguntado con cautela qué tenía, George Banning había contestado con una sola y misteriosa palabra. Hasta la noche después de su conversación en el huerto, cuando estaba a punto de dormirse con el reloj de bolsillo en la mano, Clive no se había percatado de que la palabra que el abuelo había pronunciado, «tictac»..., no se refería a ningún peligroso bicho venenoso sino a su corazón. El médico le había ordenado dejar de fumar y le había dicho que si hacía demasiados esfuerzos, como por ejemplo quitar la nieve a paladas o trabajar con la azada en el huerto, acabaría tocando el arpa con los angelitos. El niño sabía perfectamente lo que eso significaba.

—No vas a dejarlo caer, y aunque lo hicieras seguramente no se pararía —había dicho el abuelo.

Sin embargo, el niño era lo suficientemente mayor como para saber que sí se pararía algún día, que tanto la gente como los relojes acababan por pararse.

Permaneció quieto, esperando a ver si el abuelo se paraba, pero por fin la tos y la risa empezaron a remitir, y el abuelo se incorporó de nuevo al tiempo que se limpiaba un moco con la mano izquierda y lo arrojaba lejos de sí.

—Eres un niño muy divertido, Clivey —dijo por fin—. Tengo dieciséis nietos, y creo que solo dos de ellos llegarán a ser algo, y tú no estás entre ellos... aunque tienes posibilidades..., pero eres el único que me hace reír hasta que me duelen las pelotas.

—No pretendía hacer que te dolieran las pelotas —repuso Clive.

Aquellas palabras volvieron a hacer reír al abuelo, aunque esta vez fue capaz de dominar las carcajadas antes de sufrir un nuevo acceso de tos.

—Enróllate la cadena alrededor de los nudillos un par de veces; así no te pesará tanto —aconsejó el abuelo—. Y si no te pesa tanto, es posible que prestes más atención.

Clive siguió el consejo del abuelo y lo cierto es que el reloj dejó de pesarle tanto. Contempló el reloj que yacía en su mano, fascinado por la vivacidad de su mecanismo, por el reflejo de la esfera, por la segunda manecilla que giraba en su propio círculo. Pero seguía siendo el reloj del abuelo, de eso estaba casi seguro. En aquel preciso instante, una flor de manzano resbaló sobre la esfera antes de desaparecer. Todo ello ocurrió en menos de un segundo, pero lo cambió todo. Tras el interludio de la flor de manzano, la probabilidad se convirtió en certeza. El reloj era suyo para siempre... o al menos hasta que uno de los dos dejara de funcionar, resultara imposible arreglarlo y hubiera que tirarlo.

—Muy bien —prosiguió el abuelo—. ¿Ves la segunda manecilla, la que gira sola?

—Sí.

—Muy bien. Pues no la pierdas de vista. Cuando llegue arriba, me gritas: «¡Adelante!», ¿estamos?

Clive asintió.

—Vale. Cuando llegue arriba, gritas, muchacho.

Clive frunció el ceño con la gravedad de un matemático que se acerca a la conclusión de una ecuación decisiva. Ya entendía lo que el abuelo quería enseñarle, y era lo suficientemente listo como para saber que la prueba no era más que una formalidad..., pero una formalidad que, pese a todo, hay que demostrar. Era un rito, al igual que el hecho de no poder salir de la iglesia antes de que el reverendo haya bendecido a la congregación, aunque ya se hayan cantado todas las canciones y haya terminado el sermón, por fortuna.

Cuando la segunda manecilla alcanzó las doce en su pequeño dial («Mía —se recordó maravillado—. Mi segunda manecilla de mi reloj»), gritó «¡Adelante!» a pleno pulmón, y el abuelo empezó a contar a la velocidad de un subastador que vendiera artículos dudosos e intentara deshacerse de ellos a precios astronómicos antes de que el público hipnotizado despertara y se diera cuenta de que no solo ha sido engatusado, sino timado con todas las de la ley.

—Un-dos-tres, cuatro-cinco-sei-siet-ocho-nueve, diez-once —canturreaba el abuelo.

Las nudosas rojeces que tenía en las mejillas y las grandes venas violáceas de su nariz empezaron a hincharse por la emoción y el esfuerzo.

—¡Cincuentaynuevesesenta! —terminó con voz ronca y triunfante.

Cuando gritó el último número, la segunda manecilla del reloj de bolsillo acababa de cruzar la séptima línea, indicando que habían pasado treinta y cinco segundos.

—¿Cuánto he tardado? —preguntó el abuelo jadeante mientras se frotaba el pecho.

Clive se lo dijo contemplándolo con abierta admiración.

—¡Sí que has contado deprisa, abuelo!

El abuelo agitó la mano con la que se había estado

frotando el pecho en un ademán despreciativo, pero al mismo tiempo esbozó una sonrisa.

—Ni la mitad de deprisa que el burro de Osgood —aseguró—. Oí a ese imbécil decir veintisiete, y lo siguiente que oí era que había llegado a cuarenta y uno o algo así.

El abuelo lo miró fijamente con sus otoñales ojos azul oscuro, que en nada se parecían a los mediterráneos ojos castaños de Clive. Posó una de sus nudosas manos en el hombro de su nieto. La mano estaba deformada por la artritis, pero el chico percibió la fuerza viva que emanaba de ella como los cables de una máquina recién desconectada.

—Recuerda esto, Clivey. El tiempo no tiene nada que ver con lo deprisa que cuentas.

Clive asintió lentamente. No comprendía del todo las palabras de su abuelo, pero sí creía percibir una sombra de comprensión, como la sombra de una nube que atraviesa un prado.

El abuelo metió una mano en el bolsillo de canguro de su pantalón de peto y extrajo un paquete de Kool sin filtro. Por lo visto, no había dejado de fumar a fin de cuentas, por estropeado que tuviera el corazón. Pese a ello, al niño le pareció que había reducido su ración de tabaco de forma drástica, porque el paquete de Kool tenía el aspecto de haber viajado mucho; había escapado al destino de la mayoría de los paquetes, abiertos después del desayuno y hechos una bola y tirados a la alcantarilla a las tres. El abuelo rebuscó en el paquete y extrajo un cigarrillo casi tan arrugado como el paquete del que procedía. Se lo encajó en la comisura de los labios, volvió a guardarse el paquete en el bolsillo y sacó una cerilla de madera que encendió con un experto movimiento de la amarillenta uña de su pulgar de anciano. Clive observaba el proceso con la fascinación de un niño que ve cómo un mago se saca un abanico de cartas de la mano vacía. El golpe seco de la uña del pulgar siempre resultaba interesante, pero lo más impresionante era que la cerilla no se apagaba. Pese al fuerte viento que barría la cima de la colina, el abuelo protegía la pequeña llama con tal confianza que el gesto parecía natural. Se encendió el pitillo y empezó a sacudir la cerilla, como si hubiera anulado el viento sin más ayuda que la fuerza de voluntad. Clive observó el cigarrillo de cerca y comprobó que no había señales de que el papel blanco se hubiera chamuscado más allá de la punta encendida. No se engañaba; el abuelo había encendido el cigarrillo con una llama recta, como un hombre que se lo enciende con una vela en una habitación cerrada. Era simple y pura brujería.

El abuelo se sacó el cigarrillo de la boca e introdujo en su lugar el pulgar y el índice, como si fuera a silbar para llamar a su perro o a un taxi. Lo que hizo fue sacar los dedos mojados y oprimir con ellos la punta de la cerilla. El chico no necesitaba aclaración alguna; lo único que el abuelo y sus amigos del campo temían más que las heladas repentinas eran los incendios. El abuelo dejó caer la cerilla y la aplastó con la bota. Alzó la cabeza y vio que el muchacho lo miraba con fijeza, si bien malinterpretó la causa de su fascinación.

—Ya sé que no debería fumar —empezó—, y no voy a decirte que mientas, ni siquiera te lo voy a pedir. Si la abuela te pregunta: «¿Ha estado fumando el viejo?», tú vas y le dices que sí. No necesito que un niño mienta por mí. —No sonreía, pero sus ojos perspicaces y rasgados hicieron que Clive se sintiera parte de una conspiración que parecía amistosa e inofensiva—. Pero si la abuela me pregunta a mí si has pronunciado el nombre de Dios en vano cuando te he regalado el reloj, la miraré a los ojos y le diré: «No, señora. Me ha dado las gracias como un buen chico y nada más».

Ahora le tocó el turno a Clive de echarse a reír, y el

abuelo esbozó una sonrisa que puso al descubierto los pocos dientes que le quedaban.

—Claro que si no nos pregunta nada a ninguno de los dos, no creo que le tengamos que contar nada así por las buenas..., ¿verdad, Clivey? ¿Te parece bien?

—Sí —repuso Clive.

No era un chico guapo ni nunca se convirtió en la clase de hombre que las mujeres consideran apuesto, pero en aquel momento, al esbozar una sonrisa que indicaba que comprendía a la perfección la pequeña pirueta retórica del anciano, cobró un aspecto hermoso, al menos durante un instante, y el abuelo le alborotó el pelo.

—Buen chico, Clivey.

—Gracias, señor.

El viejo guardó silencio, pensativo, mientras el pitillo se consumía con pasmosa rapidez; el tabaco estaba seco, y aunque el abuelo daba escasas chupadas, el ávido viento que barría la cima de la colina fumaba el cigarrillo sin cesar. Clive creyó que el viejo ya había dicho todo lo que tenía que decir, y se dijo que era una lástima. Le encantaba escuchar al abuelo. Las cosas que decía le impresionaban porque casi siempre tenían sentido. Su madre, su padre, la abuela y el tío Don decían cosas que esperaban se tomara en serio, pero casi nunca tenían sentido. Se recoge lo que se siembra, por ejemplo. ¿Qué quería decir eso?

Clive tenía una hermana, Patty, que le llevaba seis años. A ella sí la comprendía, pero le daba igual, porque casi todo lo que decía en voz alta eran estupideces. El resto lo comunicaba a base de malvados pellizcos. Los peores los llamaba «pedropellizcos». Siempre le decía que si contaba a alguien lo de los «pedropellizcos» lo «asesinearía»; Patty siempre hablaba de la gente a la que quería «asesinear»; tenía una lista que hacía la competencia al Club de los Asesinos. Hacía reír... hasta que uno miraba con atención el rostro flaco y hosco de Patty. Cuando uno veía lo que se ocultaba detrás de aquel rostro, se le pasaban las ganas de reír. Al menos eso era lo que le pasaba a Clive. Y había que ir con pies de plomo con ella, porque parecía estúpida pero no lo era en absoluto.

—No quiero salir con chicos —había anunciado a la hora de la cena no hacía demasiado tiempo, hacia la época en que los chicos solían invitar a la chicas al Baile de Primavera en el club de campo o al baile de graduación del instituto—. Me da igual si no llego a salir nunca con un chico.

Al dictar aquella sentencia, los había mirado a todos con expresión desafiante y los ojos abiertos de par en par desde encima de su plato humeante de carne y verdura.

Clive había observado el rostro rígido y de algún modo escalofriante de su hermana, que asomaba por entre el vapor de la comida, y recordó algo que había sucedido dos meses antes, cuando la tierra todavía estaba cubierta de nieve. Clivey había recorrido descalzo el pasillo del piso superior para que su hermana no lo oyera, y había echado un vistazo al cuarto de baño porque la puerta estaba abierta... No tenía ni la menor idea de que Patty la Vomitiva estaba ahí dentro. Lo que vio lo dejó patidifuso. Si Patty hubiera vuelto la cabeza hacia la izquierda tan solo unos milímetros lo hubiera sorprendido mirándola.

Sin embargo, Patty no había vuelto la cabeza, ya que estaba demasiado concentrada en la labor de examinarse en el espejo. Estaba desnuda como una de las tías buenas de la gastada revista *Modelos* de Foxy Brannigan, y la toalla yacía olvidada a sus pies. Pero Patty no era una tía buena, eso lo sabía Clive; y a juzgar por la expresión de su hermana, ella también lo sabía. Tenía las mejillas granujientas llenas de lágrimas. Eran lágrimas gruesas y abundantes, pero Patty no emitía sonido alguno. Finalmente, Clive había recobrado una parte suficiente de su instinto de supervivencia como para alejarse de puntillas, y nunca había hablado del incidente con nadie, y mucho menos con su hermana. No sabía si se habría enfadado porque su hermano pequeño le había visto el trasero, pero estaba bastante seguro del modo en que habría reaccionado si hubiera sabido que la había visto llorar, aunque fuera ese llanto tan extraño y silencioso; estaba convencido de que eso habría bastado para que lo asesinara.

—Creo que los chicos son tontos y que la mayoría huele a queso pasado —había afirmado aquella noche de primavera antes de meterse un pedazo de rosbif en la boca—. Si un chico me pidiera para salir me partiría de risa.

—Ya cambiarás de idea, cariño —había augurado papá sin dejar de masticar la carne ni alzar la mirada del libro que tenía junto al plato.

Mamá había renunciado a convencerle de que no leyera en la mesa.

—No, no cambiaré de idea —replicó Patty.

Y Clive sabía que era cierto. Cuando Patty decía algo, casi siempre lo decía en serio. Era algo que Clive comprendía y que a sus padres se les escapaba. No sabía si lo decía en serio... eso de asesinarle si le contaba a alguien lo de los pedropellizcos, pero, desde luego, no iba a correr el riesgo. Aunque no lo matara de verdad, encontraría algún modo espectacular aunque invisible de hacerle daño, de eso estaba seguro. Además, algunas veces los pedropellizcos no eran pellizcos de verdad, sino que se parecían más bien al modo en que Patty acariciaba a veces a su pequeño caniche cruzado, *Brandy*; Clive sabía que lo hacía porque el perro había sido malo, pero tenía un secreto que no tenía ninguna intención de contarle; la verdad era que esos otros pedropellizcos, los que recordaban las caricias, le daban una sensación bastante agradable.

Cuando el abuelo abrió la boca, Clive creyó que iba a decir: «Ya es hora de volver a casa, Clivey», pero en lugar de eso dijo:

—Te voy a contar algo, si es que quieres oírlo. No tardaré mucho. ¿Quieres oírlo, Clivey?

—¡Sí, señor!

—Tienes muchas ganas de que te lo cuente, ¿verdad? —inquirió el abuelo con voz abstraída.

—Sí, señor.

—A veces creo que tendría que raptarte para que te quedaras conmigo para siempre. A veces pienso que si te tuviera a mano viviría para siempre, por jorobado que tenga el corazón.

Se sacó el pitillo de la boca, lo arrojó al suelo y lo aplastó hasta la muerte con una de sus botas de trabajo, moviendo el talón y a continuación cubriendo la colilla para asegurarse. Cuando alzó la mirada para volver a mirar a Clive, los ojos le relucían.

—Dejé de dar consejos hace mucho tiempo —empezó—. Treinta años o más, creo. Dejé de hacerlo cuando me di cuenta de que solo los estúpidos dan consejos y solo los estúpidos los aceptan. Pero la formación... Eso ya es otra cosa. Un hombre inteligente dará formación de vez en cuando, y un hombre inteligente... o un niño inteligente... recibirá formación de vez en cuando.

Clive no dijo nada, sino que se limitó a mirar a su abuelo con gran concentración.

—Hay tres tipos de tiempo —explicó el abuelo—, y aunque los tres son reales, solo uno de ellos es realmente real. Hay que conocerlos todos y poder distinguirlos en cualquier momento. ¿Lo entiendes?

—No, señor.

El abuelo asintió con un gesto.

—Si hubieras dicho «Sí, señor» te habría dado unos azotes y te habría llevado de vuelta a la granja.

Clive bajó la mirada hacia los aplastados restos del cigarrillo del abuelo, ruborizado de orgullo.

—Cuando uno es un crío, como tú, el tiempo es largo. Por ejemplo, cuando llega mayo te parece que la escuela no terminará nunca, que mediados de junio no llegará nunca, ¿verdad?

Clive pensó en los últimos días de escuela, soñolientos y con olor a tiza, y asintió con la cabeza.

—Y cuando por fin llega mediados de junio y la maestra te da el boletín de notas y te deja ir, te parece que la escuela nunca volverá a empezar, ¿verdad que sí?

Clive pensó en aquella interminable autopista de días y asintió con tal fuerza que los huesos del cuello chasquearon.

—¡Hombre, pues sí que es verdad! Quiero decir, señor.

Aquellos días. Todos aquellos días que se arrastraban por la planicie de junio y julio, sobre el infinito horizonte de agosto. Tantos días, tantos atardeceres, tantos almuerzos consistentes en bocadillos de mortadela con mostaza y cebolla picada y gigantescos vasos de leche mientras su madre permanecía sentada en silencio en el salón, junto a su vaso de vino sin fondo, mirando los culebrones por la tele. Tantas tardes interminables en las que el sudor manaba de las raíces del cabello cortado al cepillo y luego rodaba por las mejillas, tardes en las que el momento en que te dabas cuenta de que el muñón de tu sombra se había convertido en un niño siempre te pillaba por sorpresa, tantos anocheceres infinitos en los que el sudor se enfriaba hasta quedar reducido a un olor parecido al de loción de afeitado mientras jugabas a pilla pilla o a policías y ladrones; el sonido de las cadenas de las bicicletas, los dientes bien engrasados encajando en las ranuras, olor a madreselva, el asfalto al enfriarse, hojas verdes y césped recién cortado, el sonido de los cromos de béisbol al chocar contra el sendero delantero de la casa de algún chico, intercambios solemnes y prodigiosos que alteraban los rostros de ambas ligas, conferencias que se arrastraban por las oblicuas sombras de la tarde hasta que el grito de «¡Cliiiiiive! ¡A cenaaaaar!» ponía fin a las conversaciones; y aquella llamada siempre era tan previsible y al tiempo tan sorprendente como aquel muñón de sombra que hacia las tres se había transformado en la silueta negra de un niño a su lado; y hacia las cinco, aquel niño pegado a sus talones se había convertido en un hombre, si bien extremadamente flaco; noches aterciopeladas de televisión, el ocasional volver de páginas mientras su padre leía un libro tras otro; nunca se cansaba de ellas; palabras, palabras, palabras, su padre nunca se cansaba de ellas; Clive había querido preguntarle una vez cómo era posible que no se cansara de ellas, pero no se había atrevido; su madre levantándose de vez en cuando para ir a la cocina, seguida tan solo por los ojos enojados y preocupados de su hermana y los simplemente curiosos de Clive; el leve tintineo cuando mamá rellenaba el vaso que nunca quedaba vacío a partir de las once de la mañana (y su padre que nunca alzaba la mirada del libro, aunque Clive creía que lo oía todo y lo sabía todo, aunque Patty le había llamado estúpido mentiroso y le había propinado un pedropellizco que le había dolido todo el día la vez que se había atrevido a comentárselo); el zumbido de los mosquitos contra las mosquiteras, siempre mucho más ruidoso tras la puesta de sol; la orden de irse a la cama, tan injusta e inevitable, causa perdida antes de empezar; el brusco beso de su padre, su olor a tabaco, el beso más suave de su madre, dulce y agrio por el vino; el sonido de su hermana al decirle a su madre que debería irse a la cama después de que su padre se hubiera ido a la taberna de la esquina a tomarse un par de cervezas y mirar los combates de lucha en el televisor colocado sobre la barra; su madre diciéndole a Patty que se metiera en sus asuntos, una conversación de contenido inquietante pero tranquilizadora por su previsibilidad; las luciérnagas reluciendo en la penumbra; el lejano claxon de un coche cuando se sumía en el largo y oscuro túnel del sueño; y después el día siguiente, que parecía igual pero no lo era, no del todo. Verano. Eso era el verano. Y no es que pareciera largo, sino que en verdad lo era.

El abuelo lo observaba con atención y parecía leer todos aquellos pensamientos en los ojos castaños del chico; parecía saber todas las palabras necesarias para expresar todas aquellas cosas que el chico era incapaz de explicar; cosas que no podían brotar de sus labios porque su boca no podía articular el lenguaje de su corazón. Y entonces el abuelo asintió con la cabeza, como si quisiera confirmar aquella idea, y de repente, Clive temió que el abuelo lo estropeara todo diciendo algo suave, tranquilizador e insignificante. Claro, diría, todo eso ya lo sé, Clivey, yo también fui niño, ¿sabes?

Pero no dijo nada de eso, y Clive comprendió que había sido un estúpido al temer que lo hiciera. Más aún, comprendió que había sido desleal. Porque se trataba del abuelo, y el abuelo nunca decía chorradas como otros adultos decían tan a menudo. En lugar de decir algo suave y tranquilizador, habló con la seca fatalidad de un juez que pronunciara una sentencia de pena capital.

—Pues todo eso cambia —dijo.

Clive alzó la mirada hacia él, algo atemorizado ante la idea, pero encantado porque el cabello del viejo revoloteaba salvaje en torno a su cabeza. Pensó que el abuelo tenía el aspecto que tendría el predicador de la iglesia si supiera la verdad acerca de Dios en lugar de suponerla.

—¿Que el tiempo cambia? ¿Estás seguro?

—Sí. Cuando llegas a cierta edad..., a los catorce, creo, casi siempre cuando las dos mitades de la raza humana van y cometen el error de descubrirse una a otra..., el tiempo empieza a ser tiempo real. Tiempo realmente real. Ya no es largo como antes ni corto como lo será más tarde. Y se hace más corto, eso te lo digo yo. Pero durante la mayor parte de la vida, el tiempo es tiempo realmente real. ¿Sabes lo que quiere decir eso, Clivey?

—No, señor.

—Pues entonces aprende: el tiempo realmente real es tu bonito pony.... Dilo: «Mi bonito pony».

Sintiéndose un poco tonto y preguntándose si el abuelo le estaría tomando el pelo por alguna razón («tomándolo por el pito de un sereno», como diría el tío Don), Clivey repitió las palabras del abuelo. Esperó a que el abuelo se echara a reír, que le dijera: «¡Chico, esta vez sí que te he tomado por el pito de un sereno!». Pero el abuelo se limitó a asentir impasible, de un modo que desmentía sus temores.

—Mi bonito pony. Nunca olvidarás estas tres palabras si eres tan listo como creo. Mi bonito pony. Esa es la verdad acerca del tiempo.

El abuelo sacó el maltrecho paquete de cigarrillos del bolsillo de la pechera, lo contempló durante un momento y por fin se lo volvió a guardar.

—Desde los catorce hasta los..., bueno, digamos hasta los sesenta, la mayor parte del tiempo es tiempo mi bonito pony. Hay momentos en que el tiempo se hace largo como cuando eras pequeño, pero son malos momentos. En esos momentos darías tu alma por un poco de tiempo mi bonito pony, por no hablar de tiempo corto. Si le dijeras a la abuela lo que te voy a contar ahora, Clivey, me llamaría blasfemo y no me traería la botella de agua caliente durante una semana. Quizá dos.

Pese a ello, los labios del abuelo se curvaron en una mueca amarga y descreída.

—Si se lo contara a ese reverendo Chadband, a quien la parienta considera tan magnífico, me saldría con el cuento de que no lo vemos todo y con la historia de que los caminos de Dios son insondables, pero te diré lo que pienso, Clivey. Creo que Dios es un maldito hijo de puta por hacer que los únicos momentos largos que tiene un adulto son los momentos en que está para el arrastre, como cuando tienes las costillas rotas, las tripas hechas papilla o algo parecido. ¡Pero si un Dios así hace que los críos que ensartan moscas con alfileres parezcan santos que no han roto un plato en su vida! Me acuerdo lo largas que fueron aquellas tres semanas después de que se me cayera el tractor encima, y me pregunto por qué Dios creó vida, por qué creó seres vivos. Si necesitaba algo para desahogarse, ¿por qué no se fabricaba unos cuantos arbustos de zumaque y ya está? O, por ejemplo, ¿qué hay del pobre Johnny Brinkmayer, devorado lentamente por el cáncer el año pasado?

Clive apenas oyó las últimas palabras del viejo, aunque más adelante, mientras regresaban en coche a la ciudad, recordó que Johnny Brinkmayer, propietario de lo que sus padres llamaban el supermercado y los abuelos llamaban «La Mercantil», era el único hombre al que el abuelo iba a visitar algunas tardes... y el único hombre que iba a visitar al abuelo algunas tardes. Durante el largo viaje de regreso a la ciudad, a Clive se le ocurrió que Johnny Brinkmayer, al que recordaba vagamente como un hombre con una enorme verruga en la frente que se rascaba el paquete de un modo singular mientras andaba, debía de haber sido el único amigo verdadero del abuelo. El hecho de que la abuela tendiera a arrugar la nariz cuando se mencionaba el nombre de Brinkmayer y con frecuencia se quejara de lo mal que olía, no hizo sino reafirmar dicha suposición.

No obstante, aquellos pensamientos no se le ocurrieron en aquel momento, pues estaba pendiente de que Dios fulminara al abuelo. Seguro que lo fulminaría después de tamaña blasfemia. Nadie podía quedar impune después de llamar a *Dios Padre Todopoderoso* maldito hijo de puta, o insinuar que el Ser que había creado el universo no era mejor que un crío de tercero que disfrutaba atravesando moscas con un alfiler.

Clive se alejó un poco de la figura enfundada en los pantalones de peto, que había dejado de ser su abuelo para convertirse en un pararrayos. De un momento a otro caería un rayo del cielo azul y fulminaría a su abuelo como si fuera la última mierda, y los manzanos se convertirían en antorchas que anunciarían a los cuatro vientos la maldición del viejo por los siglos de los siglos amén. Las flores de manzano se convertirían en algo parecido a las virutas de papel quemado que salían del incinerador cuando su padre quemaba los periódicos de la semana a última hora de la tarde del domingo.

Pero no sucedió nada.

Clive esperó hasta que la fatal certeza empezó a remitir, y cuando un petirrojo se puso a cantar cerca de ellos, como si el abuelo no hubiera dicho nada malo, supo que no caería ningún rayo. Y en el momento en que se dio cuenta de eso, se produjo un cambio pequeño aunque fundamental en la vida de Clive Branning. La blasfemia impune de su abuelo no lo convertiría en un delincuente ni en un gamberro, ni siquiera en algo tan insignificante como un niño problemático, un término que acababa de ponerse de moda. Sin embargo, el norte de la fe de Clive se desplazó ligeramente, y el modo en que escuchaba a su abuelo cambió al instante.

Antes lo había escuchado. Ahora le prestaba toda su atención.

—Los momentos en que estás hecho un asco parecen eternos —decía el abuelo en aquel instante—. Créeme, Clivey, una semana hecho trizas hace que las mejores vacaciones de verano de tu niñez parezcan un fin de semana. ¡Diablos, una mañana de sábado! Cuando pienso en los siete meses que Johnny pasó en la cama con esa... esa cosa que se le iba comiendo las tripas... Dios mío, quién me manda a mí contarle estas cosas a un crío. Tu abuela tiene razón. Soy más tonto que un zapato.

El abuelo se miró los zapatos durante un instante. Por fin alzó la cabeza y meneó la cabeza no con ademán triste, sino de un modo brusco aunque no exento de humor.

—Da igual. He dicho que te iba a dar un poco de formación, y en vez de eso aquí estoy lamentándome como un perro lloroso. ¿Sabes lo que es un perro lloroso, Clivey?

El chico meneó la cabeza.

—Da igual; ya te lo explicaré otro día.

Por supuesto, nunca hubo otro día, ya que la siguiente vez que Clive vio a su abuelo, este estaba en una caja, y Clive suponía que aquello era una parte importante de la formación que el abuelo quería darle aquel día. El hecho de que el abuelo no fuera consciente de estarle dando formación no le restaba valor.

—Los viejos somos como trenes antiguos en un cambio de agujas... Demasiadas vías. Así que dan como cinco malditas vueltas antes de entrar.

—No pasa nada, abuelo.

—Lo que quiero decir es que cada vez que intento ir al grano me voy por las ramas.

—Ya lo sé, pero es que las ramas son muy interesantes.

El abuelo esbozó una sonrisa.

—Si eres bocas, Clivey, tienes media batalla ganada.

Clive le devolvió la sonrisa, y el tenebroso recuerdo de Johnny Brinkmayer pareció alejarse de la mente del abuelo. Cuando volvió a hablar, su voz había adquirido un tono más práctico.

—¡Cuestión! A la porra con toda esa mierda. Pasar mucho tiempo con dolores no es más que un extra que pone Dios. Sabes que la gente colecciona esos cupones que dan con los paquetes de cigarrillos para luego cambiarlos por un barómetro de latón para colgárselo en la pared del despacho, o bien por un juego de cuchillos de carne, ¿verdad, Clivey?

Clive hizo un gesto de asentimiento.

—Bueno, pues así es el tiempo del dolor..., solo que el premio es más bien un timo, por así decirlo. La cuestión es que, cuando te haces viejo, el tiempo normal, el tiempo mi bonito pony, se convierte en tiempo corto. Como cuando eres un crío, pero al contrario.

—Al revés.

—Eso.

La idea de que el tiempo se aceleraba cuando uno se hacía viejo estaba fuera del alcance de las emociones del chico, pero era lo suficientemente listo como para admitir el concepto. Sabía que si un extremo del subibaja sube, el otro tiene que bajar. Se dijo que el abuelo debía de estar hablando del mismo concepto, equilibrio y contraequilibrio. «Muy bien; es una forma de verlo», habría dicho el padre de Clive.

El abuelo extrajo el paquete de Kool del bolsillo de canguro y esta vez sacó con todo cuidado un cigarrillo..., no solo el último del paquete, sino el último que el chico le vio fumar. El viejo arrugó el paquete y se lo volvió a guardar en el lugar del que lo había sacado. Encendió el pitillo igual que había encendido el otro, con la misma facilidad pasmosa. No es que ignorara el viento que barría la cima de la colina, sino que, de algún modo, parecía anularlo.

—¿Y cuándo pasa eso, abuelo?

—Eso no te lo puedo decir exactamente, y no pasa de golpe —repuso el abuelo mientras mojaba la cerilla como había hecho con la anterior—. Simplemente se acerca, como un gato que se acerca de puntillas a una ardilla. Y cuando te das cuenta, resulta que no es más justo que lo que ha hecho Osgood esta mañana al contar.

—Bueno, pues entonces, ¿qué pasa? ¿Cómo te das cuenta?

El abuelo sacudió un cilindro de ceniza del cigarrillo sin sacárselo de la boca. Lo hizo con el pulgar, como si diera un golpecito sobre una mesa. El chico nunca olvidó aquel sonido.

—Creo que lo que notas primero es diferente para cada persona —explicó el viejo—, pero en mi caso empezó cuando tenía cuarenta y pico años. No recuerdo exactamente cuántos años tenía, pero sí que me acuerdo de dónde pasó..., en la tienda de Davis. ¿La conoces?

Clive asintió. Su padre casi siempre los llevaba a él y a su hermana a tomar batidos helados cuando iban a visitar a los abuelos. Su padre los llamaba los Trillizos de Vaichocfresa, porque siempre pedían lo mismo; su padre siempre pedía uno de vainilla, Patty de chocolate y Clive de fresa. Y su padre se sentaba entre ellos y leía mientras sorbían lentamente las bebidas. Patty tenía razón al decir que se podía hacer cualquier cosa cuando su padre estaba leyendo, es decir, casi siempre, pero cuando dejaba el libro a un lado y echaba un vistazo a su alrededor, había que sentarse bien derecho y hacer gala de los mejores modales si uno no quería llevarse unos azotes.

—Bueno, pues ahí estaba yo —prosiguió el abuelo.

Tenía los ojos vueltos hacia el cielo primaveral y contemplaba una nube que parecía un soldado tocando la corneta y se desplazaba con rapidez.

—Había ido a comprar el medicamento para la artritis de tu abuela. Llevaba lloviendo una semana, y tenía unos dolores de campeonato. Y, de pronto, vi una vitrina nueva. Habría sido difícil no fijarse. Ocupaba casi todo un pasillo, sí, señor. Había máscaras y adornos recortables de gatos negros, brujas volando en escobas y cosas así, y también había esas calabazas de cartón que vendían en aquellos tiempos. Venían en una bolsa de plástico y con una goma. La idea era que los niños recortaran la calabaza y después dejaran a su madre una tarde en paz coloreándola o incluso jugando a los juegos que había al dorso. Y cuando estaba terminada, se la colgaban encima de la puerta como adorno o, si la familia del crío en cuestión era demasiado pobre como para comprarle una máscara o demasiado estúpida como para ayudarle a hacerse un disfraz con los trastos que había en casa, bueno, pues entonces se podía sujetar la goma a la calabaza y llevarla en la cabeza. ¡Había un montón de niños paseándose por el pueblo con la bolsa de plástico en la mano y la calabaza de la tienda de Davis en la cabeza la noche de Halloween, Clivey! Y claro, también había sacado las golosinas. Siempre tenía el tarro de las golosinas de un centavo al lado del surtidor de refrescos, ya sabes cuál quiero decir...

Clive sonrió. Claro que lo sabía.

—... pero sus golosinas eran diferentes. Había un montón de caramelos, sidral, piruletas y barras de regaliz. Y yo creía que el viejo Davis... el tipo que llevaba la tienda en aquella época se llamaba Davis, y fue su padre quien la abrió hacia 1911, pues creí que le faltaba un tornillo. Por las barbas del profeta, me dije, Frank Davis ha sacado las golosinas de Halloween antes de que se acabe el verano. Se me ocurrió ir al mostrador de la farmacia y decírselo, y entonces una parte de mí me dice espera un momento, George, a ti sí que te falta un tornillo. Y no iba tan desencaminado, Clivey, porque no era verano, y eso lo sabía tan bien como que me llamo George. Ves, eso es lo que quiero que entiendas, que lo sabía. ¿Acaso no estaba ya buscando jornaleros para cosechar la manzana y no había incluso puesto quinientos anuncios al otro lado de la frontera con Canadá? ¿Y no le había echado ya el ojo a ese tipo, Tim Warburton, que había llegado de Schenectady a buscar trabajo? Tenía algo, parecía honrado, y pensé que sería un buen capataz durante la cosecha. ¿Acaso no había pensado en preguntarle al día siguiente si quería trabajar para mí, y no sabía él que se lo preguntaría, porque había soltado como quien no quiere la cosa que se iba a cortar el pelo a tal hora en tal sitio? Así que me dije, madre mía, George, ¿no eres un poco joven para volverte senil? Sí, el viejo Frank ha sacado las golosinas de Halloween un poco pronto este año, pero ¿en verano? El verano ya ha pasado, viejo amigo. Eso ya lo sabía, pero por un momento, Clivey o tal vez durante varios segundos, me pareció que era verano, o que tenía que ser verano, porque estaba siendo verano. ¿Entiendes lo que quiero decir? No me llevó mucho rato volver a convencerme de que era septiembre, pero hasta entonces me sentí..., me sentí...

El abuelo frunció el ceño antes de pronunciar una palabra que conocía pero no habría utilizado en una conversación con otro granjero, so pena de que lo acusaran, aunque solo fuera mentalmente, de estar como un cencerro.

—Me sentí consternado. Es la única palabra que se me ocurre, maldita sea. Consternado. Y eso fue lo que me pasó la primera vez.

Se quedó mirando al chico, que se limitó a devolverle la mirada sin ni tan siquiera asentir, tan concentrado estaba. El abuelo asintió por los dos y sacudió otro cilindro de ceniza del cigarrillo con el flanco del pulgar. Clive creía que su abuelo estaba tan absorto en sus pensamientos que el viento se estaba fumando casi todo el pitillo.

—Fue como acercarse al espejo del baño para afeitarse y ver que te ha salido la primera cana. ¿Entiendes, Clive?

—Sí.

—Muy bien. Después de la primera vez, me empezó a pasar con todas las fiestas. Creía que estaban sacando las cosas de la fiesta demasiado pronto, y a veces se lo decía a alguien, aunque siempre procuraba que sonara como si creyera que los tenderos eran unos codiciosos. Que era a ellos que les pasaba algo malo, no a ti. ¿Entiendes eso, Clivey?

—Sí.

—Porque —continuó el abuelo— un tendero codicioso es algo que un hombre puede entender... y que algunos hombres incluso admiran, aunque yo nunca he sido uno de ellos. «Fulano de tal es un lince», decían, como si ser un lince, como si comportarse como ese carnicero, Radwick, que siempre metía el pulgar en la balanza si creía que no le pillarían, fuera algo bueno. Yo nunca he pensado así, pero siempre lo he entendido. Pero decir algo que dé la impresión de que te has vuelto majareta..., eso ya es harina de otro costal. Por ejemplo, decía algo como: «Dios mío, sacarán los adornos de papel y los filetes de oro antes de que el heno esté en el pajar el año que viene», y quienquiera que estuviese ahí decía que era más cierto que la Biblia, pero no era más cierto que la Biblia, y después de pensármelo bien, Clivey, sé que sacaban todas esas cosas más o menos en la misma época cada año. Y entonces me pasó otra cosa. Unos cinco años más tarde, quizá siete. Tendría unos

63

cincuenta años más o menos. En resumen, que me llamaron para ser jurado. Un coñazo, pero fui. El alguacil viene y me hace jurar sobre la Biblia, me pregunta si juro cumplir con mi deber con la ayuda de Dios, como si no me hubiera pasado toda la vida haciendo las cosas con la ayuda de Dios. Y entonces saca el bolígrafo y me pregunta mi dirección, y se la doy con pelos y señales. Y entonces me pregunta cuántos años tengo y voy y le suelto que tengo treinta y siete.

El abuelo echó la cabeza hacia atrás y lanzó una carcajada a la nube que parecía un soldado. La nube, con la parte de la corneta ya tan larga como un trombón, estaba a medio camino entre los dos horizontes.

—¿Por qué dijiste eso, abuelo?

A Clive le parecía haber seguido la historia bastante bien hasta entonces, pero en aquel momento tuvo sus dudas.

—¡Pues lo dije porque fue lo primero que se me ocurrió! ¡Diablos! En cualquier caso, sabía que me había equivocado, así que me quedé callado un momento. No creo que ni el alguacil ni ninguna otra persona de la sala se dieran cuenta; casi todos parecían dormidos o a punto de dormirse, y aunque hubieran estado tan despiertos como si les acabaran de meter la escoba de la ratita por el culo, no creo que nadie se hubiera fijado. No fue más que como dar un paso en falso, como un bateador que deja pasar dos antes de darle a una bola difícil. ¡Pero, jolines! Preguntarle a un hombre cuántos años tiene no es como jugar al béisbol con pelotas pegajosas. Me sentí como un idiota. Me pareció que durante ese segundo realmente no sabía cuántos años tenía si no tenía treinta y siete, como si pudiera tener siete, diecisiete o setenta. Entonces me recuperé y le dije cuarenta y ocho o cincuenta y uno o lo que fuera. Pero no acordarte de los años que tienes, aunque solo sea por un momento... ¡Madre mía!

El abuelo arrojó el cigarrillo al suelo, lo pisó con el talón de la bota y empezó el mismo ritual consistente en asesinarlo y a continuación enterrarlo.

—Pero eso no es más que el comienzo, Clivey, hijo mío —prosiguió.

Aunque no había hecho más que utilizar una expresión del dialecto irlandés que a veces le salía, Clive pensó: «Me gustaría ser tu hijo. Tu hijo en lugar del suyo».

—Después de un tiempo, pasa de la primera marcha a la segunda y antes de que te des cuenta, el tiempo ha puesto la directa y ahí vas tú, a toda pastilla, como la gente en las autopistas, que van tan deprisa que sus coches hacen caer las hojas de los árboles en otoño.

—¿Qué quieres decir?

—Lo peor es cómo cambian las estaciones —explicó el viejo en tono huraño, como si no hubiera oído al muchacho—. Las estaciones dejan de ser estaciones. Parece como si la mujer acabe de sacar las botas, los guantes y las bufandas del altillo cuando de pronto empieza el deshielo, y uno pensaría que la gente se alegra de que acabe la temporada del deshielo, maldita sea, yo siempre me alegraba, pero la verdad es que no te alegras de que se acabe cuando te parece que el deshielo ha terminado antes de que hayas acabado de sacar el tractor del primer charco de barro donde ha quedado estancado. Y entonces te da la sensación de que te acabas de poner el sombrero de paja para el primer concierto de verano de la banda cuando los álamos empiezan a enseñar el camisón.

En aquel momento, el abuelo se volvió hacia Clive con las cejas enarcadas, como si esperara que el chico le pidiera una aclaración, pero Clive se limitó a sonreír encantado, pues sabía lo que era un camisón, sí, señor; era lo que su madre llevaba a veces hasta las cinco de la tarde, al menos cuando su padre estaba en la carretera, vendiendo electrodomésticos, accesorios de cocina y seguros cuando podía. Cuando su padre estaba fuera de la ciudad, su madre se ponía a beber en serio, y a veces bebía tan en serio que no podía vestirse hasta la puesta de sol. Entonces salía a veces, dejándole al cuidado de Patty mientras iba a visitar a alguna amiga enferma.

—Las amigas de mamá se ponen enfermas más a menudo cuando papá está fuera de la ciudad, ¿te has fijado? —le comentó una vez a Patty.

Su hermana se rió hasta que se le saltaron las lágrimas y contestó que sí, que se había fijado, desde luego que se había fijado.

Las palabras del abuelo le habían recordado que los álamos cambiaban de algún modo cuando se acercaba el momento de volver a la escuela. Cuando soplaba el viento, los troncos adquirían el mismo color que el camisón más bonito de su madre, un color plateado que resultaba tan sorprendentemente triste como hermoso; un color que simbolizaba el fin de lo que uno había creído eterno.

—Y entonces —continuó el abuelo—, empiezas a perder la noción de las cosas. No demasiado, no es como volverse senil como el viejo Hayden, que vive más abajo, en la carretera, gracias a Dios, pero aun así es una porquería confundir las cosas. No es lo mismo que olvidar las cosas, eso sería otra cosa. No, las recuerdas, pero confundes los momentos y las situaciones. Como, por ejemplo, yo estaba seguro de que me había roto el brazo justo después de que nuestro Billy muriera en aquel accidente de coche, en el 58. Eso también fue una porquería. Se lo podría demostrar... al reverendo Chadband. Billy iba detrás de un camión cargado de grava, a no más de treinta y cinco por hora, y de pronto, una piedrecilla no más grande que la esfera del reloj de bolsillo que te he regalado cayó del camión, rebotó contra el suelo y se cargó el parabrisas de nuestro Ford.

A Billy le entraron cristales en los ojos, y el médico dijo que seguramente se habría quedado ciego si hubiese sobrevivido, pero no sobrevivió..., sino que se salió de la carretera y chocó contra un poste de electricidad. El poste se estrelló contra el coche, y Bill quedó frito como cualquier chalado en la silla eléctrica de Sing Sing. Y lo peor que hizo en su vida fue hacerse el enfermo para no tener que recoger judías cuando todavía teníamos el huerto. Pero a lo que iba... Estaba seguro de que me había roto el maldito brazo justo después de aquello; ¡habría jurado que fui a su funeral con el brazo todavía en cabestrillo! Sarah tuvo que enseñarme la Biblia familiar y los papeles del seguro para que me creyera que ella tenía razón; me lo había roto dos meses antes, y cuando enterramos a Billy ya me habían quitado el cabestrillo. Sarah me llamó viejo estúpido y tuve ganas de darle un bofetón de lo cabreado que estaba, pero estaba cabreado porque me daba vergüenza, y al menos tuve la sensatez de reconocerlo y dejarla en paz. Y ella solo estaba cabreada porque no le gusta pensar en Billy. Era la niña de sus ojos, sí, señor.

—¡Madre mía! —exclamó Clive.

—No es que te pongas a chochear; más bien es como cuando vas a Nueva York y te encuentras a esos tipos en las esquinas con tres cubiletes y un guisante debajo de uno, y apuestan a que no adivinas debajo de qué cubilete está el guisante, y tú estás seguro de que lo adivinarás, pero los mueven tan deprisa que te engañan una y otra vez. Simplemente, te confundes, pierdes la noción de las cosas. Y te da la sensación de que no puedes evitarlo.

Exhaló un suspiro y miró en derredor como si quisiera comprobar dónde se encontraban exactamente. Su rostro adquirió por un instante una expresión de completa impotencia que desagradó y atemorizó al niño. No quería sentirse de aquel modo, pero no podía evitarlo. Era como si el abuelo se hubiera quitado un vendaje y le hubiera mostrado una llaga que era el síntoma de algo terrible. Como la lepra.

—Parece como si la primavera hubiera empezado la semana pasada —comentó el abuelo—, pero mañana ya no quedará ninguna flor si el viento sigue soplando así de fuerte, y desde luego, eso es lo que parece. Un hombre no puede seguir las cosas mentalmente cuando van tan deprisa. Un hombre no puede decir: «Espera un momento, viejo amigo, espera a que me recupere y pueda seguirte». No hay nadie a quien decírselo. Es como ir en un carro sin conductor, ya me entiendes. Así que, ¿qué conclusión sacas de todo esto, Clivey?

—Bueno —empezó el chico—, tienes razón en una cosa, abuelo; parece que algún idiota se ha inventado todo esto.

No pretendía hacerse el gracioso, pero el abuelo se echó a reír hasta que su rostro volvió a adquirir aquel alarmante matiz violáceo, y esta vez no solo tuvo que inclinarse y apoyar las manos en las rodilleras de su pantalón de peto, sino que tuvo que rodear el cuello del chico para no caerse. Se habrían dado un buen batacazo si la risa y la tos del abuelo no hubieran empezado a ceder en aquel momento, cuando el chico ya estaba convencido de que la sangre saldría a borbotones de ese rostro violáceo e hinchado de risa.

—¡Eres la pera! —exclamó el abuelo cuando por fin logró dominarse—. ¡Eres la pera!

—¿Estás bien, abuelo? Quizá sería mejor que...

—Mierda, no. No estoy bien. He tenido dos ataques al corazón en los últimos dos años, y yo seré el primer sorprendido si aguanto dos años más. Pero no es nada nuevo, muchacho. Lo único que quiero decir es que seas joven o viejo, tengas tiempo rápido o lento, siempre puedes tomar el camino recto si recuerdas ese pony. Porque si dices «mi bonito pony» entre cada número cada vez que cuentas, el tiempo no será más que tiempo. Si lo haces te digo que habrás ensillado a ese maldito animal. Aunque no puedes contar todo el tiempo, eso no entra en los planes de Dios. En eso estoy de acuerdo con ese grasiento bastardo de Chadband. Pero tienes que recordar que tú no posees tiempo, sino que el tiempo te posee a ti. Pasa a tu lado a la misma velocidad cada día. No le importas un comino, pero eso da igual si tienes un bonito pony. Si tienes un bonito pony, Clivey, tienes al cabrón bien cogido por las pelotas, y a la mierda todos los Alden Osgood del mundo.

—¿Lo entiendes? —El viejo se inclinó levemente hacia Clive Banning.

—No, señor.

—Ya lo sé, pero ¿lo recordarás?

—Sí, señor.

El abuelo Banning lo miró con atención durante tanto rato que el chico empezó a incomodarse. Por fin asintió con la cabeza.

—Sí, creo que lo recordarás, sí, señor.

El chico no respondió. En realidad, no se le ocurría nada que decir.

—Ya has recibido tu formación —prosiguió el abuelo.

—¡No he recibido ninguna formación si no lo entiendo! —gritó Clive con tal frustración y enojo que él mismo se sorprendió—. ¡No he recibido ninguna formación!

—A la mierda con eso de entender o no entender —replicó el viejo con toda calma.

Volvió a rodear el cuello del muchacho y lo atrajo hacia sí... por última vez antes de que la abuela lo encontrara muerto en la cama un mes más tarde. Un buen día despertó y ahí estaba el abuelo, y el pony del abuelo había echado abajo las vallas del abuelo y había dejado atrás todas las colinas del mundo.

Corazón malvado, corazón malvado. Bonito, pero de corazón malvado.

—La comprensión y la formación son dos conceptos que no casan —dijo el abuelo aquel día entre los manzanos.

—Entonces, ¿qué es la formación?

—Recordar —repuso el viejo con serenidad—. ¿Recuerdas el pony?

—Sí, señor.

—¿Cómo se llama?

El chico vaciló un instante.

—Tiempo..., supongo.

—Muy bien. ¿Y de qué color es?

Esta vez, el chico vaciló durante más rato, abriendo su mente como una pupila en la noche.

—No lo sé —repuso por fin.

—Yo tampoco —aseguró el viejo al tiempo que lo soltaba—. No creo que sea de ningún color, y tampoco creo que importe. Lo que importa es: ¿lo reconocerás cuando lo veas?

—Sí, señor.

Un ojo reluciente y febril se apoderó de la mente del chico.

—¿Cómo?

—Porque es bonito —replicó Clive con absoluta certeza.

—¡Bien! —exclamó el viejo con una sonrisa—. ¡Clivey ha recibido un poco de formación, y eso lo hace a él más sabio y a mí más feliz... o quizá al revés. ¿Quieres un trozo de tarta de melocotón, muchacho?

—¡Sí, señor!

—Entonces, ¿qué estamos haciendo aquí? ¡A por la tarta!

Y así lo hicieron.

Y Clive Banning nunca olvidó el nombre, que era tiempo, ni el color, que no era ninguno, ni el aspecto, que no era ni hermoso ni feo..., sino simplemente bonito. Ni tampoco olvidó su carácter, que era malvado, ni lo que su abuelo había dicho cuando regresaban a la casa, palabras casi arrojadas, perdidas en el viento; había dicho que tener un pony para cabalgar era mejor que no tener pony, fuera cual fuese su carácter.

NO SE EQUIVOCA DE NÚMERO

NOTA DEL AUTOR: Las abreviaturas de
los guiones son simples y existen principalmente, en la opinión de este autor,
para que aquellos que escriben guiones
puedan sentirse como miembros de alguna logia. En cualquier caso, les conviene
saber que PP significa *primer plano*, PPP,
primerísimo plano, INT, *interior*, EXT,
exterior, F, *fondo*, y PDV, *punto de vista*.
Seguramente la mayoría de ustedes ya sabía todo esto, ¿verdad?

ACTO PRIMERO

ENTRADA:

LA BOCA DE KATIE WEIDERMAN, PPP

Está hablando por teléfono. Bonita boca; dentro de
unos instantes comprobaremos que el resto de ella es
igual de bonito.

KATIE

¿Bill? Oh, dice que no se encuentra muy bien,
pero siempre le pasa lo mismo entre un libro y

el siguiente... No puede dormir, cree que cualquier dolor de cabeza es el primer síntoma de un tumor cerebral... En cuanto empiece con algo nuevo se encontrará de perlas.

SONIDOS DE F: EL TELEVISOR

LA CÁMARA SE RETIRA. KATIE está sentada en el nicho del teléfono de la cocina, charlando con su hermana mientras hojea unos catálogos. Cabe señalar una característica poco usual del teléfono por el que está hablando: es de dos líneas y cuenta con BOTONES ILUMINADOS que indican qué líneas están ocupadas. En estos momentos solo hay una línea ocupada, la de KATIE. MIENTRAS KATIE CONTINÚA CON SU CONVERSACIÓN, LA CÁMARA SE ALEJA DE ELLA, SE DESPLAZA POR LA COCINA y atraviesa el arco que comunica con el salón.

KATIE (la voz se va alejando)
Ah, hoy he visto a Janie Charlton... ¡Sí! ¡Está como una foca!...

La voz de KATIE deja de oírse. El volumen del televisor aumenta. Hay tres niños: JEFF, de ocho años, CONNIE, de diez, y DENNIS, de trece. Ponen *La rueda de la fortuna*, pero los niños no prestan atención al programa, sino que están enzarzados en su pasatiempo favorito: la Discusión Sobre Lo Que Verán a Continuación.

JEFF
¡Vengaaaa! ¡Es el primer libro que escribió!

CONNIE
El primer libro asqueroso.

DENNIS

Vamos a ver *Cheers* y *Wings*, Jeff, como cada semana.

DENNIS habla en el tono sentencioso que solo un hermano mayor consigue adoptar. «¿Quieres hablar más del tema y ver cuánto dolor puedo infligir a tu flacucho cuerpo, Jeff?», dice su expresión.

JEFF

¿Podríamos grabarla al menos?

CONNIE

Tenemos que grabar las noticias de la CNN para mamá. Ha dicho que se pasaría un buen rato hablando por teléfono con tía Lois.

JEFF

Pero ¿cómo quieres grabar las noticias de la CNN, por el amor de Dios? ¡Si nunca paran!

DENNIS

Eso es lo que le gusta a mamá.

CONNIE

Y no digas por el amor de Dios, Jeffie; no eres lo bastante mayor para hablar de Dios fuera de la iglesia.

JEFF

No me llames Jeffie.

CONNIE

Jeffie, Jeffie, Jeffie.

JEFF se levanta, se acerca a la ventana y contempla la oscuridad. Está muy molesto. Siguiendo la ancestral tradición de los hermanos mayores, a DENNIS y CONNIE les encanta.

DENNIS
Pobre Jeffie.

CONNIE
Creo que se va a suicidar.

JEFF (volviéndose hacia ellos)
¡Es el primer libro que escribió! ¿Es que no os importa un comino?

CONNIE
Si tienes tantas ganas de verla, ¿por qué no la alquilas mañana en Video Stop?

JEFF
¡No alquilan películas para mayores a niños pequeños y lo sabes muy bien!

CONNIE (en tono abstraído)
¡Calla, es Vanna! ¡Me encanta Vanna!

JEFF
Dennis...

DENNIS
Pídele a papá que te la grabe en el vídeo de su despacho y deja de dar la vara de una vez.

JEFF cruza la habitación y al pasar le saca la lengua a Vanna White. LA CÁMARA LO SIGUE hasta la cocina.

KATIE
... así que cuando me preguntó si Polly había dado positivo en el análisis de estreptococos,

tuve que recordarle que Polly está fuera, en la escuela preparatoria... y Dios mío, Lois, la echo tanto de menos...

JEFF pasa por su lado de camino a la escalera.

> KATIE
> Niños, ¿queréis hacer el favor de estaros callados?

> JEFF (en tono hosco)
> Ahora sí que se estarán callados.

JEFF sube la escalera con paso desanimado. KATIE lo sigue con la mirada durante un momento, cariñosa y preocupada.

> KATIE
> Ya se están peleando otra vez. Polly los mantenía a raya, pero ahora que se ha marchado a la escuela preparatoria... No sé... Quizá eso de enviarla a Boston no haya sido tan buena idea al fin y al cabo. A veces parece tan desgraciada cuando llama...

INT.   BELA LUGOSI EN EL PAPEL DE DRÁCULA, PP

Drácula está sentado en la entrada de su castillo de Transilvania. Le han superpuesto un globo de viñeta sobre la cabeza. Dice así: «¡Escuchad! ¡Hijos míos de la noche! ¡Escuchad la música que tocan!». El póster está colgado de una puerta, pero no lo vemos hasta que JEFF la abre y entra en el estudio de su padre.

INT.   UNA FOTOGRAFÍA DE KATIE, PP

LA CÁMARA SE MANTIENE FIJA Y A CONTINUACIÓN SE

76

DESPLAZA HACIA LA DERECHA. Vemos otra foto, una toma de POLLY, la hija que está en Boston, en la escuela preparatoria. Se trata de una encantadora muchacha de dieciséis años. Junto a la foto de POLLY hay otra de DENNIS..., una de CONNIE... y por último una de JEFF.

LA CÁMARA CONTINÚA DESPLAZÁNDOSE Y SE ALEJA para que podamos ver a BILL WEIDERMAN, un hombre de unos cuarenta y cuatro años. Parece cansado. Está mirando el procesador de textos que hay sobre su mesa, pero su bola de cristal mental debe de haberse tomado la noche libre. En las paredes vemos cubiertas de libros enmarcadas. Todas ellas son escalofriantes. Uno de los títulos es *Beso fantasmal*.

JEFF se acerca sigilosamente a su padre. La moqueta amortigua el sonido de sus pasos. BILL suspira y apaga el triturador de textos. Al cabo de unos segundos, JEFF coloca las manos sobre los hombros de su padre.

JEFF

¡UUUUHHHHH!

BILL

Hola, Jeffie.

Bill hace girar la silla para mirar a su hijo, que parece desilusionado.

JEFF

¿Por qué no te has asustado?

BILL

Mi trabajo consiste en asustar. Estoy muy curtido. ¿Te pasa algo?

BILL

Papá, ¿puedo ver la primera hora de *Beso fantasmal* y luego me grabas el resto? Dennis y Connie no me dejan ver nada.

BILL se da la vuelta para mirar la cubierta del libro con expresión abstraída.

BILL

¿Estás seguro de que quieres ver eso, amigo? Es bastante...

JEFF

¡Síííí!

INT.   KATIE, EN EL NICHO DEL TELÉFONO

En esta toma, vemos claramente la escalera que conduce al estudio de su marido y que empieza detrás de ella.

KATIE

Realmente creo que Jeff necesita ir al ortodoncista, pero ya sabes cómo es Bill...

Suena la otra línea del teléfono. La segunda luz se enciende.

Vemos a BILL y JEFF detrás de él, bajando por la escalera.

BILL

Cariño, ¿dónde están las cintas vírgenes? No encuentro ninguna en el estudio y...

KATIE (dirigiéndose a BILL)

¡Espera!

(a LOIS)

Espera un momento, Lois.

La hace esperar un momento. Ahora parpadean las luces de las dos líneas. KATIE pulsa el botón superior para recibir la nueva llamada.

KATIE

Diga, residencia de los Weiderman.

SONIDO: SOLLOZOS DESESPERADOS

VOZ SOLLOZANTE (filtro)

Lleva... Por favor..., lleva... lle-lle...

KATIE

Polly, ¿eres tú? ¿Qué te pasa?

VOZ SOLLOZANTE (filtro)

Por favor... deprisa...

SONIDO: SOLLOZOS... A continuación, CLIC. La comunicación queda cortada.

KATIE

¡Cálmate, Polly! Sea lo que sea seguro que no es tan ho...

EL ZUMBIDO DE LA LÍNEA DESOCUPADA

JEFF se ha encaminado al salón con la esperanza de encontrar una cinta de vídeo virgen.

BILL

¿Quién era?

Sin mirar a su marido ni contestarle, KATIE pulsa con todas sus fuerzas el botón inferior.

KATIE

¿Lois? Mira, luego te llamo. Era Polly, y parecía desesperada. No..., ha colgado. Sí, lo haré. Gracias.

Cuelga el teléfono.

BILL (preocupado)

¿Era Polly?

KATIE

Llorando como una desesperada. Me parece que intentaba decir: «Por favor, llévame a casa»... Sabía que esa maldita escuela le estaba sentando fatal... No sé por qué dejé que me convencieras para enviarla allí...

Mientras habla rebusca con ademanes frenéticos en la mesita del teléfono. Algunos catálogos caen al suelo, alrededor del taburete.

KATIE

¡Connie! ¿Has cogido mi agenda?

CONNIE (VOZ)

No, mamá.

BILL extrae una maltrecha libreta del bolsillo posterior de sus pantalones y empieza a hojearla.

BILL

Yo tengo el número, pero...

KATIE

Sí, ya lo sé, el maldito teléfono siempre comunica. Dámelo.

BILL

Cálmate, cariño.

KATIE

Me calmaré en cuanto haya hablado con ella.
Tiene dieciséis años, Bill. Las chicas de dieciséis
años son propensas a las depresiones. A veces
incluso se s... ¿Quieres darme el número?

BILL

617-555-8641

Mientras KATIE marca el número, LA CÁMARA SE ACER-
CA HASTA UN PP.

KATIE

Vamos, vamos..., que no comunique..., solo por
esta vez...

SONIDO: CLICS. Una pausa. Y entonces... el teléfono
empieza a sonar.

KATIE (con los ojos cerrados)
Gracias, Señor.

VOZ (filtro)
Hartshorn Hall, soy Frieda. Si quieres hablar
con Christine la Reina del Sexo, se está duchan-
do, Arnie.

KATIE

¿Podrías decirle a Polly que se ponga, por favor? Polly Weiderman. Soy Kate Weiderman,
su madre.

VOZ (filtro)

¡Oh, Dios mío! Creía que... Un momento, por favor, señora Weiderman.

SONIDO DEL OTRO TELÉFONO AL SER DEJADO SOBRE LA MESA

VOZ (filtro)

¡Polly! ¿Pol?... ¡Teléfono! ¡Es tu madre!

INT. ÁNGULO MÁS AMPLIO DEL NICHO DEL TELÉFONO: INCLUYE A BILL

BILL

¿Y bien?

KATIE

Han ido a buscarla, espero.

JEFF llega con una cinta virgen.

JEFF

Ya he encontrado una, papá. Dennis las había escondido, como siempre.

BILL

Espera un momento, Jeff. Ve a mirar la tele.

JEFF

Pero...

BILL

No me olvidaré. Y ahora vete.

JEFF se va.

KATIE

Vamos, vamos, vamos...

BILL

Cálmate, Katie.

KATIE

Si la hubieras oído no me dirías que me calmara. Parecía...

POLLY (filtro, voz alegre)

¡Hola, mamá!

KATIE

¡Polly, cariño! ¿Estás bien?

POLLY (voz feliz y burbujeante)

¿Que si estoy bien? He sacado un excelente en el examen de biología, un notable en el ensayo de francés y Ronnie Hansen me ha pedido que vaya con él al Baile de la Cosecha. Estoy tan bien que si me pasan más cosas buenas hoy, lo más probable es que explote como el *Hindenburg*.

KATIE

¿No acabas de llamarme llorando como una desesperada?

A juzgar por su rostro, KATIE ya conoce la respuesta a su pregunta.

POLLY (filtro)

¿Yo? ¡No!

KATIE

Me alegro mucho por tus exámenes y por tu cita, cariño. Supongo que ha sido otra persona. Ya te llamaré, ¿de acuerdo?

POLLY (filtro)

¡Vale! ¡Dale saludos a papá!

KATIE

Se los daré.

INT.   EL NICHO DEL TELÉFONO DESDE UN ÁNGULO MÁS AMPLIO

BILL

¿Está bien?

KATIE

Perfectamente. Habría jurado que era Polly, pero... estaba más contenta que unas pascuas.

BILL

Pues habrá sido una broma. O alguien que lloraba tan fuerte que se ha equivocado de número... «entre un espeso velo de lágrimas», como decimos los veteranos.

KATIE

No ha sido una broma y no se han equivocado de número. ¡Era alguien de mi familia!

BILL

Cariño, ¿cómo puedes estar tan segura?

KATIE

¿Que cómo puedo estar tan segura? Si Jeff llamara llorando, ¿lo reconocerías?

BILL (algo sobrecogido)
Sí, tal vez. Supongo que sí.

KATIE no lo escucha. Está marcando otro número a toda prisa.

BILL
¿A quién llamas?

KATIE no le contesta. SONIDO: EL TELÉFONO SUENA DOS VECES. A continuación:

VOZ FEMENINA DE PERSONA MAYOR (filtro)
¿Diga?

KATIE
¿Mamá? Estás... (Hace una pausa.) ¿Me has llamado hace un momento?

VOZ (filtro)
No, querida... ¿Por qué?

KATIE
Oh, bueno, ya sabes cómo son estos teléfonos. Estaba hablando con Lois y he perdido la otra llamada.

VOZ (filtro)
Bueno, pues no era yo. Kate, he visto un vestido precioso en La Boutique y...

KATIE
Hablaremos de ello más tarde, ¿de acuerdo?

VOZ (filtro)
Kate, ¿estás bien?

KATIE
Tengo... Mamá, creo que tengo diarrea. Tengo
que colgar. Adiós.

Cuelga el teléfono. Bill se contiene hasta entonces, pero
de pronto lanza una gran CARCAJADA.

BILL
Madre mía... Diarrea... Tengo que recordarlo
para la próxima vez que me llame mi agente...
Oh, Katie, ha sido fantástico...

KATIE (casi gritando)
¡No es gracioso!

BILL deja de reír.

INT.   EL SALÓN

JEFF y DENNIS han estado peleándose. De pronto se detienen. Los tres niños se vuelven hacia la cocina.

INT.   EL NICHO DEL TELÉFONO, CON BILL Y KATIE

KATIE
Te digo que era alguien de mi familia y que parecía... Bah, tú no lo entiendes. Yo conozco esa voz.

BILL
Pero si Polly está bien y tu madre también...

KATIE (con certeza)
Es Dawn.

BILL
Vamos, cariño, hace un momento estabas convencida de que era Polly.

KATIE

Tiene que ser Dawn. Estaba hablando con Lois y mamá está bien, así que Dawn es la única que queda. Es la más joven..., podría haberla confundido con Polly... ¡y está en esa casa de campo sola con el niño!

BILL (sobresaltado)

¿Cómo que sola?

KATIE

Jerry está en Burlington. ¡Es Dawn! ¡Le ha pasado algo a Dawn!

CONNIE entra en la cocina con expresión preocupada.

CONNIE

¿Le pasa algo a tía Dawn, mamá?

BILL

Que nosotros sepamos, no le pasa nada. Tranquila, pequeña. No hace falta llamar al mal tiempo.

KATIE marca un número y espera. SONIDO: el DA-DA-DA de una línea ocupada. KATIE cuelga. BILL la mira con expresión interrogante y las cejas enarcadas.

KATIE

Comunica.

BILL

Katie, ¿estás segura de que...?

KATIE

Es la única que queda. Tiene que ser ella. Bill, tengo miedo. ¿Me acompañas a su casa?

BILL le quita el teléfono de la mano.

> BILL
> ¿Cuál es su número?

> KATIE
> 555-6169

BILL marca el número. Comunica. Cuelga y marca el cero.

> OPERADORA (filtro)
> Operadora.

> BILL
> Estoy intentando llamar a mi cuñada, operadora. La línea está ocupada. Creo que hay algún problema. ¿Podría intervenir la llamada, por favor?

INT.   LA PUERTA DEL SALÓN

Los tres niños están de pie en la puerta, silenciosos y preocupados.

> OPERADORA (filtro)
> ¿Su nombre, por favor?

> BILL
> William Weiderman. Mi número es el...

> OPERADORA (filtro)

> ¡¿No será el William Weiderman que escribió *La perdición de la araña*?!

> BILL
> El mismo. Por...

OPERADORA (filtro)

¡Oh, Dios mío, me encantó ese libro! ¡Me encantan todos sus libros! Yo...

BILL

Me alegro mucho. Pero ahora mismo, mi mujer está muy preocupada por su hermana. Si pudiera...

OPERADORA (filtro)

No hay problema. Por favor, deme su número, señor Weiderman. Es para los archivos. (Lanza una RISITA AHOGADA.) Prometo no dárselo a nadie.

BILL

Es el 555-4408

OPERADORA (filtro)

¿Y el número al que quiere llamar?

KATIE

555-6169

BILL

555-6169

OPERADORA (filtro)

Un momento, señor Weiderman... *La noche de la bestia* también es estupendo, por cierto. Espere, por favor.

SONIDO: CLICS Y CLACS TÍPICOS DEL TELÉFONO

KATIE

¿Está...?

> BILL
> Sí, espera...

El último CLIC.

> OPERADORA (filtro)
> Lo siento, señor Weiderman, pero la línea no está ocupada, sino que el teléfono está descolgado. Me pregunto si le he enviado mi ejemplar de *La perdición de la araña*...

BILL cuelga.

> KATIE
> ¿Por qué has colgado?

> BILL
> No puede intervenir la llamada; el teléfono no comunica, sino que está descolgado.

Se miran fijamente con expresión desolada.

EXT.   UN COCHE DEPORTIVO PASA JUNTO A LA CÁMARA

NOCHE

INT.   EL COCHE; KATIE Y BILL

KATI está asustada. BILL, que está al volante, no parece precisamente muy tranquilo.

> KATIE
> Eh, Bill, dime que no le ha pasado nada.

> BILL
> No le ha pasado nada.

KATIE

Y ahora dime lo que piensas de verdad.

BILL

Jeff se me ha acercado por detrás para intentar darme uno de sus viejos sustos. Se quedó muy decepcionado porque no pegué un salto. Le dije que estaba curtido. (Pausa.) Pues no es verdad.

KATIE

¿Por qué tuvo Jerry que instalarse ahí si de todos modos está fuera la mayor parte del tiempo? ¿Por qué se tiene que quedar Dawn ahí sola con el bebé? ¿Por qué?

BILL

Cálmate, Katie. Casi hemos llegado.

KATIE

Acelera.

EXT.   EL COCHE

BILL acelera. El coche vuela.

INT.   EL SALÓN DE LOS WEIDERMAN

El televisor sigue encendido y los niños siguen en la habitación, pero ya no se pelean.

CONNIE

Dennis, ¿crees que tía Dawn está bien?

DENNIS (cree que está muerta, decapitada
por un maníaco)

Sí, seguro que sí.

INT.   EL TELÉFONO, PDV DESDE EL SALÓN

El teléfono colgado de la pared del nicho, con las luces apagadas, con el aspecto de una serpiente a punto de atacar.

FUNDIDO

ACTO SEGUNDO

EXT.   UNA GRANJA AISLADA

Un largo sendero conduce hasta ella. Hay una luz encendida en el salón. Los faros del coche iluminan el sendero. El coche de los WEIDERMAN se detiene junto al garaje.

INT.   EL COCHE, BILL Y KATIE

KATIE
Tengo miedo.

BILL se inclina hacia delante, mete la mano bajo el asiento y extrae una pistola.

BILL (en tono solemne)
Uuuuuhhhhh.

KATIE (asombrada)
¿Cuánto tiempo hace que la tienes?

BILL
Desde el año pasado. No quería asustaros ni a ti ni a los niños. Tengo licencia. Vamos.

EXT.   BILL Y KATIE

Salen del coche. KATIE se queda junto al coche mientras Bill se acerca a la puerta del garaje y mira dentro.

BILL

Su coche está aquí.

LA CÁMARA LOS SIGUE HASTA LA PUERTA PRINCIPAL. Ahora oímos el televisor puesto a TODO VOLUMEN. BILL pulsa el timbre. Lo oímos sonar en el interior. Esperan. KATIE pulsa el timbre. No obtienen respuesta. Vuelve a pulsarlo y ya no lo suelta. BILL baja la mirada hacia:

EXT.   LA CERRADURA, PDV DE BILL

Presenta grandes arañazos.

EXT.   BILL Y KATIE

BILL (en voz baja)
Han forzado la cerradura.

KATIE la examina y lanza un gemido. BILL empuja la puerta. Se abre. El volumen del televisor aumenta.

BILL avanza unos pasos. KATIE lo sigue aterrorizada, a punto de echarse a llorar.

INT.   EL SALÓN DE DAWN Y JERRY

Desde este ángulo vemos una pequeña parte del salón. El volumen del televisor ha aumentado mucho. BILL entra en la habitación. Mira hacia la derecha... y de repente se relaja y baja el arma.

KATIE (detrás de BILL)

Bill, ¿qué...?

BILL señala con el dedo.

INT.   EL SALÓN, ÁNGULO AMPLIO DESDE EL PDV DE
BILL Y KATIE

Da la impresión de que por la habitación ha pasado un ciclón..., pero el desorden no se debe ni a un robo ni a un asesinato; tan solo a un niño saludable de dieciocho meses. Tras un fatigoso día destrozando el salón, el bebé está cansado, mamá está cansada y se han dormido juntos en el sofá. El niño está sobre el regazo de Dawn. La mujer lleva auriculares. Hay juguetes, sobre todo juguetes de plástico resistente de Barrio Sésamo y PlaySkool esparcidos por todas partes. El niño también ha tirado casi todos los libros de la estantería. Y también ha estado mordisqueando uno de ellos, a juzgar por su aspecto. BILL se acerca y lo recoge. Es *Beso fantasmal*.

BILL

Hay gente que dice que devora mis libros, pero esto es ridículo.

Lo encuentra muy gracioso. KATIE no. Se acerca a su hermana, dispuesta a mostrar su enfado, pero entonces ve lo cansada que parece Dawn y su expresión se suaviza.

INT.   DAWN Y EL NIÑO DESDE EL PDV DE KATIE

Duermen a pierna suelta y respiran con regularidad; parece un cuadro de Rafael de la Virgen y el Niño. LA CÁMARA SE DESPLAZA HACIA: el walkman. Nos llegan notas lejanas de Huey Louis y los News. LA CÁMARA SE DESPLAZA HACIA: un teléfono tipo Princesa colocado sobre la mesita que hay junto a la silla. Está descolgado. No mucho; solo lo justo para dar la señal de ocupado y darle a la gente un susto de muerte.

INT.   KATIE

Exhala un suspiro, se inclina hacia delante y cuelga el teléfono. A continuación pulsa el botón STOP del walkman.

INT.   DWAN, BILL Y KATIE

DAWN se despierta cuando cesa la música. Mira a BILL y a KATIE con expresión confusa.

>   DAWN (adormilada)
> Esto... hola.

Se da cuenta de que todavía lleva los auriculares y se los quita.

>   BILL
> Hola, Dawn.

>   DAWN (todavía medio dormida)
> Deberíais haber llamado, chicos. La casa está hecha un asco.

Sonríe. Está radiente cuando sonríe.

>   KATIE
> Lo hemos intentado, pero la operadora le dijo a Bill que el teléfono estaba descolgado. Creí que te había pasado algo. ¿Cómo puedes dormir con la música a tope?

DAWN

Es relajante.
(Ve el libro mordisqueado que Bill sostiene en la mano.)
Oh, Dios mío, Bill. ¡Lo siento! A Justin le está saliendo un diente y...

BILL

Algunos críticos afirmarían que ha escogido el objeto perfecto para mordisquear. No quiero asustarte, preciosa, pero alguien ha intentado forzar la puerta con un destornillador o algo así.

DAWN

¡No, qué va! Fue Jerry, la semana pasada. Cerré la puerta desde fuera sin querer, y él no llevaba sus llaves, y las de repuesto no estaban encima de la puerta. Se cabreó porque tenía que mear, así que intentó abrirla con un destornillador. No lo consiguió...; es una cerradura muy sólida. Cuando encontré mis llaves, él ya había ido a mear entre los arbustos.

BILL

Pues si no la han forzado, ¿cómo es que no he tenido más que empujar la puerta para abrirla?

DAWN (con expresión culpable)

Bueno..., es que a veces me olvido de cerrarla.

KATIE

¿Me has llamado tú hace un rato, Dawn?

DAWN

¡Qué va! ¡No he llamado a nadie! Estaba demasiado ocupada persiguiendo a Justin. No hacía más que intentar beberse el suavizante. Después le ha entrado sueño, y me he sentado y he pensado voy a escuchar unos temas antes de que empiece tu película, Bill, y me he quedado dormida...

Al oír mencionar la película, BILL se sobresalta y mira el libro antes de consultar el reloj.

> BILL
> Le he prometido a Jeff que se la grabaría. Vamos, Katie, tenemos tiempo de volver antes de que empiece.

> KATIE
> Un momento.

Descuelga el teléfono y empieza a marcar.

> DAWN
> ¡Vaya, Bill! ¿Crees que Jeff es lo bastante mayor como para ver una película así?

> BILL
> La dan en la televisión nacional. Cortan las escenas más sangrientas.

> DAWN (confusa pero amable)
> Ah, bueno, eso está muy bien.

INT.   KATIE, PP

> DENNIS (filtro)
> ¿Diga?

KATIE

He pensado que os gustaría saber que tía Dawn
está bien.

DENNIS (filtro)

Ah, perfecto. Gracias, mamá.

INT. EL NICHO DEL TELÉFONO, CON DENNIS Y LOS DE-
MÁS

DENNIS parece muy aliviado.

DENNIS

Tía Dawn está bien.

INT.   EL COCHE, BILL Y KATIE

Viajan en silencio durante un rato.

KATIE

Crees que soy una histérica, ¿verdad?

BILL (sinceramente sorprendido)

¡No! Yo también estaba asustado.

KATIE

¿Seguro que no estás enfadado?

BILL

Estoy demasiado aliviado (ríe). Dawn es un desastre, pero la quiero.

KATIE (se inclina hacia él para besarlo)

Y yo te quiero a ti. Eres un encanto.

BILL

¡Soy el hombre del saco!

KATIE

A mí no me engañas, cariño.

EXT.   EL COCHE

PASA JUNTO A LA CÁMARA Y PASAMOS A:

INT.   JEFF, EN LA CAMA

Su habitación está a oscuras. JEFF tiene las mantas subidas hasta la barbilla.

JEFF

¿Me prometes que grabarás el resto?

EL ÁNGULO DE LA CÁMARA SE AMPLÍA para incluir a BILL, que está sentado en la cama.

BILL

Te lo prometo.

JEFF

Lo que más me gustó fue la parte donde el muerto le arranca la cabeza al punkie.

BILL

Bueno..., antes cortaban las escenas sangrientas.

JEFF

¿Qué dices, papá?

BILL

Nada. Te quiero, Jeffie.

JEFF

Yo también te quiero. Y Rambo también te quiere.

JEFF levanta un dragón de peluche que tiene un aspecto extremadamente inofensivo. BILL besa el dragón y a continuación a JEFF.

>   BILL
> Buenas noches.

>   JEFF
> Buenas noches. (Cuando BILL llega a la puerta.) Me alegro de que tía Dawn esté bien.

>   BILL
> Yo también.

Sale de la habitación.

INT.   TELEVISOR, PP

Un tipo que tiene el aspecto de haber muerto dos semanas antes del rodaje (y de haber estado expuesto al sol durante mucho tiempo desde entonces) está saliendo a tropezones de una cripta. EL ÁNGULO DE LA CÁMARA SE AMPLÍA para mostrar a BILL en el momento de pulsar el botón de PAUSA del vídeo.

>   KATIE (VOZ)
> Uuuuuhhhh.

BILL se vuelve con ademán sociable. EL ÁNGULO DE LA CÁMARA SE AMPLÍA AÚN MÁS para mostrar a KATIE, que lleva un seductor salto de cama.

>   BILL
> Lo mismo digo. Me he perdido los primeros cuarenta segundos después del intermedio. Tenía que darle un beso a *Rambo*.

KATIE

¿Seguro que no estás enfadado conmigo, Bill?

BILL se acerca a ella y la besa.

BILL

Ni por asomo.

KATIE

Es que habría jurado que era alguien de mi familia. ¿Entiendes lo que quiero decir?

BILL

Sí.

KATIE

Todavía oigo esos sollozos. Tan perdidos..., tan desesperados.

BILL

Kate, ¿no te ha dado nunca la sensación de que reconoces a alguien en la calle, y lo llamas y cuando por fin se gira te das cuenta de que es un perfecto desconocido?

KATIE

Sí, una vez. En Seattle. Estaba en un centro comercial y me pareció ver a mi antigua compañera de habitación. Yo... Oh, sí, sé lo que quieres decir.

BILL

Pues eso. Hay personas con voces parecidas, al igual que hay gente que se parece físicamente.

KATIE

Pero..., uno conoce a los suyos. Al menos eso creía hasta hoy.

KATIE apoya la mejilla en el hombro de BILL. Parece preocupada.

KATIE

Estaba convencida de que era Polly...

BILL

Porque te preocupaba que no consiguiera controlar la situación en su nueva escuela, pero a juzgar por lo que te ha dicho por teléfono, yo diría que las cosas le van muy bien, ¿no crees?

KATIE

Sí..., supongo que sí.

BILL

Deja de preocuparte, cariño.

KATIE (observándolo con atención)

No me gusta nada verte tan cansado. A ver si se te ocurre una idea nueva.

BILL

Bueno, en eso estoy.

KATIE

¿Vienes a la cama?

BILL

En cuanto termine de grabar la película para Jeff.

KATIE (jocosa)

Bill, este aparato ha sido fabricado por técnicos japoneses que piensan en casi todo. Funciona solo, ¿sabes?

BILL

Sí, pero hace mucho tiempo que no veo esta película y...

KATIE

Vale. Que la disfrutes. Creo que me quedaré despierta durante un rato. (Pausa.) Yo también tengo algo en mente.

BILL (sonriendo)

¿Ah, sí?

KATIE

Sí.

Se dispone a salir, mostrando buena parte de sus piernas, y al llegar a la puerta se vuelve porque se le ha ocurrido otra cosa.

KATIE

Si sale la parte donde le arrancan la cabeza al...

BILL

La borraré.

KATIE

Buenas noches. Y gracias otra vez. Por todo.

KATIE se va. BILL se sienta en su sillón.

INT.   TELEVISOR, PP

Una pareja se magrea en un coche. De repente, el tipo muerto abre de golpe la portezuela del copiloto y PASAMOS A:

INT.   KATIE, EN LA CAMA

La habitación está a oscuras. KATIE se despierta... más o menos.

> KATIE (soñolienta)
> Eh, grandullón...

Alarga el brazo para tocarlo, pero el lado de la cama de BILL está vacío y la colcha, arreglada. KATIE se incorpora y mira:

INT.   UN RELOJ SOBRE LA MESITA DE NOCHE, PDV DE KATIE

Marca las 2.03. Al cabo de un instante pasa a las 2.04.

INT.   KATIE

Completamente despierta. Y preocupada. Se levanta, se pone la bata y sale del dormitorio.

INT.   LA PANTALLA DEL TELEVISOR, PP

Nieve.

> KATIE (su voz se va acercando)
> ¿Bill? ¿Cariño? ¿Estás bien? Bill, Bi...

INT.   KATIE, EN EL ESTUDIO DE BILL

Está paralizada de horror, con los ojos abiertos de par en par.

INT.   BILL, EN SU SILLÓN

Se ha derrumbado hacia un lado, con los ojos cerrados y una mano en el interior de la camisa. DAWN estaba dormida. BILL no.

EXT.   INTRODUCEN UN ATAÚD EN UNA TUMBA

> REVERENDO (VOZ)
> Y así encomendamos los restos mortales de William Weiderman a la tierra, confiando en la salvación de su espíritu y de su alma. «No de-sesperéis, hermanos...»

EXT.   JUNTO A LA TUMBA

Toda la familia Weiderman está reunida aquí. KATIE y POLLY llevan idénticos vestidos y velos negros. CONNIE lleva una falda negra y una blusa blanca. DENNIS y JEFF llevan trajes negros. JEFF está llorando. Lleva a *Rambo* el Dragón bajo el brazo a modo de consuelo.

LA CÁMARA SE DESPLAZA HACIA KATIE. Por sus mejillas ruedan gruesas lágrimas. Se agacha, coge un puñado de tierra y lo arroja a la tumba.

> KATIE
> Te quiero, grandullón.

EXT.   JEFF

Llorando.

EXT.   CÁMARA ENFOCADA HACIA LA TUMBA

Tierra desparramada sobre el ataúd.

PASAMOS A:

EXT.   LA TUMBA

UN ENTERRADOR ECHA LA ÚLTIMA PALADA DE TIERRA

ENTERRADOR
Mi mujer dice que le gustaría que hubiera
escrito un par de novelas más antes de tener
el ataque al corazón, señor. (Pausa.) Yo
personalmente prefiero las del oeste.

EL ENTERRADOR se aleja silbando.

PASAMOS A:

EXT.   UNA IGLESIA   DE DÍA

TÍTULO: CINCO AÑOS DESPUÉS

SUENA LA MARCHA NUPCIAL. POLLY, ya adulta y radiante de gozo, sale de la iglesia entre una lluvia de arroz.
Lleva un vestido de novia y su marido está junto a
ella.

Los invitados arrojan arroz desde ambos lados del sendero. Detrás de los novios aparecen otras personas. Entre ellas se encuentran KATIE, DENNIS, CONNIE y JEFF...,
todos ellos cinco años mayores. Junto a KATIE vemos a
otro hombre. Se trata de HANK. En el tiempo transcu-
rrido, KATIE también se ha vuelto a casar.

POLLY se vuelve hacia su madre.

POLLY
Gracias, mamá.

KATIE (llorando)
De nada, cariño.

Se abrazan. Al cabo de un momento, POLLY se aparta y mira a HANK. Se produce un instante de tensión, y a continuación POLLY abraza también a HANK.

POLLY
Y gracias a ti también, Hank. Siento haberme portado como una idiota durante tanto tiempo...

HANK (en tono ligero)
Nunca te has comportado como una idiota, Pol. Padre no hay más que uno.

CONNIE
¡Tíralo! ¡Tíralo!

Al cabo de un momento, POLLY arroja el ramo de novia.

EXT.   EL RAMO DE NOVIA, PP, CÁMARA LENTA

Da vueltas y más vueltas en el aire.

PASAMOS A:

INT.   EL ESTUDIO, CON KATIE   DE NOCHE

El ordenador personal ha sido sustituido por una gran lámpara que ilumina un montón de planos. Las cubiertas de libros han sido reemplazadas por fotografías de edificios. Los primeros en construirse en la mente de HANK, seguramente.

KATIE está mirando la mesa con expresión pensativa y algo triste.

HANK (VOZ)
¿Vienes a la cama, Kate?

KATIE
Dentro de un rato. Una no asiste a la boda de su hija mayor todos los días.

HANK
Lo sé.

LA CÁMARA LOS SIGUE mientras se alejan de la zona de trabajo en dirección a la zona más informal. Ofrece un aspecto muy parecido al que tenía en los viejos tiempos, con una mesita de café, el televisor, un sofá y el viejo sillón de Bill. Katie mira el sillón.

HANK
Todavía le echas de menos, ¿verdad?

KATIE
Algunos días más que otros. Tú no lo sabías, y Polly no se ha acordado.

HANK (en tono cariñoso)
¿No se ha acordado de qué, cariño?

KATIE
Polly se ha casado el día del quinto aniversario de la muerte de Bill.

HANK (la abraza)
¿Por qué no vienes a la cama?

KATIE
Dentro de un rato.

HANK

De acuerdo. A lo mejor todavía estoy despierto cuando vengas.

KATIE

Tienes algo en mente, ¿eh?

HANK

Es posible.

KATIE

Estupendo.

HANK la besa y a continuación sale de la estancia cerrando la puerta tras de sí. KATIE se sienta en el sillón de Bill. Junto a ella, sobre la mesa de café, hay un mando a distancia y un supletorio. KATIE mira la pantalla apagada del televisor, y LA CÁMARA SE ACERCA A SU ROSTRO. En uno de sus ojos aparece una lágrima brillante como un zafiro.

KATIE

Todavía te echo de menos, grandullón. Muchísimo. Cada día. ¿Y sabes qué? Eso duele.

La lágrima cae. KATIE coge el mando a distancia y pulsa el botón de encendido.

INT.   TELEVISOR; PDV DE KATIE

Vemos un anuncio de cuchillos y a continuación el logotipo en forma de estrella de la empresa.

PRESENTADOR (VOZ)

Y ahora volvemos al peliculón de los jueves del canal 63... *Beso fantasmal.*

El logotipo desaparece y aparece un tipo que tiene el aspecto de haber muerto hace dos semanas y de haber estado expuesto al sol durante mucho tiempo desde entonces. Sale a tropezones de la sempiterna cripta.

INT.   KATIE

Terriblemente sobresaltada... casi horrorizada. Pulsa el botón de apagado del mando a distancia. La pantalla del televisor se queda vacía.

El rostro de KATIE empieza a transformarse. Intenta contener la imperiosa tormenta emocional que se avecina, pero la coincidencia de la película es la gota que colma el vaso de un día que, sin duda, ha sido uno de los más duros de su vida desde el punto de vista emocional. El dique cede y KATIE estalla en sollozos... sollozos desesperados. Alarga el brazo hacia la mesita que hay junto al sillón con la intención de dejar ahí el mando a distancia, pero en lugar de eso tira el teléfono al suelo.

SONIDO: EL ZUMBIDO DE LA LÍNEA ABIERTA

Su rostro surcado de lágrimas se calma de repente en el momento en que mira el teléfono. Cierta expresión se dibuja en él al cabo de un instante. ¿Será una idea? ¿Una intuición? Es difícil saberlo. Y tal vez carece de importancia.

INT.   EL TELÉFONO; PDV DE KATIE

LA CÁMARA SE ACERCA HASTA UN PPP... hasta que los orificios del auricular adquieren el aspecto de abismos.

EL ZUMBIDO DE LA LÍNEA ABIERTA AUMENTA DE VOLUMEN

FUNDIDO... y oímos:

> BILL (VOZ)
> ¿A quién llamas? ¿A quién quieres llamar? ¿A quién llamarías si no fuera demasiado tarde?

INT.   KATIE

Ha adoptado una extraña expresión hipnotizada. Alarga el brazo, coge el teléfono y marca un número, en apariencia al azar.

SONIDO: TIMBRE DEL TELÉFONO

KATIE todavía parece hipnotizada. Esta expresión perdura hasta que contestan al teléfono... y entonces se oye a sí misma en el otro extremo de la línea.

> KATIE (voz filtrada)
> Diga, residencia de los Weiderman.

KATIE... la KATIE actual, con vetas plateadas en el cabello, sigue sollozando, aunque una expresión de desesperada esperanza lucha por abrirse camino en su rostro. De algún modo comprende que la profundidad de su dolor ha inducido una suerte de viaje telefónico a través del tiempo. Intenta hablar, hacer que las palabras broten de sus labios.

> KATIE (sollozante)
> Lleva... Por favor..., lleva... lle-lle...

INT.   KATIE, EN EL NICHO DEL TELÉFONO, FLASHBACK
Retrocedemos cinco años. BILL está junto a ella con expresión preocupada. JEFF se aleja para buscar una cinta virgen en la otra habitación.

KATIE
Polly, ¿eres tú? ¿Qué te pasa?

INT.   KATIE, EN EL ESTUDIO

KATIE (sollozante)
Por favor... deprisa...

SONIDO: CLIC. LA COMUNICACIÓN QUEDA CORTADA

KATIE (gritando)
¡Llévalo al hospital! ¡Si no quieres que se muera, llévalo al hospital! ¡Va a tener un ataque al
corazón! Va a...

SONIDO: ZUMBIDO DE LA LÍNEA ABIERTA

Lentamente, muy lentamente, KATIE cuelga el teléfono.
Al cabo de un momento lo vuelve a descolgar. Habla en
voz alta, de un modo inconsciente. Probablemente ni
siquiera sabe que está hablando.

KATIE
He marcado el número antiguo. He marcado
el...

CORTE A:

INT.   BILL, EN EL NICHO DEL TELÉFONO JUNTO A KATIE

Le acaba de quitar el teléfono a KATIE y habla con la
operadora.

OPERADORA (filtro, risita ahogada)
Prometo no dárselo a nadie.

Es el 555...

CORTE A:

INT.   KATIE, EN EL SILLÓN DE BILL, PP

KATIE (termina la frase)
4408.

INT.   EL TELÉFONO, PP

El tembloroso dedo de KATIE marca cuidadosamente los números y oímos los tonos correspondientes: 555-4408.

INT.   KATIE, EN EL SILLÓN DE BILL, PP

Cierra los ojos en cuanto el teléfono empieza a sonar. Su rostro está lleno de una atormentada mezcla de esperanza y terror. Si tuviera otra oportunidad para transmitir el importante mensaje, dice su rostro..., una sola oportunidad.

KATIE (en un susurro)
Por favor... por favor...

VOZ GRABADA (filtro)
Este número está fuera de servicio. Rogamos cuelgue el teléfono y vuelva a marcar. Si necesita información...

KATIE vuelve a colgar el teléfono. Gruesas lágrimas ruedan por sus mejillas. LA CÁMARA SE ALEJA Y DESCIENDE hacia el teléfono.

INT. EL NICHO DEL TELÉFONO, CON KATIE Y BILL, FLASHBACK

> BILL
>
> Pues habrá sido una broma. O alguien que lloraba tan fuerte que se ha equivocado de número... «entre un espeso velo de lágrimas», como decimos los veteranos.

> KATIE
>
> No ha sido una broma y no se han equivocado de número. ¡Era alguien de mi familia!

INT. KATIE (EN LA ACTUALIDAD) EN EL ESTUDIO DE BILL

> KATIE
>
> Sí. Alguien de mi familia. Alguien muy cercano a mí. (Pausa.) Yo misma.

De repente, arroja el teléfono al otro lado de la habitación. Entonces ESTALLA DE NUEVO EN SOLLOZOS y sepulta el rostro entre las manos. LA CÁMARA sostiene el plano durante unos instantes, y a continuación SE DESPLAZA hacia

INT. EL TELÉFONO

Yace sobre la moqueta, con aspecto amable y amenazador a un tiempo. LA CÁMARA SE ACERCA HASTA UN PPP... los orificios del auricular vuelven a adquirir el aspecto de abismos. SOSTENEMOS durante un momento, y a continuación

FUNDIDO.

LA GENTE DE LAS DIEZ

1

Pearson intentó gritar, pero el susto le había arrebatado la voz y tan solo consiguió articular un leve y estrangulado gemido... como el de un hombre que se lamenta en sueños. Aspiró una bocanada de aire para intentarlo de nuevo, pero antes de que estuviera dispuesto, una mano le agarró el brazo izquierdo justo por debajo del codo y se lo oprimió con fuerza.

—Yo de usted no lo haría —advirtió la voz a la que pertenecía la mano.

La voz era poco más que un susurro y hablaba al oído izquierdo de Pearson.

—Sería un grave error, créame.

Pearson se volvió. La cosa que le había dado ganas..., no, que le había provocado la necesidad de gritar había desaparecido en el interior del banco, impune, por increíble que pareciera, y Pearson se dio cuenta de que realmente podía darse la vuelta. Lo había agarrado un apuesto joven negro enfundado en un traje de color crema. Pearson no lo conocía personalmente, pero sí de vista; de hecho, conocía de vista a casi todos los miembros de la extraña subtribu que se llamaba la Gente de las Diez..., al igual que ellos lo reconocían a él, o al menos eso suponía.

El apuesto joven negro lo observaba con aprensión.

—¿Lo ha visto? —inquirió Pearson.

Las palabras surgieron de sus labios en un penetrante y agudo alarido que en nada se parecía a su tranquila voz.

El apuesto joven negro soltó el brazo de Pearson en cuanto se convenció de que Pearson no iba a sobresaltar a toda la gente que había en la plaza del Banco Mercantil de Boston con sus gritos; ni corto ni perezoso, Pearson alargó el brazo y se aferró a la muñeca del joven negro. Era como si todavía no fuera capaz de vivir sin el contacto físico del otro hombre. El apuesto joven negro no intentó zafarse, sino que se limitó a bajar la mirada hacia la mano de Pearson antes de volver a mirarle a la cara.

—Pero... ¿ha visto eso? ¡Era espantoso! Aunque fuera maquillaje... o una especie de máscara para gastar una broma...

Pero no había sido ni maquillaje ni una máscara. La cosa ataviada con un traje gris de Andre Cyr y zapatos de quinientos dólares había pasado muy cerca de Pearson, casi lo suficientemente cerca como para tocarlo («Dios me libre», exclamó su mente con una impotente mueca de asco), y sabía que ni llevaba maquillaje ni una máscara. Porque la carne de la enorme protuberancia que Pearson suponía era su cabeza se movía; distintas partes se movían en distintas direcciones, como los anillos de gases exóticos que rodean a algún gigante planetario.

—Amigo mío —empezó el apuesto joven negro del traje de color crema—, necesita...

—Pero ¿qué es? —interrumpió Pearson—. ¡Nunca he visto nada igual en toda mi vida! Se parecía a lo que se ve, no sé, en los números de animación del circo... o... o...

Su voz no procedía ya del lugar habitual dentro de

su cabeza, sino que parecía descender de algún lugar situado por encima suyo, como si hubiera caído en una trampa o en una grieta y aquella voz aguda y penetrante perteneciera a alguien que le hablara desde la superficie.

—Escuche, amigo...

Y había algo más. Unos minutos antes, cuando Pearson había cruzado la puerta giratoria con un Marlboro sin encender entre los dedos, el cielo estaba nublado, amenazando lluvia, de hecho. Ahora todo aparecía brillante..., demasiado brillante. La falda roja de la bonita rubia que estaba de pie junto al edificio a unos veinte metros de distancia, fumando un cigarrillo y leyendo un libro de bolsillo, destacaba como una sirena de bomberos; el amarillo de la camisa de un repartidor que pasaba por allí hería la vista como el aguijón de una avispa. Los rostros de la gente descollaban como las caras de los libros en tres dimensiones que tanto le gustaban a su hija Jenny.

Y sus labios... No sentía sus labios. Se le habían dormido, al igual que sucede después de una inyección de novocaína.

Pearson se volvió hacia el apuesto joven del traje de color crema.

—Es ridículo, pero creo que me voy a desmayar.

—No, no se va a desmayar —replicó el joven.

Hablaba con tal seguridad que Pearson le creyó, al menos de momento. La mano volvió a agarrarle el brazo por debajo del codo, aunque esta vez con mayor suavidad.

—Venga aquí... Será mejor que se siente.

La plaza que había delante del banco estaba salpicada de isletas de mármol de aproximadamente un metro de altura, y cada una de ellas contenía un surtido distinto de flores características de finales de verano y principios de otoño. Había Gente de las Diez sentada en casi todas esas jardineras de clase alta; algunos leían, otros charlaban, otros contemplaban la corriente de peatones que avanzaban por las aceras de Comercial Street..., pero todos ellos hacían lo que los convertía en Gente de las Diez, la razón por la que Pearson había bajado y salido a la calle. La isleta de mármol más cercana a Pearson y el hombre que acababa de conocer contenía margaritas, y sus pétalos aparecían de un increíble color violeta a los sensibles ojos de Pearson. El borde de la isleta estaba vacío, seguramente porque ya eran las diez y diez y la gente había empezado a entrar de nuevo en el edificio.

—Siéntese —indicó el joven negro.

Aunque Pearson intentó sentarse con normalidad, lo cierto es que se derrumbó sobre el borde de la isla. Había estado de pie junto a la isleta, y de repente se le doblaron las rodillas y aterrizó con el trasero sobre el mármol. Y con fuerza.

—Ahora inclínese hacia delante —prosiguió el joven al tiempo que tomaba asiento junto a él.

Su rostro había conservado una expresión amable durante todo el incidente, pero en sus ojos no había ni un ápice de amabilidad, sino que recorrían una y otra vez la plaza.

—¿Para qué?

—Para que le vuelva la sangre a la cabeza —repuso el joven negro—. Pero haga que no parezca que está haciendo eso. Finja que está oliendo las flores.

—Pero ¿delante de quién tengo que fingir?

—Haga lo que le digo, ¿vale?

La voz del joven había adquirido un leve matiz de impaciencia.

Pearson bajó la cabeza y aspiró una bocanada de aire. Las flores no olían tan bien como parecía, constató en aquel momento, sino que despedían un leve olor a hierbajo y meada de perro. No obstante, tuvo la sensación de que la cabeza empezaba a aclarársele.

—Enumere los estados —ordenó el joven negro.

Cruzó las piernas, se sacudió la tela de los pantalones para mantener la raya y extrajo un paquete de Winston de un bolsillo interior de la chaqueta. Pearson se dio cuenta de que había perdido su cigarrillo; sin duda lo había dejado caer del susto al ver a aquel monstruo que atravesaba la cara occidental de la plaza enfundado en un traje caro.

—Los estados —repitió con voz carente de inflexiones.

El joven negro asintió con la cabeza, sacó un mechero que, sin duda, no era tan caro como parecía a primera vista, y se encendió el cigarrillo.

—Empiece con este y siga hacia el oeste —sugirió.

—Massachusetts..., Nueva York, supongo..., o Vermont si empezamos por el norte..., Nueva Jersey... —Se incorporó y empezó a hablar con mayor seguridad—. Pennsylvania, Virginia Occidental, Ohio, Illinois...

El joven negro enarcó las cejas.

—Conque Virginia Occidental, ¿eh? ¿Está seguro?

Pearson esbozó una sonrisa.

—Bastante seguro, sí. Aunque quizá me he equivocado de orden con Ohio e Illinois.

El joven negro se encogió de hombros para indicar que daba igual y esbozó una sonrisa.

—Pero ya no tiene la sensación de que se va a desmayar, está claro, y eso es lo importante. ¿Quiere un pitillo?

—Sí, gracias —asintió Pearson agradecido, pues no solo quería un pitillo, sino que lo necesitaba—. Tenía uno, pero lo he perdido. ¿Cómo se llama?

El joven negro colocó un Winston entre los labios de Pearson y se lo encendió.

—Dudley Rhinemann. Puede llamarme Duke.

Pearson aspiró una enorme bocanada de humo y se

volvió hacia la puerta giratoria que conducía a las mortecinas profundidades y tenebrosas alturas del Banco Mercantil.

—No ha sido una alucinación, ¿verdad? —preguntó—. Lo que he visto... Usted también lo ha visto, ¿no?

Rhinemann asintió con un gesto.

—Usted no quería que él notase que lo había visto —prosiguió Pearson.

Hablaba con lentitud en un intento de encajar las piezas de aquel rompecabezas. Su voz había vuelto a adquirir su tono habitual, lo cual ya constituía de por sí un gran alivio.

Rhinemann volvió a asentir.

—Pero ¿cómo no iba a verlo? ¿Y cómo no iba él a darse cuenta?

—¿Acaso ha visto a alguien más que estuviera a punto de ponerse a gritar hasta que le diera una embolia? —replicó Rhinemann—. ¿Ha visto a alguien más que siquiera tuviera el mismo aspecto que usted? ¿Yo, por ejemplo?

Pearson denegó lentamente con la cabeza. Estaba más que asustado; se sentía completamente perdido.

—Me he interpuesto entre él y usted lo mejor que he podido, y no creo que él lo viera, pero durante un momento ha estado pero que muy cerca. Ha puesto una cara como si acabara de ver un ratón salir de su bistec. Trabaja en Créditos con Garantía Subsidiaria, ¿verdad?

—Sí... Brandon Pearson. Lo siento.

—Yo trabajo en Servicios Informáticos. Y no pasa nada. Suele pasar cuando uno ve a su primer hombre murciélago.

Duke Rhinemann extendió la mano y Pearson se la estrechó, pero la mayor parte de su cerebro todavía iba a la zaga de sus movimientos. «Suele pasar cuando uno ve a su primer hombre murciélago», había dicho el joven, y en cuanto Pearson hubo desterrado la primera imagen del Batman abriéndose paso entre las agujas de estilo *art déco* de Gotham City, descubrió que el término resultaba de lo más apropiado. Y también descubrió o tal vez redescubrió otra cosa; era bueno poder dar nombre a algo que te ha asustado. Sin embargo, no disipaba el temor, pero sí contribuía a convertirlo en algo domeñable.

Pearson empezó a repasar mentalmente lo que había visto mientras se decía: «Un hombre murciélago; mi primer hombre murciélago».

Había cruzado la puerta giratoria pensando en una sola cosa, lo mismo en lo que pensaba cuando bajaba cada mañana a las diez... en lo bien que le iba a sentar aquella primera inyección de nicotina cuando le llegara al cerebro. Aquello lo convertía en miembro de la tribu; era su versión personal de filacterias o mejillas tatuadas.

Lo primero que había advertido era que el cielo aparecía aún más nublado que cuando había llegado al trabajo a las nueve menos cuarto, y había pensado: «Esta tarde nos fumaremos los pitillos en medio del chaparrón. Todos nosotros, sí, señor». Por supuesto, un poco de lluvia no los disuadiría; la Gente de las Diez era una tribu de lo más perseverante.

Recordaba haber recorrido la plaza con la mirada, pasando revista, aunque en realidad había sido un gesto muy rápido, casi inconsciente. Había visto a la chica de la falda roja y se había vuelto a preguntar, como siempre, si una tía que estuviera tan buena serviría para algo en el catre; también había visto al joven limpiador rockero del tercer piso, que llevaba la gorra al revés mientras fregaba el suelo del lavabo y la cafetería, al anciano de elegante melena blanca y manchas violáceas en las mejillas, a la joven de gafas de cristales gruesos, rostro delgado y cabello negro y lacio. Había visto a otras personas que reconoció vagamente. Una de ellas, por supuesto, había sido el apuesto joven negro del traje de color crema.

Si Timmy Flanders hubiera estado por allí, lo más probable era que Pearson se hubiera sentado con él, pero no estaba, así que Pearson se había dirigido hacia el centro de la plaza con la intención de sentarse en una de las isletas de mármol (de hecho, la misma en la que estaba sentado en aquel momento). Desde ahí gozaría de una vista privilegiada que le permitiría calcular la longitud y las curvas de la Señorita Falda Roja... Un pasatiempo barato, de acuerdo, pero había que arreglárselas con lo que había. Era un hombre felizmente casado, tenía una mujer a la que quería y una hija a la que adoraba, pero al acercarse a los cuarenta había descubierto que ciertas necesidades le hacían hervir la sangre. Y desde luego, no creía que ningún hombre pudiera resistir la tentación de mirar fijamente una falda roja como aquella y preguntarse, aunque solo fuera un poquito, si la mujer llevaba ropa interior a juego.

Acababa de empezar a caminar cuando el recién llegado dobló la esquina del edificio y se dispuso a subir los escalones de la plaza. Pearson había entrevisto el movimiento por el rabillo del ojo, y en circunstancias normales no le habría prestado atención alguna, porque en ese momento estaba concentrado en la falda roja, corta, estrecha y más brillante que un camión de bomberos. Sin embargo, había mirado, porque incluso visto por el rabillo del ojo y por mucho que tuviera otras cosas en mente, se había dado cuenta de que había algo raro en el rostro y la cabeza que acompañaban a la figura que se acercaba. Así pues, se había vuelto a mirar, con lo cual se condenó a Dios sabe cuántas noches insomnes.

Los zapatos eran normales; el traje gris oscuro de

Andre Cyr, sólido y fiable como la puerta de la caja fuerte del sótano del banco, era aún mejor; la corbata roja era vulgar sin resultar ofensiva. En conjunto, el atuendo típico de alto ejecutivo de banco para un lunes por la mañana. ¿Y quién si no un alto ejecutivo llegaría a las diez? Hasta que no llegabas a la cabeza no te dabas cuenta de que o te habías vuelto loco o estabas viendo algo que no tiene entrada en ninguna enciclopedia.

«Pero ¿por qué no han echado a correr? —se preguntó Pearson al tiempo que una gota de lluvia le caía en el dorso de la mano y otra aterrizaba sobre el papel blanco de su cigarrillo medio consumido—. Deberían haber empezado a gritar y salir corriendo, como la gente que intenta escapar de los insectos gigantes en esas películas de monstruos de los cincuenta.» Y entonces pensó: «Pero yo tampoco he salido corriendo».

Cierto, pero no era lo mismo. No había salido corriendo porque se había quedado petrificado. Había intentado gritar, sin embargo; solo que su nuevo amigo lo había detenido antes de que fuera capaz de poner las cuerdas vocales en movimiento.

Hombre murciélago. Tu primer hombre murciélago.

Sobre los anchos hombros del Traje Más Respetable del Año y el nudo de la elegante corbata roja de seda se balanceaba una enorme cabeza de color marrón grisáceo; no era redonda, sino que estaba deformada como una pelota de béisbol que hubiera sido utilizada durante todo el verano. Unas líneas negras, venas, tal vez, palpitaban bajo la superficie del cráneo en desordenados garabatos, y la zona que debería haber sido el rostro pero que no lo era, al menos no en un sentido humano, aparecía cubierto de bultos que sobresalían y temblaban como tumores poseídos por cierta terrible vida semiconsciente. Las facciones eran rudimentarias y estaban como amontonadas; ojos negros achatados, aunque perfectamente circulares, que miraban con avidez desde el centro del rostro como los ojos de un tiburón o de algún insecto hinchado; orejas deformes, carentes de lóbulos y membranas. No tenía nariz, al menos no una nariz que Pearson pudiera identificar, si bien había observado dos protuberancias en forma de colmillos que sobresalían de la hirsuta mata de pelo situada justo debajo de los ojos. La mayor parte del rostro de aquella cosa consistía en una boca, una enorme media luna negra flanqueada de dientes triangulares. Para una criatura así, se había dicho Pearson más tarde, engullir la comida sería un sacramento.

El primer pensamiento que le vino a la cabeza al clavar la mirada en aquella espantosa aparición, una aparición que llevaba un esbelto maletín Bally en una mano exquisitamente cuidada, fue: «Es el hombre elefante». Sin embargo, ahora se daba cuenta de que aquella cosa no tenía absolutamente nada que ver con la criatura deforme pero esencialmente humana de aquella vieja película. Lo cierto era que Duke Rhinemann se acercaba mucho más a la realidad; asociaba aquellos ojos negros y aquella boca descomunal a cosas peludas que emitían agudos chirridos y que pasaban las noches comiendo moscas y los días colgados boca abajo en lugares oscuros.

Pero no era nada de todo eso lo que le había impulsado a intentar lanzar un grito; aquella necesidad lo había acometido cuando la criatura enfundada en el traje de Andre Cyr había pasado junto a él con los ojos brillantes y saltones ya clavados en la puerta giratoria. Fue el instante en que la había tenido más cerca, y fue entonces cuando vio que el rostro cubierto de abscesos se movía bajo las mechas de crespo cabello gris que nacía en el extraño cráneo. No tenía ni la menor idea de cómo era posible una cosa así, pero lo cierto es que era posible, pues lo estaba viendo con sus propios ojos:

veía cómo la carne del hombre se deslizaba en torno a las desiguales curvas del cráneo y ondulaba en distintas direcciones a lo largo de la mandíbula en forma de empuñadura de bastón. Entre cada movimiento había entrevisto destellos de una repugnante sustancia rosada en la que no quería ni pensar..., aunque ahora que recordaba la escena, se le antojaba imposible dejar de pensar en ella.

Más gotas de lluvia le salpicaron las manos y el rostro. Junto a él, sentado sobre el curvado labio de mármol, Rhinemann dio una última chupada a su cigarrillo, lo arrojó al suelo y se levantó.

—Vamos —ordenó—. Está lloviendo.

Pearson lo miró con los ojos abiertos de par en par, y a continuación se volvió hacia el banco. La rubia de la falda roja entraba en aquel momento con el libro bajo el brazo. La seguía y observaba de cerca el anciano con la mata de cabello blanco que le confería aspecto de magnate.

Pearson se volvió de nuevo hacia Rhinemann.

—¿Que entre? ¿Está de guasa? ¡Esa cosa acaba de entrar ahí dentro!

—Ya lo sé.

—¿Quiere que le diga una auténtica barbaridad? —prosiguió Pearson al tiempo que tiraba el cigarrillo.

No sabía adónde ir; a casa, suponía, pero había un sitio al que no iría por nada del mundo, y ese sitio era el interior del banco. El Primer Banco Mercantil de Boston.

—Claro, hombre —accedió Rhinemann—. ¿Por qué no?

—Esa cosa se parecía mucho a nuestro venerado director general, Douglas Keefer..., es decir, a excepción de la cabeza. El mismo gusto en trajes y maletines.

—Menuda sorpresa —repuso Duke Rhinemann.

Pearson le miró con una mirada inquieta.

—¿Qué quiere decir?

—Creo que ya lo sabe, pero ha tenido una mañana terrible, así que lo diré yo. Esa cosa era Keefer.

Pearson esbozó una sonrisa insegura. Rhinemann no se la devolvió. En lugar de eso, se levantó, agarró a Pearson por los brazos y lo atrajo hacia sí hasta que sus rostros casi se tocaron.

—Le acabo de salvar la vida. ¿Se cree eso, señor Pearson?

Pearson reflexionó durante un instante y llegó a la conclusión de que sí se lo creía. Tenía grabado en la memoria aquel extraño rostro de murciélago, de ojos negros y apretadas hileras de dientes.

—Sí, creo que sí.

—Muy bien. Entonces hágame el favor de escuchar las tres cosas que le voy a decir, ¿de acuerdo?

—Yo..., sí, de acuerdo.

—Primero, esa cosa era Douglas Keefer, director general del Primer Banco Mercantil de Boston, amigo íntimo del alcalde y, por casualidad, presidente honorario del Fondo del Hospital Infantil de Boston. Segundo, hay al menos tres murciélagos más trabajando en el banco, uno de ellos en su planta. Tercero, va usted a entrar en el banco; es decir, si quiere seguir vivo.

Pearson lo miró con los ojos abiertos de par en par, incapaz de replicar; de hecho, si lo hubiera intentado, lo único que habría brotado de sus labios habría sido otro de aquellos susurros ahogados e inarticulados.

Rhinemann lo cogió por el codo y lo empujó hacia la puerta giratoria.

—Vamos, amigo —apremió en tono extrañamente amable—. Empieza a llover bastante. Si nos quedamos más tiempo aquí fuera llamaremos la atención, y en nuestra situación no podemos permitírnoslo.

Pearson se dejó guiar por Rhinemann durante un

momento, pero entonces volvió a aparecérsele la imagen de las negras telarañas que había visto palpitar y entrelazarse en la cabeza de la cosa. La imagen lo hizo detenerse delante de la puerta giratoria. La superficie lisa de la plaza estaba ya lo suficientemente mojada como para revelar a otro Brandon Pearson bajo sus pies, un reflejo brillante que colgaba de sus talones como un murciélago de un color distinto.

—No... no creo que pueda —murmuró con voz vacilante e insegura.

—Sí que puede —insistió Rhinemann al tiempo que echaba un vistazo a la mano izquierda de Pearson—. Está casado, por lo que veo. ¿Tiene hijos?

—Una hija —repuso Pearson sin apartar la mirada del vestíbulo del banco.

La puerta giratoria tenía cristales ahumados, por lo que la gran estancia aparecía muy oscura. «Una cueva de murciélagos repleta de portadores de enfermedades, medio ciegos.»

—¿Quiere que su mujer y su hija lean mañana en los periódicos que la poli ha pescado a papá en el puerto de Boston con el cuello rebanado?

Pearson volvió a mirar a Rhinemann con los ojos como platos. Gruesas gotas de lluvia le salpicaban las mejillas y la frente.

—Siempre hacen que parezca que lo han hecho los *yonquis* —prosiguió Rhinemann—. Y funciona. Siempre funciona, porque son inteligentes y tienen buenos amigos en puestos importantes. Joder, si toda la historia va de cargos importantes.

—No entiendo nada —intervino Pearson—. No entiendo nada de nada.

—Ya lo sé —replicó Rhinemann—. Es un momento muy peligroso para usted, así que limítese a hacer lo que le digo. Y lo que le digo es que vuelva a su despacho antes de que lo echen de menos, y que se quede ahí el resto del día con una sonrisa en los labios. No deje de sonreír, amigo; no deje de sonreír por mucho que le cueste. —Vaciló un instante antes de proseguir—: Si la fastidia, lo más probable es que lo maten.

La lluvia estaba dejando brillantes marcas en el suave rostro oscuro del joven, y de repente, Pearson se percató de algo que había estado ahí durante todo aquel rato, aunque no se había dado cuenta a causa de su propio susto; el hombre estaba aterrorizado, y había corrido un gran riesgo para evitar que Pearson cayera en una espantosa trampa.

—No puedo quedarme aquí fuera más tiempo —continuó Rhinemann—. Es peligroso.

—De acuerdo —accedió Pearson, sorprendido al comprobar que su tono de voz había vuelto a la normalidad—. Volvamos al trabajo.

Rhinemann suspiró aliviado.

—Muy bien. Y vea lo que vea durante el resto del día, no se muestre sorprendido. ¿Entendido?

—Sí —aseguró Pearson, aunque no entendía nada.

—¿Puede salir un poco antes? ¿Hacia las tres, por ejemplo?

Pearson lo meditó un momento y por fin asintió con un gesto.

—Sí, supongo que sí.

—Muy bien. Quedamos en la esquina con Milk Street.

—De acuerdo.

—Lo está haciendo muy bien —alabó Rhinemann—. Estoy seguro de que no le pasará nada. Nos vemos a las tres.

El joven entró en la puerta giratoria y empujó. Pearson entró en el segmento siguiente con la sensación de que su mente se quedaba en la plaza..., toda su mente a excepción de la parte que ya le estaba pidiendo otro cigarrillo.

El día se le antojó eterno, pero todo fue bien hasta que volvió de comer y fumarse dos cigarrillos con Tim Flanders. Lo primero que vio al salir del ascensor fue otro hombre murciélago..., bueno, en realidad era una mujer murciélago que llevaba zapatos de piel de tacón alto, medias negras de nailon y un espectacular traje de *tweed* de seda de Samuel Blue, creía Pearson. Era el atuendo perfecto para una alta ejecutiva..., hasta que uno llegaba a la cabeza que se balanceaba sobre él como un girasol mutante, claro está.

—Hola, caballeros.

Una dulce voz de contralto surgía de las profundidades del orificio de labios de liebre que era su boca.

«Es Suzanne Holding —pensó Pearson—. No puede ser, pero lo es.»

—Hola, querida Suzy —se oyó decir.

«Si se me acerca..., si intenta tocarme... grito. No podré evitarlo a pesar de todo lo que me ha contado el muchacho.»

—¿Estás bien, Brand? Estás un poco pálido.

—Supongo que he cogido el virus de turno —repuso Pearson, asombrado una vez más por la naturalidad de su voz—. Pero creo que ya se me está pasando.

—Bien —dijo la voz de Suzanne Holding desde detrás de la cara de murciélago y la extraña carne móvil—. Pero nada de besos con lengua hasta que te hayas curado; de hecho, no quiero ni que respires cerca de mí. No puedo permitirme ponerme enferma; los japoneses vienen el miércoles.

No te preocupes, encanto..., no te preocupes.

—Intentaré reprimirme.

—Gracias. Tim, ¿puedes venir a mi despacho y echar un vistazo a un par de resúmenes de hojas de cálculo?

Timmy Flanders rodeó con un brazo la cintura del sensualmente pulcro Samuel Blue, y delante de las narices de Pearson, se inclinó y besó un lado del rostro tumefacto y peludo de la cosa. «Ahí es donde Timmy ve su mejilla», pensó Pearson. Le acometió la sensación de que la cordura empezaba a escurrírsele como un cable grasiento enrollado en un carrete. «Su mejilla suave y perfumada, eso es lo que ve, sí, señor, y eso es lo que cree que está besando. Dios mío. Oh, Dios mío.»

—¡Eso es! —exclamó Timmy al tiempo que hacía una caballeresca reverencia ante la criatura—. Un beso y me convierto en vuestro esclavo, querida señora.

Timmy guiñó el ojo a Pearson y se dirigió con el monstruo hacia su despacho. Al pasar junto a la fuente de agua potable, dejó caer el brazo con el que le había rodeado la cintura. La breve danza de apareamiento del macho y la hembra, un ritual que se había desarrollado a lo largo de los últimos diez años en las relaciones laborales en las que el jefe era mujer y el ayudante hombre, había tocado a su fin, y ambos se alejaron de Pearson como iguales, hablando exclusivamente de números.

«Estupendo análisis, Brand —se dijo distraído mientras ambas figuras se alejaban de él—. Deberías haberte hecho sociólogo.» Y de hecho, había estado a punto de hacerse sociólogo, pues esa había sido su asignatura secundaria en la universidad.

Al entrar en su despacho se percató de que estaba bañado en sudor. Pearson olvidó la sociología y se dispuso a esperar que dieran las tres.

A las tres menos cuarto hizo acopio de valor y se dirigió al despacho de Suzanne Holding. El asteroide que era su cabeza estaba vuelto hacia la pantalla azul grisácea del ordenador, pero se giró cuando Pearson dijo «Toc toc», con la carne de su extraño rostro deslizándose sin parar, los ojos negros mirándolo con la fría avidez del tiburón que examina la pierna de un nadador.

—Le he dado a Buzz Castairse los formularios de empresa —empezó Pearson—. Me voy a llevar los formularios individuales a casa, si no te importa. Ahí tengo las copias de seguridad.

—¿Es esta tu manera de decir que desertas, querido? —inquirió Suzanne.

Las venas negras palpitaban de un modo escalofriante sobre el cráneo calvo; los bultos que rodeaban sus facciones temblaban, y Pearson se dio cuenta de que uno de ellos segregaba una densa sustancia rosada que parecía espuma de afeitar manchada de sangre.

Se obligó a sonreír.

—Me has pillado.

—Bueno —repuso Suzanne—, supongo que tendremos que celebrar la orgía de las cuatro sin ti.

—Gracias, Suze —replicó al tiempo que se volvía hacia el pasillo.

—Brand.

Se volvió de nuevo hacia ella. El miedo y la repugnancia amenazaban con convertirse en un acceso de pánico, y de repente tuvo la seguridad de que aquellos ávidos ojos negros lo habían desenmascarado y que la cosa que fingía ser Suzanne Holding estaba a punto de decir: «Dejémonos de jueguecitos, ¿de acuerdo? Entra y cierra la puerta. Vamos a ver si sabes tan bien como parece».

Rhinemann esperaría un rato, y luego se marcharía solo. «Lo más probable —se dijo Pearson— es que se dé cuenta de lo que ha pasado. Seguro que ya lo ha visto alguna otra vez.»

—¿Sí? —preguntó intentando esbozar una sonrisa.

La cosa lo miró con gesto apreciativo y en silencio durante un instante, con la grotesca cabeza balanceándose sobre el sensual corpiño de su traje de ejecutiva.

—Tienes mejor aspecto que esta mañana.

La boca seguía abierta de par en par, los ojos negros seguían fijos con la expresión de una muñeca de trapo olvidada debajo de la cama de una niña, pero Pearson sabía que cualquier otra persona tan solo habría visto a Suzanne Holding sonriendo a uno de sus ejecutivos y exhibiendo la medida justa de preocupación. No era exactamente la expresión de Madre Coraje, pero sí denotaba cariño e interés.

—Bien —repuso, aunque la palabra le pareció un poco sosa—. ¡Estupendo! —añadió.

—Ahora lo único que falta es que dejes de fumar.

—Bueno, estoy en ello —aseguró Pearson al tiempo que lanzaba una débil carcajada.

Otra vez el cable grasiento que se escurría del carrete. «Déjame marchar —pensó—. Déjame marchar, maldita zorra, déjame marchar antes de que haga algo demasiado disparatado como para pasar desapercibido.»

—Tendrías derecho a una cobertura mucho mayor en el seguro si dejaras de fumar —prosiguió el monstruo.

La superficie de otro de aquellos abscesos estalló con un repugnante chasquido y empezó a segregar la misma sustancia rosada.

—Sí, ya lo sé —asintió—. Y te aseguro que pensaré en ello, Suzanne. De verdad.

—Hazlo —insistió la cosa al tiempo que se volvía de nuevo hacia la brillante pantalla del ordenador.

Durante un instante, Pearson se quedó petrificado, incapaz de dar crédito a su buena suerte. La entrevista había terminado.

Llovía a cántaros cuando Pearson salió del edificio, pero la Gente de las Diez, que ahora se había convertido en la Gente de las Tres, por supuesto, aunque no había ninguna diferencia significativa, había salido a pesar de todo, y todos ellos estaban amontonados como ovejas, enfrascados en lo suyo. La Señorita Falda Roja y el empleado de la limpieza al que le gustaba encasquetarse la gorra al revés se habían cobijado bajo la misma sección empapada del *Boston Globe*. Parecían estar incómodos y un poco mojados, pero pese a ello, Pearson sintió envidia del empleado de la limpieza. La Señorita Falda Roja llevaba Gorgio; lo había olido en el ascensor en varias ocasiones. Y por supuesto, emitía leves susurros sedosos cuando se movía.

«Pero ¿en qué narices estás pensando?», se preguntó con severidad. «Pues estoy intentando conservar la cordura. ¿Pasa algo?», se contestó en el mismo aliento.

Duke Rhinemann se había refugiado bajo el toldo de la floristería que había a la vuelta de la esquina, con los hombros encogidos y un cigarrillo en la comisura de los labios. Pearson se unió a él, miró el reloj y decidió que podía esperar un poco más. Sin embargo, se inclinó un poco hacia delante para que le alcanzara el humo del cigarrillo de Rhinemann, aunque lo hizo sin darse cuenta.

—Mi jefa es una de ellos —empezó—. A menos, claro está, que Douglas Keefer sea de esos monstruos a los que les gusta vestirse de mujer.

Rhinemann esbozó una sonrisa feroz y no dijo nada.

—Dijo que había tres más. ¿Quiénes son los otros dos?

—Donald Fine. Seguramente no lo conoce; trabaja en Valores. Y Carl Grosbeck.

—Carl... ¿El presidente de la junta? ¡Dios mío!

—Ya se lo he dicho antes —replicó Rhinemann—.

Puestos importantes, eso es de lo que va toda la historia. ¡Taxi!

Abandonó a toda prisa la protección del toldo e hizo señas al taxi marrón y blanco que, milagrosamente, iba vacío pese a la lluvia que caía aquella tarde. El coche se acercó a ellos produciendo amplios abanicos de agua. Rhinemann los esquivó con agilidad, pero los zapatos y el dobladillo de los pantalones de Pearson quedaron empapados. En el estado en que se encontraba, no obstante, la cosa no le pareció demasiado grave. Abrió la puerta para Rhinemann, el cual subió y se deslizó hacia el otro lado del asiento. Pearson lo siguió y cerró la puerta de golpe.

—Al pub Gallagher —indicó Rhinemann—. Justo enfrente de...

—Ya sé dónde está el pub Gallagher —interrumpió el taxista—, pero no vamos a ninguna parte hasta que tire el pitillo, amigo.

Al hablar golpeó con un dedo el cartelito adherido al taxímetro. PROHIBIDO FUMAR EN ESTE VEHÍCULO, rezaba.

Los dos hombres intercambiaron una mirada. Rhinemann se encogió de hombros con el gesto medio avergonzado y medio malhumorado que lleva siendo el principal saludo tribal de la Gente de las Diez desde 1990 aproximadamente.

A continuación y sin rechistar, arrojó el Winston apenas consumido a la lluvia.

Pearson empezó a contarle a Rhinemann el susto que se había llevado cuando las puertas del ascensor se habían abierto y había visto por primera vez de cerca a la verdadera Suzanne Holding, pero Rhinemann frunció el ceño, meneó la cabeza con ademán apenas perceptible y señaló con el pulgar al taxista.

—Luego hablamos —murmuró.

Pearson calló y se conformó con contemplar los rascacielos surcados de lluvia del centro de Boston. Se sentía casi completamente identificado con las pequeñas escenas callejeras que veía a través de la sucia ventana del taxi. Le interesaban especialmente los grupitos de Gente de las Diez que veía delante de cada bloque de oficinas que pasaban. Se ponían a cubierto en todos los lugares que ofrecían cobijo. Si no encontraban ningún lugar adecuado, se conformaban, se subían el cuello de los abrigos, protegían el cigarrillo con las manos y fumaban pese a todo. Se le ocurrió que el noventa por ciento de los elegantes rascacielos junto a los que pasaban eran zonas de no fumadores, al igual que el edificio en el que trabajaban tanto Rhinemann como él. También se le ocurrió otra cosa que le cruzó la mente como una suerte de revelación, y era que la Gente de las Diez no era realmente una tribu nueva, sino los destartalados vestigios de una tribu antigua, renegados que huían de una nueva escoba que pretendía barrer ese antiguo vicio de la vida americana. Su denominador común era la desgana o la incapacidad de dejar de suicidarse lentamente; eran adictos en una zona de respetabilidad que no cesaba de encogerse. Suponía que en el año 2020, el 2050 a lo sumo, la Gente de las Diez se habría esfumado de la faz de la tierra.

«Oh, mierda, un momento —se dijo—. La verdad es que somos los últimos optimistas a prueba de bomba del mundo, nada más... La mayoría de nosotros no nos molestamos en ponernos el cinturón de seguridad, y nos encantaría sentarnos detrás de la base de meta en el campo de béisbol si quitaran de una vez la maldita valla de protección.»

—¿Qué le hace tanta gracia, señor Pearson? —inquirió Rhinemann.

Pearson se dio cuenta de que había esbozado una amplia sonrisa.

—Nada —repuso—. Nada importante, al menos.

—Vale, pero no se me descontrole.

—¿Consideraría que me descontrolo si le pido que me llame Brandon?

—Supongo que no —repuso Rhinemann con aspecto pensativo—. Siempre y cuando usted me llame Duke y no degeneremos en nombrecitos como BeeBee, Buster ni ningún otro mote embarazoso por el estilo.

—No te preocupes. ¿Quieres saber una cosa?

—Claro.

—Este ha sido el día más asombroso de mi vida.

Duke Rhinemann asintió sin devolverle la sonrisa.

—Y todavía no ha terminado —aseguró.

2

Pearson se dijo que Duke había acertado al escoger el Gallagher. Se trataba de una auténtica rareza bostoniana, más parecida a Gilley's que a Cheers, y era el lugar idóneo para que dos empleados de banco hablaran de cosas que habrían hecho dudar a sus allegados de su cordura. La barra más larga que Pearson había visto en su vida fuera de las películas flanqueaba una gran pista brillante de baile en la que tres parejas bailaban soñadoras mientras Mary Stuart y Travis Tritt entonaban *Esta te va a doler*.

En un lugar más pequeño, la barra habría estado repleta, pero los clientes estaban tan bien repartidos por aquel larguísimo hipódromo revestido de caoba que se podía conseguir cierta intimidad; no había necesidad de recurrir a uno de los reservados de la mortecina parte trasera del bar. Pearson se alegraba. No le costaba nada imaginarse a uno de los murciélagos, tal vez incluso una pareja, sentado (o posado) en el reservado contiguo, escuchando su conversación con toda atención.

«¿No es eso lo que llaman mentalidad de banquero,

viejo amigo? —se dijo—. No te ha costado mucho llegar a este extremo, ¿eh?»

No, suponía que no, pero por el momento no le importaba. Tan solo sentía agradecimiento porque podría mirar en todas direcciones mientras hablaban..., o mejor dicho, mientras Duke hablaba.

—¿En la barra? —preguntó Duke.

Pearson asintió con un gesto.

Parecía un solo bar, reflexionó Pearson mientras seguía a Duke hasta el cartel que decía ZONA DE FUMADORES, pero en realidad había dos..., al igual que, en los años cincuenta, cada barra de bar por debajo de la línea de Mason Dixon constaba en realidad de dos, una para los blancos y otra para los negros. Y ahora al igual que entonces, se notaba la diferencia. Un Sony casi tan grande como una pequeña pantalla de cine dominaba el centro de la sección de no fumadores, mientras que en el gueto de la nicotina tan solo había un viejo Zenith clavado a la pared (junto a un cartel que decía: NO DUDE EN PEDIR QUE LE FIEMOS, QUE NOSOTROS NO DUDAREMOS EN DECIRLE QUE SE J!!A). La superficie de la barra estaba más sucia en esa zona; al principio, Pearson creyó que eran imaginaciones suyas, pero el segundo vistazo confirmó el opaco aspecto de la madera y los desvaídos círculos que se superponían y eran fantasmas de cervezas pasadas. Y por supuesto, el cetrino y amarillento olor a humo de tabaco. Habría jurado que se alzaba hacia él al sentarse en el taburete, del mismo modo que los pedos de palomitas se alzan cuando uno se sienta en la butaca de un cine viejo. El presentador que aparecía en la pantalla del destartalado televisor manchado de humo parecía estar a punto de morir de una intoxicación de cinc. En la pantalla de los tipos sanos, el mismo hombre parecía capaz de correr los cuatrocientos lisos y luego tirarse a una rubia detrás de otra.

«Bienvenido a la parte trasera del autobús —se dijo

Pearson al tiempo que miraba a su Compañero de las Diez con expresión entre divertida y exasperada—. Pero, en fin, no hay de qué quejarse. Dentro de diez años ya ni dejarán que los fumadores suban.»

—¿Quieres un cigarrillo? —preguntó Duke, mostrando tal vez cierta capacidad rudimentaria de leer el pensamiento.

Pearson miró el reloj, aceptó el pitillo y dejó que Duke le volviera a dar fuego con su encendedor de falsa elegancia. Dio una profunda chupada, saboreando el humo que se deslizaba por sus conductos, saboreando incluso el ligero mareo que le produjo. Por supuesto que se trataba de un hábito peligroso, potencialmente mortal. ¿Cómo no iba a ser peligroso algo que le ponía a uno a cien? Así era la vida, y punto.

—¿Y tú qué? —inquirió al ver que Duke volvía a guardarse el paquete de tabaco en el bolsillo.

—Puedo esperar un poco más —repuso Duke con una sonrisa—. Me he fumado un par antes de coger el taxi. Y además tengo que compensar el que me he fumado de más después de comer.

—Así que te los racionas, ¿eh?

—Sí. Por lo general solo me permito fumar uno después de comer, pero hoy me he fumado dos. Es que me has dado un susto de muerte.

—Yo también estaba bastante asustado.

El camarero se acercó a ellos, y Pearson quedó fascinado al comprobar el modo en que el hombre esquivaba la delgada espiral de humo que surgía de su cigarrillo. «No creo ni que se dé cuenta..., pero si le echara el humo en la cara, apuesto algo a que saltaría la barra y me pegaría una bofetada.»

—¿Qué van a tomar, señores?

Duke pidió dos Sam Adams sin consultar a Pearson. Cuando el camarero fue a buscar las cervezas, Duke se volvió hacia su compañero.

—Bébetela con tiento. Es mal momento para emborracharse, incluso para ponerse alegre.

Pearson asintió con un gesto y dejó un billete de cinco dólares sobre la barra cuando el camarero regresó con las cervezas. Bebió un gran trago y a continuación dio otra chupada al cigarrillo. Algunas personas creían que los mejores cigarrillos eran los que se fumaban después de comer, pero Pearson no estaba de acuerdo; estaba convencido de que no era la manzana lo que había puesto en apuros a Eva, sino una cerveza y un cigarrillo.

—Bueno, ¿y tú que has usado? —le preguntó Duke—. ¿El parche? ¿Hipnosis? ¿La fuerza de voluntad tan propia de los americanos? Por tu aspecto, yo diría que el parche.

Si aquello había sido un intento de hacerse el gracioso, la verdad era que no había funcionado. Pearson había estado pensando en fumar un montón aquella tarde.

—Sí, el parche —asintió—. Lo llevé durante dos años; empecé cuando nació mi hija.

Le eché un vistazo a través de la ventana de la sala de maternidad y decidí que tenía que dejarlo. Me parecía una locura fumarme cuarenta o cincuenta pitillos al día cuando acababa de contraer un compromiso de dieciocho años con un ser humano recién estrenado.

«Del que me enamoré desde el primer momento en que lo vi», podría haber añadido, aunque tenía la sensación de que Duke ya lo sabía.

—Por no hablar del compromiso vitalicio hacia tu mujer.

—Eso, por no hablar de mi mujer —convino Pearson.

—Además del correspondiente surtido de hermanos, cuñadas, recaudadores, contribuyentes y demás fauna.

Pearson se echó a reír y asintió.

—Exacto, tú lo has dicho.

—Pero no es tan fácil como parece, ¿eh? Cuando dan las cuatro de la mañana y no puedes dormir, toda esa nobleza se va al garete.

Pearson hizo una mueca.

—O cuando tienes que ir arriba y hacer unas cuantas volteretas delante de Grosbeck, Keefer, Fine y los demás muchachos de la junta. La primera vez que tuve que hacerlo sin coger un cigarrillo antes de entrar... Te aseguro que fue espantoso.

—Pero dejaste de fumar del todo durante un tiempo.

Pearson miró a Duke, no demasiado sorprendido por su perspicacia, y asintió con la cabeza.

—Durante unos seis meses. Pero nunca llegué a dejarlo mentalmente, ¿entiendes lo que quiero decir?

—Claro que lo entiendo.

—Al final volví a fumar. Fue en 1992, justo cuando empezó a circular la noticia de que algunas personas que fumaban mientras todavía llevaban el parche sufrían ataques al corazón. ¿Te acuerdas?

—Sí —asintió Duke al tiempo que se daba una palmadita en la frente—. Tengo un fichero entero de historias de fumadores aquí dentro, amigo, por orden alfabético. Tabaco y Alzheimer, tabaco y tensión arterial, tabaco y cataratas..., ya sabes.

—Así que yo elegía —prosiguió Pearson.

Esbozó una leve sonrisa confusa, la sonrisa de un hombre que sabe que se ha comportado como un gilipollas, que sigue comportándose como un gilipollas, pero sin saber realmente por qué.

—O dejaba de fumar o dejaba de llevar el parche. Así que...

—¡Dejé de llevar el parche! —terminaron al unísono.

Estallaron en carcajadas, lo cual hizo que un cliente

de frente despejada sentado en la zona de no fumadores los mirara y frunciera el ceño, por un momento, antes de volver su atención a las noticias de la tele.

—La vida es de lo más retorcido, ¿eh? —comentó Duke sin dejar de reír, al tiempo que se llevaba una mano al bolsillo interior de la americana de color crema.

Se detuvo al ver que Pearson le alargaba el paquete de Marlboro, del que sobresalía un cigarrillo. Intercambiaron otra mirada, la de Duke sorprendida y la de Pearson cómplice, y a continuación lanzaron otra carcajada. El tipo de frente despejada los miró de nuevo con el ceño un poco más fruncido. Ninguno de los dos se dio cuenta. Duke tomó el cigarrillo y se lo encendió. El episodio no duró más de diez segundos, pero bastó para que los dos hombres se hicieran amigos.

—Fumé como un carretero desde los quince hasta que me casé, en 1991 —explicó Duke—. A mi madre no le gustaba, pero estaba contenta de que no fumara coca ni la vendiera, como la mitad de los otros chicos de mi calle... Estoy hablando de Rockfield, ya sabes; así que no me decía gran cosa. Wendy y yo pasamos una semana de luna de miel en Hawai, y el día que volvimos me regaló una cosa.

Duke dio una profunda chupada al cigarrillo y a continuación echó dos columnas gemelas de humo por la nariz.

—Lo encontró en el catálogo de Sharper Image, creo, o tal vez en otro. Tenía un nombre de lo más sofisticado, pero no lo recuerdo. Yo simplemente llamaba a ese maldito trasto Tuercas Digitales de Pavlov. Pero en fin, la quería con locura, y todavía la quiero igual, eso te lo aseguro, así que me decidí y lo intenté con todas mis fuerzas. La verdad es que no fue tan terrible como había imaginado. ¿Sabes a qué artilugio me refiero?

—Desde luego —repuso Pearson—. El beeper. Te hace esperar cada vez más antes de encender un cigarrillo. Lisabeth, mi mujer, no dejaba de enseñármelo cuando estaba embarazada de Jenny. Tan sutil como un elefante en una tienda de porcelanas, ya te lo imaginas.

Duke asintió con una sonrisa, y cuando el camarero pasó junto a ellos, le indicó con un gesto que les pusiera otra ronda de cerveza antes de volverse de nuevo hacia Pearson.

—Excepto por lo de usar las Tuercas Digitales de Pavlov en lugar del parche, el resto de mi historia es igual que la tuya. Conseguí llegar hasta el momento en que la maquinita toca una versión espantosa del *Coro de la libertad* o algo parecido, pero el vicio volvió. Es más difícil de matar que una serpiente de dos corazones.

El camarero les trajo las cervezas. Esta vez pagó Duke.

—Tengo que hacer una llamada —anunció tras beber un sorbo—. Tardaré unos cinco minutos.

—Vale —repuso Pearson.

Echó un vistazo en derredor, vio que el camarero se había retirado de nuevo a la relativa seguridad de la zona de no fumadores («Los sindicatos conseguirán que haya dos camareros en el 2005, uno para los fumadores y otro para los no fumadores»), y se volvió de nuevo hacia Duke. Pronunció las siguientes palabras en voz mucho más baja.

—Creía que íbamos a hablar de los hombres murciélago.

Los ojos castaños de Duke lo observaron durante unos instantes.

—Y eso es lo que hemos hecho, amigo mío. Exactamente eso.

Y antes de que Pearson pudiera replicar, Duke desapareció en las profundidades semioscuras, aunque casi exentas de humo, del Gallagher, en dirección a dondequiera que se encontraran los teléfonos públicos.

Llevaba ausente casi diez minutos, y Pearson se preguntó si debería ir a la parte trasera y comprobar que estaba bien cuando sus ojos se volvieron hacia el televisor, donde el presentador de las noticias hablaba de la bomba que acababa de soltar el vicepresidente de Estados Unidos. En un discurso ante la Asociación Nacional de Educación, el vicepresidente había propuesto reevaluar las guarderías subvencionadas por el gobierno y cerrar el mayor número de ellas posible.

La imagen cambió para mostrar un vídeo grabado en algún centro de convenciones de Washington aquel mismo día, y cuando la cámara pasó del plano general y la narración a un primer plano del vicepresidente en el podio, Pearson se aferró a la barra con ambas manos y tal fuerza que sus dedos se hundieron un poco en el revestimiento acolchado. Recordó una de las cosas que Duke había dicho aquella mañana en la plaza. «Tienen amigos en puestos importantes. Joder, si toda la historia va de cargos importantes.»

—No tenemos nada en contra de las madres trabajadoras de América —declaraba el monstruo deforme y con cara de murciélago que estaba de pie tras el podio marcado con el sello del vicepresidente—, y tampoco tenemos nada en contra de los pobres merecedores de asistencia. No obstante, somos de la opinión...

Una mano se posó en el hombro de Pearson, que tuvo que morderse los labios para contener el grito que amenazaba con brotar de ellos. Se volvió y vio a

Duke. Algo había cambiado en el rostro del joven; le brillaban los ojos, y tenía la frente bañada en sudor. Pearson pensó que tenía aspecto de haber ganado el concurso de algún catálogo.

—No vuelvas a hacer eso —masculló Pearson.

Duke se quedó petrificado mientras se subía de nuevo al taburete.

—Creo que me acabo de comer el corazón —prosiguió Pearson.

Duke adoptó una expresión de sorpresa, echó un vistazo al televisor y comprendió.

—Oh —empezó—. Dios mío, lo siento, Brandon. De verdad. Siempre se me olvida que tú has entrado a media película.

—¿Y qué hay del presidente? —inquirió Pearson esforzándose por mantener un tono natural, lo que casi consiguió—. Supongo que puedo soportar lo de este hijo de perra, pero ¿qué hay del presidente? También...

—No —repuso Duke en tono vacilante antes de añadir—: Al menos todavía.

Pearson se inclinó hacia él, consciente de que aquella extraña sensación de sopor empezaba a adueñarse de nuevo de sus labios.

—¿Qué significa ese todavía? ¿Qué son esas cosas? ¿De dónde vienen? ¿Qué hacen y qué es lo que quieren?

—Te contaré lo que sé —repuso Duke—, pero primero quería preguntarte si puedes venir conmigo a una pequeña reunión esta tarde, hacia las seis. ¿Te parece bien?

—¿Una reunión sobre esto?

—Pues claro.

Pearson reflexionó durante unos instantes.

—De acuerdo. Pero tendré que llamar a Lisabeth.

Duke pareció alarmado.

—No le digas nada de...

—Claro que no. Le diré que *La Belle Dame sans Merci* quiere repasar una vez más sus preciadas hojas de cálculo antes de enseñárselas a los japoneses. Eso se lo tragará; sabe que la Holding está acojonadita con la inminente visita de nuestros amigos del Pacífico. ¿Te parece bien?

—Sí.

—A mí también, pero aun así me parece un poco barato.

—No tiene nada de barato querer mantener la mayor distancia posible entre tu mujer y los murciélagos. Quiero decir que no es que te vaya a llevar a una sauna ni nada de eso.

—Supongo que no. Bueno, dispara.

—De acuerdo. Creo que lo mejor será que empiece por lo del tabaco.

El tocadiscos, que había permanecido silencioso durante unos minutos, empezó a emitir una cansina versión del éxito *Corazón destrozado*, de Billy Ray Cyrus. Pearson miró a Duke Rheinemann con expresión confusa y abrió la boca para decir que el tabaco no tenía nada que ver con todo aquello, pero de sus labios no brotó sonido alguno. Nada de nada.

—Dejaste de fumar..., después volviste a empezar..., pero fuiste lo bastante inteligente como para saber que si no te andabas con cuidado, en un par de meses estarías fumando tanto como antes —dijo Duke—. ¿Verdad?

—Sí, pero no entiendo...

—Ya lo entenderás.

Duke extrajo el pañuelo del bolsillo y se secó el sudor de la frente. La primera impresión que Pearson había tenido cuando Duke había regresado del teléfono había sido que el hombre estaba a punto de estallar de emoción. Seguía creyendo lo mismo, pero ahora se daba cuenta de otra cosa: Duke estaba muerto de miedo.

—Limítate a escuchar, ¿de acuerdo?

—De acuerdo.

—En cualquier caso, lo que has hecho es encontrar un término medio en tu vicio. Un comosellame, un *modus vivendi*. No puedes dejar de fumar, pero has descubierto que no es el fin del mundo, que no eres como un adicto a la coca que no puede dejarla ni un borracho que no puede dejar de empinar el codo. El tabaco es un vicio bastante horrible, pero la verdad es que hay un término medio entre dos o tres paquetes diarios y la abstinencia total.

Pearson lo miraba con los ojos muy abiertos, y Duke le sonrió.

—No te estoy leyendo el pensamiento, si es eso lo que estás pensando. Quiero decir que nos conocemos, ¿no?

—Supongo que sí —repuso Pearson con expresión pensativa—. Por un momento había olvidado que los dos somos Gente de las Diez.

—¿Que somos qué?

Pearson le explicó la historia de la Gente de las Diez y sus ademanes tribales (miradas hoscas al enfrentarse a los carteles de PROHIBIDO FUMAR, encogimientos malhumorados de hombros al ser conminados por alguna autoridad competente a Apagar el Cigarrillo, Señor), sus sacramentos tribales (chiclé, caramelos, palillos y, por supuesto, pequeños aerosoles Binaca) y sus letanías tribales («El año que viene lo dejo definitivamente» era el más común).

Duke lo escuchaba fascinado.

—¡Dios mío, Brandon! —exclamó cuando su compañero terminó—. ¡Has encontrado a la tribu perdida de Israel! ¡Todos esos malditos locos siguieron a Joe Camel como corderitos!

Pearson lanzó una carcajada, lo que le granjeó otra mirada molesta y confusa por parte del tipo de frente despejada sentado en la zona de no fumadores.

—En cualquier caso, todo encaja —prosiguió Duke—. Una pregunta. ¿Fumas delante de tu hija?

—¡Dios mío, no! —exclamó Pearson.

—¿Y delante de tu mujer?

—No, ya no.

—¿Cuándo fue la última vez que te fumaste un pitillo en un restaurante?

Pearson intentó hacer memoria y descubrió algo muy peculiar; que no lo recordaba. Siempre pedía una mesa en la zona de no fumadores, aunque estuviera solo, y se guardaba el cigarrillo hasta después de terminar de comer, pagar y salir del local. Y por supuesto, hacía muchísimo tiempo que no fumaba entre platos.

—La Gente de las Diez —exclamó Duke en tono maravillado—. Me encanta, tío, me encanta eso de tener un nombre propio. Y realmente es como formar parte de una tribu. Es...

Se interrumpió, de repente, con la mirada clavada en una de las ventanas. Un policía urbano pasó por delante del bar hablando con una hermosa joven. La muchacha alzaba la mirada hacia él con una dulce expresión entre admirada y coqueta, sin percatarse de los ojos negros y penetrantes y los dientes triangulares que tenía delante.

—Dios mío, mira eso —susurró Pearson.

—Sí —repuso Duke—. Y cada vez hay más. Cada día más.

Guardó silencio durante un instante, con la mirada fija en su jarra de cerveza medio vacía. De repente, pareció sacudirse casi físicamente la abstracción.

—Seamos lo que seamos —dijo por fin—, lo cierto es que somos los únicos en todo el mundo que los vemos.

—¿Quiénes? ¿Los fumadores? —inquirió Pearson con incredulidad.

Por supuesto, debería haber sabido adónde quería ir a parar Duke, pero aun así...

—No —replicó Duke sin impacientarse—. Los fumadores no los ven. Y los no fumadores tampoco. —Se detuvo un instante para observar a Pearson con atención—. Solo la gente como nosotros, Brandon... la gente que no es ni chicha ni limonada.

—Solo la Gente de las Diez como nosotros.

Cuando salieron del Gallagher al cabo de un cuarto de hora, después de que Pearson llamara a su mujer desde el bar, le contara la mentira que se había inventado y le prometiera que estaría en casa antes de las diez, el chaparrón se había convertido en una leve llovizna, y Duke propuso que dieran un paseo. No hasta Cambridge, que era donde iban, sino lo suficiente para que Duke pudiera terminar la historia. Las calles aparecían casi desiertas, de modo que podrían acabar su conversación sin verse obligados a mirar por encima del hombre cada dos por tres.

—En un sentido muy extraño, es como el primer orgasmo —decía Duke mientras caminaban por entre una clara neblina a ras de suelo en dirección al río Charles—. Después del primero, el asunto entra a formar parte de tu vida, simplemente, está ahí. Y con esto pasa lo mismo. Un buen día, las sustancias químicas alcanzan el equilibrio necesario en tu cerebro y ves a uno de ellos. Más de una vez me he preguntado cuánta gente se ha muerto en el acto al ver a una de esas cosas. Apuesto a que un montón.

Pearson contempló el sangriento reflejo de un semáforo en el brillante pavimento negro de Boylston Street y recordó el susto que se había llevado aquella mañana.

—Son tan horribles. Tan monstruosos. La carne parece moverse por toda la cabeza... No hay ninguna forma de describirlo, ¿verdad?

Duke asintió con un gesto.

—Son más feos que un pecado, sí, señor. Yo iba en la línea roja del metro, de camino a Milton, a mi casa, cuando vi al primero. Estaba de pie en el andén de la estación de Park Street. Pasamos justo al lado suyo. Fue una suerte que yo estuviera en el tren y alejándome, porque me puse a gritar.

—¿Y entonces qué pasó?

La sonrisa de Duke se había trocado, al menos de momento, en una mueca avergonzada.

—Pues que todos me miraron, y en seguida apartaron la mirada. Ya sabes lo que pasa en las ciudades. Hay un colgado predicando que Jesucristo ama el Tupperware en cada esquina.

Pearson asintió con un gesto. Sabía lo que pasaba en las ciudades. Al menos, habría creído saberlo hasta ese día.

—De repente, un tipo alto, pelirrojo, con aspecto de empollón y millones de pecas se sentó a mi lado y me agarró por el codo más o menos igual que yo a ti esta mañana. Se llama Robbie Delray. Es pintor. Lo verás esta noche en la tienda de Kate.

—¿Qué es la tienda de Kate?

—Una librería especializada que hay en Cambridge. Especializada en novela negra. Nos reunimos allí una o dos veces por semana. Es un buen sitio. Y buena gente, también, al menos la mayoría, ya lo verás. Cuestión, que Robbie me agarró por el codo y me dijo: «No estás loco. Yo también lo he visto. Es real... Es un hombre murciélago».

Eso fue todo, y la verdad es que el tipo podría haber estado hasta las cejas de anfetaminas, que yo supiera..., pero yo había visto aquello y el alivio...

—Sí —intervino Pearson al recordar la escena de aquella mañana.

Se detuvieron en Storrow Drive, esperaron a que pasara un camión cisterna y a continuación se apresuraron a cruzar la calle encharcada. Pearson se quedó embobado durante un momento mirando una desvaída pintada que había en el respaldo de un banco encarado hacia el río. LOS EXTRATERRESTRES HAN LLEGADO, decía. NOS HEMOS COMIDO DOS EN UNA MARISQUERÍA.

—Menos mal que estabas ahí esta mañana —comentó Pearson—. Vaya suerte.

—Desde luego —asintió Duke—. Ya lo creo que sí. Cuando los murciélagos joden a alguien, lo joden bien jodido. Por lo general, la pasma acaba recogiendo los pedacitos en una cesta después de una de sus pequeñas fiestas. ¿Me sigues?

Pearson asintió con un ademán.

—Y nadie sabe que todas las víctimas tenían un denominador común..., que todas ellas habían rebajado el consumo de tabaco a entre cinco y diez cigarrillos diarios. Me da la sensación de que ese dato es demasiado impreciso incluso para el FBI.

—Pero ¿por qué matarnos? —inquirió Pearson—. Quiero decir que si un tipo va por ahí gritando que su jefe es un marciano, no van a mandar precisamente a la Guardia Nacional; lo que harán es meter al tipo en el manicomio.

—Vamos, hombre, baja de las nubes —instó Duke—. Ya has visto a esas preciosidades.

—¿Quieres decir que... les gusta?

—Sí, les gusta. Pero eso es como comprarse el carro antes que el caballo. Son como lobos, Brandon, lobos invisibles que se abren paso por todo el rebaño de ovejas. Y ahora dime, ¿qué quieren los lobos de las ovejas, aparte de ponerse a cien cada vez que matan a una?

—Pues... Pero ¿qué estás diciendo? —exclamó Pearson en un susurro—. ¿Quieres decir que se comen a la gente?

—Se comen algunas partes de la gente —repuso Duke—. Eso es lo que Robbie Delray creía el día en que lo conocí, y eso es lo que todavía cree la mayoría de nosotros.

—¿Quiénes son nosotros, Duke?

—Pues la gente a la que vas a conocer esta noche. No estaremos todos, pero sí la mayoría. Ha pasado algo; algo grande.

—¿Qué?

Pero Duke se limitó a menear la cabeza y replicar:

—¿Quieres coger un taxi? ¿Estás hecho polvo?

Pearson estaba hecho polvo, pero no quería coger un taxi todavía. El paseo lo había fortalecido..., pero no solo el paseo. No creía poder confesárselo a Duke, al menos todavía no, pero lo cierto es que todo aquel asunto tenía su lado positivo..., su lado romántico. Era como si se viera inmerso en una extraña aunque emocionante aventura de chicos. Casi le parecía ver las ilustraciones de N. C. Wyeth. Contempló los halos de luz blanca que rodeaban lentamente las farolas alineadas a lo largo de Sturrow Drive y esbozó una sonrisa. «Ha pasado algo importante —pensó—. El agente X-9 ha traído buenas noticias de nuestra base clandestina... ¡Hemos localizado el veneno antimurciélagos que andábamos buscando!»

—La emoción se pasa, créeme —comentó Duke con sequedad.

Pearson se volvió hacia él con expresión asombrada.

—Hacia el momento en que pescan a tu segundo amigo del puerto de Boston con media cabeza arrancada, te das cuenta que no va aparecer Tom Swift para ayudarte a blanquear la maldita valla.

—Tom Sawyer —murmuró Pearson al tiempo que

se secaba la lluvia de los ojos y sentía que se ruborizaba.

—Comen algo que produce nuestro cerebro, eso es lo que cree Robbie. Tal vez una enzima, dice, o tal vez algún tipo especial de onda eléctrica. Dice que quizá es lo mismo que nos permite verlos, al menos a algunos de nosotros, y que para ellos somos como los tomates del huerto de un granjero, listos para coger cuando ellos deciden que estamos maduros. A mí me educaron en la religión baptista y estoy dispuesto a ir al grano. Nada de tonterías de granjeros. Lo que creo es que devoran almas.

—¿De verdad? ¿Me estás tomando el pelo o de verdad te lo crees?

Duke lanzó una carcajada, se encogió de hombros y adoptó una expresión desafiante.

—Mira, tío, no lo sé. Esas cosas entraron en mi vida por la misma época en que creía que el cielo era un cuento de hadas y el infierno era otra gente. Y ahora estoy jodido otra vez. Pero en realidad da igual. Lo importante, lo único que tienes que entender y no olvidar nunca es que tienen un montón de razones para matarnos. Primero porque tienen miedo de que hagamos precisamente lo que estamos haciendo, es decir, reunirnos, organizarnos, intentar acabar con ellos...

Hizo una pausa, reflexionó un instante y por fin meneó la cabeza. Ahora parecía un hombre que sostuviera una conversación consigo mismo e intentara resolver una cuestión que le hubiera impedido dormir demasiadas noches.

—¿Miedo? No sé exactamente si tienen miedo. Pero no corren demasiados riesgos, de eso no hay la menor duda. No soportan el hecho de que algunos de nosotros podamos verlos. No lo soportan, joder. Una vez atrapamos a uno y fue como atrapar un huracán en una botella. Lo...

—¿Que atrapasteis a uno?

—Sí, señor —asintió Duke esbozando una sonrisa dura y carente de alegría—. Lo acorralamos en un área de descanso de la interestatal 95, cerca de Newburyport. Éramos seis, y mi amigo Robbie estaba al mando. Lo llevamos a una granja, y cuando se le pasó el efecto de todas las drogas que le habíamos metido, lo cual ocurrió demasiado deprisa, te lo aseguro, intentamos interrogarlo para averiguar las respuestas a algunas de las preguntas que tú ya me has hecho. Le habíamos puesto esposas y hierros en las piernas; además lo habíamos atado con tanto cordel de nailon que parecía una momia. ¿Y sabes qué es lo que recuerdo mejor?

Pearson meneó la cabeza. Ya se le había pasado la sensación de estar viviendo entre las páginas de un libro de aventuras infantiles.

—Pues el momento en que se despertó —repuso Duke—. No hubo término medio. En un momento dado estaba fuera de combate y al siguiente fresco como una rosa, mirándonos con esos horribles ojos. Ojos de murciélago. La verdad es que sí tienen ojos, ¿sabes? Pero la gente no siempre se da cuenta de eso. La historia de que son ciegos debe de ser obra de algún agente de prensa con mucho talento. No quiso hablar con nosotros. No nos dijo ni una sola palabra. Creo que sabía que no iba a salir de aquel granero, pero no había miedo en su expresión. Solo odio. ¡Dios mío, el odio que vi en sus ojos!

—¿Y qué pasó?

—Rompió la cadena de las esposas como si fuera papel higiénico. Los hierros de las piernas eran más resistentes, y además le habíamos puesto esas botas especiales que se pueden clavar en el suelo, pero el cordel de nailon... Empezó a morderlo en el punto en el que le cruzaba por los hombros. Con esos dientes..., ya los has visto... Era como ver a una rata roer un cabo. Nos quedamos todos de piedra. Incluso Robbie. No podíamos creer lo que estábamos viendo... o tal vez nos había hipnotizado. Me he preguntado muchas veces si no pudo ser eso. Suerte que estaba Lester Olson. Habíamos utilizado una furgoneta Ford Enconoline que Robbie y Moira habían robado, y a Lester le dio la vena de que podría verse desde la autopista. Fue a comprobarlo, y al volver y ver que esa cosa se había desatado todo el cuerpo excepto los pies le pegó tres tiros en la cabeza. Asimismo, pum, pum, pum.

Duke meneó la cabeza con ademán maravillado.

—Lo mató —constató Pearson—. Asimismo, pum, pum, pum.

Tenía la sensación de que la voz había vuelto a escapársele de la cabeza, al igual que había sucedido en la plaza frente al banco aquella mañana, y de repente se le ocurrió una idea espantosa pero muy persuasiva. Se le ocurrió que los hombres murciélago no existían en realidad, que no eran más que una alucinación colectiva que se parecía bastante a las que a veces tenían los consumidores de peyote durante sus pajas mentales colectivas inducidas por el consumo de drogas. La alucinación en cuestión, que tan solo afectaba a la Gente de las Diez, se debía a la cantidad de tabaco que consumían. Las personas a las que Duke quería que conociera habían matado al menos a una persona inocente bajo la influencia de aquella idea disparatada, y lo más probable era que mataran a más. Seguro que matarían a más si les daba tiempo. Y si no se alejaba a toda prisa de aquel empleado de banca trastornado, era bien posible que entrara a formar parte de todo aquel asunto. Ya había visto a dos hombres murciélagos..., no, a tres contando al poli y cuatro contando al vicepresidente. Y precisamente aquello era el dato decisivo, la idea de que el vicepresidente de Estados Unidos...

La expresión que se dibujaba en el rostro de Duke

dio a entender a Pearson que el joven le estaba leyendo el pensamiento por tercera vez en un tiempo récord.

—Estás empezando a preguntarte si no nos habremos vuelto todos locos de atar, tú incluido, ¿verdad? —preguntó.

—Pues claro —replicó Pearson en un tono más seco del que pretendía emplear.

—Desaparecen —comentó Duke de repente—. Yo vi desaparecer al del granero.

—¿Qué?

—Que se vuelven transparentes, se convierten en humo y desaparecen. Ya sé que parece una locura, pero te aseguro que nada de lo que pueda decirte podría hacerte comprender lo que significó estar ahí y ver lo que sucedía. En el primer momento crees que no es real a pesar de que lo tienes delante de las narices; crees que lo estás soñando o que te has metido en una película llena de efectos especiales a lo bestia, como los de *La guerra de las galaxias*. Y entonces hueles algo que parece una mezcla de polvo, meados y guindillas. Te escuecen los ojos, te da ganas de vomitar. Lester vomitó, de hecho, y Janet se pasó una hora estornudando. Dijo que solo la ambrosía y los pelos de gato la hacen estornudar así. En cualquier caso, me acerqué a la silla en la que había estado sentado ese monstruo. Las cuerdas seguían ahí, y también las esposas y la ropa. La camisa del tipo seguía abrochada. La corbata seguía anudada. Alargué la mano y le bajé la cremallera de los pantalones... con mucho cuidado, como si el pito fuera a salir disparado para arrancarme la nariz, pero lo único que vi fueron los calzoncillos. Calzoncillos bóxer de lo más normal. Era lo único que había, pero ya era suficiente, porque los calzoncillos también estaban vacíos. Te diré una cosa, hermano; no has visto nada hasta que has visto la ropa de un tipo toda bien puesta en capas y sin tipo dentro.

—Se convierten en humo y desaparecen —repitió Pearson—. Dios mío.

—Exacto. Al final tienen el mismo aspecto que estas —indicó mientras señalaba las farolas y sus brillantes halos de humedad.

—¿Y qué pasa con...? —empezó Pearson sin saber muy bien cómo formular la pregunta—. ¿Se les da por desaparecidos? ¿Los...? —En aquel instante se dio cuenta de lo que quería saber—. Duke, ¿dónde está el verdadero Douglas Keefer? ¿Dónde está la verdadera Suzanne Holding?

Duke meneó la cabeza.

—No lo sé. Lo único es que, en cierto modo, esta mañana has visto al verdadero Keefer, Brandon, y también a la verdadera Suzanne Holding. Creemos que es posible que las cabezas que vemos no existan realmente, que nuestro cerebro traduzca lo que los murciélagos son en realidad..., lo que son sus corazones y sus almas, en imágenes.

—¿Telepatía espiritual?

—Te expresas de maravilla, hermano —alabó Duke con una sonrisa—. Tienes que hablar con Lester. Cuando se trata de hombres murciélago, se convierte en un auténtico poeta.

De repente aquel nombre le sonó, y tras reflexionar unos instantes, Pearson creyó saber por qué.

—¿Es un tipo algo mayor con un montón de pelo blanco? ¿Que parece el magnate algo carroza de un culebrón?

Duke estalló en carcajadas.

—Exacto, ese es Les.

Caminaron en silencio durante un rato. El río fluía místico a su derecha, y ya veían las luces de Cambridge al otro lado. A Pearson le parecía que nunca había visto Boston tan bella.

—Así que los hombres murciélagos entran en tu

cuerpo; quizá no son más que un germen que inhalas...
—empezó Pearson mientras avanzaba a tientas.

—Bueno, sí, algunos creen en la idea del germen, pero yo no estoy de acuerdo. Porque, mira; nunca verás a un hombre murciélago que sea empleado de la limpieza ni una mujer murciélago que sea camarera. ¿Has oído hablar alguna vez de un germen que afecte solo a los ricos, Brandon?

—No.

—Yo tampoco.

—Estas personas con las que vamos a encontrarnos..., ¿son...?

Pearson halló divertido el hecho de que le costara pronunciar las siguientes palabras. No se trataba exactamente del regreso a los libros de aventuras, pero se parecía.

—¿... son de la resistencia?

Duke consideró las palabras de su amigo durante un momento, asintió con la cabeza y se encogió de hombros en un ademán fascinante, como si su cuerpo dijera sí y no al mismo tiempo.

—Todavía no —repuso—, pero tal vez lo sean a partir de esta noche.

Antes de que Pearson pudiera preguntarle a qué se refería, Duke había localizado otro taxi vacío al otro lado de Sturrow Drive y había bajado a la cuneta para hacerle señas. El vehículo hizo un cambio de sentido ilegal y se detuvo junto al bordillo para recogerlos.

En el taxi hablaron de la situación deportiva en la zona de Boston, de los desesperantes Red Sox, de los deprimentes Patriots, de los aburridos Celtics, y dejaron a un lado a los hombres murciélago. Sin embargo, cuando se apearon del taxi delante de una casita aislada en la orilla de Cambridge del río (LIBRERÍA DE MISTERIO

KATE, rezaba un cartel que mostraba a un gato negro siseando y con el lomo arqueado), Pearson tomó a Duke Rhinemann por el brazo.

—Tengo que hacerte algunas preguntas más.

Duke consultó el reloj.

—No hay tiempo, Brandon. Hemos caminado demasiado rato, supongo.

—Bueno, pues solo dos.

—Madre mía, eres como ese tío de la tele, el que siempre lleva la gabardina vieja y sucia. De todas formas, no creo que pueda contestarlas; sé mucho menos sobre este asunto de lo que pareces creer.

—¿Cuándo empezó todo esto?

—¿Lo ves? A eso me refiero. No lo sé, y desde luego, el monstruo que atrapamos no nos lo dijo; esa preciosidad ni siquiera nos dijo su nombre, su rango o su número de serie. Robbie Delray, el tipo del que te he hablado, dice que vio al primero hace más de cinco años, mientras paseaba a su Lhasa Apso por el parque de Boston. Dice que desde entonces hay más cada año. Todavía no hay muchos en comparación con nosotros, pero el número ha ido aumentando... ¿de forma exponencial? ¿Es esa la palabra que busco?

—Espero que no. Es una palabra que da miedo.

—¿Cuál es la otra pregunta, Brandon? Vamos, date prisa.

—¿Qué hay de otras ciudades? ¿Hay hombres murciélago en otros lugares? ¿Y otra gente que los ve? ¿Sabes algo de eso?

—No lo sabemos. Podrían estar en todo el mundo, pero estamos bastante seguros de que América es el único país del mundo en el que pueden verlos más de un puñado de personas.

—¿Por qué?

—Porque es el único país que se ha vuelto chalado con el asunto del tabaco..., probablemente porque es el único en el que la gente cree, y en el fondo lo cree de verdad, que si comen lo que tienen que comer, ingieren la combinación correcta de vitaminas, piensan siempre lo que tienen que pensar y se limpian el culo con la marca adecuada de papel higiénico, vivirán eternamente y su actividad sexual nunca remitirá. Y cuando se trata del tabaco, se declara la guerra y el resultado es este extraño híbrido. Nosotros, en otras palabras.

—La Gente de las Diez —puntualizó Pearson con una sonrisa.

—Exacto, la Gente de las Diez —asintió Duke mientras echaba un vistazo por encima del hombro de Pearson—. ¡Hola, Moira!

Pearson no se sorprendió precisamente cuando le llegó la fragancia de Giorgio. Se volvió y vio a la Señorita Falda Roja.

—Moira Richardson, te presento a Brandon Pearson.

—Hola —saludó Pearson estrechándole la mano—. Trabajas en Asistencia de Créditos, ¿verdad?

—Eso es como llamar a un basurero técnico de residuos —repuso ella con una sonrisa jovial.

Era una sonrisa, se dijo Pearson, de la que un hombre podía enamorarse si no se andaba con ojo.

—En realidad me ocupo de verificación de créditos. Si quieres comprarte un Porsche, hago averiguaciones en los archivos para asegurarme de que realmente eres un hombre Porsche... en el sentido económico, claro está.

—Claro está —repitió Pearson devolviéndole la sonrisa.

—¡Cam! —exclamó la muchacha—. ¡Ven aquí!

Era el empleado de la limpieza al que le gustaba fregar el lavabo con la gorra puesta al revés. Enfundado en ropa de calle parecía haber ganado cincuenta puntos de CI y se parecía de un modo asombroso a Armand Assante. Pearson sintió una punzada de celos pero no demasiada sorpresa cuando el muchacho rodeó con un brazo la deliciosa y esbelta cintura de Moira Richardson y le dio un beso casual en la comisura de los deliciosos labios. A continuación le estrechó la mano a Brandon.

—Cameron Stevens.

—Brandon Pearson.

—Me alegro de verlo aquí —aseguró Stevens—. Esta mañana estaba seguro de que la iba a fastidiar.

—¿Cuántos de ustedes me estaban observando? —preguntó Pearson.

Intentó evocar la escena de las diez en la plaza y descubrió que no podía, que la mayor parte de aquellos momentos se hallaban sumidos en una blanca neblina de terror.

—La mayoría de los que trabajamos en el banco y vemos a los murciélagos —repuso Moira con serenidad—. Pero no pasa nada, señor Pearson...

—Brandon, por favor.

La muchacha asintió.

—Lo único que pretendíamos era animarte, Brandon. Vamos, Cam.

Subieron a toda prisa los escalones del porche del pequeño edificio y entraron en él. Pearson entrevió un rayo de luz mortecina antes de que la puerta se cerrara. Se volvió hacia Duke.

—Todo esto es real, ¿verdad? —preguntó.

Duke le dirigió una mirada compasiva.

—Por desgracia, sí. —Hizo una pausa antes de proseguir—: Pero tiene su lado bueno.

—¿Ah, sí? ¿Cuál?

Los blancos dientes de Duke brillaban en la penumbra lluviosa.

—Pues que es la primera vez en unos cinco años que vas a asistir a una reunión en la que se puede fumar —explicó—. Venga, entremos.

3

El vestíbulo y la librería que se abría al fondo estaban a oscuras; desde la empinada escalera que empezaba a su izquierda les llegaba un murmullo de voces y un haz de luz.

—Bueno —anunció Duke—, este es el sitio. Citando a los Grateful Dead, qué extraño y largo viaje, ¿verdad?

—Y que lo digas —asintió Pearson—. ¿Kate también pertenece a la Gente de las Diez?

—¿La propietaria? No. Solo la he visto dos veces, pero creo que no fuma. Este lugar fue idea de Robbie. Por lo que respecta a Kate, somos la Sociedad Bostoniana de Nuevos Duros.

Pearson enarcó las cejas.

—¿La qué?

—Un pequeño grupo de leales aficionados que se reúne cada semana para hablar de las obras de Raymond Chandler, Dashiell Hammett, Ross McDonald y gente así. Si no has leído ningún libro de estos autores, lo mejor será que te pongas. Nunca está de más ir sobre seguro. No cuesta tanto; la verdad es que algunos de ellos son bastante buenos.

Bajaron al sótano; Duke iba delante, porque la escalera era demasiado estrecha como para bajarla juntos. Cruzaron una puerta abierta y entraron en una estancia de techo bajo muy bien iluminada, que con toda probabilidad, ocupaba el mismo espacio que la casa convertida en librería que había encima. En la habitación se veían unas treinta sillas plegables, y frente a ellas había una tabla con caballetes cubierta con una tela azul. Detrás de la improvisada mesa había amontonadas varias cajas de distintas editoriales. A Pearson le hizo gracia ver una fotografía enmarcada que colgaba de la pared izquierda y bajo la cual un cartel indicaba: DASHIELL HAMMETT: ACLAMEMOS A NUESTRO AGUERRIDO HÉROE.

—¡Duke! —exclamó una mujer que estaba a la izquierda de Pearson—. ¡Gracias a Dios! Creía que te había pasado algo.

Pearson reconoció a la mujer; se trataba de la joven de aspecto serio, gafas de cristales gruesos y cabello negro largo y liso. Aquella noche tenía un aspecto mucho menos serio, pues iba enfundada en unos tejanos desvaídos y una camiseta de la Universidad de Georgetown bajo la que, a todas luces, no llevaba sujetador. Y Pearson tenía la sensación de que si alguna vez la mujer de Duke veía el modo en que aquella joven miraba a su marido, lo más probable era que agarrara a Duke por las orejas y lo sacara a rastras de la librería, ni hombres murciélago ni puñetas.

—Estoy bien, cariño —le aseguró el joven—. Es que he traído a otro converso a la Iglesia del Murciélago Jodido. Janet Brightwood, te presento a Brandon Pearson.

Brandon le estrechó la mano al tiempo que pensaba: «Tú eres la que no dejaba de estornudar».

—Encantada de conocerte, Brandon —saludó antes de volverse de nuevo hacia Duke, que parecía algo incómodo ante la intensidad de su mirada—. ¿Te apetece ir a tomar un café después?

—Bueno..., ya veremos, cariño, ¿de acuerdo? —replicó Duke.

—De acuerdo —asintió ella, y su sonrisa insinuaba que esperaría tres años para salir a tomar un café con Duke si eso era lo que él quería.

«Pero ¿qué estoy haciendo aquí? —se preguntó

Pearson de repente—. Esto es una locura..., como una reunión de Alcohólicos Anónimos en la unidad de locos peligrosos.»

Los miembros de la Iglesia del Murciélago Jodido estaban cogiendo ceniceros de una pila que había sobre una de las cajas y encendiéndose cigarrillos con evidente placer mientras se sentaban. Pearson calculó que quedarían pocas sillas libres, o tal vez ninguna, en cuanto todos hubieran tomado asiento.

—Está casi todo el mundo —comentó Duke mientras lo guiaba hacia un par de sillas situadas en un extremo de la última fila, lejos del lugar en que Janet Brightwood se encargaba de la cafetera, aunque Pearson no sabía si se trataba de una coincidencia o no—. Muy bien... Cuidado con la barra de la ventana, Brandon.

La barra, dotada de un gancho en un extremo para abrir las inaccesibles ventanas del sótano, estaba apoyada contra una pared de ladrillos blanqueados. Duke la agarró antes de que se cayera y golpeara a alguien, la colocó en un lugar más seguro, avanzó por el pasillo lateral y cogió un cenicero.

—Realmente, sabes leer el pensamiento —exclamó Pearson agradecido antes de encenderse un cigarrillo.

Se sentía embargado de una sensación increíblemente extraña (aunque muy agradable) por el hecho de encenderse un cigarrillo como miembro de un grupo tan nutrido.

Duke también se encendió un cigarrillo y con él señaló al hombre flaco y salpicado de pecas que estaba de pie junto a la mesa. El Pecas estaba enfrascado en una conversación con Lester Olson, el que había disparado al hombre murciélago, pum, pum, pum, en un granero de Newburyport.

—El pelirrojo es Robbie Delray —explicó Duke casi con veneración—. Seguro que no lo escogerías como El Salvador de la Raza Humana si estuvieras haciendo el casting para una miniserie, ¿verdad? Pero resulta que a lo mejor se convierte precisamente en eso.

Delray dirigió una inclinación de cabeza a Olson, le dio una palmadita en el hombro y dijo algo que hizo reír al hombre de melena blanca. A continuación, Olson regresó a su asiento, situado en el centro de la primera fila, y Delray se dirigió hacia la mesa.

Por entonces, todas las sillas estaban ya ocupadas, e incluso había algunas personas de pie en la parte trasera de la habitación, cerca de la cafetera. Las conversaciones, animadas e inquietas, revoloteaban en torno a la cabeza de Pearson como bolas de billar tras un golpe especialmente fuerte. Bajo el techo ya se había formado una alfombra de humo entre azulado y grisáceo.

«Madre mía, están emocionados —se dijo Pearson—. Realmente emocionados. Apuesto algo a que se respiraba el mismo ambiente en los refugios de Londres en 1940, durante el *blitz*.»

—¿Con quién has hablado? —preguntó volviéndose hacia Duke—. ¿Quién te ha dicho que esta noche iba a pasar algo importante?

—Janet —repuso Duke sin mirarlo.

Tenía los expresivos ojos castaños clavados en Robbie Delray, el hombre que una vez le había salvado de enloquecer en la línea roja del metro de Boston. Pearson creyó ver adoración además de admiración en los ojos de Duke.

—Duke, es una reunión muy importante, ¿verdad?

—Para nosotros sí. La más importante que he visto hasta ahora.

—¿Y te pone nervioso el hecho de que haya tantos de los vuestros en el mismo sitio?

—No —repuso Duke con sencillez—. Robbie puede oler a los murciélagos. Él... chist, esto va a empezar.

Robbie Delray exhibió una sonrisa y alzó las manos, y el murmullo de conversaciones cesó casi al instante. Pearson vio la expresión de adoración de Duke en muchos otros rostros. Y todos ellos mostraban al menos respeto.

—Gracias por venir —saludó Delray en tono tranquilo—. Creo que por fin tenemos lo que algunos de nosotros llevamos esperando cuatro o cinco años.

Sus palabras desencadenaron una ovación espontánea. Delray aguardó durante unos instantes, mirando a su alrededor con una sonrisa radiante. Pearson descubrió algo desconcertante cuando los aplausos, a los que no se había unido, empezaron a remitir; no le gustaba el amigo y mentor de Duke. Suponía que era posible que estuviera experimentando un acceso de celos, pues ahora que Delray se había hecho cargo de la situación, era obvio que Duke Rhinemann se había olvidado por completo de Pearson, pero no creía que se debiera tan solo a eso. Había algo pagado de sí mismo y engreído en aquellas manos alzadas que pedían silencio; algo que recordaba el desprecio casi inconsciente de un político astuto hacia su público.

«Vamos, basta —se recriminó Pearson—. No tienes ni la menor idea de cómo es en realidad.»

Cierto, muy cierto, y Pearson intentó desterrar aquella idea de su mente, dar a Delray una oportunidad, aunque solo fuera por Duke.

—Antes de empezar —prosiguió Delray— querría presentaros a un nuevo miembro del grupo, Brandon Pearson, de lo más profundo de Medford. Levántate un momento, Brandon, y deja que tus nuevos amigos vean qué aspecto tienes.

Pearson miró a Duke con expresión consternada. Duke sonrió, se encogió de hombros y le dio un golpecito en el hombro.

—Vamos, hombre, que no te van a morder.

Pearson no estaba tan seguro de eso. Pese a ello, se puso en pie con el rostro ardiente de rubor, consciente de que la gente se giraba para echarle un vistazo. Sobre todo, se daba cuenta de la sonrisa que exhibía Lester Olson, una sonrisa que, al igual que sus cabellos, era demasiado deslumbrante como para no levantar sospechas.

La Gente de las Diez empezó a aplaudir de nuevo, solo que ahora los aplausos iban dedicados a él, a Brandon Pearson, ejecutivo medio de un banco y fumador empedernido. Una vez más se preguntó si no habría ido a parar a una reunión de Alcohólicos Anónimos dirigida exclusivamente a (y claro está, organizada por) chiflados. Cuando se dejó caer de nuevo en su silla, seguía teniendo las mejillas cubiertas de rubor.

—Podría haberme pasado sin esto, desde luego —susurró a Duke.

—Tranquilo —dijo Duke sin dejar de sonreír—. Todo el mundo pasa por lo mismo. Y seguro que te encanta, ¿no? Quiero decir, joder, es tan de los noventa.

—Sí que es de los noventa, pero no me encanta para nada —replicó Pearson.

El corazón le latía demasiado aprisa y el rubor de sus mejillas no desaparecía. De hecho, tenía la sensación de que se estaba intensificando. ¿«Qué me pasa? —se preguntó—. ¿*Hot-flash*...? ¿La menopausia masculina?»

Robbie Delray se inclinó hacia delante, cambió unas palabras con la mujer morena de gafas sentada junto a Olson, miró el reloj y a continuación volvió a su puesto y se volvió hacia el público. Su rostro abierto y sembrado de pecas le confería el aspecto de un monaguillo de domingo capaz de cometer toda clase de travesuras inocentes, tales como meter ranas en las blusas de las niñas o hacer la petaca en la cama del hermano pequeño, los seis días restantes de la semana.

—Gracias, amigos, y bienvenido, Brandon —dijo.

Pearson masculló que se alegraba de haber venido,

pero no era cierto... ¿Qué pasaría si los demás miembros de la Gente de las Diez resultaban ser un montón de gilipollas esotéricos? ¿Qué pasaría si acababa pensando de ellos lo mismo que pensaba de la mayoría de los invitados al programa de Oprah, o de los chalados religiosos bien vestidos que aparecían como por ensalmo en el programa religioso *El Club de la Gente que Ama*?

«Oh, basta —se dijo—. Duke te cae bien, ¿no?»

Sí, Duke le caía bien, y creía que también acabaría cayéndole bien Moira Richardson... una vez traspasara la capa de sensualidad que la envolvía y lograra acceder a la persona que había dentro, claro está. Sin duda, había otros que también acabarían cayéndole bien; se conformaba con poco. Y había olvidado, al menos de momento, la razón subyacente por la que estaban todos en el sótano... los hombres murciélago. Con esa amenaza pendiente sobre sus cabezas, podría apañárselas con un puñado de idiotas y esotéricos, ¿no?

Suponía que sí.

«¡Muy bien! ¡Perfecto! Pues ahora ponte cómodo, tranquilízate y disfruta del espectáculo.»

Se puso cómodo, pero no pudo tranquilizarse, al menos no del todo.

En parte se debía a la sensación de ser el chico nuevo. En parte, a la profunda desaprobación que sentía hacia aquel tipo de interacción social forzada. Por principio, consideraba que las personas que empleaban el nombre de pila de buenas a primeras y sin el consentimiento del otro eran una especie de secuestradores. Y en parte...

¡Basta ya! ¿Es que todavía no lo has captado? ¡No tienes elección!

Era una idea desagradable, pero difícil de cuestionar. Había cruzado un límite aquella mañana al volver casualmente la cabeza y ver lo que anidaba dentro de la ropa de Douglas Keefer. Suponía que ya sabía eso, pero hasta aquella noche no se había percatado de lo definitivo que era aquel límite, de lo escasas que eran las probabilidades de que volviera a cruzarlo en el sentido contrario. En el sentido que le permitiría estar de nuevo a salvo.

No, no podía tranquilizarse. Al menos, no de momento.

—Antes de ir al grano, querría daros las gracias por haber venido pese a haberos avisado con tan poca antelación —continuó Robbie Delray—. Sé que no siempre es fácil escabullirse sin despertar sospechas, y que a veces incluso resulta peligroso. No creo que sea exagerado decir que hemos pasado por un montón de cosas juntos..., por muchas situaciones difíciles...

Un murmullo cortés recorrió la sala. La mayoría de los presentes parecían pendientes de las palabras de Delray.

—... y nadie sabe mejor que yo lo duro que resulta ser una de las pocas personas que conocen la verdad. Desde que vi a mi primer hombre murciélago, hace ya cinco años...

Pearson empezó a removerse en su asiento, experimentando la última sensación que habría esperado sentir aquella noche; aburrimiento. Le parecía increíble que aquel extraño día terminara así, con un montón de gente sentada en el sótano de una librería, escuchando a un pintor pecoso que pronunciaba lo que se parecía mucho a un discurso malo del club Rotary.

Sin embargo, los demás parecían totalmente embelesados; Pearson miró de nuevo en derredor para confirmarlo. Los ojos de Duke relucían con una expresión de completa fascinación, una expresión similar a la que el perro que Pearson había tenido de pequeño, *Buddy*, adoptaba cuando Pearson sacaba su escudilla del armario situado debajo de la pica. Cameron Stevens y Moira Richardson, medio abrazados, contemplaban a Robbie Delray con total concentración. Igual que Janet Brightwood. Igual que el resto del pequeño grupo congregado en torno a la cafetera.

«Igual que todo el mundo —pensó—, a excepción de Brand Pearson. Vamos, encanto, intenta concentrarte en el programa.»

Pero no podía, y por extraño que pareciera, tenía la sensación de que Robbie Delray tampoco podía. Pearson se volvió hacia él tras recorrer con la mirada la sala justo a tiempo para ver a Delray mirar de nuevo el reloj. Era un gesto que Pearson había llegado a conocer muy bien desde que había entrado a formar parte de la Gente de las Diez. Supuso que el hombre estaba contando los minutos que le faltaban para encender el siguiente cigarrillo.

Mientras Delray seguía divagando, algunos de los presentes empezaron a dar muestras de inquietud; de hecho, Pearson escuchó algunas tosecitas ahogadas y el característico arrastrar de pies. Pese a ello, Delray continuó con su discurso, sin darse cuenta, al parecer, de que por mucho que lo respetaran como líder de la resistencia, corría el peligro de aburrir a su público.

—... así que nos las hemos arreglado lo mejor posible —decía en aquel instante—, y también hemos encajado los reveses lo mejor posible, escondiendo las lágrimas como supongo que siempre han tenido que hacer los que luchan en las guerras secretas, conservando siempre la creencia de que llegará un día en que el secreto será desvelado y entonces...

Hala, otro vistazo rápido al viejo Casio...

—... podremos compartir nuestros conocimientos con todos los hombres y mujeres que miran pero no ven.

«¿Salvador de la raza humana? —se dijo Pearson—. Por el amor de Dios. Este tío parece ese ultraconservador de Jesse Helms durante una moción de censura del Congreso.»

Miró a Duke y se animó un poco al comprobar que, si bien seguía escuchando, se estaba removiendo en su asiento y empezaba a mostrar signos de estar saliendo del trance en que se había sumido.

Pearson se tocó el rostro y comprobó que seguía ardiendo. Bajó las puntas de los dedos hasta la carótida para tomarse el pulso... Seguía muy acelerado. No se trataba de la vergüenza por tener que ponerse en pie y someterse a las miradas de la gente como si fuera la finalista del concurso de Miss América; los demás habían olvidado su existencia, al menos de momento. No, había algo más. Algo que no le hacía ni pizca de gracia.

—... no nos hemos rendido, hemos hecho el trabajo sucio por poco que nos gustara... —seguía recitando Delray.

«Es la misma sensación que has tenido antes —se dijo Brand Pearson—. El miedo a haberte metido en un grupo de personas que sufren una alucinación mortal.»

—No, no es eso —murmuró.

Duke se volvió hacia él con las cejas enarcadas; Pearson meneó la cabeza, de modo que Duke volvió de nuevo su atención hacia la tarima.

Tenía miedo, sí, señor, pero no de haber ido a parar al corazón de una extraña secta que mataba por placer. Tal vez las personas reunidas en aquel sótano, al menos algunas, habían matado, tal vez aquella escena en el granero de Newburyport había tenido lugar, pero aquella noche, en aquella habitación llena de *yuppies* observados por Dashiell Hammett, no había rastro de la energía necesaria para emprender tan desesperadas acciones. Todo lo que sentía era una especie de distracción adormilada, la suerte de semiconcentración que permitía a la gente soportar discursos aburridos sin dormirse ni salir de la sala.

—¡Vamos, Robbie, al grano! —exclamó algún alma caritativa desde el fondo de la sala, lo cual provocó algunas risitas nerviosas.

Robbie Delray lanzó una mirada de irritación hacia el lugar del que había procedido la voz, esbozó una sonrisa y volvió a mirar el reloj.

—Sí, vale —asintió—. Reconozco que estoy divagando. Lester, ¿podrías ayudarme un segundo?

Lester se levantó. Ambos hombres se dirigieron hacia una pila de cajas de libros y regresaron llevando un gran baúl de cuero por las correas. Lo colocaron a la derecha de la mesa.

—Gracias, Les —dijo Delray.

Lester asintió con un gesto y regresó a su silla.

—¿Qué hay en esa caja? —preguntó Pearson a Duke en un susurro.

Duke meneó la cabeza. Parecía confuso y, de repente, un poco incómodo..., pero tal vez no tanto como el propio Pearson.

—De acuerdo; Mac tiene razón —admitió Delray—. Creo que me he emocionado más de la cuenta, pero es que se trata de una ocasión histórica. Bueno, que siga el espectáculo.

Hizo una pausa efectista, y a continuación apartó de un tirón la tela azul que cubría la mesa. Todos los presentes se inclinaron hacia delante en las sillas plegables, preparados para una gran sorpresa, y al cabo de un instante volvieron a su postura original con un murmullo general de desilusión. Se trataba de una fotografía en blanco y negro de lo que parecía un almacén abandonado. Estaba lo suficientemente ampliada como para que pudiera distinguirse con facilidad la basura consistente en papeles, condones y botellas vacías de vino junto a las puertas, así como leerse las sabias e ingeniosas pintadas de la pared. La más grande decía: LAS CHICAS DEL DISTURBIO MANDAN.

Un nuevo murmullo recorrió la estancia.

—Hace cinco semanas —anunció Delray en tono solemne—, Lester, Kendra y yo seguimos a dos hombres murciélago hasta este almacén abandonado, situado en la sección Clark Bay de Revere.

La mujer de cabello oscuro y gafas redondas sin montura que estaba sentada junto a Lester Olson miró en derredor con ademán engreído... y Pearson comprobó con asombro que también ella miraba el reloj.

—Se encontraron en este lugar —prosiguió Delray al tiempo que señalaba con el dedo una de las entradas de carga rodeadas de basura— con otros tres hombres murciélago y dos mujeres murciélago. Todos ellos entraron en el edificio. Desde entonces, seis o siete de nosotros hemos vigilado el almacén por turnos. Hemos averiguado...

Pearson se volvió hacia el rostro dolido e incrédulo de Duke. Era como si llevara las palabras ¿POR QUÉ NO ME ESCOGIERON A MÍ? tatuadas en la frente.

—... que se trata de una especie de lugar de reunión para los murciélagos del área metropolitana de Boston...

«Los Murciélagos de Boston —pensó Pearson—. Qué nombre para un equipo de béisbol.» Y de nuevo lo asaltó la duda: «¿Soy yo realmente el que está aquí sentado escuchando todas estas locuras? ¿Soy yo realmente?».

En ese preciso instante, como sus dudas hubieran avivado el recuerdo, volvió a escuchar a Delray explicando a los Aguerridos Cazamurciélagos allí reunidos que el nuevo miembro del grupo se llamaba Brandon Pearson y era de las profundidades de Medford.

Se volvió de nuevo hacia Duke y le habló al oído.

—Cuando has hablado con Janet por teléfono...,

cuando estábamos en el Gallagher..., le has dicho que me traerías a la reunión, ¿no?

Duke le lanzó una mirada impaciente, que indicaba que estaba intentando escuchar lo que se decía aunque aún mostraba vestigios de dolor.

—Sí —repuso.

—¿Y le has dicho que yo era de Medford?

—No —repuso Duke—. ¿Cómo iba yo a saber de dónde eres? ¡Déjame escuchar, Brand!

El joven volvió su atención a la tarima.

—Hemos visto más de treinta y cinco vehículos, coches de lujo y limusinas, en su mayoría, visitar este almacén abandonado y solitario —dijo Delray antes de hacer otra pausa efectista, volver a mirar el reloj y proseguir a toda prisa—. Muchos de ellos han ido al almacén hasta diez y doce veces. Sin duda, los murciélagos deben de estar contentísimos de haber escogido un lugar tan apartado para montar su sala de reuniones o club social o lo que sea, pero lo que creo es que se van a ver acorralados, porque... Perdonadme un momento, amigos...

Se volvió y empezó a hablar en voz baja con Lester Olson. La mujer llamada Kendra se unió a ellos y empezó a mirarlos alternativamente como si estuviera en un partido de ping-pong. Los presentes observaban la escena con expresiones de desconcierto y perplejidad.

Pearson los comprendía perfectamente. «Algo grande», había prometido Duke, y a juzgar por el aspecto de los demás, a todo el mundo le habían prometido lo mismo. Ese «algo grande» resultaba ser una sola fotografía en blanco y negro en la que no se veía más que un almacén abandonado que nadaba en un mar de basura, ropa interior y condones usados. ¿Qué coño pasaba con esa fotografía?

«Lo gordo debe de estar en el baúl —se dijo Pearson—. Y por cierto, Pecas, ¿cómo sabías que soy de

Medford? Esta me la guardo para el turno de ruegos y preguntas, eso te lo aseguro.»

La sensación de calor en el rostro, el corazón acelerado y, sobre todo, la acuciante necesidad de fumarse otro cigarrillo eran más intensas que nunca. Igual que los ataques de angustia que había sufrido algunas veces cuando iba a la universidad. ¿Qué le pasaba? Si no era miedo, ¿qué era?

«Oh, sí que es miedo... solo que no es miedo de ser la única persona cuerda atrapada en la boca del lobo. Sabes que los murciélagos son reales; no estás loco, y tampoco están locos Duke, Moira, Cam Stevens ni Janet Brightwood. Pero aquí pasa algo raro... algo muy raro. Y creo que tiene que ver con él. Robbie Delray, pintor de brocha gorda y Salvador de la Raza Humana. Sabía de dónde soy. Brightwood lo ha llamado y le ha dicho que Duke iba a traer a alguien del Banco Mercantil que se llama Brandon Pearson, y Robbie ha hecho averiguaciones sobre mí. ¿Por qué lo ha hecho? ¿Y cómo lo ha hecho?»

De repente, oyó de nuevo a Duke Rhinemann diciendo: «Son inteligentes... y tienen buenos amigos en puestos importantes. Joder, si toda la historia va de cargos importantes».

Si tienes amigos en puestos importantes, no te cuesta nada hacer averiguaciones sobre alguien, ¿verdad? Exacto. La gente que está en puestos importantes tiene acceso a todas las contraseñas necesarias de los ordenadores, a los archivos adecuados, a los números que configuran las estadísticas vitales apropiadas...

Pearson dio un respingo como si acabara de despertar de una terrible pesadilla. Sin querer propinó una patada a la base de la barra para abrir ventanas, que empezó a deslizarse. En aquel instante, la conversación susurrada junto a la mesa tocó a su fin, sellada por sendas inclinaciones de cabeza.

—Les —pidió Delray—. ¿Podéis volver a echarme una mano tú y Kendra?

Pearson alargó el brazo para agarrar la barra antes de que se cayera y le diera a alguien en la cabeza... o incluso se la abriera con ese maldito gancho de la punta. Consiguió cogerlo, y en el momento en que se disponía a apoyarlo de nuevo contra la pared vio la cara granujienta mirando por la ventana del sótano. Los ojos negros, tan parecidos a los de una muñeca de trapo olvidada bajo la cama de una niña, se encontraron con los ojos azules y muy abiertos de Pearson. Numerosas tiras de carne daban vueltas como bandas de atmósfera en torno a uno de los planetas que los astrónomos llaman gigantes gaseosos. Las negras venas serpenteantes bajo el cráneo desigual y desnudo palpitaban. Los dientes centelleaban en la boca abierta.

—Ayudadme con las correas de este maldito trasto —decía Delray con una risita desde el otro extremo de la galaxia—. Creo que están encalladas.

Brandon Pearson tenía la sensación de que el tiempo había retrocedido a aquella mañana. De nuevo intentó gritar, y de nuevo el susto se lo impidió y no fue capaz más que de emitir un leve sonido inarticulado..., el sonido de un hombre que gime en sueños.

El discurso vago.

La insignificante fotografía.

Los constantes vistazos al reloj.

«¿Y te pone nervioso el hecho de que haya tantos de los vuestros en el mismo sitio?», había preguntado, y Duke había respondido con una sonrisa: «No. Robbie puede oler a los murciélagos».

Esta vez no había nadie para detenerlo, y esta vez, el segundo intento de Pearson fue un completo éxito.

—¡ES UNA TRAMPA! —gritó al tiempo que se levantaba de un salto—. ¡ES UNA TRAMPA, TENEMOS QUE LARGARNOS DE AQUÍ!

Numerosos rostros consternados se volvieron hacia él... pero había tres que no tenían necesidad de volverse. Los rostros de Delray, Olson y la mujer de cabello oscuro llamada Kendra. Acababan de desatar las correas y abrir el baúl. Sus rostros mostraban asombro y culpa..., pero ninguna sorpresa. Ni rastro de aquella emoción en concreto.

—¡Siéntate, hombre! —masculló Duke—. ¿Es que te has vuelto lo...?

La puerta del piso superior se abrió de golpe. El taconeo de botas se acercaba a la escalera.

—¿Qué pasa? —preguntó Janet Brightwood a Duke con los ojos abiertos de par en par por el miedo—. ¿De qué está hablando?

—¡FUERA! —rugió Pearson—. ¡LARGAOS DE AQUÍ, MALDITA SEA! ¡OS LO HA CONTADO AL REVÉS! ¡SOMOS NOSOTROS LOS QUE ESTAMOS EN UNA TRAMPA!

La puerta situada en la cima de la estrecha escalera del sótano se abrió, y desde las sombras llegaron los sonidos más asombrosos que Pearson había oído en su vida..., sonidos parecidos a los de una jauría de perros de pelea abalanzándose sobre un bebé que les acabaran de arrojar.

—¿Quiénes son? —chilló Janet—. ¿Quién hay allí arriba?

No obstante, no se trataba de una pregunta. Su rostro denotaba que sabía muy bien quién había allí arriba. Qué había allí arriba.

—¡Calma! —gritó Robbie Delray a los confundidos presentes, la mayoría de los cuales seguía sentada en las sillas plegables—. ¡Han prometido la amnistía! ¿Me oís? ¿Entendéis lo que estoy diciendo? ¡Me han dado su palabra de honor de que...!

En aquel instante, la ventana situada a la izquierda de aquella por la que Pearson había visto al primer murciélago se hizo añicos, salpicando de vidrios a los anonadados hombres y mujeres sentados más cerca de la pared. Un brazo enfundado en un traje de Armani atravesó la abertura y agarró a Moira Richardson por el pelo. La muchacha gritó y golpeó la mano que la sujetaba... aunque en realidad no se trataba de una mano, sino de un manojo de tendones coronados por uñas largas y quitinosas.

Sin pensárselo dos veces, Pearson cogió la barra para abrir ventanas, se lanzó hacia delante y clavó el gancho en el palpitante rostro de murciélago que miraba por la ventana rota. El gancho entró por uno de los ojos de la cosa. Una especie de tinta densa y ligeramente astringente salpicó las manos alzadas de Pearson. El hombre murciélago emitió un sonido salvaje que a Pearson no le sonó a grito de dolor, aunque esperaba haberle hecho daño, y a continuación cayó hacia atrás, llevándose consigo la barra que sujetaba Pearson antes de desaparecer en la lluviosa noche. Antes de que la criatura se perdiera por completo de vista, Pearson vio una neblina blanca que empezaba a manar de su piel tumefacta, y percibió un olor a

(polvo orina guindillas)

algo desagradable.

Cam Stevens abrazó a Moira y miró a Pearson con expresión asustada e incrédula. A su alrededor, todos los demás habían adoptado la misma expresión, un puñado de hombres y mujeres petrificados en sus sillas como una manada de ciervos ante los faros de un camión.

«No tienen mucho aspecto de luchadores de la resistencia —pensó Pearson—. Lo que parecen es un rebaño de ovejas atrapadas en un *shearing-pen*... y la hija puta de la cabra traidora que los ha metido en esto está ahí delante con los otros dos conspiradores.»

Los salvajes sonidos de ataque se estaban acercando, pero no con la rapidez que Pearson habría esperado. De repente recordó lo estrecha que era la escalera del sótano... demasiado estrecha como para que dos personas la bajaran juntas..., y rezó una oración de gracias mientras se lanzaba hacia delante. Agarró a Duke por la corbata y tiró de él para levantarlo.

—Vamos —dijo—. Nos largamos de aquí. ¿Hay alguna puerta trasera?

—No lo sé —repuso Duke al tiempo que se frotaba una sien, como si tuviera un terrible dolor de cabeza—. ¿Robbie ha hecho esto? ¿Robbie? No puede ser, tío..., ¿verdad?

Miró a Pearson con desgarradora y consternada intensidad.

—Pues me temo que sí, Duke. Vamos.

Avanzó dos pasos hacia el pasillo sin soltar la corbata de Duke, y de pronto se detuvo. Delray, Olson y Kendra habían estado rebuscando en el baúl, y en aquel momento sacaron armas automáticas del tamaño de pistolas y con culatas de metal ridículamente largas. Pearson solo había visto Uzis en las películas y en la tele, pero suponía que eso eran aquellas armas. Uzis o parientes cercanos, y de todas formas, ¿qué coño importaba? Eran armas.

—Alto —advirtió Delray.

Parecía dirigirse a Duke y a Pearson. Estaba intentando sonreír, aunque en realidad su rostro aparecía contraído en una mueca parecida a la de un condenado a muerte al que acaban de comunicar que su ejecución no ha sido anulada.

—No os mováis.

Duke siguió avanzando. Ya había llegado al pasillo, y Pearson se hallaba junto a él. Otras personas se habían levantado y los seguían, aunque sin dejar de mirar con nerviosismo hacia atrás, hacia la puerta que daba a la escalera. Sus miradas decían que no les gustaban las armas, pero que los salvajes graznidos procedentes de la planta baja les gustaban aún menos.

—¿Por qué, tío? —inquirió Duke.

Pearson vio que su compañero estaba al borde del llanto; tenía las manos extendidas con las palmas hacia arriba.

—¿Por qué nos has traicionado?

—No te muevas, Duke, te lo advierto —ordenó Lester Olson con la voz tranquilizada por el whisky.

—¡Que nadie se mueva! —masculló Kendra.

Su voz no sonaba nada tranquila. Recorría sin cesar la estancia con la mirada, como si quisiera abarcarla toda al mismo tiempo.

—Nunca hemos tenido ni la más mínima oportunidad —explicó Delray a Duke en tono implorante—. Nos pisaban los talones; podrían haber acabado con nosotros en cualquier momento, pero en lugar de eso me ofrecieron un trato. ¿Lo entiendes? No os he traicionado; nunca se me habría ocurrido. Fueron ellos los que vinieron a mí.

Delray hablaba con vehemencia, como si aquella distinción realmente significara algo para él, pero el pestañeo de sus ojos transmitía un mensaje distinto. Era como si llevara a otro Robbie Delray dentro, a un Robbie Delray mejor, a un hombre que estuviera intentando con todas sus fuerzas desligarse de tan vergonzante traición.

—¡ERES UN MALDITO MENTIROSO! —chilló Duke Rhinemann con la voz rota de dolor y furiosa comprensión.

Se abalanzó sobre el hombre que le había salvado la cordura y tal vez la vida en la línea roja del metro... y en aquel instante todo se desmoronó.

Era imposible que Pearson viera toda la escena, pero de algún modo tenía la sensación de haberlo visto todo. Vio que Robbie Delray vacilaba y a continuación ladeaba el arma como si pretendiera golpear a Duke con el cañón en lugar de dispararle. Vio que Lester Olson, el hombre que había disparado sobre el murciélago en el granero de Newburyport pum-pum-pum antes de perder los redaños y decidir que intentaría hacer un trato, se apoyaba la culata de su arma contra la hebilla del cinturón y apretaba el gatillo. Vio que una serie de destellos de fuego azul aparecían en los orificios de ventilación del cañón, y oyó un ronco bac bac bac que supuso sería el sonido que emitían las armas automáticas en la vida real. Percibió que algo cortaba el aire a escasos centímetros de su rostro; era como oír el jadeo de un fantasma. Y vio a Duke caer hacia atrás y la sangre salpicar la pechera de su camisa blanca y su traje color crema. Vio que el hombre que había estado justo detrás de Duke caía de rodillas cubriéndose los ojos con las manos y con sangre brillante brotándole por entre los nudillos.

Alguien, tal vez Janet Brightwood, había cerrado la puerta situada entre la escalera y el sótano antes de la reunión; en aquel momento, la puerta se abrió de golpe y por ella entraron dos hombres murciélago ataviados con el uniforme de la policía de Boston. Sus rostros pequeños y abigarrados sobresalían con una expresión de salvajismo de las cabezas descomunales y extrañamente inquietas.

—¡Amnistía! —gritaba Robbie Delray.

Las pecas se habían hecho ahora mucho más visibles, pues la piel que cubrían estaba blanca como el papel.

—¡Amnistía! ¡Me han prometido amnistía si os quedáis quietos con las manos en alto!

Algunas personas, en su mayoría las que habían estado congregadas en torno a la cafetera, levantaron los brazos, en efecto, aunque siguieron apartándose de los hombres murciélago uniformados. Uno de los murciélagos alargó la mano con un gruñido sordo, agarró a un hombre por la pechera de la camisa y lo atrajo hacia sí. Casi antes de que Pearson se diera cuenta de lo que sucedía, la cosa le había arrancado los ojos. Contempló por un momento los restos que descansaban sobre su mano deforme y a continuación se los metió en la boca.

Mientras otros dos hombres murciélago entraban por la puerta y miraban en derredor con sus ojillos negros y brillantes, el otro murciélago policía sacó el arma reglamentaria y disparó tres veces, en apariencia al azar, sobre la gente.

—¡No! —oyó Pearson gritar a Delray—. ¡Me lo habíais prometido!

Janet Brightwood cogió la cafetera, la levantó por encima de su cabeza y se la arrojó a uno de los recién llegados. El aparato chocó contra el monstruo con un golpe metálico sordo y derramó café sobre todo su cuerpo. En esta ocasión no cabía duda de que el grito de la cosa era de dolor. Uno de los murciélagos policía alargó el brazo hacia ella. Brightwood se agachó, intentó echar a correr, tropezó... y de repente desapareció, perdida en la estampida que se dirigía hacia la parte delantera de la estancia.

Todas las ventanas se estaban rompiendo en aquellos momentos, y Pearson oyó además el aullido de sirenas que se acercaban. Vio que los murciélagos se dividían en dos grupos y corrían a lo largo de las paredes de la habitación, con la clara intención de acorralar a la Gente de las Diez en el pequeño almacén que había detrás de la mesa volcada.

Olson tiró el arma, tomó a Kendra de la mano y se dirigió a toda prisa hacia allí. El brazo de un murciélago se coló por una de las ventanas del sótano, le agarró un mechón de teatral cabello blanco y tiró de él hacia arriba mientras el hombre tosía y se atragantaba. Otra mano apareció por la ventana, y una uña de unos ocho centímetros le rebanó el cuello, del que manó un abundante manantial de sangre.

«Se acabaron para ti los días de pum pum murciélagos en cobertizos de la costa, amigo mío», se dijo Pearson entre náuseas. Se volvió de nuevo hacia la parte delantera del sótano. Delray estaba de pie entre el baúl abierto y la mesa volcada; el arma pendía de una de sus manos, y en sus ojos se veía dibujada una expresión de asombro rayana en el vacío. Ni siquiera se resistió cuando Pearson le arrebató la culata del arma.

—Habían prometido la amnistía —le aseguró a Pearson—. Lo habían prometido.

—¿De verdad creíste que podías confiar en unas criaturas que tienen este aspecto? —preguntó Pearson antes de golpear con todas sus fuerzas el centro del rostro de Delray con la culata.

Oyó el sonido de algo al romperse..., la nariz de Delray, probablemente..., y el despiadado bárbaro que había despertado en su alma de banquero se alzó con un sentimiento de salvaje alegría.

Se dirigió hacia un pasillo que zigzagueaba entre las cajas apiladas, un pasillo ensanchado por la gente que ya había pasado por ahí, y de repente se detuvo al oír un estruendo de disparos en la parte posterior del edificio. Disparos... gritos... rugidos de triunfo.

Pearson giró en redondo y vio a Cam Stevens y Moira Richardson de pie en el otro extremo del pasillo, entre las sillas plegables. Ambos mostraban la misma expresión de asombro y estaban cogidos de la mano. «Este es el aspecto que debían de tener Hansel y Gretel cuando por fin consiguieron salir de la casita de chocolate», tuvo tiempo de pensar Pearson antes de agacharse, coger las armas de Kendra y Olson y entregárselas a sus dos compañeros.

Otros dos murciélagos habían entrado por la puerta trasera. Se movían con seguridad, como si todo se estuviera desarrollando de acuerdo con un plan..., lo cual, suponía Pearson, era totalmente cierto. La acción se había desplazado a la parte posterior del edificio; ahí era donde estaba el bacalao, y los murciélagos no se estaban limitando precisamente a cortarlo.

—Vamos —urgió a Cam y Moira—. A por ellos.

Los murciélagos que acababan de entrar tardaron demasiado en darse cuenta de que unos pocos refugiados habían decidido dar la cara y luchar. Uno de ellos giró sobre sus talones, tal vez para echar a correr, chocó con otro murciélago que llegaba y resbaló en el charco de café derramado. Ambos murciélagos cayeron al suelo. Pearson abrió fuego sobre el que todavía estaba de pie. El arma emitió su insatisfactorio bac bac bac, y el murciélago cayó hacia atrás; su extraño rostro se abrió y liberó una nube de niebla hedionda... «Es como si realmente no fueran más que una ilusión», se dijo Pearson.

Cam y Moira captaron la idea y abrieron fuego sobre los otros murciélagos, atrapándolos en un fulminante campo de balas que los lanzó contra la pared y a continuación al suelo; empezaron a desaparecer en medio de la insustancial neblina que a Pearson le recordaba las margaritas de las isletas de mármol que había delante del Banco Mercantil.

—Vamos —instó Pearson—. Si nos vamos ahora, tal vez tengamos una oportunidad.

—Pero... —empezó Cameron.

Miró en derredor; empezaba a salir del trance en que había estado sumido. Perfecto, pues Pearson tenía la sensación de que tendrían que estar completamente despiertos si querían tener la posibilidad de salir de aquella.

—No importa, Cam —intervino Moira.

También ella había echado un vistazo a su alrededor y había comprobado que eran los únicos que quedaban, tanto humanos como murciélagos. Todos los demás habían salido por la parte trasera.

—Vámonos. Creo que lo mejor sería salir por la puerta por la que hemos entrado.

—Sí —asintió Pearson—, pero no nos queda mucho tiempo.

Lanzó una última mirada a Duke, que estaba tendido en el suelo con el rostro paralizado en una expresión de dolida incredulidad. Le habría gustado tener tiempo para cerrarle los ojos, pero no era el caso.

—Vamos —repitió.

Los tres se marcharon.

Cuando llegaron a la puerta que daba al porche y a Cambridge Avenue, el estruendo de disparos procedente de la parte trasera de la casa había empezado a remitir. «¿Cuántos habrán muerto?», se preguntó Pearson. «Todos», fue la primera respuesta que se le ocurrió, una respuesta espantosa pero demasiado plausible como para ser negada. Supuso que una o dos personas más habrían conseguido escabullirse, pero no más. Había sido una trampa muy bien organizada y silenciosa, preparada mientras Robbie Delray hablaba por los codos haciendo tiempo y mirando el reloj... probablemente esperando para dar una señal a la que Pearson se había adelantado.

«Si me hubiera espabilado un poco antes, tal vez Duke seguiría vivo», pensó con amargura. Era posible, pero los deseos no siempre se hacían realidad. No era el mejor momento para hacerse reproches.

Habían dejado a un murciélago policía de guardia en el porche, pero estaba de cara a la calle, tal vez vigilando por si llegaban intrusos.

—Eh, hijo de puta asqueroso, ¿tienes un cigarrillo?
—preguntó asomándose a la puerta abierta.

El murciélago se volvió.

Pearson le voló la cara.

4

Poco después de la una de aquella madrugada, tres personas, dos hombres y una mujer enfundada en unas medias desgarradas y una falda roja, corrían junto a un tren de carga que salía de los cobertizos de carga de la Estación del Sur. El más joven de los dos hombres se encaramó sin dificultad a un vagón vacío, se volvió y alargó los brazos hacia la mujer.

La joven tropezó y lanzó un grito cuando uno de los tacones bajos de sus zapatos se rompió. Pearson le rodeó la cintura con un brazo (percibió el leve aunque desgarrador aroma a Giorgio bajo el olor mucho más fresco del sudor y el miedo), corrió con ella y le gritó que saltara. Cuando ella obedeció, la agarró por las caderas y la empujó hacia los brazos extendidos de Cameron Stevens. La mujer se aferró a él y Pearson le dio un último empujón para ayudar a Stevens a subirla al vagón.

Pearson se había quedado atrás en su intento de ayudar a la joven, y ahora veía que la valla que marcaba el fin de la estación se acercaba cada vez más. El tren de carga se deslizaba por un orificio practicado en la valla, pero no habría lugar suficiente para él y Pearson; si no se apresuraba a subir al tren se quedaría en la estación.

Cam se asomó, vio la valla que se acercaba y volvió a alargar los brazos.

—¡Vamos! —gritó—. ¡Puedes hacerlo!

Pearson no lo habría conseguido..., al menos no en los tiempos en que fumaba dos paquetes diarios. Sin embargo, encontró un poco de fuerza adicional tanto en las piernas como en los pulmones. Corrió a lo largo del traicionero lecho de cenizas y tizones salpicados de basura que se amontonaban junto a las vías, logrando adelantar de nuevo al tren, extendiendo los dedos para tocar las manos que se alargaban hacia él al tiempo que la valla se acercaba. Ya veía el cruel amasijo de alambre de espino que sobresalía por entre los rombos de la valla.

En aquel momento, el ojo de su mente se abrió y vio a su mujer sentada en el salón con el rostro surcado de lágrimas y los ojos inyectados en sangre de tanto llorar. La vio explicando a dos policías uniformados que su marido había desaparecido. Incluso vio la pila de libros desplegables de Jenny en la mesita que había junto a ella. ¿Era lo que realmente estaba ocurriendo? Suponía que sí. Y Lisabeth, que no había fumado ni un solo cigarrillo en toda su vida, no vería los ojos negros y las bocas dentadas bajo los jóvenes rostros de los policías sentados frente a ella en el sofá; no vería los tumores ni las secreciones de sus cabezas, ni las líneas que palpitaban a lo largo y ancho de sus cráneos desnudos.

No lo sabría. No lo vería.

«Que Dios bendiga su ceguera —pensó Pearson—. Que dure eternamente.»

Se acercó dando tumbos al gigantesco y oscuro tren de carga de la empresa Conrail que se dirigía hacia el oeste; se acercó al abanico anaranjado de chispas que ascendía en espiral desde debajo de una de las ruedas de acero que giraba lentamente.

—¡Corre! —chilló Moira mientras se asomaba con las manos extendidas en un ademán implorante—. ¡Por favor, Brandon, solo un poco más!

—¡Mueve el trasero, tortuga! —gritó Cam—. ¡Cuidado con la maldita valla!

«No puedo —pensó Pearson—. No puedo mover

el trasero, no puedo tener cuidado con la maldita valla, no puedo más. Lo único que quiero es tenderme en el suelo. Lo único que quiero es dormir.»

Entonces pensó en Duke y logró acelerar un poquito más a pesar de todo. Duke no había sido lo suficientemente viejo como para saber que a veces la gente pierde el valor y traiciona a los demás, que a veces incluso aquellos a los que uno adora lo hacen, pero sí había sido lo suficientemente viejo como para agarrar a Brand Pearson por el brazo y evitar que se suicidara por un grito. Duke no habría querido que se quedara en aquella estúpida estación de carga.

Logró hacer un último esfuerzo en dirección a las manos extendidas de sus compañeros al tiempo que veía la valla abalanzarse sobre él por el rabillo del ojo, y se aferró a los dedos de Cam. Saltó, notó que la mano de Moira lo agarraba con firmeza por la axila y de repente se encontró subiendo al tren, metiendo el pie derecho una fracción de segundo antes de que la valla pudiera arrancárselo con zapato y todo.

—Todos a bordo para la Aventura de los Muchachos —jadeó—. Ilustraciones de N. C. Wyeth.

—¿Qué? —preguntó Moira—. ¿Qué has dicho?

Pearson se tendió de espaldas y los miró por entre el cabello alborotado mientras descansaba sobre los codos y jadeaba.

—Nada, nada. ¿Quién tiene un cigarrillo? Me muero por fumarme uno.

Sus compañeros se lo quedaron mirando durante unos segundos, se miraron y de repente se echaron a reír al unísono, lo cual, suponía Pearson, significaba que estaban enamorados.

Mientras se retorcían por el suelo del vagón, abrazados y sin poder dejar de reír, Pearson se incorporó y empezó a rebuscar lentamente en los bolsillos interiores de su traje sucio y desgarrado.

—Aahh —exclamó al meter la mano en el segundo bolsillo y notar la forma tan conocida.

Sacó el maltrecho paquete y se lo mostró a los demás.

—¡Por la victoria!

El vagón siguió dando tumbos hacia el oeste, a través de Massachusetts con tres pequeñas ascuas reluciendo a través de la puerta abierta. Al cabo de una semana llegaron a Omaha. Pasaban las horas de media mañana deambulando por las calles, observando a la gente que se toma sus descansos aunque llueva a cántaros, buscando a Gente de las Diez, reclutando a miembros de la Tribu Perdida, la que siguió a Joe Camel.

En noviembre ya eran veinte las personas que se reunían en la trastienda de una ferretería abandonada de La Vista.

Organizaron la primera redada a principios del año siguiente; fue en Council Bluffs, al otro lado del río, donde mataron a treinta ejecutivos y banqueros murciélago muy sorprendidos. No era mucho, pero Brand Pearson había aprendido que matar murciélagos tenía un rasgo en común con el hecho de reducir el consumo de tabaco: por algo se empieza.

CROUCH END

Ya eran casi las dos y media de la mañana cuando se fue la mujer. Delante de la comisaría de policía de Crouch End, Totenham Lane era un riachuelo muerto. La ciudad de Londres estaba dormida..., pero Londres nunca duerme a pierna suelta, y siempre tiene sueños inquietos.

El oficial Vetter cerró su libreta de notas, que casi había llenado mientras la americana narraba su extraña y enloquecida historia. Miró la máquina de escribir y la pila de papel blanco que había en el estante junto a ella.

—Esto parecerá de lo más raro a la luz del día —comentó.

El oficial Farnham estaba bebiendo una Cola-Cola. Guardó silencio durante largo rato.

—Era americana, ¿no? —preguntó por fin, como si el hecho pudiera explicar la mayor parte o toda la historia que les había contado la mujer.

—Lo meteremos en el archivo de casos sin resolver —asintió Vetter mientras buscaba un cigarrillo—. Pero me pregunto...

Farnham lanzó una carcajada.

—No me va a decir que se ha creído una sola palabra de lo que ha dicho, ¿eh? ¡Vamos, señor!

—Yo no he dicho tal cosa. No. Pero tú eres nuevo aquí.

Farnham se irguió en su asiento. Tenía veintisiete años, y no era su culpa que lo hubieran trasladado allí desde Muswell Hill, ni que Vetter, que casi le doblaba la edad, hubiera pasado la totalidad de su aburrida carrera en aquel reducto tan tranquilo que era Crouch End.

—Eso es cierto, señor —repuso—, pero con todos los respetos, sé distinguir lo bueno de la paja cuando lo veo... o cuando lo oigo.

—Dame un pitillo, muchacho —replicó Vetter con expresión divertida—. ¡Eso es! Eres un buen chico.

Se lo encendió con una cerilla de madera que sacó de una cajetilla de color rojo brillante antes de apagarla y arrojarla al cenicero de Farnham. Observó al muchacho por entre la nube de humo. Sus tiempos de muchacho apuesto quedaban ya muy lejanos. Tenía el rostro surcado de arrugas, y su nariz era un mapa de venitas rotas. Le gustaba tomarse su media docena de cervezas cada noche, sí, señor.

—Crees que Crouch End es un sitio muy tranquilo, ¿verdad?

Farnham se encogió de hombros. En realidad, creía que Crouch End era un gran bostezo residencial, lo que a su hermano menor le gustaba llamar «un maldito aburritorio».

—Sí —prosiguió Vetter—. Ya veo que sí. Y tienes razón. La mayoría de las noches el barrio se cierra a las once. Pero yo he visto un montón de cosas raras en Crouch End. Y si te quedas aquí la mitad de tiempo que yo, tú también verás lo tuyo. Pasan más cosas raras aquí, en estas seis u ocho manzanas tan tranquilas, que en cualquier otro lugar de Londres; es mucho decir, ya lo sé, pero estoy convencido. Me asusta. Así que me tomo mis cervezas y entonces ya me asusta menos. Observa al sargento Gordon cuando tengas ocasión, Farnham, y pregúntate por qué tiene el pelo completamente blanco a los cuarenta años. Podrías echarle también un vistazo a Petty, pero no puedes, porque Petty se suicidó en 1976. Un verano curioso. Fue... —Se detuvo como si considerara sus palabras—. Fue un verano bastante duro. Bastante duro. Muchos de nosotros teníamos miedo de llegar a pasar a través.

—¿Quién pasará a través de qué? —preguntó Farnham.

Sentía que una sonrisa desdeñosa se abría paso hacia sus labios; sabía que no era nada diplomático, pero fue incapaz de contenerse. A su manera, Vetter estaba divagando tanto como la americana. Siempre había sido un poco raro. La bebida, suponía. De repente se dio cuenta de que Vetter le devolvía la sonrisa.

—Crees que soy un viejo loco, ¿verdad? —preguntó.

—No, en absoluto, en absoluto —protestó Farnham gruñendo para sus adentros.

—Eres un buen chico —aseguró Vetter—. No estarás detrás de una mesa en esta comisaría cuando llegues a mi edad. No si te quedas en el cuerpo. Te quedarás en el cuerpo, ¿verdad? ¿Te gusta el trabajo?

—Sí —asintió Farnham.

Era cierto; le gustaba el trabajo. Tenía intención de quedarse en el cuerpo a pesar de que Sheila quería que dejara la policía y encontrara un trabajo más fiable. La cadena de producción de Ford, por ejemplo. La idea de ponerse a trabajar de machaca en la Ford le ponía los pelos de punta.

—Ya me lo imaginaba —comentó Vetter mientras apagaba el pitillo—. Se te mete en la sangre, ¿eh? Podrías llegar lejos, y no acabarías en el aburrido Crouch End. Pero aun así no lo sabes todo. Crouch End es un sitio extraño. Deberías echar un vistazo a los archivos de casos sin resolver, Farnham. Bueno, la mayoría son cosas normales..., chicos y chicas que se escapan de casa para hacerse *hippies* o *punkies* o comoquiera que se llamen hoy en día...; maridos que desaparecen (y cuando echas un vistazo a sus mujeres entiendes por qué)..., incendios provocados sin resolver..., tirones... y todo eso. Pero entre todo eso hay bastantes casos que te hielan la sangre. Y algunos de ellos dan náuseas.

—¿De verdad?

Vetter asintió con la cabeza.

—Algunos se parecen mucho a lo que nos acaba de contar esa pobre muchacha americana. No volverá a ver a su marido, eso te lo aseguro —sentenció mientras miraba a Farnham y se encogía de hombros—. Puedes creerme o no. Al fin y al cabo, da igual, ¿no? El archivo está ahí mismo. Lo llamamos archivo de casos abiertos porque queda mejor que lo de casos sin resolver o casos te-jodes. Échale un vistazo, Farnham, échale un vistazo.

Farnham guardó silencio, pero lo cierto era que tenía la intención de «echarle un vistazo». La idea de que podía haber toda una serie de historias como la que acababa de contarles la americana... resultaba inquietante.

—A veces —prosiguió Vetter mientras cogía otro de los Silk Cut de Farnham— pienso en las Dimensiones.

—¿Dimensiones?

—Sí, hijo mío..., las dimensiones. Los escritores de ciencia ficción siempre están con lo de las dimensiones, ¿no? ¿Has leído algún libro de ciencia ficción, Farnham?

—No —repuso Farnham, convencido de que todo aquello era una elaborada tomadura de pelo.

—¿Y qué hay de Lovecraft? ¿Has leído algún libro suyo?

—Ni siquiera he oído hablar de él —replicó Farnham.

De hecho, la última obra de ficción que había leído por placer había sido una novela erótica victoriana titulada *Dos caballeros en bragas de seda*.

—Bueno, pues el tal Lovecraft siempre hablaba de las Dimensiones —explicó Vetter al sacar la caja de cerillas—. Las Dimensiones cercanas a las nuestras. Llenas de esos monstruos inmortales que podrían volver loco a un hombre con solo mirarlo. Por supuesto, no son más que tonterías. Claro que cada vez que una de estas personas se esfuma, me pregunto si realmente no son más que tonterías. Y entonces, cuando llega la madrugada y todo está tranquilo, como ahora, pienso que todo el mundo, todo lo que consideramos agradable y normal puede ser como un gran balón de cuero lleno de aire. Solo que en algunos puntos, el cuero está tan tirante que casi desaparece. Son puntos en los que las barreras son más delgadas, ¿entiendes?

—Sí —asintió Farnham.

«Tal vez deberías darme un beso, Vetter. Me encanta que me besen cuando me toman el pelo», se dijo.

—Y entonces pienso: «Crouch End es uno de estos puntos delgados». Es una tontería, claro, pero aun así lo pienso. Supongo que tengo demasiada imaginación. Mi madre siempre me lo decía.

—¿De verdad?

—Sí. ¿Y sabes qué más pienso?

—No, señor, ni idea.

—En Highgate no pasa nada, eso es lo que pienso; las dimensiones son la mar de gruesas entre nosotros y las Dimensiones de Muswell Hill y Highgate. Pero coge Archway y Finsbury Park. Estos dos sitios lindan con Crouch End. Tengo amigos en los dos barrios, y conocen mi interés por ciertas cosas que no parecen nada racionales. Ciertas historias absurdas contadas, digamos, por personas a las que en nada beneficia contar historias absurdas. ¿Se te ha ocurrido preguntarte alguna vez, Farnham, por qué la mujer nos habría contado lo que nos contó si sabía que no era cierto?

—Bueno...

Vetter encendió una cerilla y miró a Farnham por encima de la llama.

—Una joven bonita, veintiséis años, con dos hijos en el hotel y un marido que es un joven abogado al que le van muy bien las cosas en Milwaukee o un sitio de esos. ¿Qué gana viniendo aquí y soltando una historia sobre las cosas que solo se ven en las películas de Hammer?

—No lo sé —repuso Farnham con rigidez—. Pero es posible que haya una ex...

—Así que me digo —lo interrumpió Vetter— que si realmente existen esos «puntos delgados», entonces este empieza en Archway y Finsbury Park..., pero el punto más delgado de todos está aquí, en Crouch End. Así que me digo, ¿no llegará el día en que lo que queda de cuero entre nosotros y lo que hay dentro del balón... simplemente desaparezca? ¿No llegará ese día si tan solo la mitad de lo que nos ha contado la mujer es cierto?

Farnham no dijo nada. Estaba convencido de que lo más probable era que el oficial Vetter creyera en la quiromancia, la frenología y los rosiarucianos.

—Lee el archivo de casos sin resolver —insistió Vetter mientras se levantaba.

Se oyó un crujido cuando se llevó las manos a la parte baja de la espalda y se desperezó.

—Me voy a tomar el aire.

El oficial salió de la comisaría. Farnham lo siguió con la mirada entre divertido y resentido. Vetter estaba como un cencerro, sí, señor. Y además no dejaba de gorrear tabaco. El tabaco no estaba barato en este nuevo y valiente mundo del Estado de bienestar. Cogió la libreta de Vetter y empezó a hojear de nuevo la historia de la muchacha.

Sí, echaría un vistazo al archivo de casos sin resolver.

Para reírse un rato.

La muchacha... o la joven, para ser políticamente correctos, algo que, por lo visto, todos los americanos eran en estos tiempos, había entrado como una exhalación en la comisaría a las diez y cuarto de la noche, con el pelo colgándole en húmedos mechones alrededor del rostro y los ojos a punto de salírsele de sus órbitas. Arrastraba el bolso por la correa.

—Lonnie —dijo—. Por favor, tienen que encontrar a Lonnie.

—Bueno, haremos lo que podamos, ¿verdad? —repuso Vetter—. Pero tiene que contarnos quién es Lonnie.

—Está muerto —repuso la joven—. Sé que está muerto.

Rompió a llorar. De repente, se echó a reír, mejor dicho, a cloquear. Dejó caer el bolso ante sí. Estaba histérica.

La comisaría estaba casi desierta a aquellas horas de las noches laborales. El sargento Raymond estaba tomando declaración a una mujer paquistaní que contaba con una calma casi imperturbable que un tunante con muchos tatuajes de fútbol y una gran cresta de cabello azul le había robado el bolso en Hillfield Avenue. Vetter vio a Farnham entrar desde la antesala, donde había estado quitando pósteres viejos (¿TIENES LUGAR EN TU CORAZÓN PARA UN NIÑO NO DESEADO?) y poniendo otros nuevos (SEIS REGLAS PARA IR EN BICICLETA SIN PELIGRO POR LA NOCHE).

Vetter hizo señas a Farnham para que se acercara y

a Raymond, que se había vuelto de inmediato al oír la voz medio histérica de la americana, para que no se acercara. Raymond, al que le gustaba romperles los dedos a los carteristas («Vamos, hombre —exclamaba cuando le pedían que justificara aquel procedimiento tan irregular—. Cincuenta millones de tipos no pueden estar equivocados»), no era el más indicado para tratar a una mujer histérica.

—¡Lonnie! —chilló la joven—. ¡Por favor, tienen a Lonnie!

La mujer paquistaní se volvió hacia la joven americana, la observó con gran calma durante un instante y a continuación se volvió de nuevo hacia el sargento Raymond para seguir explicándole cómo le habían robado el bolso.

—Señorita... —empezó el oficial Farnham.

—¿Qué pasa ahí fuera? —susurró la mujer.

Su respiración era entrecortada. Farnham se dio cuenta de que tenía un pequeño rasguño en la mejilla izquierda. Era una monada con buenas tetas, pequeñas pero respingonas, y una espesa melena de cabello castaño. Vestía ropas moderadamente caras. Se le había desprendido el tacón de un zapato.

—¿Qué pasa ahí fuera? —repitió—. Monstruos...

La mujer paquistaní se volvió de nuevo hacia ella... y sonrió. Tenía los dientes podridos. La sonrisa se desvaneció de pronto como por arte de magia, y la mujer cogió el impreso de Propiedad Perdida y Sustraída que le alargaba Raymond.

—Ve a buscar un café para la señora y bájalo a la Sala Tres —ordenó Vetter—. ¿Le apetece un café, señora?

—Lonnie —susurró—. Sé que está muerto.

—Bueno, bueno, venga usted con el viejo Ted Vetter y arreglaremos este asunto en un santiamén —la animó al tiempo que la ayudaba a levantarse.

La joven seguía farfullando entre gemidos cuando el oficial la guió por el pasillo con un brazo alrededor de su cintura. Se tambaleaba a causa del tacón desprendido.

Farnham fue a buscar el café y lo llevó a la Sala Tres, un sencillo cubículo blanco amueblado con una mesa llena de arañazos, cuatro sillas y un surtidor de agua en un rincón. Colocó el tazón de café ante la joven.

—Aquí tiene, señora —dijo—. Le sentará bien. Hay azúcar si...

—No puedo bebérmelo —rechazó la mujer—. No podría...

De repente rodeó la taza de porcelana, un recuerdo ya olvidado que alguien se había traído de Blackpool, con ambas manos, como si quisiera entrar en calor. Le temblaban las manos, y Farnham sintió deseos de decirle que soltara el tazón antes de que se derramara el café y le quemara las manos.

—No podría —repitió la joven.

Entonces tomó un sorbo sosteniendo todavía el tazón con ambas manos, del mismo modo en que los niños cogen su tazón de caldo. Y cuando alzó la mirada hacia ellos, había en su rostro una expresión infantil, exhausta, implorante... y acorralada, en cierto modo. Era como si lo que hubiera ocurrido la hubiera devuelto a la infancia; como si una mano invisible hubiera bajado del cielo y le hubiera arrebatado los últimos veinte años de su vida, poniendo a una niña enfundada en ropas de mujer americana en aquella pequeña sala de interrogatorios de la comisaría de Crouch End.

—Lonnie —dijo—. Los monstruos. ¿Me ayudarán? ¿Por favor, me ayudarán? Tal vez no esté muerto. Tal vez... ¡Soy ciudadana americana! —gritó de pronto, y como si acabara de decir algo terriblemente vergonzoso, estalló en sollozos.

—Vamos, señora —la tranquilizó Vetter dándole unas palmaditas en el hombro—. Creo que podremos ayudarla a encontrar a su Lonnie. Es su marido, ¿verdad?

La joven asintió sin dejar de sollozar.

—Danny y Norma están en el hotel... con la canguro... esperando que él les vaya a dar un beso cuando volvamos...

—Lo mejor sería que se tranquilizara y nos contara qué ha pasado...

—Y dónde ha pasado —añadió Farnham.

Vetter le lanzó una mirada rápida y frunció el ceño.

—¡Pero es que es eso! —gritó la joven—. ¡No sé dónde ha pasado! ¡Ni siquiera sé muy bien qué ha pasado, solo que ha sido ho-ho-horrible!

Vetter había sacado la libreta de notas.

—¿Cómo se llama, señora?

—Doris Freeman. Mi marido se llama Leonard Freeman. Nos hospedamos en el Hotel Inter-Continental. Somos americanos.

En esta ocasión, aquella declaración pareció tranquilizarla un poco. Tomó otro sorbo de café y dejó el tazón sobre la mesa. Farnham observó que tenía las palmas de las manos bastante enrojecidas. «Ya te darás cuenta más tarde, cariño», pensó.

Vetter lo estaba anotando todo en la libreta. Alzó la vista hacia el oficial Farnham y lo miró durante una fracción de segundo sin expresión aparente.

—¿Están de vacaciones? —inquirió.

—Sí..., dos semanas aquí y una en España. Se suponía que íbamos a pasar una semana en Barcelona..., ¡pero esto no nos ayudará a encontrar a Lonnie! ¿Por qué me hacen todas estas preguntas estúpidas?

—Estamos intentando determinar los antecedentes, señora Freeman —intervino Farnham.

Sin percatarse de ello, ambos habían adoptado un tono bajo y tranquilizador.

—Y ahora continúe y cuéntenos qué ha sucedido. Cuéntelo con sus propias palabras.

—¿Por qué cuesta tanto encontrar un taxi en Londres? —preguntó la joven de repente.

Farnham no sabía qué decir, pero Vetter respondió como si la pregunta fuera de lo más acorde a la conversación.

—No sabría decirle, señora. Es por los turistas, en parte. ¿Por qué lo pregunta? ¿Les ha costado mucho encontrar un taxi para llegar hasta Crouch End?

—Sí —asintió la joven—. Hemos salido del hotel a las tres y hemos ido a Hatchard's. ¿Lo conoce?

—Sí, señora —repuso Vetter—. Es esa librería tan grande, ¿verdad?

—No hemos tenido ningún problema para encontrar un taxi desde el Inter-Continental... Están todos en fila delante de la puerta. Pero cuando hemos salido de Hatchard's, ni uno. Y cuando por fin se ha parado uno, el taxista se ha puesto a reír y a menear con la cabeza cuando le hemos dicho que queríamos ir a Crouch End.

—Sí, a veces se ponen muy gilipollas cuando se trata de ir a las afueras... Perdón, señora —comentó Farnham.

—Ni siquiera aceptó cuando le ofrecimos una libra de propina —prosiguió Doris Freeman en tono de perplejidad muy americana—. Hemos esperado casi media hora antes de que un taxista aceptara llevarnos. Ya eran las cinco y media, quizá las seis menos cuarto. Y entonces es cuando Lonnie se ha dado cuenta de que había perdido la dirección...

Volvió a aferrarse al tazón.

—¿A quién iban a ver? —inquirió Vetter.

—A un colega de mi marido. Un abogado llamado John Squales. Mi marido no lo conocía, pero los bufetes en los que trabajaban estaban...

Hizo un gesto vago.

—¿Asociados?

—Sí, supongo. Cuando el señor Squales se enteró de que veníamos a Londres de vacaciones, nos invitó a cenar a su casa. Lonnie siempre le había escrito a su despacho, claro está, pero tenía su dirección particular anotada en un papel. Y cuando subimos al taxi se ha dado cuenta de que la había perdido. Y lo único que recordaba era que estaba en Crouch End.

—Crouch End... Me parece un nombre espantoso —dijo mirándonos con expresión solemne.

—¿Y entonces qué han hecho? —preguntó Vetter.

La joven empezó a hablar. Cuando terminó ya había dado cuenta del primer tazón de café y casi de otro más, y el oficial Vetter había llenado varias páginas de la libreta con su ancha letra de imprenta.

Lonnie Freeman era un hombre corpulento, y al verlo inclinado hacia delante en el asiento trasero para poder hablar con el taxista, a Doris le pareció que tenía el mismo aspecto que la primera vez que lo había visto, durante un partido de baloncesto en el último año de carrera. Estaba sentado en el banquillo, con las rodillas a la altura de las orejas, las manos coronadas por grandes muñecas colgando entre las piernas. Solo que en aquella ocasión llevaba pantalones cortos de baloncesto y una toalla alrededor del cuello, y ahora llevaba traje y corbata. Nunca había jugado en muchos partidos, recordó Doris con cariño, porque no era demasiado bueno. Y perdía direcciones.

El taxista escuchó con paciencia el cuento de la dirección perdida. Se trataba de un hombre mayor, impecable en su traje de verano, la antítesis del desaliñado taxista neoyorquino. Solo la gorra de lana a cuadros que llevaba desentonaba; pero desentonaba de un modo agradable, pues le confería un toque de libertina elegancia. Afuera, el tráfico fluía sin cesar por Haymarket; el teatro anunciaba que *El fantasma de la ópera* proseguía su andadura en apariencia interminable.

—Bueno, vamos a hacer una cosa, caballero —dijo por fin el taxista—. Los llevo a Crouch End, nos paramos en una cabina, usted averigua la dirección de su amigo y después los llevo hasta la mismísima puerta.

—Estupendo —exclamó Doris.

Y lo decía en serio. Llevaban seis días en Londres, y no recordaba haber estado nunca en ningún otro lugar en el que la gente fuera tan amable y civilizada.

—Gracias —dijo Lonnie antes de retreparse en el asiento y rodear a Doris con un brazo—. ¿Lo ves? No pasa nada.

—Eres un desastre —lo riñó ella un broma al tiempo que le asestaba un ligero puñetazo en el vientre.

—Adelante, pues —exclamó el taxista—. A Crouch End.

Estaban a finales de agosto, y un viento cálido y constante removía la basura por las calles y hacía revolotear las chaquetas y faldas de los hombres y mujeres que se dirigían del trabajo a casa. El sol se estaba poniendo, pero cuando brillaba por entre los edificios lo hacía con el reflejo rojizo del atardecer, según comprobó Doris. El taxi avanzaba con un suave zumbido. Doris se relajó al sentir el brazo de Lonnie alrededor de los hombros. Tenía la sensación de que lo había visto más en los últimos seis días que en todo el año junto, y le gustó descubrir que le gustaba aquello. Además, nunca había salido de América, y no cesaba de recordarse que estaba en Inglaterra, que iba a ir a Barcelona y que ya quisieran muchos.

Al cabo de unos instantes, el sol desapareció tras un muro de edificios, por lo que perdió el sentido de la orientación casi de inmediato. Había descubierto que eso sucedía casi siempre cuando uno iba en taxi por Londres. La ciudad era un inmenso laberinto de carreteras, pasajes, colinas, cercados (e incluso mesones), y no entendía cómo la gente no se perdía cada dos por tres. Cuando se lo había mencionado a Lonnie el día anterior, este había respondido que todo el mundo tenía mucho cuidado... ¿No había observado que todos los taxistas tenían la *Guía de Londres* bien guardadita debajo del volante?

Era el trayecto en taxi más largo que habían realizado hasta entonces. La parte elegante de la ciudad quedó atrás (pese a aquella extraña sensación de andar describiendo círculos). Atravesaron un distrito de bloques monolíticos de viviendas de protección oficial que parecía desierto a juzgar por la señales de vida que se apreciaban (no, se corrigió en la sala blanca de interrogatorios; había visto a un niño pequeño sentado en el bordillo de la acera, encendiendo cerillas), a continuación una zona de tiendas y puestos de fruta pequeños y de aspecto bastante destartalado, y luego (no era de extrañar que los forasteros se desorientaran tanto en Londres) volvieron a entrar en la parte elegante de la ciudad.

—Incluso había un McDonald's —explicó a Vetter y a Farnham en un tono de voz por lo general reservado para hacer referencia a la Esfinge y a los Jardines Colgantes.

—¿De verdad? —exclamó Vetter con el debido respeto.

Al fin y al cabo, la joven estaba recordando cada detalle, y Vetter no quería que nada rompiera el hechizo, al menos hasta que les hubiese contado todo lo que pudiera.

La zona elegante con el McDonald's en el centro quedó atrás. Llegaron a un claro y de nuevo apareció el sol, una gran bola anaranjada justo encima del horizonte, que bañaba las calles en una extraña luz que confería a todos los peatones el aspecto de estar a punto de arder.

—Ha sido entonces cuando las cosas han empezado a cambiar —dijo la joven.

Había bajado la voz y le volvían a temblar las manos.

Vetter se inclinó hacia delante con vehemencia.

—¿A cambiar? ¿Qué quiere decir con eso, señora Freeman?

Habían pasado ante el escaparate de un quiosco, explicó, y en la pizarra habían escrito: SESENTA DESAPARECIDOS EN DESASTRE SUBTERRÁNEO.

—¡Mira eso, Lonnie!

—¿Qué?

Lonnie volvió rápidamente la cabeza, pero el quiosco ya había quedado atrás.

—Decía: «Sesenta desaparecidos en desastre subterráneo». ¿No es así como llaman el metro? ¿El Subterráneo?

—Sí..., eso o el Tubo. ¿Ha habido un choque?

—No lo sé —repuso ella al tiempo que se inclinaba hacia delante—. Oiga, señor, ¿sabe lo que pasó en el metro? ¿Hubo un choque?

—¿Una colisión, señora? Que yo sepa no.

—¿Tiene radio?

—En el taxi no, señora.

—Lonnie.

—¿Sí?

Pero Doris se dio cuenta de que Lonnie había perdido todo interés en el asunto. De nuevo estaba rebuscando en los bolsillos, a la caza del pedazo de papel en el que había anotado la dirección de John Squales, y puesto que llevaba un traje de tres piezas, había un montón de bolsillos en los que buscar.

El mensaje escrito con tiza en la pizarra le volvía una y otra vez a la memoria; SESENTA MUERTOS EN CO- LISIÓN DEL TUBO, debería haber dicho. Pero SESENTA DESAPARECIDOS EN DESASTRE SUBTERRÁNEO... Aque- llas palabras le producían cierta inquietud. No decía «muertos», sino «desaparecidos», la misma palabra que las noticias de los viejos tiempos empleaban siempre para referirse a los marineros que se habían ahogado en la mar.

DESASTRE SUBTERRÁNEO.

No le gustaba. Le hacía pensar en cementerios, alcantarillas y cosas viscosas y fétidas surgiendo de repente de los tubos y envolviendo con sus brazos (ten- táculos, tal vez) a los desprevenidos pasajeros que espe- raban en el andén antes de arrastrarlos hacia las tinie- blas...

Giraron a la derecha. Junto a unas motocicletas aparcadas se veía a tres chicos en ropa de cuero. Mira- ron el taxi y por un momento, pues el sol le daba casi por completo en la cara, le pareció que aquellos moto- ristas no tenían cabezas humanas. Por un instante estu- vo convencida de que sobre aquellas cazadoras de cue- ro se alzaban cabezas de ratas, ratas de ojos negros que miraban el taxi con fijeza. De repente, la luz se despla- zó un poco y vio que estaba equivocada, por supuesto; no eran más que tres jóvenes fumando un cigarrillo de- lante de la versión británica de la tienda de golosinas americana.

—Allá vamos —indicó Lonnie abandonando la búsqueda y señalando al exterior.

Estaban pasando junto a una señal que decía: CROUCH HILL ROAD. Viejas casas de ladrillos amonto- nadas como ancianas soñolientas parecían mirar el taxi desde sus ventanas vacías. Pasaron algunos niños mon- tados en bicicletas o en triciclos. Otros dos niños esta- ban intentando montar en su monopatín, aunque sin demasiado éxito. Algunos padres que habían regresado del trabajo estaban sentados juntos, fumando y observando a los niños. Todo parecía tranquilizadoramente normal.

El taxi se detuvo ante un restaurante de aspecto destartalado en cuyo escaparate había un cartel que anunciaba que se trataba de un local autorizado para servir licores, y otro mucho más grande en el centro, en el que se leía que se preparaban platos de curry para llevar. En el alféizar del escaparate dormía un gigantesco gato gris. Junto al restaurante se veía una cabina telefónica.

—Bueno, señor —dijo el taxista—. Averigüe la dirección de su amigo y después los llevo allí.

—De acuerdo —repuso Lonnie antes de apearse.

Doris se quedó dentro un momento y a continuación también se apeó con la intención de estirar las piernas. Seguía soplando aquel viento cálido, que le adhería la falda a las rodillas y en un momento dado le lanzó el envoltorio de un helado, que se le quedó pegado en la espinilla. Doris se desprendió de él con una mueca de asco. Al alzar la vista se encontró con la mirada del enorme gato gris, que la miraba con un solo ojo de expresión inescrutable. Había perdido la mitad de la cara en alguna batalla ya lejana. Lo único que le quedaba era una retorcida masa rosada de tejido cicatrizado, una catarata lechosa y unos cuantos mechones de pelo.

El gato maulló en silencio a través del cristal.

Acometida por una sensación de asco, Doris se dirigió hacia la cabina telefónica y miró por los vidrios sucios. Lonnie hizo un ademán de triunfo con el pulgar y el índice, y le guiñó el ojo. A continuación metió diez peniques en la ranura y habló con alguien. Lanzó una carcajada que no se oyó a través del cristal. Como el gato. Doris se volvió para ver al minino, pero el escaparate estaba vacío. En la penumbra del local se veían sillas colocadas sobre las mesas y a un anciano con una escoba. Cuando se volvió de nuevo hacia la cabina, vio que Lonnie estaba apuntando algo. Luego se guardó el bolígrafo, sostuvo el papel en la mano (Doris comprobó que había una dirección apuntada), dijo un par de cosas más, colgó y por fin salió de la cabina.

Blandió el papel en ademán de triunfo.

—Bueno, ya es...

Miró por encima del hombro de Doris y de repente frunció el ceño.

—¿Dónde está ese maldito taxi?

Doris se volvió. El taxi se había esfumado. En el lugar en el que se había parado ya solo quedaba el bordillo y algunos papeles que revoloteaban perezosos por la cuneta. Al otro lado de la calle, dos niños se abrazaban riendo. Doris se dio cuenta de que uno de ellos tenía una mano deforme que parecía más bien una garra. Había creído que la Seguridad Social tenía la obligación de ocuparse de aquellas cosas. Los chicos se volvieron hacia ellos, vieron que los estaban observando y de nuevo se abrazaron entre risitas.

—No lo sé —repuso Doris.

Se sentía desorientada y un poco tonta. El calor, el viento constante que no parecía soplar en ráfagas, la tonalidad de la luz, que casi parecía pintada...

—¿Qué hora era? —inquirió Farnham de repente.

—No lo sé —repuso Doris Freeman con un sobresalto—. Las seis, creo. Quizá y veinte.

—Muy bien; continúe —alentó Farnham, quien sabía perfectamente que, en agosto, la puesta de sol no empezaba en ningún caso hasta bien pasadas las siete.

—Pero ¿qué es lo que ha hecho? —insistió Lonnie sin dejar de mirar en derredor, como si esperara que su enfado bastaría para que el taxi volviera a aparecer—. ¿Poner el motor en marcha y largarse?

—Quizá cuando has levantado la mano —aventuró Doris mientras repetía el gesto del índice y el pulgar que Lonnie había hecho desde la cabina—; a lo mejor ha pensado que le decías que se marchara.

—Me tendría que haber pasado mucho rato haciendo ese gesto para que se marchara sin que le pagáramos las dos libras y media que le debíamos —gruñó Lonnie.

Se dirigió al bordillo de la acera. Al otro lado de Crouch Hill Road, los dos niños seguían riendo.

—¡Eh! —gritó Lonnie—. ¡Eh, niños!

—¿Es usted americano, señor? —gritó el niño de la mano deforme.

—Sí —repuso Lonnie con una sonrisa—. ¿Habéis visto el taxi que estaba aquí? ¿Sabéis adónde ha ido?

Los dos niños parecieron considerar la pregunta. La compañera del niño era una niña de unos cinco años peinada con dos trenzas desordenadas que apuntaban en direcciones opuestas. La niña avanzó hacia el bordillo, se llevó ambas manos a la boca para hacerse oír mejor y sin dejar de sonreír, gritando entre las manos colocadas a modo de megáfono y la sonrisa, exclamó:

—¡A la porra, tío!

Lonnie abrió la boca asombrado.

—¡Señor, señor, señor! —chilló el niño mientras hacía saludos militares con la mano deforme.

De repente, ambos niños giraron sobre sus talones y doblaron la esquina a toda prisa hasta perderse de vista. Sus risas quedaron atrás como un eco.

Lonnie miró Doris con expresión anonadada.

—Bueno, parece que a algunos niños de Crouch End no les vuelven precisamente locos los americanos —comentó por decir algo.

Doris miró en derredor con nerviosismo. La calle estaba desierta.

—En fin, cariño, creo que tendremos que ir a pie —anunció Lonnie al tiempo que la rodeaba con un brazo.

—No sé si quiero hacer eso. A lo mejor esos dos niños se han ido a buscar a sus hermanos mayores.

Lanzó una carcajada para indicar que estaba bromeando, pero lo cierto es que le salió un poco demasiado aguda. La tarde había cobrado un matiz irreal que no le hacía mucha gracia. Habría preferido quedarse en el hotel.

—Pues no nos queda más remedio —comentó Lonnie—. La calle no está precisamente a rebosar de taxis, ¿no te parece?

—Lonnie, ¿por qué se habrá marchado el taxista? Parecía tan simpático…

—No tengo ni la menor idea. Pero John me ha indicado muy bien el camino. Vive en una calle llamada Brass End, que es una callejuela sin salida, y me ha dicho que no está en la *Guía*.

Mientras hablaba apartaba a Doris de la cabina telefónica, del restaurante que preparaba platos de curry para llevar, del bordillo ahora desierto. Estaban caminando de nuevo por Crouch Hill Road.

—Giramos a la derecha en Hillfield Avenue, a la izquierda a media calle, después la primera a la derecha... ¿o a la izquierda? Bueno, hacia Petrie Street. Y la segunda a la izquierda es Brass End.

—¿Y te acuerdas de todo eso?

—Claro, soy el testigo presencial estrella —repuso Lonnie con valentía.

Doris no tuvo más remedio que echarse a reír. Lonnie siempre conseguía que las cosas parecieran ir bien.

En el vestíbulo de la comisaría había un mapa de Crouch End bastante más detallado que el que figuraba en la *Guía de Londres*. Farnham se acercó a él y lo estudió con las manos embutidas en los bolsillos. La comisaría estaba muy silenciosa; Vetter seguía fuera, intentando sacudirse un poco las telarañas, al menos eso esperaba, y Raymond había acabado hacía ya rato con la señora a la que habían robado el bolso.

Farnham puso el dedo en el lugar en que el taxista debía de haberlos dejado, siempre y cuando la historia de la mujer tuviera algo de verdad, claro está. La ruta hacia la casa de su amigo parecía bastante directa. Crouch Hill Road hasta Hillfield Avenue, después a la izquierda en Vickers Lane y otra vez a la izquierda en Petrie Street. Brass End, que empezaba en Petrie Street como si alguien hubiera decidido ponerla ahí en el último momento, no debía de tener más de seis u ocho casas. Alrededor de un kilómetro y medio en total. Incluso una pareja de americanos podía recorrer aquella distancia sin perderse.

—¡Raymond! —exclamó—. ¿Estás aquí?

El sargento Raymond entró. Llevaba ropa de paisano y se estaba poniendo una cazadora de popelina.

—Me marcho ahora mismo, mi querido amigo imberbe.

—Déjalo ya —replicó Farnham, aunque sin dejar de sonreír.

Raymond le daba un poco de miedo. Un solo vistazo al escalofriante tipo bastaba para convencerse de que estaba un poco demasiado cerca de la valla que separaba a los buenos de los malos. Una serpenteante cicatriz blanca le bajaba desde la comisura de los labios hasta la nuez. Afirmaba que, en cierta ocasión, un carterista había estado a punto de rebanarle el cuello con un vidrio. Afirmaba que por eso les rompía los dedos. Farnham creía que aquello era mentira. Creía que Raymond les rompía los dedos porque le gustaba el sonido, sobre todo cuando se rompían los nudillos.

—¿Tienes un pitillo? —preguntó Raymond.

Farnham suspiró y le dio uno.

—¿Hay algún restaurante especializado en curry en Crouch Hill Road? —inquirió mientras se lo encendía.

—Que yo sepa no, cariño mío —repuso Raymond.

—Ya me parecía.

—¿Algún problema, querido?

—No —replicó Farnham en tono algo cortante, sin poder quitarse de la cabeza el cabello enmarañado y la mirada fija de Doris Freeman.

Casi al final de Crouch Hill Road, Doris y Lonnie Freeman giraron hacia Hillfield Avenue, que estaba flanqueada por casas imponentes y de aspecto elegante. No eran más que fachadas, se dijo Doris, probablemente divididas con precisión quirúrgica en apartamentos y habitaciones.

—Bueno, de momento vamos bien —comentó Lonnie.

—Sí, es... —empezó Doris.

Y en aquel momento empezaron los gemidos.

Ambos se detuvieron en seco. Los gemidos procedían de su derecha, de detrás de un seto alto que rodeaba un pequeño jardín.

Lonnie dio unos pasos en dirección al sonido, y Doris lo agarró por el brazo.

—¡No, Lonnie!

—¿Cómo que no? —replicó él—. Alguien está herido.

Doris lo siguió intranquila. El seto era alto pero ralo. Lonnie pudo apartar unas ramas a un lado y ver un cuadrado de césped rodeado de flores. El césped estaba muy verde. En el centro se veía un parche negro humeante...; o al menos esa fue la primera impresión que tuvo Doris. Al asomarse por encima del brazo de

Lonnie, pues el hombro estaba demasiado alto como para poder mirar por encima de él, vio que se trataba de un agujero de forma vagamente humana. El humo salía de aquel agujero.

SESENTA DESAPARECIDOS EN DESASTRE SUBTERRÁNEO, pensó de repente.

Los gemidos procedían del hoyo, y Lonnie empezó a abrirse paso por entre las ramas del seto.

—Lonnie —susurró Doris—. No vayas, por favor.

—Hay alguien herido ahí dentro —repitió él al tiempo que terminaba de atravesar el seto produciendo un rasgueo cerdoso. Doris lo vio avanzar, y en aquel momento las ramas del seto volvieron a colocarse en su sitio, y ya no vio más que la vaga silueta de Lonnie dirigiéndose hacia el hoyo. Intentó abrirse paso por entre las ramas, pero no consiguió más que arañarse los brazos con las ramitas cortas y rígidas del seto, porque llevaba una blusa sin mangas.

—¡Lonnie! —exclamó acometida por un repentino miedo—. ¡Lonnie, vuelve!

—¡Un momento, cariño!

La casa la miraba impasible por encima del seto.

Los gemidos todavía se oían, pero habían adquirido un matiz más bajo, gutural, alegre, en cierto modo. ¿Es que Lonnie no se daba cuenta?

—¡Eh! ¿Hay alguien ahí abajo? —oyó gritar a Lonnie—. ¿Hay alguien ahí...? ¡Oh! ¡DIOS MÍO!

Y de repente, Lonnie empezó a gritar. Doris jamás lo había oído gritar, y el sonido hizo que le temblaran las piernas. Buscó desesperada un agujero en el seto, un camino, pero no encontró nada. Un montón de imágenes le cruzaron por la mente... Los motoristas que le habían parecido ratas por un instante, el gato de cara destrozada, el niño de la mano deforme... ¡*Lonnie*!, intentó gritar, pero de sus labios no brotó sonido alguno.

Le llegaron a los oídos sonidos de lucha. Los gemidos se habían detenido. Pero desde el otro lado del seto se oía una serie de chapoteos. De repente, Lonnie salió despedido por entre las rígidas ramas como si le hubieran dado un tremendo empujón. Tenía la manga negra del traje medio desgarrada y salpicada de manchas negras que parecían humear, igual que el hoyo del jardín.

—¡Corre, Doris!

—Lonnie, ¿qué...?

—¡Corre!

Tenía el rostro blanco como el papel.

Desesperada, Doris recorrió la calle con la mirada en busca de un policía. De alguien. Pero a juzgar por el movimiento que había en la calle, Hillfield Avenue podría haber formado parte de una ciudad totalmente desierta. Se volvió de nuevo hacia el seto y vio que algo se movía al otro lado, algo que era más que negro; parecía de ébano, la antítesis de la luz.

Y chapoteaba.

Al cabo de un instante, las ramas cortas y rígidas del seto empezaron a crujir. Doris se las quedó mirando como hipnotizada. Podría haberse quedado ahí para siempre, según explicó a Vetter y a Farnham, si Lonnie no la hubiera agarrado por el brazo y le hubiera gritado... Sí, Lonnie, que jamás ni tan siquiera levantaba la voz a los niños, había chillado. Si no hubiera sido por él, tal vez todavía seguiría ahí parada. O quizá...

Pero echaron a correr.

—¿Pero hacia dónde? —preguntó Farnham, pero Doris no lo sabía.

Lonnie estaba fuera de sí, acometido por la histeria, el pánico y la repugnancia, eso era lo único que sabía. Le rodeó la muñeca con los dedos como si le pusiera una esposa, y se alejaron corriendo de la casa que se alzaba sobre el seto, así como del humeante hoyo del jardín. Eso lo sabía con seguridad; lo demás no era más que una cadena de impresiones vagas.

Al principio les costó correr, pero luego se hizo más fácil porque la calle hacía pendiente. Giraron una vez y luego otra. Las casas grises de pórticos altos y persianas verdes bajadas parecían observarlos como si fueran pensionistas ciegos. Recordaba que Lonnie se había quitado la americana salpicada de aquella sustancia negra y la había arrojado al suelo. Por fin llegaron a una calle más ancha.

—Para —jadeó Doris—. ¡Para, no puedo más!

Se llevó la mano al costado, donde tenía la sensación de que le habían colocado un clavo ardiendo.

Lonnie se detuvo. Habían salido del barrio residencial y se hallaban en la esquina de Crouch Lane con Norris Road. Una señal colocada al otro lado de Norris Road anunciaba que estaban a tan solo un kilómetro y medio de Slaughter Towen.

—¿No sería Town? —sugirió Vetter.

—No —insistió Doris Freeman—. Slaughter Towen, con e.

Raymond apagó el cigarrillo que le había gorreado a Farnham.

—Me largo —anunció.

De repente se detuvo y observó a Farnham con atención.

—Deberías cuidarte más, cariñito. Tienes unas ojeras de impresión. ¿Tienes también pelos en las palmas de las manos para hacer juego?

Lanzó una carcajada grosera.

—¿Has oído hablar alguna vez de Crouch Lane? —inquirió Farnham.

—Querrás decir Crouch Hill Road.

—No, Crouch Lane.

—No lo había oído en mi vida.

—¿Y Norris Road?

—Es la que empieza en la ronda de Basingstoke...

—No, aquí.

—No, aquí no, cariñito.

Por alguna razón que no comprendía, pues no cabía duda de que la mujer estaba chiflada, Farnham insistió.

—¿Y Slaughter Towen?

—¿Towen? ¿No Town?

—Eso, Towen.

—Pues ni idea, pero si me entero de que existe, creo que no me acercaré por allí.

—¿Y eso por qué?

—Porque en la lengua de los druidas, un touen o towen era un sitio donde se hacían sacrificios rituales; donde le quitaban a uno el hígado y las tripas, en otras palabras.

Dicho aquello, Raymond se subió la cremallera de la cazadora y salió de la comisaría.

Algo inquieto, Farnham lo siguió con la mirada. «Lo último se lo ha inventado. Lo que un tipejo como Sid Raymond sabe de los druidas cabe en la cabeza de un alfiler y todavía te queda sitio para escribir el Padrenuestro.»

Exacto. E incluso aunque hubiera tenido acceso a un dato como aquel, eso no alteraba el hecho de que la mujer debía de...

—Debo de estar volviéndome loco —comentó Lonnie con una risita histérica.

Doris miró el reloj y vio que les habían dado las ocho menos cuarto sin darse cuenta. La luz había cambiado; del naranja claro había pasado a un rojo oscuro y lóbrego que se reflejaba en los escaparates de las tiendas de Norris Road y parecía bañar en sangre coagulada el campanario de una iglesia que había en el otro extremo de la calle.

El sol se había convertido en una esfera suspendida sobre el horizonte.

—¿Qué ha pasado en el jardín? —preguntó Doris—. ¿Qué ha pasado, Lonnie?

—Y también he perdido la chaqueta. Lo que faltaba.

—No la has perdido; te la has quitado. Estaba cubierta de...

—¡No seas estúpida! —le gritó Lonnie.

Sin embargo, sus ojos no parecían enojados, sino suaves, asustados, vagos.

—La he perdido, eso es todo.

—Lonnie, ¿qué ha pasado cuando has atravesado el seto?

—Nada. No quiero hablar de ello. ¿Dónde estamos?

—Lonnie...

—No me acuerdo —la interrumpió su marido con mayor suavidad—. Estoy como en blanco. Estábamos ahí..., oímos un ruido..., y entonces estábamos corriendo. Es lo único que recuerdo. —Hizo una pausa antes de añadir con voz asustada e infantil—: ¿Por qué tiraría la chaqueta? Me gustaba mucho. Hacía juego con los pantalones.

Echó la cabeza hacia atrás y lanzó una aterradora carcajada de loco; de repente, Doris se dio cuenta de que fuera lo que fuese lo que hubiese visto más allá del seto, la escena le había hecho perder el control, al menos en parte. Seguramente a ella le habría pasado lo mismo... si hubiera visto. Daba igual. Tenían que salir de allí. Volver al hotel, con los niños.

—Vamos a coger un taxi. Quiero volver a casa.

—Pero John... —empezó Lonnie.

—¡Al diablo con John! —gritó ella—. Algo va mal aquí, todo va mal aquí, ¡y quiero coger un taxi y volver a casa!

—De acuerdo, de acuerdo —convino Lonnie al tiempo que se pasaba una mano temblorosa por la frente—. Estoy de acuerdo. El único problema es que no hay taxis.

Era cierto; no había ningún vehículo en Norris Road, que era una calle ancha y adoquinada. En el centro se veían los raíles de un antiguo tranvía. Al otro lado, delante de la floristería, había aparcada una furgoneta de reparto de tres ruedas muy antigua. Un poco más lejos, en la acera en la que se encontraban, había una moto Yamaha apoyada en el caballete. Nada más. Se oía el ruido de coches, pero era un ruido lejano, difuso.

—A lo mejor la calle está cerrada por obras —masculló Lonnie.

Y entonces hizo algo raro..., al menos raro en él, que siempre era tan despreocupado y confiado. Miró por encima del hombro como si temiera que los estuvieran siguiendo.

—Iremos a pie —anunció Doris.

—¿Hacia dónde?

—Pues a cualquier sitio. Fuera de Crouch End. Encontraremos un taxi si salimos de aquí.

De repente estaba convencida de eso, al menos.

—De acuerdo.

Lonnie parecía totalmente dispuesto a dejarle llevar las riendas de todo aquel asunto.

Empezaron a caminar por Norris Road en dirección al sol. El lejano zumbido del tráfico se mantuvo constante, sin disminuir aunque, al parecer, sin aumentar. La soledad estaba empezando a atacarle los nervios. Tenía la sensación de que los observaban; intentó desterrar aquel pensamiento, pero no pudo. El sonido de sus pisadas retumbaba tras ellos. No podía apartar de su mente la escena del seto, y por fin no pudo resistir el deseo de preguntar de nuevo.

—Lonnie, ¿qué ha pasado en el jardín?

—No me acuerdo, Doris —repuso él sin más—. Y no quiero acordarme.

Pasaron delante de un mercado cerrado; apoyada en el escaparate había una pila de cocos que parecían cabezas reducidas vistas desde atrás. Pasaron delante de una lavandería en la que las lavadoras blancas habían sido apartadas de las paredes de planchas de yeso de color rosa como dientes arrancados de encías podridas. Pasaron delante de un escaparate cubierto de jabón en el que un viejo cartel ofrecía LOCAL EN ALQUILER. Algo se movió detrás de las manchas de jabón, y Doris vio que se trataba de la cara rosada y llena de cicatrices de un gato. El mismo gato gris.

Consultó su interior y llegó a la conclusión de que se estaba acercando lentamente al pánico. Tenía la sensación de que los intestinos habían empezado a retorcérsele lentos y perezosos en el vientre. Tenía un extraño sabor de boca, como si hubiera utilizado un elixir muy penetrante. Los adoquines de Norris Road emanaban sangre fresca a la luz del anochecer.

Se estaban acercando a un paso inferior. Y ahí abajo estaba oscuro. «No puedo —le comunicó su mente sin grandes aspavientos—. No puedo bajar ahí, ahí abajo puede haber cualquier cosa, no me lo pidas porque no puedo.»

Otra parte de su mente preguntó si podría soportar volver sobre sus pasos, pasar de nuevo delante de la tienda en la que había vuelto a ver al gato (¿cómo habría llegado hasta ahí desde el restaurante?, mejor no preguntárselo, mejor ni siquiera pensar en ello), delante de los extraños residuos bucales de la lavandería, delante del Mercado de las Cabezas Reducidas. No se veía capaz de hacerlo.

Ya estaban muy cerca del paso inferior. Un tren de seis vagones pintado de un extraño color hueso pasó sobre él de un modo inesperado, una enloquecida novia de acero que iba a toda prisa al encuentro de su novio. Las ruedas despedían brillantes abanicos de chispas. Doris y Lonnie retrocedieron involuntariamente, pero fue Lonnie quien gritó. Doris lo miró y se dio cuenta de que en la última hora, su marido se había convertido en alguien al que nunca había visto con anterioridad, alguien cuya existencia ni tan siquiera había sospechado. Tenía el cabello más gris, y aunque se dijo con firmeza, con toda la firmeza de que era capaz, que no se debía más que a la luz del atardecer, fue en realidad el aspecto de su cabello lo que la convenció. Lonnie no estaba en condiciones de volver. Por tanto, solo quedaba el paso inferior.

—Vamos —instó mientras cogía a Lonnie de la mano con brusquedad para no sentir el temblor de la suya—. Cuanto antes entremos, antes saldremos.

Se dirigió hacia el paso, y Lonnie la siguió sin rechistar.

Estaban a punto de salir —era un paso inferior muy corto, se dijo con una sensación de ridículo alivio— cuando la mano la agarró por el brazo.

Doris no gritó. Los pulmones parecían habérsele encogido como bolas de papel. Su mente quería abandonar el cuerpo y... volar. Lonnie le soltó la mano. No parecía darse cuenta de nada. Salió a la calle; por un momento, Doris vio su silueta alta y desmadejada recortada contra los sangrientos colores del atardecer, y a continuación desapareció.

La mano que la había cogido por el brazo era peluda, como la de un mono. Tiró de ella sin piedad hacia una silueta pesada y hundida que estaba apoyada contra la pared de hormigón cubierta de hollín. Estaba suspendida entre dos pilares de hormigón, y la silueta era lo único que veía... la silueta y dos luminosos ojos verdes.

—Dame un pitillo, encanto —gruñó una ronca voz con acento cockney.

Doris percibió el hedor de carne cruda, patatas fritas en aceite malo y algo más, algo dulce y terrible, como el olor que despide el fondo de un cubo de basura.

Aquellos ojos verdes eran ojos de gato. Y, de repente, estuvo totalmente convencida de que si aquella silueta hundida salía de las sombras, vería la catarata lechosa, los pliegues rosados del tejido cicatrizado, los mechones de pelo gris.

Se zafó de la mano, retrocedió y sintió que algo cortaba el aire cerca de ella. ¿Una mano? ¿Garras? Un sonido expectorado, siseante...

Otro tren pasó por encima. El rugido era inmenso, ensordecedor. Del techo se desprendió una nube de hollín que parecía nieve negra. Doris huyó acometida por el pánico; por segunda vez aquella tarde, no sabía adónde iba ni durante cuánto tiempo seguiría caminando.

Volvió en sí al darse cuenta de que Lonnie había desaparecido. Se había medio desplomado entre jadeos junto a una sucia pared de ladrillos. Seguía en Norris Road (al menos eso creía, contó a los dos oficiales; la calle seguía siendo de adoquines, y en el centro todavía estaban las vías del tranvía), pero en lugar de tiendas destartaladas y desiertas, lo que la flanqueaba ahora eran almacenes destartalados y desiertos. DAWGLISH e HIJOS, rezaba el cartel cubierto de hollín de uno de ellos. Otro tenía el nombre ALZAZRED pintado de color verde desvaído en la vieja pared de ladrillos. Bajo el nombre se veían una serie de garabatos y guiones árabes.

—¡Lonnie! —llamó.

No había eco, ninguna resonancia pese al silencio (no, no un silencio absoluto, aclaró; todavía oía ruido de coches, y tal vez un poco más cercano, aunque no mucho). La palabra que era el nombre de su marido pareció caer de su boca y chocar contra el suelo como una piedra. La sangre del atardecer había dado paso a las frías cenizas grises del anochecer. Por primera vez se le ocurrió que podía hacérsele de noche allí mismo, en Crouch End, si es que todavía se encontraba en Crouch End, y de nuevo la asaltó el pánico.

Explicó a Vetter y a Farnham que no había reflexionado ni pensado con claridad en el período de no sabía cuánto tiempo desde que habían llegado a la cabina telefónica hasta aquel momento de horror definitivo. Simplemente, había reaccionado como un animal asustado. Y ahora estaba sola. Quería que volviera Lonnie, era consciente de eso, pero de poco más. Desde luego, no se le ocurrió preguntarse por qué aquella zona, que sin duda no se hallaba a más de ocho kilómetros de Cambridge Circus, se hallaba completamente desierta.

Doris Freeman echó a andar llamando a su marido. Su voz no despertaba eco alguno, pero sus pisadas sí. Las sombras empezaron a adueñarse de Norris Road. El cielo había adquirido un matiz violáceo. Tal vez se trataba de algún efecto de distorsión o tal vez de la fatiga que sentía, pero tenía la sensación de que los almacenes se cernían hambrientos sobre la calle. Las ventanas, cubiertas por la suciedad de varias décadas o quizá de siglos, parecían mirarla con fijeza. Y los nombres de los carteles se tornaban cada vez más extraños, incluso demenciales o, como mínimo, impronunciables. Las vocales estaban mal colocadas, y las consonantes parecían estar combinadas de tal forma que ninguna lengua humana sería capaz de articularlas. CTHULHU KRYON, rezaba uno de ellos, bajo el cual se veían más garabatos árabes. YOGSOGGOTH, decía otro. R'YELEH, anunciaba un tercero. Había uno que se le había quedado grabado especialmente en la memoria: NRTESN NYARLAHOTEP.*

—¿Cómo es que se acuerda de esos galimatías? —inquirió Farnham.

Doris Freeman meneó la cabeza con gestos lentos y cansados.

—No lo sé. De verdad que no lo sé. Es como una pesadilla que quieres olvidar en cuanto te despiertas, pero que no se desvanece como la mayoría de los sueños, sino que ahí se queda.

La superficie adoquinada y dividida por los raíles del tranvía de Norris Road parecía alargarse hasta el infinito. Y si bien siguió caminando (no creía poder correr, aunque más tarde, explicó, lo hizo), dejó de llamar a Lonnie. Era presa de un terrible y espeluznante terror, un miedo tan inmenso que no creía que ningún ser humano pudiera soportarlo sin volverse loco o morir en el acto. Tan solo era capaz de articular el miedo que sentía de un modo, e incluso así apenas podía salvar la brecha que se había abierto en su mente y su corazón. Explicó que era como si ya no estuviera en la tierra, sino en otro planeta, un lugar tan extraño que la mente humana no podía ni aspirar a comprenderlo. Los ángulos eran distintos, dijo. Los colores eran distintos. Los... Pero no servía de nada.

Lo único que podía hacer era caminar bajo aquel

* Nombres todos relacionados con *Los mitos de Cthulhu*, la serie de relatos terroríficos de H. P. Lovecraft y nosotros. *(N. de la T.)*

cielo violáceo, entre los viejos edificios abultados, y esperar que acabara en un momento dado.

Y así fue.

Distinguió dos siluetas paradas en la acera frente a ella..., los niños que Lonnie y ella habían visto antes. El niño estaba acariciando las desgreñadas trenzas de la niña con la mano en forma de garra.

—Es la mujer americana —dijo el niño.

—Se ha perdido —dijo la niña.

—Ha perdido a su marido.

—Ha perdido su camino.

—Ha encontrado el más oscuro.

—El camino que lleva al embudo.

—Ha perdido la esperanza.

—Ha encontrado al Silbador de las Estrellas...

—... Devorador de Dimensiones...

—... el Flautista Ciego...

Sus voces eran cada vez más rápidas, una letanía jadeante, un telar centelleante. La cabeza le daba vueltas al son de las voces. Los edificios se inclinaban hacia ella. Brillaban las estrellas, pero no eran sus estrellas, sobre las que había formulado deseos cuando era niña, bajo las que había besado cuando era joven; no, eran estrellas dementes en constelaciones dementes, y Doris se llevó las manos a las orejas y las manos no amortiguaron los sonidos y por fin les gritó:

—¿Dónde está mi marido? ¿Dónde está Lonnie? ¿Qué le habéis hecho?

Se hizo el silencio.

—Se ha ido abajo —dijo por fin la niña.

—A ver a la Cabra de las Mil Crías —añadió el niño.

La niña esbozó una sonrisa, una sonrisa maliciosa llena de maldad inocente.

—¿Cómo iba a dejar de ir? Estaba marcado. Y usted señora también irá.

—¡Lonnie! ¿Qué le habéis hecho a...?

El niño levantó la mano y empezó a cantar en una lengua estridente que Doris no entendía, pero que estuvo a punto de volverla loca de terror.

—Y entonces la calle empezó a moverse —explicó a Vetter y a Farnham—. Los adoquines empezaron a ondear como una alfombra. Subían y bajaban, subían y bajaban. Las vías del tranvía se desprendieron y volaron por los aires... Lo recuerdo; recuerdo que la luz de las estrellas se reflejaba en ellas... Y entonces los adoquines también empezaron a desprenderse, primero uno a uno, y después en grupos. Simplemente, salieron disparados hacia la oscuridad. Se oía un desgarro cada vez que se soltaba uno. Como una trituradora... el sonido que debe de oírse cuando hay un terremoto. Y entonces empezó a salir algo de...

—¿Qué era? —intervino Vetter inclinándose hacia delante con los ojos clavados en la joven—. ¿Qué ha visto? ¿Qué era?

—Tentáculos —repuso ella en tono vacilante—. Creo que eran tentáculos. Pero eran gruesos como árboles, como si cada uno de ellos constara de miles de tentáculos pequeños..., y había unas cosas pequeñas, como ventosas..., solo que a veces parecían caras... Una de ellas se parecía a la cara de Lonnie... y todas ellas estaban sufriendo. Bajo ellas, en las tinieblas que había bajo la calle..., en las tinieblas de abajo..., había algo más. Como ojos...

En aquel momento, la joven había sido incapaz de seguir durante un rato, y lo cierto era que no quedaba mucho más que contar. Lo siguiente que recordaba con claridad era que se había ocultado en el portal de un quiosco cerrado. Todavía estaría ahí, les contó, si no hubiera sido porque había visto pasar coches justo delante suyo, así como por el tranquilizador brillo de las farolas. Dos personas pasaron delante de ella, y Doris retrocedió un poco más, temerosa de que se tratara de los malvados niños. Pero no eran niños, sino un chico y una chica cogidos de la mano. El chico decía algo sobre la última película de Martin Scorsese.

Había salido de nuevo a la acera con cautela, lista para resguardarse de nuevo en las prácticas sombras del quiosco si las circunstancias lo exigían, pero no hubo necesidad alguna. A unos cincuenta metros de distancia había un cruce bastante transitado, con coches y camiones parados ante un semáforo. Al otro lado se veía una joyería con un gran reloj iluminado en el escaparate. Ante él había un reja corredera pintada, pero aun así distinguió qué hora era. Las diez menos cinco.

Se dirigió hacia el cruce, y pese a las farolas y al tranquilizador rugido del tráfico, Doris siguió mirando aterrorizada por encima del hombro. Le dolía todo. El tacón roto le hacía cojear. Se había desgarrado los músculos, tanto en el vientre como en las piernas; lo peor era la pierna derecha; tenía la sensación de que se había hecho un esguince.

En el cruce se dio cuenta de que, de algún modo, había dado la vuelta hasta ir a parar a Hillfield Avenue con Tottenham Road. Bajo una farola, una mujer de unos sesenta años, cuyo cabello amenazaba con escapar del moño en que se lo había recogido, hablaba con un hombre de la misma edad aproximadamente. Ambos se quedaron mirando a Doris como si fuera una terrible aparición.

—Policía —farfulló Doris—. ¿Dónde está la comisaría de policía? Soy ciudadana americana... He perdido a mi marido... Necesito ir a la policía.

—¿Qué le ha pasado, querida? —inquirió la mujer con bastante amabilidad—. Parece como si la hubieran pasado por la trituradora.

—¿Un accidente de coche? —preguntó su compañero.

—No. No..., no, por favor, ¿hay alguna comisaría de policía por aquí?

—Sí, en Tottenham Road —asintió el hombre al tiempo que extraía un paquete de John Player de uno de sus bolsillos—. ¿Quiere un pitillo? Tiene aspecto de necesitarlo.

—Gracias.

Doris cogió uno, a pesar de que había dejado de fumar hacía casi cuatro años. El hombre tuvo que seguir la temblorosa punta del cigarro con la cerilla para poder encendérselo.

Miró a la mujer del moño.

—La acompañaré dando un paseo, Evvie. Para asegurarme de que llega bien.

—Yo también voy —anunció Evvie mientras rodeaba a Doris con un brazo—. ¿Qué le ha pasado, querida? ¿Alguien ha intentado atracarla?

—No —repuso Doris—. Fue... Yo... yo... la calle... había un gato con un solo ojo... la calle se abrió... lo vi... y dijeron algo sobre un Flautista Ciego... ¡Tengo que encontrar a Lonnie!

Sabía que no estaba diciendo más que incoherencias, pero no se sentía capaz de hablar con mayor claridad. Y en cualquier caso, contó a Vetter y Farnham, no debía de haber dicho tantas incoherencias, puesto que el hombre y la mujer se apartaron de ella, como si, cuando Evvie le preguntó qué le pasaba, ella hubiera respondido que tenía la peste bubónica.

Entonces el hombre dijo algo. «Ha vuelto a pasar», creía Doris.

—La comisaría está ahí mismo —señaló la mujer—. Hay unas farolas colgadas afuera. Ya la verá.

Ambos empezaron a alejarse a paso rápido. La mujer miró encima del hombro. Doris Freeman vio sus ojos muy abiertos y relucientes. Doris avanzó dos pasos hacia ellos, aunque no sabía por qué razón.

—¡No se acerque! —gritó Evvie con voz aguda, al tiempo que hacía un gesto supersticioso y se apretaba más contra el hombre, que la rodeó con el brazo—. ¡No se acerque si ha estado en Crouch End Towen!

Y a continuación, ambos desaparecieron en la noche.

El oficial Farnham estaba apoyado en el marco de la puerta que había entre la sala común y el archivo principal..., si bien los archivos de casos sin resolver de los que había hablado Vetter no se encontraban ahí. Farnham se había preparado una taza de té y se estaba fumando el último cigarrillo del paquete... La mujer también había cogido unos cuantos.

La joven había vuelto al hotel acompañada de la enfermera a la que había llamado Vetter. La enfermera se quedaría con ella aquella noche, y por la mañana decidiría si la joven tenía que ser ingresada en el hospital. Los niños resultarían un problema en tal caso, y Farnham suponía que, puesto que se trataba de una americana, el escándalo estaba casi garantizado. Se preguntó qué diría a sus hijos cuando se despertaran a la mañana siguiente, siempre y cuando pudiera decir algo, claro está. ¿Los reuniría alrededor suyo y les contaría que un enorme monstruo malo de Crouch End Town

(*Towen*)

se había comido a papá como el ogro de un cuento de hadas?

Farnham hizo una mueca mientras dejaba la taza de té sobre la mesa. No era asunto suyo. Para bien o para mal, la señora Freeman había quedado atrapada entre la policía británica y la embajada americana en el gran vals de los gobiernos. No era asunto suyo; él no era más que un oficial de policía que quería olvidar todo aquel asunto. Y tenía la intención de dejar que Vetter redactara el informe. Vetter podía permitirse el lujo de firmar con su nombre una sarta de tonterías como aquella; era un hombre mayor, gastado. Seguiría trabajando en el turno de noche el día en que le dieran el reloj de oro, la pensión y el piso de protección oficial. Farnham, en cambio, tenía la intención de ascender a sargento bien pronto, lo cual significaba que tenía que vigilar cada paso que daba.

Y hablando de Vetter, ¿dónde estaba? Llevaba un buen rato tomando el aire.

Farnham cruzó la sala común y salió. Se quedó entre los dos globos iluminados y observó el otro lado de Tottenham Road. Ni rastro de Vetter. Eran más de las tres de la mañana, y el silencio se extendía denso y liso como una alfombra. ¿Cómo era aquel verso de Wordsworth? «Aquel gran corazón yaciendo en silencio», o algo así.

Bajó los escalones y se detuvo en la acera con una punzada de inquietud. Era una tontería, por supuesto, y se enfadó consigo mismo por permitir que la historia que había contado la mujer lo intranquilizara en lo más mínimo. Tal vez merecía tener miedo de un polizonte como Sid Raymond.

Farnham caminó a paso lento hasta la esquina, creyendo que se toparía con Vetter cuando este volviera de su paseo nocturno. Pero no iría más lejos; si dejaba la comisaría sola durante unos instantes, le costaría caro en cuanto se descubriese. Llegó a la esquina y miró en derredor. Era extraño, pero todas las farolas parecían haberse apagado en aquella zona. Toda la calle parecía distinta sin ellas. Se preguntó si había que informar del asunto. ¿Y dónde se había metido Vetter?

Seguiría un poco más, decidió, para ver qué pasaba. Pero no mucho. No le convenía dejar la comisaría sola durante mucho rato.

Solo un poco más.

Vetter llegó menos de cinco minutos después de que Farnham se marchara. Farnham había ido en dirección contraria, y si Vetter hubiera llegado un minuto antes, habría visto al joven policía detenerse indeciso en la esquina antes de doblarla y desaparecer para siempre.

—¿Farnham?

La única respuesta que obtuvo fue el zumbido intermitente del reloj de pared.

—Farnham —llamó de nuevo antes de limpiarse la boca con la palma de la mano.

Lonnie Freeman nunca fue hallado. Al cabo de un tiempo, su mujer, en cuyas sienes habían empezado a aparecer las primeras canas, regresó a Estados Unidos con sus hijos. Fueron en Concorde. Un mes más tarde intentó suicidarse. Pasó tres meses en una casa de reposo, y al salir se encontraba mucho mejor. A veces, cuando no puede dormir, lo cual le ocurre con frecuencia cuando el sol aparece como una bola anaranjada y roja al atardecer, entra en el ropero, avanza de rodillas debajo de la ropa colgada hasta la parte de atrás y allí escribe una y otra vez *Cuidado con la Cabra de las Mil Crías* con un lápiz de punta blanda. Al parecer, eso la tranquiliza un tanto.

El oficial Robert Farnham dejó mujer y dos hijas gemelas de dos años. Sheila Farnham escribió una serie de enojadas cartas al diputado de su distrito, insistiendo en que algo estaba pasando, en que le estaban ocultando algo, en que habían convencido a su Bob para que aceptara algún tipo de destino secreto y arriesgado. Habría hecho cualquier cosa para ascender a sargento, aseguró la señora Farnham al diputado en repetidas ocasiones. Al cabo de un tiempo, el aludido dejó de contestar a sus cartas, y aproximadamente en la misma época en que Doris Freeman salía de la casa de reposo con el cabello ya casi completamente blanco, la señora Farnham se trasladó a Essex, donde vivían sus padres. Más tarde se casó con un hombre que trabajaba en algo más seguro... Frank Hobbs es inspector de parachoques en la cadena de producción de Ford. Había tenido que divorciarse de Bob alegando abandono, pero aquello no resultó demasiado complicado.

Vetter optó por la jubilación anticipada unos cuatro meses después de que Doris Freeman entrara dando tumbos en la comisaría de Tottenham Lane.

En efecto, se trasladó a un piso del ayuntamiento, un segundo piso situado en Frimley. Al cabo de seis meses lo encontraron fulminado por un ataque al corazón, con una lata de Harp Lager en la mano.

Y en Crouch End, que realmente es una zona residencial de Londres muy tranquila, siguen sucediendo cosas extrañas de vez en cuando, y es bien sabido que algunas personas se han perdido por allí. Algunas de ellas para siempre.

LA CASA DE MAPLE STREET

Aunque tan solo contaba cinco años y era la más pequeña de los hermanos Bradbury, Melissa tenía unos ojos muy perspicaces y no era de extrañar que fuese la primera en descubrir que algo extraño había sucedido en la casa de Maple Street mientras la familia Bradbury estaba de vacaciones en Inglaterra.

Corrió a decirle a su hermano Brian que algo raro pasaba arriba, en el tercer piso. Le dijo que se lo enseñaría, pero no hasta que le jurara que no le contaría a nadie lo que había encontrado. Brian se lo juró, sabedor de que era de su padrastro de quien Lisa tenía miedo; al papá Lew no le gustaba que ninguno de los hermanos Bradbury «hiciera insensateces», así lo expresaba siempre, y había decidido que Melissa era la peor en aquel aspecto. Lissa, que era tan poco estúpida como ciega, era consciente de los prejuicios de Lew y los temía. De hecho, todos los hermanos Bradbury temían al segundo marido de su madre.

Lo más probable era que todo quedara en agua de borrajas, pero Brian se alegraba mucho de estar de vuelta en casa y estaba dispuesto a portarse bien con su hermana pequeña, a la que llevaba ni más ni menos que dos años; la siguió por el pasillo del tercer piso sin rechistar, y solo le tiró de las trenzas, que llamaba «frenos de emergencia», una vez.

Tuvieron que pasar de puntillas delante del estudio de Lew, la única habitación terminada del tercer piso, porque Lew estaba dentro, desempaquetando sus libretas y papeles y refunfuñando malhumorado. De hecho, Brian había empezado a pensar en lo que ponían en la tele aquella noche (le apetecía un montón una comilona, y una buena sesión de televisión por cable americana después de tres meses de BBC e ITV) cuando llegaron al final del pasillo.

Lo que vio más allá de la yema del dedo de su hermana pequeña desterró la televisión de su mente.

—Y ahora vuélvemelo a jurar —susurró Lissa—. Juro por mi vida que no se lo contaré a nadie, ni a papá Lew ni a nadie.

—Lo juro por mi vida —repitió Brian sin dejar de mirar aquello.

Y de hecho, dejó pasar media hora antes de contárselo a su hermana mayor, Laurie, que estaba deshaciendo las maletas en su habitación. Laurie se mostraba posesiva con su habitación como solo podía hacerlo una chica de once años, y echó una bronca de campeonato a Brian por entrar sin llamar, a pesar de que estaba completamente vestida.

—Lo siento —se disculpó Brian—, pero es que tengo que enseñarte una cosa. Es muy raro.

—¿Dónde?

Laurie siguió colocando ropa en los cajones como si tal cosa, como si nada de lo que pudiera contarle un niñato de siete años pudiera llegar a interesarla en lo más mínimo, pero Brian tampoco era ciego precisamente; sabía cuándo a Laurie le interesaba algo, y aquello le interesaba.

—Arriba, en el tercer piso. Al final del pasillo, después del estudio de papá Lew.

Laurie arrugó la nariz como siempre hacía cuando Brian o Lissa lo llamaban así. Ella y Trent recordaban a su verdadero padre, y no les gustaba nada el sustituto. Se habían impuesto la obligación de llamarlo simplemente Lew. El hecho de que a Lewis Evans no le gustara el tratamiento, de que en realidad lo hallara un poco impertinente, no hacía más que reforzar la convicción tácita pero intensa de Laurie y Trent de que se trataba del tratamiento correcto para el hombre con el que su madre (¡uf!) se acostaba por aquel entonces.

—No quiero subir —dijo Laurie—. Está de un humor de perros desde que hemos llegado. Trent dice que seguirá así hasta que empiece el curso y pueda volver a la rutina.

—Tiene la puerta cerrada. No haremos ruido. Lissa y mí hemos subido y ni siquiera se ha enterado.

—Lissa y yo.

—Eso, nosotros. Bueno, pues que no pasa nada. La puerta está cerrada y está hablando solo como siempre que se emociona.

—No lo soporto cuando habla solo —comentó Laurie en tono sombrío—. Nuestro padre nunca hablaba solo, y tampoco se encerraba solo en una habitación.

—Bueno, no creo que se haya encerrado —repuso Brian—, pero si realmente tienes miedo de que salga, coge una maleta vacía. Si sale decimos que vamos a ponerla en el armario donde siempre las guardamos.

—Pero ¿qué hay de raro allá arriba? —inquirió Laurie con un puño apoyado en la cadera.

—Te lo voy a enseñar —replicó Brian en tono solemne—; pero antes tienes que jurarme por mamá y por tu vida que no se lo contarás a nadie. —Se detuvo un momento como si reflexionara—. Y sobre todo no puedes contárselo a Lissa, porque yo se lo he jurado a ella —añadió por fin.

Ahora Laurie estaba de lo más interesada. Seguramente no había nada allá arriba, pero estaba harta de guardar ropa. Era impresionante la cantidad de trastos que una persona podía acumular en tres meses.

—Vale, lo juro.

Se llevaron dos maletas vacías, una para cada uno, pero sus precauciones resultaron ser innecesarias, pues su padrastro no salió del estudio en ningún momento. Mejor, seguramente; a juzgar por el sonido, se había puesto de un humor de perros. Los dos niños lo oían recorrer la habitación a grandes pasos, refunfuñar, abrir cajones y volverlos a cerrar de golpe. Por las rendijas de la puerta se escapaba un olor familiar que a Laurie le recordaba el hedor de los calcetines de deporte; era la pipa de Lew.

Laurie sacó la lengua, bizqueó y se llevó las manos a las orejas en ademán de burla cuando pasaron de puntillas por delante de la puerta.

Pero al cabo de un momento, cuando miró lo que Lissa había mostrado a Brian y ahora Brian le mostraba a ella, se olvidó de Lew del mismo modo que Brian se había olvidado de los maravillosos programas que podría ver en la tele aquella noche.

—¿Qué es? —susurró—. Madre mía, ¿qué significa?

—No sé —repuso Brian—. Pero recuerda, lo has jurado por mamá, Laurie.

—Sí, sí, pero...

—Repítelo.

A Brian no le gustaba nada la expresión de Laurie. Era una expresión de ir a contárselo a alguien, y tenía la sensación de que necesitaba un recordatorio.

—Sí, sí, por mamá —repitió Laurie sin pensar—. Pero, Brian, por todos los...

—Y por tu vida, no te olvides de eso.

—¡Qué pelmazo eres, Brian!

—Da igual, di que lo juras por tu vida.

—Por mi vida, por mi vida, ¿vale? —exclamó Laurie—. ¿Por qué eres tan pesado, Bri?

—No sé —repuso él con aquella sonrisa afectada que tanta rabia le daba a Laurie—. Supongo que tengo suerte.

Podría haberlo estrangulado..., pero una promesa era una promesa, sobre todo si la habías hecho en nombre de tu madre, así que Laurie esperó una hora antes de buscar a Trent y enseñárselo. También a él le hizo jurar que no se lo contaría a nadie, y su confianza en que Trent cumpliría su promesa era completamente justificada. Trent estaba a punto de cumplir los catorce, y como era el mayor, no tenía a nadie a quien contárselo... excepto a los adultos. Puesto que su madre se había ido a la cama con migraña, solo quedaba Lew, y eso era como decir que no quedaba nadie.

Los dos hermanos mayores no habían tenido necesidad de llevarse maletas vacías como camuflaje; su padrastro estaba abajo, mirando la conferencia de un tipo inglés sobre los normandos y los sajones (la especialidad de Lew en la universidad) en el vídeo, y disfrutando de su tentempié favorito, un vaso de leche y un bocadillo de ketchup.

Trent se quedó parado al final del pasillo, mirando lo que los demás niños habían visto antes que él. Se quedó ahí parado durante largo rato.

—¿Qué es, Trent? —preguntó por fin Laurie.

Ni siquiera se le había ocurrido que Trent no lo sabría. Trent lo sabía todo. Así que se lo quedó mirando casi incrédula cuando meneó lentamente la cabeza.

—No lo sé —admitió sin dejar de mirar la grieta—. Algún metal, creo. Ojalá me hubiera traído una linterna.

Metió un dedo en la grieta y dio unos golpecitos. A Laurie no le hizo mucha gracia el gesto, y sintió un gran alivio cuando Trent volvió a sacar el dedo.

—Sí, es metal.

—¿Y qué hace ahí? —preguntó Laurie—. Quiero decir, ¿estaba ahí antes?

—No —repuso Trent—. Me acuerdo de cuando volvieron a enyesar las paredes. Fue justo después de que mamá se casara con él. Y ahí no había más que listones.

—¿Y eso qué es?

—Pues tablones delgados —explicó Trent—. Se ponen entre el yeso y la pared exterior de la casa.

Trent volvió a meter el dedo en la grieta y de nuevo tocó el metal que parecía de un color blanco opaco desde fuera. La grieta medía unos diez centímetros de largo por un centímetro y medio en el punto más ancho.

—Y también pusieron aislamiento —prosiguió frunciendo el ceño con gesto pensativo antes de meter las manos en los bolsillos traseros de sus tejanos desteñidos—. Me acuerdo de eso. Es como una cosa rosa y temblorosa que se parece a las nubes de azúcar.

—¿Y dónde está? Yo no veo ninguna cosa rosa.

—Ni yo —dijo Trent—. Pero la pusieron. Me acuerdo muy bien. —Recorrió con la mirada los diez centímetros de grieta—. Este metal de la pared es nuevo. Me pregunto cuánto hay y hasta dónde llega. ¿Está solo aquí arriba o...?

—¿O qué? —preguntó Laurie con los ojos abiertos de par en par, expectante.

Empezaba a estar un poco asustada.

—¿O está en toda la casa? —terminó Trent en tono pensativo.

Al día siguiente, después de la escuela, Trent convocó a todos los hermanos Bradbury. Empezó un poco mal, porque Lissa acusó a Brian de incumplir lo que llamaba «su solemne juramento», y Brian, que estaba profundamente avergonzado, acusó a Laurie de poner en peligro el alma de su madre al habérselo contado a Trent. Aunque no estaba muy seguro de lo que era un alma (los

Bradbury eran unitarianos), parecía estar bastante seguro de que Laurie había condenado la de su madre al infierno.

—Bueno —dijo Laurie—, tú tienes parte de culpa, Brian. Tú eres el que metió a mamá en esto. Deberías haberme dejado que jurara en nombre de Lew. Que él vaya al infierno.

Lissa, que era lo suficientemente joven y buena como para no desear que nadie fuera al infierno, se alteró tanto por la línea del discurso que estalló en sollozos.

—A callar todo el mundo —ordenó Trent, y abrazó a Lissa hasta que esta recobró la compostura—. A lo hecho pecho, y la verdad es que creo que ha sido para bien.

—¿Ah, sí? —intervino Brian.

Si Trent decía que algo estaba bien, Brian habría estado dispuesto a morir por defenderlo, por supuesto, pero Laurie había jurado en nombre de mamá.

—Una cosa tan rara hay que investigarla, y si perdemos el tiempo discutiendo sobre quién tiene razón y quién no, no acabaremos nunca.

Trent miró con intención el reloj de la pared de su habitación, que era donde se habían reunido. Eran las tres y veinte. No hacía falta añadir nada más. Su madre se había levantado aquella mañana para prepararle el desayuno a Lew, dos huevos hervidos durante tres minutos, tostadas integrales y mermelada, una de sus numerosas exigencias diarias, pero luego había vuelto a meterse en la cama y allí se había quedado. Sufría espantosos dolores de cabeza, migrañas que a veces le atormentaban el cerebro indefenso y a menudo confuso antes de desaparecer durante un mes aproximadamente.

No era probable que los viera en el tercer piso y se preguntara qué estarían tramando, pero «papá Lew» ya era harina de otro costal. Puesto que su estudio estaba en el mismo pasillo que la extraña grieta, solo podían contar con que no los sorprendiera si realizaban sus investigaciones cuando él estuviera fuera, y eso era lo que significaba la intencionada mirada de Trent al reloj.

La familia había regresado a Estados Unidos diez días antes de que Lew empezara de nuevo las clases, pero una vez a quince kilómetros de la universidad, se veía atraído hacia ella como una mosca a la miel. Había salido poco después de mediodía, con un maletín repleto de papeles que había recabado en distintos lugares de interés histórico durante su estancia en Inglaterra. Había anunciado que salía para archivar aquellos papeles. Trent creía que aquello significaba que los embutiría en uno de los cajones de su mesa, cerraría la puerta de su despacho con llave y bajaría al bar de la facultad de Historia. Ahí se pondría a chismorrear con sus amiguetes..., claro que, según había averiguado Trent, si eres profesor universitario, la gente cree que eres un idiota si tienes amiguetes. Lo que hay que tener son colegas. Así pues, Lew se había marchado, lo cual estaba muy bien, pero podía volver en cualquier momento entre entonces y las cinco, y eso estaba mal. Aun así, tenían un poco de tiempo, y Trent no iba a permitir que lo malgastaran discutiendo sobre quién había jurado qué a quién.

—Escuchad, chicos.

Le gustó comprobar que realmente lo estaban escuchando, olvidadas ya sus diferencias y reproches en la emoción de una investigación. A todos ellos les había asombrado que Trent fuera incapaz de explicar lo que Lissa había encontrado. Todos ellos compartían, al menos hasta cierto punto, la sencilla fe de Brian en Trent; si Trent estaba perplejo, si Trent creía que algo era raro e incluso increíble, entonces todos los demás creían lo mismo.

—Dinos lo que tenemos que hacer, Trent —dijo Laurie expresando el pensamiento de todos—, y lo haremos.

—Vale —accedió Trent—. Necesitamos algunas cosas.

Respiró profundamente y empezó a explicarles lo que necesitaban.

Una vez congregados en torno a la grieta situada al final del pasillo del tercer piso, Trent aupó a Lissa para que pudiera enfocarla con una pequeña linterna, la que su madre usaba para examinarles los oídos, los ojos y la nariz cuando no se encontraban bien. Todos veían el metal; no era lo bastante brillante como para reflejar con claridad la luz de la linterna, pero sí despedía un brillo sedoso. Era acero, en opinión de Trent, acero u otro tipo de aleación.

—¿Qué es una aleación, Trent? —inquirió Brian.

Trent meneó la cabeza. No lo sabía muy bien. Se volvió hacia Laurie para pedirle el taladro.

Brian y Lissa cambiaron una mirada inquieta cuando Laurie le pasó el taladro. Procedía del taller del sótano, y el sótano era el único lugar de la casa que seguía siendo de su verdadero padre. Papá Lew no había bajado ahí ni una docena de veces desde que se había casado con Catherine Bradbury. Eso no lo sabían solo Trent y Laurie, sino también los pequeños. No temían que papá Lew advirtiera que alguien había usado el taladro; lo que les preocupaba eran los agujeros que habría en la pared cerca de su estudio. Ninguno de ellos lo expresó en voz alta, pero Trent lo leía en sus rostros inquietos.

—Mirad —explicó Trent sosteniendo el taladro de forma que todos pudieran verlo bien—. Esto es lo que llaman una broca de punta de aguja. ¿Veis lo pequeña que es? Y puesto que solo vamos a hacer agujeros detrás de los cuadros, no creo que tengamos que preocuparnos.

Había alrededor de una docena de cuadros a lo largo del pasillo del tercer piso, la mitad de los cuales estaban colgados más allá del estudio, hacia el armario del final del pasillo donde guardaban las maletas. La mayoría eran vistas muy antiguas (y bastante aburridas) de Titusville, la ciudad en la que vivían los Bradbury.

—Ni siquiera las mira. ¿Cómo queréis que se ponga a mirar detrás? —corroboró Laurie.

Brian rozó la punta de la broca con el dedo y a continuación asintió con la cabeza. Lissa lo observó con atención, y luego copió los dos gestos de su hermano. Si Laurie decía que algo estaba bien, lo más probable era que fuera verdad; si Trent decía que algo estaba bien, casi seguro que era verdad; y si los dos estaban de acuerdo, entonces no cabía ninguna duda.

Laurie descolgó el cuadro más cercano a la pequeña grieta de la pared y se lo pasó a Brian. Trent aplicó el taladro. Los demás estaban agolpados a su alrededor como jugadores de campo alentando a su lanzador en un momento especialmente delicado de un partido de béisbol.

La broca entró sin dificultad en la pared, y el orificio que quedó era tan pequeño como habían prometido los dos hermanos. El cuadrado más oscuro de papel pintado que quedó al descubierto cuando Laurie descolgó el cuadro también resultaba alentador. Sugería que hacía mucho tiempo que nadie se molestaba en descolgar el oscuro grabado que mostraba la biblioteca pública de Titusville.

Después de que el taladro diera unas doce vueltas, Trent detuvo el aparato y sacó la broca.

—¿Por qué te has parado? —preguntó Brian.

—Porque he chocado con algo duro.

—¿Más metal? —inquirió Lissa.

—Creo que sí. Madera no era, seguro. Vamos a ver.

Enfocó la linterna y ladeó la cabeza en varias direcciones antes de sacudirla.

—Tengo la cabeza demasiado grande; levantemos a Lissa —propuso.

Laurie y Trent la auparon y Brian le pasó la linterna. Lissa observó la grieta con los ojos entornados.

—Igual que la grieta que encontré —anunció por fin.

—De acuerdo —ordenó Trent—. Al próximo cuadro.

El taladro chocó contra metal detrás del segundo cuadro y también detrás del tercero. Detrás del cuarto, que ya estaba bastante cerca del estudio de Lew, la broca se hundió hasta el fondo antes de que Trent la sacara. Cuando la auparon para que mirara, Lissa anunció que veía «la cosa rosa».

—Sí, el aislamiento del que te hablé —explicó Trent a Laurie—. Vamos a intentarlo con el otro lado del pasillo.

Tuvieron que hacer agujeros detrás de cuatro cuadros en el lado oriental del pasillo antes de toparse primero con los listones de madera y a continuación con el aislamiento colocado detrás del yeso..., y cuando estaban colgando el último cuadro, oyeron el inoportuno gruñido del viejo Porsche de Lew entrar por el sendero de coches.

Brian, que había sido el encargado de colgar el último cuadro, pues llegaba al gancho si se ponía de puntillas, lo dejó caer. Laurie alargó el brazo y lo agarró por el marco antes de que chocara contra el suelo. Al cabo de un instante, se dio cuenta de que estaba temblando de tal forma que tuvo que pasarle el cuadro a Trent, ya que de lo contrario también ella lo habría dejado caer.

—Cuélgalo tú —pidió al volver el tenso rostro hacia su hermano mayor—. Lo habría dejado caer si hubiera estado pensando en lo que hacía. De verdad.

Trent colgó el cuadro, que mostraba unos carruajes tirados por caballos que paseaban por el parque, y vio que estaba un poco torcido. Alargó la mano para enderezarlo, pero la retiró justo antes de que sus dedos rozaran el marco. Sus hermanas y su hermano lo consideraban una especie de dios; pero Trent era lo suficientemente inteligente como para saber que no era más que un niño. Pero incluso un niño, siempre y cuando se tratara de un niño con dos dedos de frente, sabía que cuando las cosas empezaban a ir mal, lo mejor era dejarlas. Si seguía manoseando el cuadro acabaría tirándolo, sin duda alguna, y el suelo acabaría lleno de vidrios rotos, y de algún modo, Trent lo sabía.

—Vamos —susurró—. Abajo. A la sala de la tele.

La puerta trasera se cerró de golpe al entrar Lew.

—¡Pero no está recto! —protestó Lissa—. ¡No está...!

—¡Da igual! —exclamó Laurie—. Haz lo que te dice Trent.

Trent y Laurie se miraron con los ojos muy abiertos. Si Lew entraba en la cocina para prepararse algo que le permitiera resistir hasta la cena, tal vez todo fuera bien. Pero si no, se encontraría con Lissa y Brian en la escalera. Un solo vistazo bastaría para que supiera que algo tramaban. Los dos hermanos pequeños de la familia Bradbury eran lo bastante mayores como para mantener la boca cerrada, pero no la cara.

Brian y Lissa se marcharon a toda prisa.

Trent y Laurie los siguieron más despacio, sin dejar de escuchar. Hubo un momento de tensión casi insoportable, en el que el único sonido que se escuchaba era el de las pisadas de los pequeños en la escalera, y de repente, Lew aulló desde la cocina:

—¡DEJAD DE HACER TANTO RUIDO! ¡VUESTRA MADRE ESTÁ DURMIENDO UNA SIESTA!

«Y si esto no la despierta, nada la despertará», se dijo Laurie.

Aquella noche, cuando Trent estaba a punto de dormirse, Laurie abrió la puerta de su habitación, entró y se sentó junto a él en la cama.

—No te cae bien, pero eso no es todo —afirmó.

—¿Quién? ¿Cómo? —preguntó Trent entreabriendo un ojo.

—Lew —insistió ella en un susurro—. Ya sabes a quién me refiero, Trent.

—Sí —asintió él por fin—. Y tienes razón. No me cae bien.

—Le tienes miedo, ¿verdad?

—Sí, un poco —admitió su hermano tras un largo silencio.

—¿Solo un poco?

—Quizás un poco más que un poco —repuso Trent.

Le guiñó el ojo con la esperanza de arrancarle una sonrisa, pero Laurie se limitó a mirarlo con fijeza, y Trent desistió. No iba a poder hacerla reír, al menos no aquella noche.

—¿Por qué? ¿Crees que puede hacernos daño?

Lew les gritaba mucho, pero nunca les había puesto las manos encima. No, recordó Laurie de repente, eso no era del todo cierto. Una vez, Brian entró en su estudio sin llamar, y Lew le había dado unos azotes. Unos buenos azotes. Brian había intentado no llorar, pero al final no había podido contenerse. Y mamá también había llorado, aunque no había intentado detener a Lew. Pero debía de haberle dicho algo más tarde, porque Laurie oyó cómo Lew le gritaba a ella.

Aun así, no habían sido más que unos azotes, no una paliza, y Brian realmente podía llegar a ser un idiota cuando se lo proponía.

¿Se lo había propuesto aquella noche?, se preguntó

Laurie. ¿O habría Lew dado unos azotes a su hermano hasta hacerlo llorar por algo que no era más que un inocente error de crío? No lo sabía, y de repente se le ocurrió un pensamiento desagradable, el tipo de pensamiento que le hizo comprender que Peter Pan no hubiese querido crecer: no estaba segura de querer saberlo. Pero lo que sí sabía era quién era el verdadero idiota.

Se dio cuenta de que Trent no había contestado a su pregunta, así que le asestó un leve puñetazo en el costado.

—¿Se te ha comido la lengua el gato o qué?

—Estaba pensando —repuso Trent—. No es una pregunta fácil, ¿sabes?

—Sí —asintió Laurie con gravedad—. Ya lo sé.

Y lo dejó seguir pensando.

—No —dijo Trent por fin al tiempo que entrelazaba las manos detrás de la nuca—. No lo creo, enana.

A Laurie no le gustaba nada que la llamara así, pero decidió pasarlo por alto aquella noche. No recordaba haber oído nunca a Trent hablarle con tanta cautela y seriedad.

—No creo que llegara a hacerlo..., pero creo que podría —prosiguió Trent incorporándose sobre un codo y mirándola con expresión aún más seria—. Pero creo que está haciendo daño a mamá, y creo que cada vez es peor.

—Mamá se arrepiente, ¿verdad? —preguntó Laurie.

De repente, sintió ganas de echarse a llorar. ¿Por qué los mayores eran a veces tan tontos en cosas de las que los niños se daban cuenta de buenas a primeras? Te entraban ganas de darles una patada.

—No quería ir a Inglaterra... y mira cómo le grita él a veces...

—Y no te olvides de los dolores de cabeza —añadió Trent con voz monótona—. Esos dolores de cabeza que, según Lew, mamá se provoca sola. Sí, señor, seguro que mamá se arrepiente.

—¿Tú crees que...? Ya sabes...

—¿Que llegaría a divorciarse?

—Sí —asintió Laurie aliviada.

No sabía si habría sido capaz de pronunciar aquella palabra, y si se hubiera dado cuenta de lo mucho que se parecía a su madre en aquel aspecto, habría podido contestar a su propia pregunta.

—No —negó Trent—. Mamá no haría una cosa así.

—Entonces no podemos hacer nada —sentenció Laurie con un suspiro.

—¿Ah, no? —replicó Trent en voz tan baja que Laurie apenas lo oyó.

Durante la siguiente semana y media, taladraron otros agujeritos por toda la casa, siempre en lugares en los que nadie podría verlos; agujeros detrás de los pósteres en sus habitaciones respectivas, detrás de la nevera, en la despensa (Brian consiguió deslizarse detrás y tener espacio suficiente para utilizar el taladro), en los armarios de la planta baja... Trent incluso taladró un agujero en una de las paredes del comedor, muy cerca del techo, en un rincón siempre sumido en sombras. Para ello se subió a la escalera de mano y Laurie la sujetó para mantenerla firme.

No había metal en ninguna parte. Solo listones.

Los niños se olvidaron del asunto durante un tiempo.

Cierto día, al cabo de un mes aproximadamente, cuando Lew ya había empezado a dar clases a tiempo completo, Brian fue a buscar a Trent y le dijo que había otra grieta en el yeso del tercer piso, y que veía metal detrás de ella. Trent y Melissa fueron de inmediato.

Laurie seguía en la escuela, en el ensayo de la banda de música.

Al igual que el día en que encontraron la primera grieta, su madre estaba acostada a causa de un terrible dolor de cabeza. El humor de Lew había mejorado desde que habían empezado las clases, como habían asegurado Trent y Laurie, pero la noche anterior había tenido una bronca de campeonato con su madre, una discusión sobre una fiesta que padre quería organizar para los profesores de la facultad de Historia. La ex señora Bradbury odiaba y temía jugar a la anfitriona en fiestas de la facultad. Lew había insistido, y su madre había cedido por fin. Ahora estaba tendida en la habitación semioscura, con una toalla húmeda sobre los ojos y un frasco de Fiorinal sobre la mesita de noche, mientras Lew, probablemente, repartía invitaciones en el bar de la facultad y daba palmaditas en el hombro a sus colegas.

La nueva grieta se hallaba en la pared occidental del pasillo, entre la puerta del estudio y la escalera.

—¿Estás seguro de que has visto metal ahí dentro? —preguntó Trent—. Comprobamos esta pared la primera vez, Bri.

—Pues míralo tú —replicó Brian.

Trent fue a comprobarlo. No le hacía falta la linterna; aquella grieta era más ancha, y no cabía duda de que detrás había metal.

Tras observar la grieta durante largo rato, Trent les dijo que tenía que ir a la ferretería de inmediato.

—¿Para qué? —inquirió Lissa.

—Para comprar un poco de yeso. No quiero que Lew vea la grieta. —Vaciló un instante antes de añadir—: Y sobre todo no quiero que vea el metal que hay dentro.

—¿Por qué no, Trent? —preguntó Lissa con el ceño fruncido.

Pero Trent no lo sabía con seguridad. Al menos de momento.

Empezaron a taladrar de nuevo, y esta vez encontraron metal detrás de todas las paredes del tercer piso, inclusive las del estudio de Lew. Trent entró a hurtadillas una tarde para hacer unos agujeros mientras Lew estaba en la universidad y su madre estaba fuera, comprando cosas para la fiesta que se avecinaba.

La antigua señora Bradbury estaba muy pálida aquellos días, incluso Lissa se percataba de ello, pero cuando alguno de los niños le preguntaba si se encontraba bien, siempre esbozaba una sonrisa preocupante y demasiado radiante y respondía que estaba como nunca, como una rosa. Laurie, que podía llegar a ser muy directa, le dijo que estaba demasiado delgada. Oh, no, contestó su madre, Lew dice que me estaba poniendo como una foca en Inglaterra, con todos esos banquetes a la hora del té. Estaba intentando volver a ponerse en forma, nada más.

Laurie sabía que no era cierto, pero ni siquiera Laurie era tan directa como para acusar a su madre de mentirosa. Si los cuatro hubieran acudido a ella en grupo, si la hubieran atacado en tropel, por así decirlo, tal vez habrían escuchado una historia bien distinta. Pero ni siquiera a Trent se le ocurrió hacer algo así.

De la pared situada detrás de la mesa colgaba un diploma enmarcado de Lew. Mientras los demás niños se agolpaban delante de la puerta, a punto de vomitar de miedo, Trent descolgó el diploma enmarcado, lo dejó sobre la mesa y practicó un orificio diminuto en el centro del cuadrado que había dejado. La broca entró unos cinco centímetros antes de chocar contra el metal.

Trent volvió a colgar con todo cuidado el diploma, se aseguró de que no quedara torcido y salió del estudio.

Lissa estalló en sollozos de alivio, y Brian se apresuró a imitarla; parecía enojadísimo consigo mismo, pero aun así, fue incapaz de contenerse. Laurie tuvo que luchar con denuedo para contener las suyas.

Taladraron agujeros a intervalos regulares a lo largo de la escalera que conducía al segundo piso y también encontraron metal detrás de aquellas paredes. El metal llegaba hasta la mitad del pasillo del segundo piso en su camino hacia la fachada de la casa. Había metal detrás de las paredes de la habitación de Brian, pero solo detrás de una de las paredes del cuarto de Laurie.

—No ha terminado de crecer aquí dentro —comentó Laurie en tono sombrío.

Trent la miró sorprendido.

—¿Eh?

Pero antes de que Laurie pudiera contestar, Brian tuvo una idea brillante.

—¡El suelo, Trent! —exclamó—. Vamos a ver si también hay metal en el suelo.

Trent se lo pensó, se encogió de hombros y taladró un agujero en el suelo de la habitación de Laurie. La broca se hundió hasta el fondo sin topar con nada, pero cuando retiró la alfombra que había al pie de su propia cama e hizo una agujero, lo que encontró fue acero macizo... o al menos, algo macizo.

Luego, a instancias de Lissa, se subió a un taburete e hizo un agujero en el techo, con los ojos entornados para que no le entrara el polvillo de yeso en los ojos.

—Doing —anunció al cabo de unos instantes—. Más metal. Dejémoslo por hoy.

Laurie fue la única en darse cuenta de lo preocupado que estaba Trent.

Aquella noche, después del toque de queda, fue Trent el que acudió a la habitación de Laurie, y Laurie no fingió estar medio dormida. Lo cierto era que ninguno había dormido demasiado bien en las últimas dos semanas.

—¿A qué te referías? —susurró Trent mientras se sentaba en el borde de la cama.

—¿Sobre qué? —replicó Laurie incorporándose sobre un codo.

—Has dicho que no había acabado de crecer en tu cuarto. ¿Qué querías decir?

—Vamos, Trent, no eres tonto.

—No, no lo soy —convino su hermano sin afectación—. A lo mejor solo quiero que me lo digas tú, enana.

—Si me llamas así no me oirás decir nada.

—Vale. Laurie, Laurie, Laurie. ¿Contenta?

—Sí. Esa cosa está creciendo por toda la casa. —Hizo una pausa antes de proseguir—. No, no es verdad. Está creciendo debajo de la casa.

—Eso tampoco es verdad.

Laurie reflexionó por un momento y a continuación suspiró.

—Vale —concedió—. Está creciendo en la casa. Está robando la casa. ¿Te parece bien, listillo?

—Robando la casa —repitió Trent en un murmullo.

Permaneció sentado en la cama, mirando el póster de Chrissie Hynde que tenía Laurie mientras parecía saborear la expresión que había empleado. Por fin asintió con la cabeza y esbozó aquella sonrisa que tanto le gustaba a Laurie.

—Sí, eso está muy bien.

—Sea lo que sea, parece que está vivo.

Trent volvió a asentir. Aquella idea ya se le había ocurrido. No sabía cómo era posible que el metal estuviera vivo, pero, desde luego, no veía otra explicación, al menos de momento.

—Pero eso no es lo peor.

—¿Y qué es lo peor?

—Lo hace a escondidas.

Los ojos de Laurie, clavados solemnemente en los de su hermano, aparecían muy abiertos y asustados.

—Eso es lo que menos me gusta. No sé cómo empezó ni lo que significa, y la verdad es que no me importa. Pero crece a escondidas.

Laurie se pasó la mano por el espeso cabello rubio para apartárselo de las sienes. Se trataba de un gesto preocupado e inconsciente que a Trent le recordaba muchísimo a su padre, que había tenido el pelo del mismo color.

—Tengo la sensación de que va a pasar algo, Trent, solo que no sé qué, y es como una pesadilla de la que no puedes salirte del todo. ¿No te pasa a veces?

—Un poco, sí. Pero yo sé que va a pasar algo. E incluso es posible que sepa qué es.

Laurie se incorporó en la cama con brusquedad y le cogió las manos.

—¿Que lo sabes? ¿Qué? ¿Qué es?

—No estoy seguro —repuso Trent mientras se levantaba—. Creo que lo sé, pero todavía no estoy preparado para decir lo que creo. Tengo que seguir buscando un poco más.

—Si hacemos muchos agujeros más, la casa se va a caer.

—No he dicho hacer agujeros, he dicho buscar.

—¿Buscar qué?

—Algo que todavía no está..., que todavía no ha crecido. Pero cuando crezca, no creo que pueda esconderse.

—¡Dímelo, Trent!

—Todavía no —replicó él antes de darle un rápido beso en la mejilla—. Además, no debes ser tan curiosa, enana.

—¡Te odio! —exclamó ella en un susurro al tiempo que se tendía de nuevo y se echaba la sábana sobre la cabeza.

Pero se sentía mucho mejor después de haber hablado con Trent, y durmió mejor de lo que había dormido toda la semana anterior.

Trent encontró lo que buscaba dos días antes de la gran fiesta. Al ser el mayor, tal vez debería haberse dado cuenta de que su madre había empezado a tener un aspecto terrible, con la piel brillante y estirada sobre los pómulos, la tez tan pálida que había adquirido un feo matiz amarillento. Debería haber advertido la frecuencia con que se frotaba las sienes, pese a que negaba, casi con pánico, que tuviera migraña o que llevaba una semana atormentada por ella.

No obstante, no se dio cuenta de ninguno de aquellos síntomas. Estaba demasiado absorto en su búsqueda.

En los cuatro o cinco días que mediaron entre su conversación nocturna con Laurie y el día en que encontró lo que buscaba, revisó todos los armarios de la vieja casona al menos tres veces; el altillo que había sobre el estudio de Lew cinco o seis veces; el viejo sótano media docena de veces.

Y por fin lo encontró en el sótano.

No es que no encontrara cosas extrañas en otros lugares de la casa; de hecho, había encontrado muchas cosas. Había un pomo de acero inoxidable en el techo del armario del segundo piso. Una armadura curvada de metal sobresalía del armarito de maletas del tercer piso. Era de metal gris opaco, aunque pulido... hasta que lo tocó. Cuando lo rozó, la armadura despidió una luz de color rojizo, y Trent oyó un leve aunque poderoso zumbido procedente de las profundidades de la pared. Apartó la mano como si la armadura quemara, y de hecho, en el primer momento, cuando adquirió un color que asociaba con los quemadores de las cocinas eléctricas, habría jurado que realmente quemaba. Cuando retiró la mano, el metal curvado se tornó de nuevo gris. El zumbido cesó al instante.

El día antes, en el altillo, había observado una telaraña de cables delgados y enmarañados que surgía de un rincón oscuro bajo el alerón. Trent estaba recorriendo el lugar a gatas, sin conseguir más que acalorarse y ensuciarse, cuando de repente había descubierto aquel asombroso fenómeno. Se quedó petrificado, contemplando por entre los desordenados mechones de su cabello los cables que surgían de ninguna parte, o al menos, eso parecía, se encontraban, se entrelazaban de tal forma que parecían fundirse y después continuaban hasta el suelo, donde descansaban anclados entre vagos montoncitos de serrín. Parecían estar creando una suerte de abrazadera flexible, y daba la impresión de que sería muy resistente, capaz de sostener la casa aunque se produjeran muchas sacudidas y golpes.

Pero ¿qué sacudidas?

¿Qué golpes?

Una vez más, Trent creyó saberlo. Le resultaba difícil de creer, pero creía saberlo.

En el extremo norte, detrás del taller y la estufa, había un pequeño armario. Su padre lo había llamado la «bodega de vinos», y aunque no había colocado más de dos docenas de botellas de vinazo (una palabra que siempre había hecho reír a su madre), todas ellas estaban guardadas con gran cuidado en los estantes entrecruzados que él mismo había fabricado.

Lew entraba ahí aun con menor frecuencia que en el taller; no bebía vino. Y si bien su madre a menudo se había tomado una copa o dos con su padre, ahora tampoco bebía. Trent recordó lo triste que se había puesto la vez que Bri le había preguntado por qué ya no se tomaba nunca una copa de vinazo delante del fuego.

—Lew no aprueba la bebida —le había explicado su madre a Brian—. Dice que es un vicio.

Había un candado en la puerta de la bodega, pero solo lo habían colocado ahí para que la puerta no se abriera de golpe y permitiera que el calor de la estufa entrara en la bodega. La llave estaba colgada junto a él, pero Trent no la necesitaba. Había dejado el candado abierto tras su primera investigación, y nadie había bajado a cerrarlo desde entonces. Que él supiera, nadie iba ya a aquel extremo del sótano.

No le sorprendió demasiado el agrio olor a vino derramado que percibió al acercarse a la puerta; no era sino otra prueba de lo que él y Laurie ya sabían... Se estaban produciendo silenciosos cambios por toda la casa. Abrió la puerta, y aunque lo que vio le dio miedo, lo cierto era que no lo sorprendió.

Unas estructuras de metal se habían abierto paso a través de las paredes de la bodega, rompiendo los estantes de compartimentos en forma de rombo y tirando las botellas de Bollinger, Mondavi y Battiglia al suelo, donde se habían hecho añicos.

Al igual que los cables del altillo, fuera lo que fuese lo que se estaba formando allí, lo que estaba creciendo, según palabras de Laurie, todavía no estaba terminado. Se desarrollaba entre destellos de luz que deslumbraron a Trent y le hicieron sentir náuseas.

No obstante, allí no había cables ni barras curvadas. Lo que estaba creciendo en la bodega de vinos ya olvidada que había pertenecido a su verdadero padre parecía una serie de cajas, consolas y salpicaderos. Mientras miraba, vagas siluetas brotaban del metal como cabezas de serpientes emocionadas, cobraban forma y se convertían en diales, palancas y pantallas. Había algunas luces que empezaron a parpadear mientras Trent las observaba.

Un leve suspiro acompañaba el acto de creación.

Trent avanzó otro paso hacia el cuartito; le había llamado la atención una luz o serie de luces rojas especialmente brillantes. Al avanzar no pudo contener un estornudo, pues las máquinas y consolas que avanzaban por el viejo hormigón habían levantado una cantidad considerable de polvo.

Las luces que le habían llamado la atención eran números. Se hallaban bajo una protección de vidrio y formaban parte de una estructura de metal que se abría paso a partir de una consola. Aquel nuevo objeto parecía una especie de silla, aunque era imposible que nadie que se sentara en ella estuviera cómodo. Al menos, nadie con forma humana, se dijo Trent con un escalofrío.

La tira de vidrio se hallaba en uno de los brazos de la extraña silla..., si es que era una silla. Y era posible que los números le hubieran llamado la atención porque se movían.

De

72:34:18

pasaron a

72:34:17

y a continuación a

72:34:16.

Trent miró el reloj, que contaba con un segundero que le confirmó lo que sus ojos ya le habían revelado. La silla podía o no ser una silla, pero los números que había bajo el vidrio eran un reloj digital. Un reloj que retrocedía. Una cuenta atrás, para ser exactos. ¿Y qué sucedería cuando el reloj pasara finalmente de

00:00:01

a

00:00:00

al cabo de tres días?

Estaba casi seguro de que lo sabía. Cualquier niño americano sabe que pasa una de dos cosas cuando un reloj que retrocede llega a cero: una explosión o un despegue.

Trent creía que había demasiado equipo, demasiados artilugios como para que se tratara de una explosión.

Creía que algo se había infiltrado en la casa mientras estaban en Inglaterra. Una especie de espora, tal vez, que había volado por el espacio durante mil millones de años antes de quedar atrapado en la fuerza de gravedad de la Tierra, había caído por la atmósfera como una hoja atrapada en una suave brisa y por fin se había colado en la chimenea de una casa de Titusville, Indiana.

Dentro de la casa de los Bradbury, sita en Titusville, Indiana.

Podría haber sido cualquier otra cosa, por supuesto, pero la idea de la espora le parecía correcta a Trent, y aunque era el mayor de los hermanos Bradbury, todavía era lo suficientemente joven como para dormir bien después de comerse una pizza de salami a las nueve de la noche, y como para creer a pies juntillas en sus percepciones y su intuición. Y a fin de cuentas, no importaba, ¿verdad? Lo que importaba era lo que había ocurrido.

Y por supuesto, lo que iba a ocurrir.

Al salir de la bodega, Trent no solo cerró el candado, sino que también se llevó la llave.

Sucedió algo terrible en la fiesta de la facultad de Lew. Ocurrió a las nueve menos cuarto, solo tres cuartos de hora después de que llegaran los primeros invitados, y más tarde, Trent y Laurie oyeron a Lew gritando a su madre que la única consideración que había mostrado hacia él había sido ponerse estúpida tan pronto, ya que si hubiera esperado hasta las diez, por ejemplo, habrían tenido a más de cincuenta personas paseándose por el salón, el comedor, la cocina y la salita trasera.

—Pero ¿qué narices te pasa? —lo oyeron gritar Trent y Laurie, y cuando Trent sintió que la mano de Laurie se deslizaba en la suya, se la oprimió con fuerza—. ¿Es que no sabes lo que dirá la gente? ¿Es que no sabes cómo hablan los de la facultad? ¡La verdad, Catherine, menudo espectáculo has dado!

La única respuesta de su madre fue un llanto débil e indefenso, y por un instante, Trent sintió un ramalazo de terrible odio hacia ella. ¿Por qué se había casado con él? ¿Acaso no se merecía aquello por haber sido tan estúpida?

Avergonzado de sí mismo, desterró aquel pensamiento de su mente y se volvió hacia Laurie. Quedó consternado al ver que tenía las mejillas surcadas de lágrimas, y el silencioso dolor que vio en sus ojos le atravesó el corazón como un puñal.

—Qué fiesta más divertida, ¿verdad? —susurró Laurie al tiempo que se secaba las mejillas con las palmas de las manos.

—Y que lo digas, enana.

Abrazó a su hermana para que pudiera llorar contra su hombro sin ser oída.

—La tendremos en la lista de las diez mejores a final de año, eso seguro.

Por lo visto, Catherine Evans, que nunca había deseado con mayor fuerza y amargura volver a ser Catherine Bradbury, había estado mintiendo a todo el mundo. Esta vez no llevaba un par de días con una terrible migraña, sino un par de semanas. Durante ese período apenas había comido y había adelgazado siete kilos. Estaba sirviendo canapés a Stephen Krutchner, el decano de la facultad de Historia, y a su esposa cuando sintió que las cosas perdían color y perdió el mundo de vista. Había caído hacia delante y vertido toda una bandeja de rollitos de cerdo sobre la pechera del caro vestido Norma Kamali que la señora Krutchner se había comprado especialmente para la ocasión.

Brian y Lissa habían oído el estruendo y habían bajado la escalera a hurtadillas y en pijama para ver qué pasaba aunque ambos..., los cuatro, de hecho, habían recibido órdenes estrictas de papá Lew de no bajar de los pisos superiores una vez empezara la fiesta.

—A la gente de la universidad no le gusta ver a niños en sus fiestas —les había explicado con brusquedad aquella tarde—. No saben qué pensar.

Al ver a su madre tendida en el suelo, rodeada por un círculo de profesores preocupados (la señora Krutchner no estaba allí; había corrido a la cocina para frotarse el vestido con agua fría antes de que las manchas de salsa tuvieran oportunidad de secarse), olvidaron la orden de su padrastro y entraron corriendo en el salón. Lissa estaba llorando. Brian gritaba consternado. Lissa golpeó al jefe de Estudios Asiáticos en los riñones. Brian, que le llevaba dos años y pesaba quince kilos más, lo hizo aún mejor, pues derribó a la profesora invitada del semestre de otoño, una pava rolliza embutida en un vestido rosa y zapatos de noche de punta rizada que fue a parar directamente a la chimenea. La mujer se quedó ahí sentada, desconcertada y envuelta en una gran nube de ceniza gris.

—¡Mamá! ¡Mamaíta! —chilló Brian zarandeando a la ex señora Bradbury—. ¡Mamááá! ¡Despierta!

La señora Evans se movió y gimió.

—Id arriba —ordenó Lew con frialdad—. Los dos.

Al ver que no le obedecían, Lew puso una mano sobre el hombro de Lissa y se lo oprimió hasta que la pequeña chilló de dolor. Lew le lanzó una mirada furiosa desde un rostro que se había puesto blanco como el papel a excepción de dos manchas rojas como colorete barato que tenía en el centro de ambas mejillas.

—Yo me ocuparé de esto —masculló con los dientes tan apretados que ni siquiera podía despegarlos para hablar—. Tú y tu hermano os iréis arriba y...

—Quítale la mano de encima, hijo de puta —ordenó Trent con toda claridad.

Lew y todos los invitados que habían llegado lo bastante pronto como para presenciar tan entretenido espectáculo se volvieron hacia la arcada que separaba el salón del vestíbulo y bajo la cual se encontraban Trent y Laurie. Trent estaba tan pálido como su padrastro, pero su rostro aparecía calmado y compuesto. Algunos de los invitados de la fiesta, no muchos, pero sí unos cuantos, habían conocido al primer marido de Catherine Evans, y más tarde convinieron en afirmar que el parecido entre padre e hijo era extraordinario. De hecho, era casi como si Bill Bradbury hubiera regresado de entre los muertos para enfrentarse a su malhumorado sustituto.

—Quiero que vayáis arriba —insistió Lew—. Los cuatro. No hay nada de qué preocuparse. Nada en absoluto.

La señora Krutchner había regresado de la cocina con la pechera del vestido mojada pero sin manchas.

—Suelta a Lissa —dijo Trent.

—Y apártate de nuestra madre —añadió Laurie.

La señora Evans estaba sentada con las manos en la cabeza y miraba en derredor con expresión confusa. El dolor de cabeza había desaparecido como por encanto, dejándola desorientada y débil, pero al menos libre de la agonía que la había atormentado durante las últimas dos semanas. Sabía que había hecho algo terrible, que había puesto a Lew en evidencia, tal vez incluso había provocado que cayera en desgracia, pero de momento se sentía demasiado agradecida de que el dolor hubiera desaparecido. La vergüenza llegaría más tarde. Lo único que deseaba ahora era irse arriba muy despacio y tenderse.

—Seréis castigados por esto —amenazó Lew mientras miraba a sus cuatro hijastros en el silencio casi absoluto que reinaba en el salón.

No los miró a todos a la vez, sino uno a uno, como si determinara el carácter y la gravedad de cada delito. Lissa se echó a llorar cuando la miró a ella.

—Quiero disculparme por su mala conducta —dijo Lew a los invitados—. Me temo que mi mujer es un poco indulgente con ellos. Lo que necesitan es una buena niñera inglesa...

—No seas idiota, Lew —intervino la señora Krutchner.

Su voz era muy potente pero no demasiado armónica; ella también parecía una idiota en plena forma. Brian dio un respingo, se aferró a su hermana y también estalló en sollozos.

—Tu mujer se ha desmayado. Están preocupados por ella, nada más —prosiguió la mujer.

—Y tienen razón —añadió la profesora invitada mientras luchaba por sacar su voluminoso cuerpo de la chimenea. El vestido rosa había adquirido un matiz grisáceo y su rostro estaba surcado de hollín. Solo sus zapatos de punta rizada parecían haber escapado de la masacre, pero todo aquel asunto no parecía haberla inmutado apenas.

—Está muy bien que los niños se preocupen por su madres. Y que los maridos se preocupen por sus mujeres.

Al hablar miraba a Lew Evans con intención, pero el hombre no se percató de su mirada, pues estaba observando cómo Trent y Laurie ayudaban a su madre a subir la escalera. Lissa y Brian los seguían de cerca, como si fueran la guardia de honor.

La fiesta continuó. El incidente quedó más o menos aparcado, como suele suceder con las escenas desagradables en las fiestas de profesores universitarios. La señora Evans, que había dormido tres horas por noche como máximo desde que su marido le había anunciado que pensaba dar una fiesta, se quedó dormida en cuanto su cabeza rozó la almohada, y los niños oyeron a Lew en la planta baja, mostrándose encantador sin ella. Trent sospechaba que incluso estaba un poco aliviado de no tener que cargar con el escurridizo y asustado ratoncillo que tenía por mujer.

No subió ni una sola vez para ver cómo estaba.

Ni una sola vez. No hasta que terminó la fiesta.

Tras acompañar al último invitado a la puerta, subió la escalera con paso pesado y le ordenó que se despertara... Y ella se despertó, obedeciéndole en eso del mismo modo que le había obedecido en todo lo demás desde el momento en que había cometido el craso error de decir al pastor y a Lew sí, quiero.

A continuación, Lew se asomó a la habitación de Trent y miró a los niños.

—Sabía que estaríais aquí —afirmó con una leve y satisfecha inclinación de cabeza—. Conspirando. Os castigaré a todos. Sí, señor. Mañana. Ahora quiero que os vayáis a la cama y penséis en ello. A vuestras habitaciones. Y nada de pasearse por ahí.

Desde luego, ni Lissa ni Brian se «pasearon por ahí»; estaban demasiados exhaustos y emocionalmente fatigados como para hacer otra cosa que meterse en la cama y dormirse en el acto. Pero Laurie regresó a la habitación de Trent a pesar de la orden de «papá Lew», y los dos escucharon en silencio y horrorizados mientras su padrastro reñía a su madre por atreverse a perder el conocimiento en su fiesta..., y mientras su madre lloraba sin ni siquiera discutir ni defenderse.

—Oh, Trent, ¿qué vamos a hacer? —preguntó Laurie con la voz amortiguada por el hombro de su hermano.

El rostro de Trent aparecía extremadamente pálido y sereno.

—¿Que qué vamos a hacer? —replicó—. No vamos a hacer nada, enana.

—¡Pero tenemos que hacer algo, Trent! ¡Tenemos que hacer algo! ¡Tenemos que ayudarla!

—No, no tenemos que ayudarla —rechazó Trent con una leve y en cierto modo espantosa sonrisa—. La casa se encargará de eso.

Miró el reloj e hizo unos cálculos mentales.

—Alrededor de las tres y treinta y cuatro de mañana por la tarde, la casa se encargará de todo.

No hubo castigos a la mañana siguiente; Lew Evans estaba demasiado concentrado en su seminario de las ocho sobre las Consecuencias de la Conquista Normanda. A Trent y a Laurie no les extrañó demasiado aquello, pero la verdad es que sintieron un gran alivio. Lew les dijo que quería verlos en su estudio aquella noche, uno por uno, y «darles unos cuantos azotes de justicia a cada uno». Una vez pronunciada aquella amenaza en forma de siniestra cita, Lew salió de casa con la cabeza alta y el maletín sujeto con firmeza en la mano. Su madre todavía dormía cuando el Porsche se alejó rugiendo por la calle.

Los dos hermanos pequeños estaban de pie junto a la cocina, abrazados como en una ilustración de un cuento de los hermanos Grimm, le pareció a Laurie. Lissa lloraba. Brian se estaba reprimiendo de momento, pero estaba pálido y tenía profundas ojeras.

—Nos pegará —aseguró Brian a Trent—. Y nos pegará fuerte, ya verás.

—No —replicó Trent.

Los pequeños lo miraron esperanzados aunque algo incrédulos. Al fin y al cabo, Lew había anunciado que los pegaría; ni siquiera Trent se libraría de tan dolorosa humillación.

—Pero, Trent... —empezó Lissa.

—Escuchadme —interrumpió Trent al tiempo que apartaba una silla de la mesa y se sentaba en ella a horcajadas frente a los pequeños—. Escuchadme con atención y no os perdáis ni una sola palabra. Es muy importante, y ninguno de nosotros puede fastidiarla.

Los pequeños lo miraron en silencio con los ojos verdiazules muy abiertos.

—En cuanto acabe la escuela, quiero que volváis directamente a casa..., pero solo hasta la esquina. La esquina de Maple Street y Walnut Street. ¿Entendido?

—S-sí —asintió Lissa vacilante—. Pero ¿por qué, Trent?

—Da igual —repuso Trent.

Le relucían los ojos, que tenían el mismo matiz verdiazul que los de sus hermanos. Sin embargo, a Laurie no le parecía un brillo alegre; de hecho, se le antojaba algo peligroso.

—Vosotros limitaos a venir. Quedaos al lado del buzón. Tenéis que estar ahí a las tres en punto, como mucho a y cuarto. ¿Entendido?

—Sí —repuso Brian por los dos—. Entendido.

—Laurie y yo ya estaremos ahí o si no, llegaremos justo después.

—¿Y cómo vamos a hacerlo, Trent? —inquirió Laura—. No salimos de la escuela hasta las tres, y yo tengo ensayo, y el autobús tarda...

—Hoy no vamos a la escuela —interrumpió Trent.

—¿No? —exclamó Laurie anonadada.

—¡Trent! —gritó Lissa horrorizada—. ¡No puedes hacer eso! ¡Es... es... hacer novillos!

—Y ya va siendo hora —replicó Trent en tono sombrío—. Y ahora preparaos para ir al colegio. Pero recordad: en la esquina de Maple y Walnut a las tres en punto, y cuarto como mucho. Y hagáis lo que hagáis, no vengáis a casa.

Miró a Brian y a Lissa con tal fijeza que los pequeños adoptaron una expresión atemorizada y se volvieron a abrazar en busca de mutuo consuelo. Incluso Laurie estaba asustada.

—Esperadnos ahí, pero no os atreváis a entrar en la casa —repitió—. En ningún caso.

Una vez se hubieron ido los pequeños, Laurie agarró a Trent por la camisa y exigió que le explicara lo que estaba pasando.

—Tiene que ver con lo que está creciendo en la casa. Sé que es así, y si quieres que haga novillos y te ayude, ¡será mejor que me cuentes lo que pasa, Trent Bradbury!

—Tranquila, ahora te lo cuento —repuso Trent al tiempo que se zafaba de la mano de Laurie—. Y baja la voz. No quiero que mamá se despierte. Nos obligaría a ir al colegio, y eso no nos conviene nada.

—Bueno, ¿qué pasa? ¡Cuéntamelo!

—Vamos abajo. Quiero enseñarte una cosa.

Los dos hermanos bajaron a la bodega.

Trent no sabía con seguridad si Laurie accedería a ayudarle con lo que tenía en mente, porque incluso a él le parecía terriblemente... bueno, definitivo, pero Laurie sí accedió. No creía que lo hubiera hecho de tratarse tan solo de aguantar unos cuantos azotes de «papá Lew», pero a Laurie le había afectado tanto ver a su madre inconsciente en el suelo del salón como a Trent observar la fría reacción de su padrastro.

—Sí —asintió Laurie con tristeza—. Creo que tenemos que hacerlo.

Estaba mirando los números parpadeantes que había en el brazo de la silla. Ahora indicaban

07:49:21.

La bodega de vinos había dejado de ser una bodega de vinos. Apestaba a vino, eso sí, y había montones de vidrio verde esparcidos por el suelo entre las ruinas de los estantes que había construido su padre, pero ahora parecía una versión demencial del puente de mando de la nave *Enterprise*. Las agujas de los diales giraban. Las pantallas digitales parpadeaban, cambiaban y volvían a parpadear. Las luces lanzaban destellos intermitentes.

—Sí —convino Trent—. Yo también lo creo. ¡Ese hijo de puta! ¿Oíste cómo le gritaba?

—Trent, para.

—¡Es un gilipollas! ¡Un cabrón! ¡Un hijo de perra!

Pero aquello no era más que una manera soez de ahuyentar el miedo, y ambos lo sabían. Contemplar aquella extraña aglomeración de instrumentos y mandos ponía a Trent enfermo de duda e inquietud. De repente recordó un libro que su padre le había leído cuando era pequeño, una historia de Mercer Mayer en la que una criatura llamada el Monstruo Devorador de Sellos había metido a una niña en un sobre y la había enviado A Quien Pueda Interesar. ¿No era más o menos lo que tenía intención de hacer con Lew Evans?

—Si no hacemos algo acabará matándola —aseguró Laurie en voz baja.

—¿Qué?

Trent volvió la cabeza con tal brusquedad que se hizo daño en el cuello, pero Laurie no lo estaba mirando, sino que estaba absorta en los números rojos de la cuenta atrás. Su luz se reflejaba en los cristales de las gafas que llevaba los días de colegio. Parecía hipnotizada, sin darse cuenta de que Trent la estaba mirando, tal vez sin percatarse siquiera de que estaba ahí.

—No a propósito —prosiguió ella—. Incluso es posible que se ponga triste. Al menos durante un tiempo. Porque creo que la quiere, de alguna forma, y que ella lo quiere a él. Ya sabes, de alguna forma.

Pero él hace que mamá esté cada vez peor. Se pondrá enferma cada dos por tres, y entonces..., un buen día...

Laurie se interrumpió y miró a Trent, y algo en su rostro lo asustó más que cualquier cosa que hubiera en su extraña casa cambiante.

—Explícamelo, Trent —pidió Laurie aferrándole el brazo con una mano muy fría—. Explícame cómo vamos a hacerlo.

Subieron juntos al estudio de Lew. Trent estaba dispuesto a ponerlo todo patas arriba si era necesario, pero encontraron la llave en el cajón superior, guardada con todo cuidado en un sobre sobre el que se leía la palabra ESTUDIO en la letra pequeña, pulcra y algo reprimida de Lew. Trent se la metió en el bolsillo. Salieron de la casa en el momento en que se ponía en marcha la ducha del segundo piso, lo cual significaba que su madre se había levantado.

Pasaron el día en el parque. Aunque ninguno de ellos habló de ello, fue el día más largo de sus vidas. Vieron dos veces al policía del barrio y se ocultaron en los lavabos públicos hasta que se marchó. No era el momento de dejarse atrapar haciendo novillos.

A las dos y media, Trent dio a Laurie una moneda de veinticinco centavos y la acompañó a la cabina telefónica que había en el extremo oriental del parque.

—¿De verdad tengo que hacerlo? —preguntó—. No me gusta nada la idea de asustarla, sobre todo después de lo que pasó ayer por la noche.

—¿Quieres que esté dentro de la casa cuando pase lo que sea que tenga que pasar? —replicó Trent.

Laurie introdujo la moneda en el teléfono sin rechistar.

El teléfono sonó tantas veces que Laurie estaba segura de que su madre había salido. Eso podía ser bueno o podía ser malo. En cualquier caso, era preocupante. Si había salido, era bien posible que volviera antes de que...

—Trent, no creo que esté...

—¿Diga? —dijo la señora Evans con voz soñolienta.

—Ah, hola, mamá —saludó Laurie—. Creía que no estabas en casa.

—Me he vuelto a meter en la cama —explicó ella con una risita avergonzada—. De repente tengo muchísimas ganas de dormir. Supongo que si estoy dormida no pienso en lo mal que me porté ayer por la noche...

—Bah, mamá, no te portaste mal. Cuando una persona se desmaya no es por capricho...

—Laurie, ¿por qué llamas? ¿Pasa algo?

—No, mamá... Bueno...

Trent le golpeó las costillas con fuerza.

Laurie, que había ido encogiéndose durante la conversación, se irguió de golpe.

—Me hecho daño en la clase de gimnasia. Solo... Bueno, ya sabes, un poco. Nada grave.

—¿Qué te has hecho? Dios mío, no estarás llamando desde el hospital, ¿verdad?

—Claro que no —se apresuró a contestar Laurie—. Solo me he torcido la rodilla. La señora Kitt pregunta si puedes venir a buscarme para llevarme a casa. No sé si puedo caminar. Me duele bastante.

—Voy ahora mismo. Intenta no mover la rodilla, cariño. Podrías tener un ligamento roto. ¿Está la enfermera contigo?

—Ahora mismo no. No te preocupes, mamá. Tendré cuidado.

—¿Estarás en la enfermería?

—Sí —asintió Laurie.

Tenía el rostro más colorado que el camión de bomberos de Brian.

—Ahora mismo voy.

—Gracias, mamá. Adiós.

Colgó el teléfono y miró a Trent. Respiró profundamente y a continuación exhaló un suspiro largo y tembloroso.

—¡Qué divertido! —exclamó a punto de llorar.

Trent la abrazó con fuerza.

—Lo has hecho muy bien —aseguró—. Mucho mejor de lo que lo habría hecho yo, en... Laurie. No sé si a mí me hubiera creído.

—Me pregunto si a mí me volverá a creer alguna vez —comentó Laurie con amargura.

—Claro que sí. Vamos.

Se dirigieron a la parte occidental del parque, desde donde podían observar Walnut Street. El día se había tornado frío y tenebroso. En el cielo se estaban formando nubes de tormenta y soplaba un viento helado. Al cabo de cinco interminables minutos vieron pasar el Subaru de su madre en dirección a la Escuela Secundaria Greendowne, a la que iban Trent y Laurie... «a la que vamos cuando no hacemos novillos», pensó Laurie.

—Va a toda pastilla —comentó Trent—. Espero que no tenga un accidente ni nada parecido.

—Demasiado tarde para preocuparse por eso —replicó Laurie cogiéndole la mano y tirando de él hacia la cabina telefónica.

—Tú llamas a Lew, tío con suerte.

Trent introdujo otra moneda de veinticinco en la ranura y marcó el número de la facultad de Historia, consultando el número en una tarjeta que le había quitado de la cartera. Apenas había pegado ojo la noche anterior, pero ahora que las cosas estaban en marcha, se dio cuenta de que estaba calmado y sereno... tan sereno, de hecho, que casi le parecía estar soñando. Miró el reloj. Las tres menos cuarto. Quedaba menos de una hora. Se oyó el débil rugido de un trueno procedente del oeste.

—Facultad de Historia —dijo una voz femenina.

—Hola. Soy Trent Bradbury. Tengo que hablar con mi padrastro, Lewis Evans, por favor.

—El profesor Evans está en clase —anunció la secretaria—, pero sale a las...

—Lo sé, tiene Historia Inglesa Moderna hasta las tres y media. Pero será mejor que vaya a buscarlo de todas formas. Es urgente. Se trata de su mujer. —Hizo una pausa clara y deliberada—. Mi madre.

Se hizo un silencio prolongado, y Trent sintió una punzada de pánico. Era como si la mujer estuviera pensando en mandarlo a paseo por muy urgente que fuera el asunto, y desde luego, aquello no entraba en sus planes.

—Está en el aula Oglethorpe, aquí al lado —dijo por fin la mujer—. Lo iré a buscar yo misma y le diré que llame a casa en segui...

—No, tengo que esperar —interrumpió Trent.

—Pero...

—Por favor, ¿quiere dejarse de charla e ir a buscarlo? —volvió a interrumpirla Trent, dejando que su voz adquiriera un tono impaciente y enojado, lo cual no le resultó difícil.

—De acuerdo —accedió la secretaria.

Era imposible dilucidar si estaba contrariada o preocupada.

—¿Si pudieras decirme de qué se...

—No —la cortó Trent.

Se oyó un resoplido ofendido y a continuación se hizo un gran silencio.

—¿Qué pasa? —preguntó Laurie dando saltitos como quien tiene que ir al lavabo.

—Estoy esperando. Lo han ido a buscar.

—¿Y qué pasa si no viene?

Trent se encogió de hombros.

—Si no viene estamos buenos. Pero vendrá, ya lo verás.

Le habría gustado estar tan seguro como sonaba, pero aun así, creía que la cosa funcionaría. Tenía que funcionar.

—Lo hemos dejado para el último momento.

Trent asintió con un gesto. Era cierto que lo habían dejado para el último momento, y Laurie sabía muy bien por qué. La puerta del estudio era de roble macizo, muy resistente, pero no tenían ni idea de cómo era la cerradura. Trent quería asegurarse de que a Lew no le quedaría mucho tiempo para intentar abrirla.

—¿Y qué pasa si ve a Brian y a Lissa en la esquina cuando llegue a casa?

—Si se pone como creo que se pondrá, no los vería ni aunque se montaran en zancos y llevaran ropa de payaso —aseguró Trent.

—¿Por qué no contesta, maldita sea? —exclamó Laurie mirando el reloj.

—Ya contestará —la tranquilizó Trent.

Y en aquel momento, su padrastro contestó.

—¿Sí?

—Soy Trent, Lew. Mamá está en tu estudio. Debe de haberle vuelto el dolor de cabeza, porque se ha desmayado. No puedo despertarla. Será mejor que vengas a casa en seguida.

Trent no se sorprendió por las primeras palabras con las que su padrastro expresó su preocupación, ya que, de hecho, formaban parte de su plan, pero aun así se enfadó tanto que apretó el teléfono hasta que los dedos se le pusieron blancos.

—¿Mi estudio? ¿Mi estudio? ¿Qué narices hacía en mi estudio?

—Creo que estaba limpiando —repuso Trent con voz tranquila pese a la rabia que sentía.

Y entonces arrojó el cebo definitivo para un hombre que se interesa mucho más por su trabajo que por su mujer.

—Hay papeles tirados por todas partes.

—Voy ahora mismo —ladró Lew—. Si hay alguna ventana abierta en el estudio, ciérrala, por el amor de Dios. Se avecina una tormenta.

Colgó sin despedirse.

—¿Y bien? —preguntó Laurie después de que Trent colgara a su vez.

—Está en camino —repuso Trent con una risita sombría—. El hijo de puta estaba tan alterado que ni siquiera me ha preguntado qué hacía en casa a estas horas. Vamos.

Se dirigieron corriendo hacia el cruce de las calles Maple y Walnut. El cielo estaba muy oscuro, y el rugido de los truenos se había tornado casi constante. Cuando llegaron al buzón azul de la esquina, las farolas de Maple Street empezaron a encenderse una a una en dirección a la cuesta.

Lissa y Brian todavía no habían llegado.

—Quiero ir contigo, Trent —dijo Laurie.

Sin embargo, su rostro delataba que estaba mintiendo. Estaba muy pálida y tenía los ojos demasiado abiertos y brillantes de lágrimas que no había derramado.

—Ni hablar —rechazó Trent—. Tú espera a Brian y a Lissa.

Al oír sus nombres, Laurie se volvió para mirar Walnut Street. Vio a dos niños que se acercaban a toda prisa con las cajas del almuerzo balanceándose en sus manos. Aunque estaban demasiado lejos como para distinguir sus rostros, Laurie estaba casi segura de que se trataba de sus hermanos, y así se lo dijo a Trent.

—Perfecto. Quiero que los tres os escondáis detrás del seto de la casa de la señora Redland y esperéis a que pase Lew. Después podéis salir a la calle y acercaros, pero no entres en la casa ni dejes que ellos entren. Esperadme afuera.

—Tengo miedo, Trent.

Gruesas lágrimas empezaron a rodarle por las mejillas.

—Yo también, enana —aseguró su hermano y la besó en la frente—. Pero pronto habrá pasado todo.

Antes de que Laurie pudiera decir nada más, Trent se alejó corriendo en dirección a la casa de los Bradbury, situada en Maple Street. Mientras corría miró el reloj. Eran las tres y doce minutos.

La casa tenía un aire tranquilo y cálido que le dio miedo. Era como si hubieran vertido pólvora en cada rincón, como si hubiera personas invisibles apostadas en todas partes, esperando para encender mechas invisibles. Imaginó el reloj de la bodega retrocediendo sin piedad, marcando ya

00:19:06

¿Qué pasaría si Lew llegaba tarde?

No había tiempo de preocuparse por eso.

Trent subió a toda prisa al tercer piso en aquella atmósfera quieta y combustible. Le parecía que la casa vibraba, cobraba vida a medida que la cuenta atrás se acercaba a su fin. Intentó convencerse de que eran imaginaciones suyas, pero una parte de él sabía que no era cierto.

Entró en el estudio de Lew, abrió al azar dos o tres armarios archivadores y cajones, y arrojó todos los papeles que encontró al suelo. No tardó mucho, pero cuando estaba acabando oyó el Porsche acercarse por la calle. El motor no rugía aquel día; Lew había conseguido que aullara.

Trent salió del estudio y se ocultó en las sombras del pasillo del tercer piso, donde habían taladrado los primeros agujeros hacía ya un siglo. Metió las manos en los bolsillos en busca de la llave, pero lo único que encontró fue un viejo y arrugado cupón de almuerzo.

«La habré perdido cuando corría por la calle. Se me habrá caído del bolsillo.»

Se quedó ahí parado, sudoroso y petrificado, mientras el Porsche entraba dando tumbos en el sendero. El motor se apagó. La puerta del conductor se abrió y se volvió a cerrar de golpe. Los pasos de Lew se acercaron a toda prisa a la puerta trasera. Los truenos retumbaban como fuego de artillería y en algún lugar de las profundidades de la casa, un motor se encendió, emitió un ladrido bajo y amortiguado y a continuación empezó a zumbar.

«¡Dios mío, Dios mío! ¿Qué hago? ¿Qué PUEDO hacer? ¡Es mucho más grande que yo! Si intento darle en la cabeza, me...»

Había metido la mano izquierda en el otro bolsillo, y sus pensamientos se interrumpieron de golpe cuando rozó los anticuados dientes metálicos de la llave. En algún momento de la larga tarde que habían pasado en el parque debía de habérsela cambiado de bolsillo sin ni siquiera darse cuenta.

Jadeante, con el corazón latiéndole con violencia en el estómago y en la garganta además del pecho, Trent retrocedió de nuevo por el pasillo hasta el armarito de las maletas, se metió dentro y cerró la puerta corredera en forma de acordeón.

Lew estaba subiendo la escalera a la carrera mientras llamaba a gritos a su mujer. Trent lo vio aparecer; tenía los pelos de punta (se debía de haber pasado la mano por el pelo mientras conducía), la corbata torcida, grandes gotas de sudor en la frente ancha e inteligente y los ojos entornados con expresión furiosa.

—¡Catherine! —aulló mientras corría por el pasillo hacia el estudio.

Antes de que entrara del todo, Trent salió del armarito y se acercó al estudio de puntillas. Tenía una sola oportunidad. Si no conseguía meter la llave en la cerradura..., si la llave no giraba a la primera...

«Si pasa cualquiera de las dos cosas, lucharé con él —tuvo tiempo de pensar—. Si no consigo que salga disparado solo, me aseguraré de que me lo llevo por delante.»

Agarró la puerta y la cerró con tal fuerza que una nubecilla de polvo se escapó de entre las bisagras. Por un instante vio el rostro asombrado de Lew. Luego la puerta se cerró y la llave entró en la cerradura. Trent la hizo girar y el seguro quedó encajado un segundo antes de que Lew se abalanzara sobre la puerta.

—¡Eh! —gritó Lew—. Eh, hijo de perra, ¿qué haces? ¿Dónde está Catherine? ¡Déjame salir de aquí!

El pomo giró varias veces en vano, por fin se detuvo, y Lew empezó a golpear la puerta con todas sus fuerzas.

—¡¡Déjame salir de aquí ahora mismo, Trent Bradbury, si no quieres que te dé la mayor paliza de tu vida!!

Trent retrocedió lentamente por el pasillo. Cuando sus hombros chocaron con la pared empezó a jadear. La llave del estudio, que había sacado de la cerradura sin pensárselo, se le escurrió de los dedos y cayó sobre la desvaída alfombra entre sus pies. Ahora que ya estaba hecho empezó a reaccionar. El mundo adquirió un aspecto ondulante y desenfocado, como si estuviera buceando, y tuvo que hacer un gran esfuerzo para no desmayarse. Ahora que Lew estaba encerrado, su madre persiguiendo fantasmas y los demás niños a salvo tras el descuidado seto de tejo de la señora Redland, Trent se daba cuenta de que nunca había esperado que aquello funcionara. «Papá Lew» podía haberse sorprendido al verse encerrado en el estudio, pero lo cierto era que Trent estaba absolutamente anonadado.

El pomo de la puerta del estudio volvía a describir bruscos semicírculos.

—¡DÉJAME SALIR, MALDITA SEAAAAA!

—Te dejaré salir a las cuatro menos cuarto, Lew —repuso Trent con voz débil y temblorosa antes de que se le escapara una risita—. Si es que todavía estás aquí a las cuatro menos cuarto, claro.

—¿Trent? Trent, ¿estás bien? —llamó una voz desde la planta baja.

—Dios mío, era Laurie.

—¿Estás bien, Trent?

¡Y Lissa!

—¡Eh, Trent! ¿Estás bien?

Y Brian.

Trent miró el reloj y se quedó horrorizado al ver que eran las 3.31..., casi las 3.32. *¿Y si su reloj iba atrasado?*

—¡Fuera! —les gritó mientras salía disparado hacia la escalera—. ¡Salid de esta casa!

El pasillo del tercer piso parecía alargarse ante él como melcocha; cuanto más corría, más parecía alargarse ante él. Lew golpeaba la puerta y lanzaba juramentos; los truenos retumbaban en el cielo; y desde las profundidades de la casa llegaba el sonido cada vez más insistente de máquinas que cobraban vida.

Por fin llegó a la escalera y bajó los escalones de tres en tres, con la parte superior del cuerpo tan adelantada respecto a las piernas que estuvo a punto de caerse. Al cabo de un momento rodeó como una exhalación el eje de la escalera y siguió bajando hasta la planta baja, donde su hermano y sus dos hermanas lo esperaban con la mirada alzada hacia él.

—¡Fuera! —gritó al tiempo que los agarraba y los empujaba hacia la puerta abierta y la penumbra tormentosa del exterior—. ¡Deprisa!

—Trent, ¿qué pasa? —preguntó Brian—. ¿Qué le pasa a la casa? ¡Se está moviendo!

Era cierto; una profunda vibración que surgía del suelo e hizo temblar los ojos de Trent en sus cuencas. Empezó a caerle polvo de yeso en la cabeza.

—¡No hay tiempo! ¡Fuera! ¡Deprisa! ¡Ayúdame, Laurie!

Trent cogió a Brian en brazos. Laurie agarró a Lissa por las axilas y se precipitó al exterior con ella.

Los truenos seguían retumbando. Los relámpagos atravesaban el cielo. El viento, que había estado soplando en ráfagas, empezó a rugir como un dragón.

Trent oyó que bajo la casa se estaba formando un terremoto. Mientras cruzaba la puerta con Brian en brazos, vio que una luz de color azul eléctrico, tan brillante que le dejó secuelas en la vista durante más de una hora (más tarde se dijo que había tenido suerte de no quedarse ciego), salía por las estrechas ventanas del sótano y surcaba el césped en rayos que parecían casi sólidos. Le llegó el sonido de cristales rotos. Y en el momento en que cruzaba el umbral, sintió que la casa empezaba a elevarse bajo sus pies.

Bajó la escalinata delantera de un salto y agarró a Laurie por el brazo. Corrieron por el sendero dando tumbos hasta la calle, que se había tornado completamente negra a causa de la tormenta que se avecinaba.

Allí se volvieron para contemplar lo que estaba sucediendo.

La casa de Maple Street pareció encogerse; ya no parecía recta ni sólida; parecía temblar como una hoja. Se formaron enormes grietas no solo en el cemento del sendero sino también en la tierra que lo rodeaba. El césped estalló en grandes parches de hierba en forma de tarta. Las raíces negras luchaban por abrirse paso entre el césped, y el jardín delantero parecía haber cobrado forma de burbuja, como si se esforzara por sostener la casa ante la que se había extendido durante tanto tiempo.

Trent alzó la mirada hacia el tercer piso; la luz del estudio de Lew seguía encendida. A Trent le parecía haber oído ruido de cristales rotos allá arriba, le parecía seguir oyéndolo, pero llegó a la conclusión de que eran imaginaciones suyas. ¿Cómo iba a oír algo con todo aquel estruendo? Pero un año más tarde, Laurie le confesó que estaba casi segura de haber oído a su padrastro gritar desde el estudio.

Los cimientos de la casa empezaron a derrumbarse, se agrietaron y por fin se partieron entre el jaleo de la argamasa al explotar. Un fuego azul brillante y frío brotó del fondo de la casa. Los niños se protegieron los ojos y retrocedieron dando tumbos. Los motores aullaron. La tierra se alzó un poco más en un último y desesperado intento de sujetar la casa... y finalmente la soltó. De repente, la casa estaba a unos treinta centímetros del suelo, posada sobre una alfombra de brillante fuego azul.

Un despegue perfecto.

Sobre el pico central del tejado, la veleta daba vueltas como una loca.

La casa se elevó con lentitud al principio, y ganó velocidad de forma gradual. Se lanzó hacia arriba sobre su brillante alfombra de fuego azul, con la puerta de entrada abriéndose y cerrándose sin cesar.

—¡Mis juguetes! —se lamentó Brian.

Trent se echó a reír como un descosido.

La casa se elevó a unos treinta metros, pareció disponerse para dar el gran salto y de pronto salió disparada hacia los nubarrones negros como la noche.

Había desaparecido.

Dos tablas bajaron flotando como enormes hojas negras.

—¡Cuidado, Trent! —gritó Laurie al cabo de uno o dos segundos.

Tiró de él con tal fuerza que lo derribó. La esterilla que decía BIENVENIDOS chocó contra el suelo en el punto en el que Trent había estado hacía un instante.

Trent miró a Laurie. Laurie le devolvió la mirada.

—Eso te habría dejado frito si te llega a dar en la cabeza —comentó Laurie—, así que será mejor que no vuelvas a llamarme enana, Trent.

Su hermano la contempló solemne durante unos instantes, y a continuación soltó una risita ahogada. Laurie le imitó. Y también los pequeños. Brian tomó una de las manos de Trent; Lissa, la otra. Tiraron de él para ayudarlo a levantarse, y los cuatro se quedaron ahí parados, contemplando el humeante hoyo del sótano que se abría como un bostezo en medio del destrozado césped. Empezó a salir gente de las casas vecinas, pero los hermanos Bradbury hicieron caso omiso de ellos. O tal vez sería más exacto decir que los hermanos Bradbury ni siquiera se dieron cuenta de que había gente a su alrededor.

—Uauh —murmuró Brian en tono reverente—. Nuestra casa ha despegado, Trent.

—Sí —asintió Trent.

—A lo mejor dondequiera que vaya hay gente a la que le interesan los normandos y los sajones —comentó Lissa.

Trent y Laurie se abrazaron y empezaron a gritar en una mezcla de risa y horror..., y en aquel momento empezó a llover.

El señor Slattery, que vivía enfrente, se acercó a ellos. No le quedaba mucho pelo, pero el que tenía lo llevaba pegado al reluciente cráneo en apretados mechones.

—¿Qué ha pasado? —gritó para hacerse oír por encima de los truenos, que no cesaban de sonar—. ¿Qué ha pasado aquí?

Trent soltó a su hermana y miró al señor Slattery.

—«Aventuras Espaciales» —repuso con toda solemnidad, y todos los demás se echaron a reír de nuevo.

El señor Slattery lanzó una mirada suspicaz y temerosa al hoyo abierto en el césped, decidió que la discreción era la mejor parte del valor y a continuación se retiró a su propia acera. Pese a que llovía a cántaros, no sugirió a los hermanos Bradbury que lo acompañaran. Y a ellos poco les importaba. Se sentaron en el bordillo, Trent y Laurie en medio, Brian y Lissa en los extremos.

—Somos libres —susurró Laurie inclinándose hacia Trent.

—Aún mejor —añadió Trent—. Ella es libre.

Dicho aquello rodeó a todos los demás con el brazo, lo que consiguió estirándose lo más posible, y se quedaron sentados bajo la lluvia, esperando a que regresara su madre.

EL QUINTO FRAGMENTO

Aparqué el trasto a la vuelta de la esquina de la casa de Keenan, me quedé sentado unos instantes en la oscuridad, apagué el motor y por fin salí del coche. Al cerrar la puerta de golpe, oí que virutas de óxido se desprendían del bólido y caían a la calle. La cosa no seguiría así mucho tiempo.

Llevaba el arma en una funda con cartuchera que me apretaba las costillas como si fuera un puño. Era la 45 de Barney, lo que me alegraba, porque confería a toda aquella locura un toque de ironía. Tal vez incluso cierto sentido de justicia.

La casa de Keenan era una aberración arquitectónica esparcida sobre mil metros cuadrados de terreno; un monstruo de ángulos torcidos y tejados empinados que se alzaba tras una verja de hierro. Había dejado la puerta abierta, tal como había esperado. Un rato antes lo había visto hacer una llamada desde el salón, y una intuición demasiado poderosa como para ignorarla me había dicho que había llamado a Jagger o bien al Sargento. Probablemente al Sargento. La espera había tocado a su fin; aquella era mi noche.

Me dirigí al sendero de entrada sin apartarme de los arbustos y alerta a cualquier sonido que pudiera percibir por encima del penetrante aullido del viento de enero. No se oía sonido alguno. Era viernes por la noche, y la criada fija de Keenan estaría pasándoselo en grande en alguna reunión de Tupperware. No había nadie en casa aparte del hijo de perra de Keenan. Esperando al Sargento. Esperándome a mí..., aunque todavía no lo sabía.

La puerta del garaje estaba abierta, así que me deslicé al interior. La sombra negra del Impala de Keenan relucía en la oscuridad. Intenté abrir la puerta trasera. El coche no estaba cerrado con llave. Keenan no estaba hecho para ser un villano, me dije; era demasiado confiado. Subí al coche y esperé.

Me llegaban a los oídos las lejanas notas de música de jazz por encima del viento; muy débiles, muy buenas. Miles Davis, quizá. Keenan escuchando a Miles Davis y sosteniendo un gin fizz en una de sus cuidadas manos. Qué bien.

Fue una larga espera. Las manecillas de mi reloj se arrastraron de las ocho y media a las nueve y luego a las diez. Mucho tiempo para pensar. Pensé sobre todo en Barney, y no precisamente por elección propia. Pensé en el aspecto que tenía en aquella pequeña barca en la que lo encontré, en el modo en que me miraba mientras de sus labios brotaba una serie de sonidos inarticulados. Había navegado a la deriva durante dos días y parecía una langosta hervida. Tenía una mancha de sangre reseca en el estómago, donde le habían disparado.

Había intentado dirigir la barca hacia la casita como había podido, pero lo cierto era que había sido cuestión de suerte. Y también había sido cuestión de suerte que pudiera hablar durante un rato. Yo llevaba un puñado de somníferos preparado para el caso de que no pudiera. No quería que sufriera. A no ser que hubiera una razón para ello. Y resultó que sí la había. Barney tenía una historia que contar, una auténtica bomba, y me la contó casi entera.

Cuando murió, regresé a la barca y cogí su 45. Estaba escondido en un pequeño compartimiento de popa, envuelta en una bolsa impermeable. Remolqué la barca mar adentro y la hundí. Si hubiera podido escribir un epitafio sobre su cabeza, habría escrito uno sobre el hecho de que nace un desgraciado cada minuto. Y la mayoría son tipos muy majos, estoy seguro... Como Barney. En lugar de hacer eso, me puse a buscar a los tipos que se habían cargado a Barney. Había tardado seis meses en encontrar a Keenan y averiguar que al menos el Sargento andaba cerca, pero la verdad es que soy muy perseverante, de modo que ahí estaba.

A las diez y veinte, unos faros bañaron el sinuoso sendero de entrada; me tumbé en el suelo del Impala. El recién llegado entró en el garaje y aparcó junto al coche de Keenan. Parecía un Volkswagen antiguo. El pequeño motor se apagó y oí al Sargento gruñir mientras pugnaba por salir del diminuto vehículo. Se encendió la luz del porche y me llegó el sonido de la puerta al abrirse.

KEENAN: ¡Sargento! ¡Llegas tarde! Entra y tómate una copa.

SARGENTO: Whisky.

Había bajado la ventanilla del coche al llegar. En aquel instante asomé la 45 de Barney, sujetándola con ambas manos.

—Quietos —dije.

El Sargento estaba en la escalinata del porche. Keenan, el perfecto anfitrión, había salido y lo miraba desde arriba, esperando a que acabara de subir para dejarlo entrar en la casa. Ambos eran siluetas perfectas bajo la luz que llegaba desde el interior de la casa. No creía que pudieran verme, pero sí veían el arma. Era un revólver muy grande.

—¿Quién coño eres tú? —exclamó Keenan.

—Jerry Tarkanian —me presenté—. Si dais un solo

paso os hago un agujero tal que se podrá ver la televisión a través.

—Me parece que eres un niñato de mierda —comentó el Sargento, si bien no se movió.

—Simplemente, estaos quietos. Eso es lo único que debe preocuparos.

Abrí la puerta trasera del Impala y salí con cuidado. El Sargento me miraba por encima del hombro, y pese a la oscuridad distinguí el brillo de sus ojillos. Estaba deslizando una mano por la solapa de su traje cruzado modelo de 1943.

—Vamos, por favor —insistí—. ¿Quieres levantar los brazos, joder?

El Sargento obedeció. Keenan ya se le había adelantado.

—Bajad al pie de la escalinata. Los dos.

Los dos hombres bajaron, y una vez salieron del haz directo de luz pude verles los rostros. Keenan parecía asustado, pero el Sargento tenía el mismo aspecto que si estuviera escuchando una conferencia sobre el Zen y el mantenimiento de las motocicletas.* Con toda probabilidad, era el que se había encargado de Barney.

—Volveos hacia la pared y apoyaos contra ella. Los dos.

—Si quieres dinero... —empezó Keenan.

—Bueno —repuse con una carcajada—. Iba a empezar por ofrecerte un precio especial por la compra de unos Tupperware y luego ir subiendo lentamente hasta llegar al premio gordo, pero veo que me has pillado. Sí, quiero dinero. Cuatrocientos ochenta mil dólares, para ser exactos. Enterrados en una pequeña isla situada frente a Bar Harbor que se llama Carmen's Folly.

Keenan dio un respingo como si le hubieran dispa-

---

* Título de una novela de Robert Pirsig, editada en castellano por Mondadori (Barcelona, 1994). *(N. del E.)*

rado, pero el rostro pétreo del Sargento ni se inmutó. Se volvió hacia la pared y apoyó las manos contra ella. Keenan lo imitó a regañadientes. Lo cacheé primero a él, y encontré un ridículo 32 con un cañón de seis centímetros. Con un arma como esa uno podía apoyar el cañón contra la cabeza de un tipo y aun sí fallar al apretar el gatillo. Arrojé la pistolita por encima del hombro y la oí rebotar contra uno de los coches. El Sargento estaba limpio... y la verdad es que fue un alivio apartarse de él.

—Vamos a entrar en la casa. Tú primero, Keenan, luego el Sargento y luego yo. Sin trucos, ¿vale?

Subimos la escalinata en fila y entramos en la cocina. Era uno de esos engendros asépticos de cromados y azulejos que parece sacado de una especie de vientre de producción en serie escondido en algún lugar remoto del Medio Oeste, el trabajo de entusiastas cabrones metodistas que se parecen al mecánico del anuncio de la General Motors y huelen a tabaco con sabor a cereza. No creía que ni siquiera necesitara limpieza; lo más probable era que Keenan se limitara a cerrar la puerta y poner en marcha los aspersores invisibles una vez a la semana.

Los conduje hasta el salón, otro regalo para la vista. Por lo visto, parecía decorado por un decorador maricón que nunca había llegado a superar su pasión por Ernest Hemingway. Había una chimenea de baldosas casi tan grande como la cabina de un ascensor, una cómoda de teca con una cabeza de alce colocada sobre ella, y un carrito de bebidas situado bajo una estantería de armas repleta de artillería de primera. El equipo de música se había apagado solo.

Señalé el sofá con el revólver.

—Uno en cada extremo.

Keenan se sentó en el extremo derecho y el Sargento en el izquierdo. El Sargento parecía aún más robusto una vez sentado. Una profunda y fea cicatriz se abría paso por entre su cabello cortado al cepillo. Calculé que debía de pesar unos ciento veinte kilos, y me pregunté por qué un hombre del tamaño y la presencia física de Mike Tyson tenía un Volkswagen.

Cogí un sillón y lo arrastré por la alfombra color teja de Keenan hasta colocarlo delante del sofá, entre los dos hombres. Tomé asiento y me apoyé la 45 en el muslo. Keenan me miraba del modo en que un pajarillo mira a una serpiente. El Sargento, por el contrario, me miraba como si él fuera la serpiente y yo el pajarillo.

—¿Y ahora qué? —preguntó.

—Hablemos de mapas y dinero —sugerí.

—No sé de qué estás hablando —repuso el Sargento—. Lo único que sé es que los niños no deberían jugar con pistolas.

—¿Qué tal está Cappy McFarland? —pregunté en tono casual.

Aquellas palabras no inmutaron al Sargento, pero fueron demasiado para Keenan.

—¡Lo sabe! ¡Lo sabe!

Las palabras brotaban de sus labios como balas.

—¡Cállate! —gritó el Sargento—. ¡Cierra el pico, maldita sea!

Keenan lanzó un gemido. No había imaginado aquella parte de la escena.

—Tiene razón, Sargento —comenté con una leve sonrisa—. Lo sé. Lo sé casi todo.

—¿Quién eres?

—No me conoces. Soy amigo de Barney.

—¿Qué Barney? —inquirió Sarge con indiferencia—. ¿Barney Google, el de los ojos de pez?

—No estaba muerto, Sargento. No del todo.

Sarge lanzó una mirada lenta y asesina a Keenan. Keenan se estremeció y abrió la boca.

—No digas nada —le advirtió el Sargento—. Ni una palabra. Si abres la boca te retuerzo el pescuezo como si fueras una maldita gallina.

Keenan cerró la boca de golpe.

El Sargento se volvió de nuevo hacia mí.

—¿Qué quiere decir casi todo?

—Pues todo excepto los detalles. Lo sé todo acerca del coche blindado. La isla. Cappy McFarland. Que tú y Keenan y un hijo de perra llamado Jagger os cargasteis a Barney. Lo del mapa. También sé lo del mapa.

—No te contó la verdad —comentó el Sargento—. Iba a traicionarnos.

—No estaba ni para traicionar a una mosca —repliqué—. No era más que una marioneta que sabía conducir.

El Sargento se encogió de hombros; fue como presenciar un pequeño terremoto.

—Muy bien, hazte el tonto si te apetece.

—Sabía que Barney tramaba algo desde marzo. Pero no sabía qué. Y un buen día apareció con una pistola. Esta pistola. ¿Cómo os pusisteis en contacto con él, Sargento?

—A través de un amigo común, alguien que había estado en chirona con él. Necesitábamos un conductor que conociera la zona oriental de Maine y la de Bar Harbor. Keenan y yo fuimos a verlo y le explicamos el asunto. Le gustó.

—Yo estuve en chirona con él, en el Shank —expliqué—. Me caía bien. Caía bien por narices. Era tonto, pero buen chico. Necesitaba un tutor más que un socio.

—George y Lennie —escupió el Sargento.

—Es bueno saber que dedicaste tu condena a mejorar lo que pasa por ser tu cerebro, encanto —comenté—. Teníamos el ojo puesto en un banco de Lewiston. No quiso esperar a que yo saliera. Y ahora está criando malvas.

—Madre mía, qué pena —dijo el Sargento—. Me voy a echar a llorar.

Levanté el arma y le enseñé la boca, y por un instante él fue el pajarillo y yo la serpiente.

—Otra bromita y te meto una bala en la barriga. ¿Te lo crees o no?

El Sargento sacó la lengua con rapidez pasmosa, se la pasó por el labio superior y volvió a esconderla. Asintió con la cabeza. Keenan estaba petrificado, como si quisiera vomitar pero no se atreviera.

—Me dijo que era algo grande, un golpe de los gordos —proseguí—. Es lo único que le pude sacar. Se marchó el tres de abril. Al cabo de dos días, cuatro tipos asaltan el furgón del Banco Federado de Portland-Bangor a las afueras de Carmel. Matan a los tres guardias de seguridad. Los periódicos dijeron que los atracadores atravesaron dos barreras en un Plymouth del 78 trucado. Barney tenía un Plymouth del 78 trucado, y tenía la intención de convertirlo en un bólido. Apuesto a que Keenan le adelantó el dinero para que lo convirtiera en algo un poco mejor y mucho más rápido.

Me volví hacia Keenan, cuyo rostro aparecía blanco como la nieve.

—El seis de mayo recibí una postal sellada en Bar Harbor, pero eso no significa nada, ya que hay docenas de islotes que gestionan el correo a través de Bar Harbor. Hay una barca correo que hace el circuito y recoge el correo. La postal dice: «Mamá y la familia están bien, la tienda marcha bien. Nos vemos en julio». Barney firmaba con su segundo nombre de pila. Alquilé una casita en la costa, porque Barney sabía que ese era el trato. Pero a finales de julio, Barney no había aparecido.

—¿Debías de estar hecho polvo por entonces, ¿eh, niñato? —intervino el Sargento como para dejar claro que no había logrado intimidarlo.

Lo miré con indiferencia.

—Apareció a principios de agosto. Por cortesía de tu buen amigo Keenan, Sargento. Se olvidó de la bomba automática de achique que tenía la barca. Creíste que el hachazo bastaría para hundirla deprisa, ¿verdad,

Keenan? Pero al fin y al cabo, también creías que estaba muerto. Extendí una manta amarilla en Frenchman's Point cada día. Se veía a kilómetros. Aun así, Barney tuvo suerte.

—Demasiada suerte —masculló el Sargento.

—Hay una cosa que me intriga. ¿Sabía Barney antes del golpe que el dinero era nuevo y todos los números de serie estaban registrados? ¿Que ni siquiera podría vendérselo a un traficante de dinero de las Bahamas hasta al cabo de tres o cuatro años?

—Sí —repuso el Sargento.

Me sorprendió comprobar que lo creía.

—Y nadie planeaba blanquear la pasta —prosiguió el Sargento—. Eso también lo sabía. Creo que contaba con ese golpe del banco de Lewiston para hacerse con pasta rápida, pero contara con lo que contase, sabía de qué iba la cosa, y dijo que lo soportaría. ¿Y por qué no, jolines? Aunque hubiéramos tenido que esperar diez años antes de ir a buscar la pasta y repartirla. ¿Qué son diez años para un crío como Barney? Mierda, si no tendría ni treinta y cinco cuando llegara el momento. Yo tendría sesenta y uno.

—¿Y qué hay de Cappy McFarland? ¿Sabía Barney que existía?

—Sí. Cappy fue quien propuso el trato. Buen hombre. Un profesional. El año pasado le encontraron un cáncer. Inoperable. Y me debía un favor.

—Así que los cuatro fuisteis a la isla de Cappy —continué—. Un islote desierto llamado Carmen's Folly. Cappy enterró el dinero y dibujó un mapa.

—Eso fue idea de Jagger —explicó el Sargento—. No queríamos repartirnos dinero caliente... Era demasiado tentador. Pero tampoco queríamos dejar todo el asunto en manos de una sola persona. Cappy McFarland era la solución ideal.

—Háblame del mapa.

—Ya decía yo que llegaríamos a eso —comentó el Sargento con una sonrisa glacial.

—¡No se lo cuentes! —gritó Keenan con voz ronca.

El Sargento se volvió hacia él y le lanzó una mirada fulminante.

—Cierra el pico. Gracias a ti no puedo mentir ni puedo callarme. ¿Sabes lo que espero, Keenan? Espero que no tengas demasiadas ganas de vivir hasta el siglo que viene.

—Tu nombre figura en una carta —siguió Keenan como un demente—. ¡Si me pasa algo, tu nombre sale en una carta!

—Cappy dibujó un buen mapa —prosiguió el Sargento como si Keenan no existiera—. Había estudiado dibujo en la prisión de Joliet. Luego lo partió en cuatro partes; una para cada uno. Íbamos a reunirnos el cuatro de julio de dentro de cinco años. Para hablar del asunto. Quizá para decidir que debíamos esperar cinco años más, quizá para decidir juntar las piezas ese mismo día. Pero hubo problemas.

—Sí —asentí—. Es una forma de decirlo.

—Por si te hace sentir mejor, todo fue obra de Keenan. No sé si Barney lo sabía o no, pero así fue. Cuando Jagger y yo nos marchamos en la barca de Cappy, Barney estaba vivito y coleando.

—¡Maldito embustero! —chilló Keenan.

—¿Quién tiene dos fragmentos del mapa en la caja fuerte? —inquirió el Sargento—. No serás tú, ¿verdad, querido?

Se volvió de nuevo hacia mí.

—Pero no pasaba nada. Dos fragmentos del mapa no bastaban. ¿Y te crees que voy a quedarme aquí sentado y decir tan tranquilo que habría preferido repartir entre tres que entre cuatro? No creo que te lo creyeras aunque fuera cierto. Y luego, ¿a que no sabes qué pasó?

287

Keenan llama. Dice que tenemos que hablar. Yo ya me lo esperaba. Y parece que tú también.

Asentí con un gesto. Había sido más fácil dar con Keenan que con el Sargento; era más visible. Supongo que a la larga podría haberle podido seguir la pista al Sargento hasta encontrarlo, pero no lo había creído necesario. Dios los cría y ellos se juntan... y también tienen tendencia a sacarse los ojos, sobre todo cuando uno de ellos es un cuervo como Keenan.

—Por supuesto —prosiguió el Sargento—, me dice que más me vale no tener ideas asesinas. Me cuenta que se ha hecho una póliza de seguro, o sea, que mi nombre sale en una carta que ha enviado a su abogado y que debe abrirse en caso de que muera. Se le había ocurrido que entre los dos podríamos averiguar dónde Cappy había enterrado la pasta si juntábamos tres de los cuatro fragmentos del mapa.

—Y después os repartiríais el pastel a medias —concluí.

El Sargento asintió. El rostro de Keenan parecía una luna suspendida en alguna lejana estratosfera de terror.

—¿Dónde está la caja fuerte? —pregunté.

Keenan no respondió.

Yo había estado practicando con la 45. Era una buena arma. Me gustaba. La sostuve con ambas manos y disparé a Keenan en el antebrazo, justo por debajo del codo. El Sargento ni se inmutó. Keenan se cayó del sofá y aterrizó en el suelo hecho un ovillo, sujetándose el brazo y aullando.

—La caja fuerte —repetí.

Keenan siguió aullando.

—Te pegaré un tiro en la rodilla —dije—. No lo sé por experiencia propia, pero dicen que duele cosa mala.

—El cuadro —jadeó—. El Van Gogh. No me vuelvas a disparar.

Me miró con una sonrisa aterrada.

—De cara a la pared —ordené al Sargento mientras lo apuntaba con el arma.

El Sargento se levantó y se volvió hacia la pared con los brazos colgando a ambos lados de su cuerpo.

—Y ahora tú —ordené a Keenan—. Ve a abrir la caja fuerte. De inmediato.

—Me estoy desangrando —gimió Keenan.

Me acerqué a él y le pasé la culata de la 45 por la mejilla, abriéndole la piel.

—Ahora sí que estás sangrando —le dije—. Ve a abrir la caja fuerte o te haré sangrar más.

Keenan se levantó sin soltarse el brazo y balbuceando. Descolgó el cuadro con la mano sana y dejó al descubierto una caja fuerte empotrada de color gris. Me dirigió una mirada aterrorizada y se puso a manipular el dial. Se equivocó dos veces y tuvo que volver a empezar. Al tercer intento consiguió abrirla. En el interior se veían algunos documentos y dos fajos de billetes. Keenan introdujo la mano, rebuscó un poco y por fin extrajo dos fragmentos cuadrados de papel de unos siete centímetros.

Juro que no tenía intención de matarlo. Tenía intención de atarlo y dejarlo ahí. Era inofensivo; la doncella lo encontraría al día siguiente cuando volviera de su reunión de lencería o dondequiera que hubiese ido en su Dodge Colt, y Keenan no se atrevería a asomar la nariz al menos durante una semana. Pero el Sargento tenía razón. Keenan tenía dos fragmentos. Y uno de ellos estaba manchado de sangre.

Volví a dispararle, y esta vez no en el brazo precisamente. Se desplomó como un saco de patatas.

El Sargento ni pestañeó.

—No te estaba tomando el pelo. Keenan acabó con

tu amigo. Los dos eran aficionados. Y los aficionados son estúpidos.

No contesté. Contemplé los dos fragmentos por un instante y a continuación me los guardé en el bolsillo. Ninguno de los dos mostraba una X.

—¿Y ahora qué? —inquirió el Sargento.

—Ahora vamos a tu casa.

—¿Y cómo sabes que tengo mi fragmento ahí?

—No lo sé. Telepatía, a lo mejor. Además, si no lo tienes ahí, iremos a donde lo tengas. No tengo prisa.

—Tienes todas las respuestas, ¿eh?

—Vamos.

Salimos al garaje. Me senté en la parte trasera del VW, en el lado opuesto al asiento del Sargento. Era tan alto y voluminoso que todo movimiento sorpresa quedaba descartado; tardaría al menos cinco minutos en darse la vuelta. Dos minutos más tarde estábamos en la carretera.

Empezó a nevar; caían grandes copos blandos que se pegaban al parabrisas y se fundían en cuanto chocaban contra el pavimento. El piso estaba resbaladizo, pero no había mucho tráfico.

Tras media hora en la carretera 10, el Sargento tomó una carretera secundaria. Al cabo de un cuarto de hora llegamos a un sendero de tierra flanqueado de pinos cargados de nieve. Por él recorrimos unos dos kilómetros antes de llegar a un sendero de entrada corto y sembrado de basura.

A la limitada luz de los faros del VW distinguí una destartalada cabaña con un tejado remendado del que sobresalía una antena de televisión torcida. En una hondonada que se abría a la izquierda de la cabaña había aparcado un viejo Ford cubierto de nieve. En la parte trasera había un retrete y un montón de neumáticos viejos. Menudo palacio.

—Bienvenido al lujoso complejo de Bally's East —anunció el Sargento al tiempo que apagaba el motor.

—Si es un trampa te mato.

El Sargento parecía ocupar tres cuartas partes de la parte delantera del coche.

—Ya lo sé.

—Sal del coche.

El Sargento se dirigió a la puerta de la cabaña.

—Ábrela y después quédate quieto.

El Sargento abrió la puerta y después se quedó quieto. Nos quedamos quietos durante unos tres minutos, pero no sucedió nada. La única cosa móvil era una robusta ardilla gris que se había aventurado a entrar en el jardín para maldecirnos en *lingua rodenta*.

Sorpresa, sorpresa, aquel lugar era un antro. Una única bombilla de sesenta watios bañaba la estancia en una luz mortecina y cubría los rincones de sombras que parecían murciélagos muertos de hambre. Había periódicos esparcidos por doquier. De una cuerda mal tensada colgaba ropa puesta a secar. En un rincón se veía un viejo televisor Zenith. En el rincón opuesto había un destartalado fregadero y una anticuada bañera con patas y manchas de óxido. Junto a ella había un rifle de caza. Los olores predominantes del lugar eran pies sudados, pedos y chili.

—Es mejor que vivir en la calle —comentó el Sargento.

Podría haber discutido ese punto, pero no lo hice.

—¿Dónde está tu fragmento del mapa?

—En el dormitorio.

—Vamos a buscarlo.

—Todavía no —replicó el Sargento al tiempo que se volvía y me observaba con su rostro de hormigón—. Quiero que me des tu palabra de que no me vas a matar en cuanto lo tengas.

—¿Y cómo piensas hacérmela cumplir?

—No lo sé, joder. Supongo que me limitaré a esperar que sea algo más que el dinero lo que te motiva. Si también se trata de Barney, de vengar a Barney, pues ya lo has hecho. Keenan se lo cargó y ahora Keenan está muerto. Si también quieres la pasta, pues perfecto. Quizá te baste con tres fragmentos, y tienes razón, el mío tiene la cruz. Pero no te lo daré a menos que me prometas algo a cambio; mi vida.

—¿Y cómo sé que no irás a por mí?

—Pues claro que iré a por ti, encanto —repuso el Sargento en voz baja.

—De acuerdo —accedí con una carcajada—. Si además me das la dirección de Jagger tienes mi palabra. Y te prometo que la mantendré.

El Sargento meneó la cabeza lentamente.

—No te conviene meterte con Jagger, amigo. Se te comerá vivo.

Yo había bajado la 45 un poco, pero en aquel instante volví a levantarla.

—De acuerdo. Está en Coleman, Massachusetts. En una estación de esquí. ¿Te sirve?

—Sí. Vamos a por tu fragmento, Sargento.

El Sargento me observó una vez más con gran atención. Por fin asintió con un gesto. Nos dirigimos al dormitorio.

Más encanto colonial. El colchón manchado colocado en el suelo estaba sembrado de libros porno, y las paredes estaban repletas de fotografías de mujeres que no parecían llevar más que una fina capa de aceite Wesson. Un vistazo a aquel lugar y a la doctora Ruth le habría estallado la cabeza.

El Sargento no vaciló. Levantó la lámpara de la mesita de noche y le quitó el pie. Su fragmento del mapa estaba enrollado con toda pulcritud en el interior; me lo alargó sin pronunciar palabra.

—Tíramelo —ordené.

El Sargento esbozó una leve sonrisa.

—Eres un tiquismiquis, ¿eh?

—He averiguado que siempre compensa. Vamos, Sargento.

Me tiró su parte del mapa.

—Lo que el viento se llevó —comentó.

—Voy a cumplir mi promesa —le dije—. Tienes mucha suerte. Venga, a la otra habitación.

—¿Qué vas a hacer? —inquirió con los ojos llenos de un brillo glacial.

—Asegurarme de que no vas a ninguna parte durante un rato. Muévete.

Regresamos a la sala en un patético desfile de dos. El Sargento se detuvo bajo la bombilla desnuda, de espaldas a mí, con los hombros encogidos en anticipación del golpe de cañón que le iba a asestar en la cabeza al cabo de un instante. En el momento en que levantaba el arma para golpearlo, la bombilla se apagó.

La cabaña quedó sumida en la más completa oscuridad.

Me arrojé hacia la derecha; el Sargento ya se había ido con viento fresco. Oí el golpe sordo y el crujido de los periódicos cuando chocó contra el suelo. Luego el silencio. Un silencio absoluto.

Esperé hasta acostumbrarme a la oscuridad, pero lo que distinguí no me sirvió de nada. Aquel lugar no era más que un mausoleo sembrado de mil y una lápidas. Y el Sargento las conocía todas como la palma de su mano.

Sabía muchas cosas del Sargento; no me había costado mucho desenterrar material sobre él. Había sido un Boina Verde en Vietnam, y nadie se molestaba ya en llamarlo por su verdadero nombre; era simplemente el Sargento, enorme, asesino y duro.

En aquel momento se dirigía hacia mí desde algún lugar de aquellas tinieblas. Sin duda alguna, conocía al dedillo cada rincón de la estancia, porque no se oía sonido alguno, ni el crujido de una tabla, ni una sola pisada. Pero lo sentía cada vez más cerca, dirigiéndose hacia mí desde la izquierda, tal vez desde la derecha o incluso de frente para pillarme por sorpresa.

La culata del revólver se hacía cada vez más resbaladiza entre mis dedos sudorosos, y tuve que contenerme para no empezar a disparar al azar. Era muy consciente de que tenía tres cuartas partes del pastel en el bolsillo. No me detuve a pensar por qué se había apagado la luz. No hasta que el poderoso haz de una linterna atravesó la ventana y barrió el suelo en un dibujo loco y desatinado que por casualidad sorprendió al Sargento, que estaba agazapado a unos dos metros y medio de mí. Sus ojos brillaban verdosos como los de un gato en el potente haz de la linterna.

En una mano sostenía una cuchilla de afeitar, y de repente recordé el momento en que su mano se había deslizado por la solapa de su abrigo cuando estábamos en el garaje de Keenan.

El Sargento pronunció una sola palabra en dirección al haz de luz.

—¿Jagger?

No sé quién le dio primero. Una pistola de gran calibre disparó una vez tras el haz de la linterna, y yo apreté el gatillo de la 45 de Barney dos veces por puro reflejo. El Sargento salió despedido hacia atrás y chocó contra la pared con fuerza suficiente como para hacerse papilla.

La linterna se apagó.

Disparé a la ventana, pero tan solo conseguí hacerla añicos. Me tendí de costado en la oscuridad y se me ocurrió que no había sido el único en esperar que la codicia de Keenan saliera a la superficie. Jagger también había estado esperando. Y aunque tenía doce cartuchos en el coche, solo me quedaba uno en el revólver.

«No te conviene meterte con Jagger, amigo —había dicho el Sargento—. Se te comerá vivo.»

Ya me había hecho una idea bastante precisa de la habitación. Me incorporé a medias y eché a correr hacia el rincón sorteando las piernas abiertas del Sargento. Me metí en la bañera y me asomé. No se oía sonido alguno. El fondo de la bañera estaba rugoso a causa de los restos de alfombrilla de goma que lo cubrían. Esperé.

Transcurrieron unos cinco minutos. Me parecieron cinco horas.

De repente, la linterna volvió a encenderse, esta vez en la ventana del dormitorio. Agaché la cabeza cuando el rayo cruzó la puerta. La luz se paseó un momento por la estancia antes de volver a apagarse.

De nuevo el silencio. Un silencio largo y ruidoso. Lo veía todo reflejado en la sucia superficie de la bañera del Sargento. La sonrisa desesperada de Keenan. El orificio taponado del vientre de Barney, al este del ombligo. El Sargento petrificado a la luz de la linterna, con la cuchilla de afeitar sujeta entre el pulgar y el índice como un profesional. Jagger, la sombra oscura sin rostro. Y yo. El quinto fragmento.

De repente oí una voz justo delante de la puerta. Era una voz suave y educada, casi femenina, pero nada afectada. Sonaba mortífera y muy competente.

—Hola, encanto.

Permanecí en silencio. No me iba a atrapar así por las buenas.

Volvió a sonar la voz, esta vez junto a la ventana.

—Voy a matarte, encanto. He venido a matarlos a ellos, pero tú me servirás.

Se produjo otra pausa mientras la sombra cambiaba de posición. Cuando volvió a sonar la voz, advertí que se encontraba junto a la ventana que había justo encima de mi cabeza, sobre la bañera. Se me subió el corazón a la garganta. Si encendía la linterna...

—No necesitamos cinco ruedas en este carro —dijo Jagger—. Lo siento.

Apenas lo oí moverse hacia la siguiente posición. Resultó ser de nuevo la puerta de entrada.

—Llevo mi fragmento encima. ¿Quieres venir a cogerlo?

Me acometió la necesidad de toser, pero me contuve.

—Ven a buscarlo, encanto —prosiguió en tono burlón—. El pastel entero. Ven a quitármelo.

Pero no me hacía falta, y supongo que lo sabía. Yo tenía la sartén por el mango. Podría encontrar el dinero con lo que tenía. Con su fragmento, Jagger no tenía ninguna posibilidad.

El silencio que siguió fue eterno. Media hora, una hora, para siempre. Una eternidad. Empezó a dolerme todo el cuerpo. Afuera estaba arreciando el viento, por lo que me resultaba imposible oír otra cosa que no fuera el golpeteo de la nieve contra las paredes. Hacía mucho frío. Se me estaban durmiendo las yemas de los dedos.

Hacia la una y media oí un susurro fantasmal parecido al sonido de ratas arrastrándose en la oscuridad. Contuve el aliento. Jagger había logrado entrar de algún modo. Estaba ahí mismo, en el centro de la habitación...

Y entonces lo entendí. El *rigor mortis*, acelerado por el frío, estaba moviendo al Sargento por última vez, eso era todo. Me tranquilicé un poco.

En aquel preciso instante, la puerta se abrió de golpe y Jagger se precipitó al interior de la cabaña, fantasmal y visible en el marco de nieve blanca, alto, desgarbado y desmañado. Le disparé, y la bala le atravesó un lado de la cabeza. Y en el breve destello del disparo, comprobé que lo que había agujereado era la cabeza de un espantapájaros sin rostro y ataviado con los pantalones y la camisa de algún granjero. La cabeza de arpillera se desprendió del palo de la escoba en cuanto chocó contra el suelo. Y entonces Jagger empezó a dispararme.

Tenía una semiautomática, y el interior de la bañera hacía las veces de tambor. La loza empezó a desprenderse, rebotar contra la pared y golpearme el rostro. Astillas de madera y una bala recién disparada cayeron sobre mí.

Y entonces Jagger empezó a avanzar sin dejar de disparar. Iba a matarme en la bañera como quien atrapa un pez en la red. Ni siquiera podía levantar la cabeza.

Fue el Sargento quien me salvó. Jagger tropezó con uno de sus grandes pies, se tambaleó y disparó contra el suelo en lugar de sobre mi cabeza. En aquel momento me puse de rodillas. Fingí que era un gran lanzador de béisbol y le golpeé la cabeza con la 45 de Barney.

El arma le dio pero no lo detuvo. Tropecé con el borde de la bañera al intentar salir para agarrarlo, y Jagger disparó dos tiros al azar que fueron a parar a mi izquierda.

La vaga silueta retrocedió para apuntar mejor. Con una mano se sujetaba la oreja en la que lo había golpeado. Me disparó en la muñeca, y el siguiente disparo me abrió la piel del cuello. En aquel momento, por increíble que parezca, tropezó de nuevo con el Sargento y cayó hacia atrás. Volvió a levantar el arma y disparó al techo. Fue su última oportunidad. Le arrebaté el arma de una patada y oí el crujido húmedo de sus huesos al romperse. Le di otra patada en los testículos, a lo que se encogió de dolor. Le di otra patada, esta vez en la nuca, y sus pies dibujaron un tatuaje inconsciente en el suelo. En aquel momento ya estaba prácticamente muerto, pero pese a ello seguí golpeándole una y otra vez, golpeándole hasta que de su cabeza no quedó más que pulpa y mermelada de fresa, hasta que no quedó nada que pudiera permitir identificarlo, ni dientes ni nada, golpeándole hasta que fui incapaz de seguir moviendo las piernas y los dedos de los pies.

De repente me di cuenta de que estaba gritando y que no había nadie que pudiera oírme aparte de un par de hombres muertos.

Me limpié la boca con el dorso de la mano y me arrodillé junto al cadáver de Jagger.

Había mentido respecto a su fragmento del mapa. No me sorprendió demasiado. No, retiro eso. No me sorprendió en absoluto.

Mi carro estaba exactamente en el lugar en que lo había dejado, a la vuelta de la esquina de la casa de Keenan, aunque ahora ya no era más que un fantasmal montón de nieve. Había dejado el VW del Sargento un kilómetro y medio antes de llegar a la casa de Keenan. Esperaba que la calefacción de mi coche funcionara. Tenía todo el cuerpo insensibilizado de frío. Abrí la puerta e hice una mueca al sentarme en mi asiento. El rasguño del cuello ya se me estaba curando, pero la muñeca me dolía como una condenada.

El motor se resistió durante un buen rato, pero por fin se encendió. La calefacción funcionaba, y el único limpiaparabrisas que quedaba apartó la mayor parte de la nieve que me bloqueaba la visibilidad. Jagger había mentido acerca de su fragmento del mapa, y el papel tampoco estaba en el discreto (y probablemente robado) Honda Civic en que había ido a la cabaña. Pero su dirección estaba en su cartera, y si de verdad necesitaba su parte, creía que tenía bastantes probabilidades de encontrarla. Pero no creía que me hiciera falta; tres fragmentos me bastarían, sobre todo porque el del Sargento era el que tenía la cruz.

Me puse en marcha con todo cuidado. Iba a tener cuidado durante mucho tiempo. El Sargento había tenido razón en una cosa. Barney había sido un idiota. No importaba ya el hecho de que también hubiera sido mi amigo. Ya había saldado mi deuda.

Entretanto, tenía muchas razones para ser cuidadoso.

EL CASO DEL DOCTOR

Creo que fue la única ocasión en la que resolví un caso antes que mi ligeramente abrumador amigo, el señor Sherlock Holmes. Digo «creo» porque mi memoria empezó a difuminarse un tanto en cuanto entré en la novena década de mi existencia; ahora, cerca ya del centenario, todo se ha convertido en una auténtica niebla. Tal vez hubo otra ocasión, pero si es así no lo recuerdo.

Dudo que llegue a olvidar jamás aquel caso en particular, por confusos que se tornen mis pensamientos y mis recuerdos, y me dije que debería ponerlo por escrito antes de que Dios me arrebate la pluma para siempre. Sabe Dios que ya no puedo humillar a Holmes, pues lleva cuarenta años sepultado en su tumba. Creo que ya es tiempo de revelar la historia. Ni siquiera Lestrade, que utilizó a Holmes en diversas ocasiones pero nunca lo tuvo en demasiada estima, rompió su voto de silencio acerca del caso de lord Hull, aunque, de todos modos, las circunstancias se lo impedían. Pero aunque las circunstancias hubieran sido otras, no creo que Lestrade hubiera revelado el secreto. Él y Holmes siempre andaban hostigándose, y es posible que Holmes incluso odiara al policía (si bien jamás habría reconocido tan bajo sentimiento), pero lo cierto es que Lestrade profesaba un gran respeto a mi amigo.

Era una tarde lluviosa y siniestra, y el reloj acababa de dar la una y media. Holmes estaba sentado junto a la ventana, con el violín en la mano aunque sin tocarlo, contemplando la lluvia en silencio. Había momentos, sobre todo cuando sus días de cocaína pasaron a la historia, en que Holmes se veía aquejado por un mal humor que rayaba en la hosquedad, sobre todo cuando el cielo se obstinaba en mostrarse gris durante una semana o más, y aquel día se sentía doblemente decepcionado, pues había empezado a llover la noche anterior, y mi amigo había vaticinado con toda confianza que por la mañana brillaría el sol. Sin embargo, la niebla que pesaba sobre la ciudad cuando me levanté se había espesado hasta convertirse en lluvia constante, y lo único que ponía a Holmes de peor humor que los períodos prolongados de lluvia era el hecho de equivocarse.

De repente se irguió, rozando una cuerda del violín con la uña, y esbozó una sonrisa sardónica.

—¡Watson! ¡Venga a ver esto! ¡El sabueso más mojado que haya visto jamás!

Se trataba de Lestrade, por supuesto, que iba sentado en un coche abierto mientras la lluvia le entraba en los ojos impertérritos y a un tiempo terriblemente inquisitivos. El coche apenas se había detenido cuando Lestrade se apeó, arrojó una moneda al conductor y se dirigió hacia el 221B de Baker Street. Caminaba con tal rapidez que creí que iba a estrellarse contra nuestra puerta como un ariete.

Oí a la señora Hudson refunfuñando acerca de lo mojado que estaba y el efecto que ello podría producir en las alfombras tanto de la planta baja como del primer piso, y en aquel momento, Holmes, que podía hacer quedar a Lestrade como una tortuga cuando le apetecía, se dirigió a toda prisa hacia la puerta.

—¡Déjelo subir, señora H.! —exclamó—. Le pondré un periódico debajo de los pies si se queda mucho rato, pero en cierto modo creo que sí, de verdad creo que...

En aquel instante, Lestrade subió la escalera pesadamente, dejando a la señora Hudson que siguiera refunfuñando en la planta baja. El policía tenía el rostro azorado, le ardían los ojos y sus dientes, amarillentos por el tabaco, aparecían separados en una sonrisa de lobo.

—¡Inspector Lestrade! —exclamó Holmes con jovialidad—. ¿Qué le trae por aquí en un día tan...?

Pero no pudo continuar.

—He oído decir que los gitanos conceden deseos —lo interrumpió Lestrade, todavía jadeante—. Y ahora me lo creo. Venga en seguida si quiere un buen desafío, Holmes. El cadáver todavía está caliente y los sospechosos esperando en fila.

—¡Me asusta usted con su ardor, Lestrade! —exclamó Holmes, aunque enarcando las cejas en ademán sarcástico.

—No se haga el interesante conmigo, hombre... He venido a toda prisa para ofrecerle algo por lo que, en su orgullo, ha suspirado mil veces delante mío; el perfecto misterio de la puerta cerrada con llave.

Holmes había avanzado unos pasos hacia el rincón, tal vez para coger el bastón de empuñadura dorada que por alguna razón prefería aquella temporada. Pero al oír aquellas palabras, se volvió como una exhalación hacia nuestro empapado visitante.

—¡Lestrade! ¿Habla en serio?

—¿Cree que habría corrido el riesgo de pescar una pulmonía en un coche abierto si no hablara en serio? —replicó Lestrade.

Y a continuación, por primera vez que yo sepa (pese a las innumerables ocasiones en que se le ha atribuido la frase), Holmes se volvió hacia mí y exclamó:

—¡Deprisa, Watson! ¡La caza espera!

Por el camino, Lestrade comentó en tono penetrante que Holmes tenía más suerte que el propio diablo. Aunque Lestrade había ordenado al conductor del coche abierto que esperara, apenas habíamos salido de nuestra casa cuando oímos aquel exquisitamente raro golpeteo que se acercaba por la calle: un coche cerrado vacío lo convertía en un auténtico chaparrón.

Subimos al vehículo y nos pusimos en marcha a toda prisa. Como siempre, Holmes iba sentado a la izquierda, observándolo todo con gran atención, catalogándolo todo, aunque aquel día bien poco había que observar y catalogar..., o al menos eso me parecía a mí. Sin duda alguna, todas las esquinas desiertas y los escaparates surcados de lluvia resultaban de lo más aleccionador para Holmes.

Lestrade dio al conductor una dirección de Savile Row y a continuación preguntó a Holmes si conocía a lord Hull.

—He oído hablar de él —repuso Holmes—, pero no he tenido el placer de conocerlo en persona. Y supongo que nunca lo tendré. Era armador, ¿verdad?

—Sí, señor, armador —asintió Lestrade—. Pero le aseguro que no habría sido ningún placer conocerlo. Lord Hull era, según afirma todo el mundo, incluso sus allegados y... esto... seres queridos, un tipo de lo más desagradable y más loco que una cabra. Sin embargo, ha dejado de ser desagradable y estar loco para siempre. Alrededor de las once de esta mañana, hace —extrajo el maltrecho reloj de bolsillo— tan solo dos horas y cuarenta minutos, alguien le clavó un cuchillo en la espalda mientras estaba sentado en su estudio con el testamento ante él, sobre el papel secante del escritorio.

—Así pues —intervino Holmes con expresión pensativa al tiempo que se encendía la pipa—, cree usted que el estudio del desagradable lord Hull es la habitación cerrada de mis sueños, ¿verdad, Lestrade?

Sus ojos despedían un brillo escéptico por entre las nubecillas de humo azul.

—Creo que sí —repuso Lestrade con tranquilidad.

—Watson y yo ya hemos excavado antes en tales lugares, pero nunca hemos encontrado agua —comentó Holmes lanzándome una breve mirada antes de volverse de nuevo para estudiar sin descanso las calles por las que pasábamos—. ¿Recuerda «El signo de los quatro», Watson?

No hacía falta que le contestase. Cierto es que aquel caso había incluido una habitación cerrada con llave, pero también habían entrado en juego un ventilador, una serpiente venenosa y un asesino lo suficientemente demoníaco como para introducir la segunda en el primero. Había sido obra de una mente brillante y cruel, pero Holmes había llegado al fondo de la cuestión en un periquete.

—Explíqueme los hechos, inspector —pidió Holmes.

Lestrade empezó a presentárselos con el estilo conciso de un policía experimentado. Lord Albert Hull había sido un tirano en los negocios y un déspota en su casa. Su mujer había acabado por tenerle miedo, y, por lo visto, sus temores eran del todo justificados. El hecho de haberle dado tres hijos varones no parecía haber moderado en absoluto su salvaje enfoque de los asuntos domésticos en general y de ella en particular. Lady Hull se había mostrado algo reacia a hablar de aquellas cuestiones, pero sus hijos no se habían reprimido en lo más mínimo. Su papá, decían, no había desaprovechado ninguna oportunidad de molestarla, criticarla o hacerse el gracioso a su costa... Todo ello cuando estaban en compañía de otras personas. Cuando estaban a solas, la ignoraba. Excepto, añadió Lestrade, cuando le entraban deseos de azotarla, lo cual sucedía frecuentemente.

—William, el mayor, me dijo que su madre siempre contaba la misma historia cuando se sentaba a desayunar con un ojo hinchado o la mejilla morada: que había olvidado ponerse las gafas y había chocado contra una puerta. «Chocaba contra una puerta una o dos veces por semana —explicó William—. No sabía que tuviéramos tantas puertas en la casa.»

—Hummm —murmuró Holmes—. ¡Qué encanto de hombre! ¿Y los hijos nunca hicieron nada para impedírselo?

—Ella no se lo permitía —repuso Lestrade.

—Está loca —intervine.

Un hombre que pegaba a su mujer era un ser abominable; una mujer que se lo permitía, un ser abominable e incomprensible.

—No obstante, su locura no carece de método —puntualizó Lestrade—. De método y de lo que podríamos denominar «paciencia informada». A fin de cuentas, era veinte años más joven que su dueño y señor. Además, Hull bebía como un cosaco y comía como un cerdo. A la edad de setenta años, hace de ello cinco, contrajo gota y angina.

—Esperar a que la tormenta amaine y el sol vuelva a brillar —comentó Holmes.

—Sí —asintió Lestrade—. Pero esta idea ha constituido la perdición de más de un hombre y una mujer, no me cabe duda. Hull se aseguró de que su familia supiera el valor que tenía y en qué consistía su testamento. Todos ellos eran poco más que esclavos.

—Y el testamento era su documento de servidumbre —murmuró Holmes.

—Exacto, viejo amigo. En el momento de su muerte, Hull valía unas trescientas mil libras. Nunca les pidió que le creyeran; hacía venir a su jefe de contabilidad cada tres meses para que le detallara las hojas de balance de Astilleros Hull, aunque siempre tenía la sartén por el mango y la bolsa bien cerrada.

—¡Qué diabólico! —exclamé.

Aquello me recordaba a los crueles muchachos que a veces se ven en Eastcheap o en Piccadilly, muchachos que muestran un dulce a un perro hambriento para verlo bailar... y después se lo comen mientras el perro los contempla. Aquella comparación me parecía más adecuada de lo que habría imaginado.

—Después de su muerte, lady Rebecca recibiría ciento cincuenta mil libras; William, el mayor, cincuenta mil; Jory, el mediano, cuarenta mil; y Stephen, el menor, treinta mil.

—¿Y las restantes treinta mil? —inquirí.

—Pequeñas donaciones, Watson; a un primo que tenía en Gales; una tía en Bretaña (ni un penique para los parientes de lady Hull, sin embargo), cinco mil en legados para los criados. Ah, y... esto le gustará, Holmes... Diez mil libras para el Hogar para Gatos Abandonados de la señora Hemphill.

—¡Bromea! —grité.

Sin embargo, si Lestrade esperaba una reacción similar por parte de Holmes, debió de quedar muy decepcionado, pues mi amigo se limitó a volver a encenderse la pipa como si hubiera esperado aquello... o algo parecido.

—¿Con los miles de bebés que se mueren de hambre en el East End y los chicos de doce años que trabajan cincuenta horas semanales en las fábricas y el tipo lega diez mil libras a... un pensionado para gatos?

—Exacto —repuso Lestrade sin inmutarse—. Además, habría legado veintisiete veces dicha cantidad a los Gatos Abandonados de la señora Hemphill si no hubiera sucedido lo que ha sucedido esta mañana.

Lo único que fui capaz de hacer fue abrir la boca de

par en par e intentar multiplicar la cantidad en mi mente. Mientras llegaba a la sorprendente conclusión de que lord Hull había tenido la intención de desheredar tanto a su mujer como a sus hijos en aras de un hogar para felinos, Holmes observaba a Lestrade con expresión agria al tiempo que decía algo que se me antojó por completo disparatado.

—Voy a estornudar, ¿verdad?

Lester esbozó una sonrisa. Era una sonrisa repleta de trascendental dulzura.

—¡Sí, mi querido Holmes! Con frecuencia e intensidad, me temo.

Holmes se sacó la pipa de la boca ahora que había conseguido que funcionara a su entera satisfacción (lo advertí por el modo en que se había retrepado en su asiento), la contempló por un instante y a continuación la sacó a la lluvia. Más asombrado que nunca, observé cómo la sacudía para arrojar el tabaco mojado y humeante.

—¿Cuántos? —inquirió Holmes.

—Diez —repuso Lestrade con una sonrisa diabólica.

—Sospechaba que debía de haber algo más que esa famosa habitación cerrada para que viniera usted a verme en un coche abierto en un día como este —comentó Holmes en tono cortante.

—Sospeche lo que le plazca —replicó Lestrade en tono jovial—. Me temo que yo debo ir al escenario del crimen, ya sabe, el deber me llama, pero si lo desea, puedo dejarle a usted y a su querido doctor aquí mismo.

—Es usted el único hombre que conozco —comentó Holmes— cuya perspicacia parece agudizarse con el mal tiempo. ¿Tendrá eso algo que ver con su carácter, me pregunto? Pero no importa... Tal vez eso sea tema de discusión para otro día. Dígame, Lestrade, ¿cuándo tuvo lord Hull la seguridad de que iba a morir?

—¿A morir? —exclamé—. Querido Holmes, ¿qué le sugiere que el hombre creía...?

—Elemental, querido Watson —repuso Holmes—. C.D.C, como ya le he explicado al menos un millón de veces... El carácter determina la conducta. Le divertía tenerlos a todos bajo su férula mediante el testamento... —Se volvió hacia Lestrade—. No había ningún fondo, supongo. Ninguna vinculación, ¿verdad?

—No —repuso Lestrade meneando la cabeza.

—¡Extraordinario! —exclamé.

—En absoluto, Watson, el carácter determina la conducta, no lo olvide. Quería que creyeran a pies juntillas que todo sería suyo en cuanto les hiciera el favor de irse al otro barrio, pero de hecho no tenía intención de permitirlo. De hecho, tal conducta habría contradicho de todo punto su carácter, ¿no está de acuerdo, Lestrade?

—Pues sí, totalmente de acuerdo —asintió Lestrade.

—Pues entonces todo correcto hasta el momento, ¿verdad, Watson? ¿Ha quedado todo claro? Lord Hull se da cuenta de que va a morir. Espera..., se asegura de que esta vez no va a haber ningún error, ninguna falsa alarma... y entonces reúne a su amada familia. ¿Cuándo? ¿Esta mañana, Lestrade?

Lestrade gruñó en sentido afirmativo.

Holmes se pellizcó la barbilla con los dedos.

—Los reúne y les dice que acaba de redactar un nuevo testamento en el que los deshereda a todos..., es decir, a todos salvo a los criados, unos cuantos parientes lejanos y, por supuesto, los mininos.

Abrí la boca para decir algo, pero me di cuenta de que estaba demasiado indignado como para hablar. Me cruzaba una y otra vez por la mente la imagen de aquellos muchachos crueles que hacían saltar a los hambrientos chuchos del East End por un pedazo de tocino o unas migajas de pastel de carne. Debo añadir que en ningún momento se me ocurrió preguntar si un testamento podría cuestionarse ante el colegio de abogados. En la actualidad, un hombre las pasaría moradas si pretendiera desheredar a sus parientes más cercanos en aras de una residencia gatuna, pero en 1899, la voluntad de un hombre era la voluntad de un hombre, y a menos que pudieran presentarse con pruebas muchos ejemplos de locura, no de excentricidad, sino de auténtica locura, la voluntad de un hombre, al igual que la de Dios, se hacía.

—¿Y se firmó el nuevo testamento con los testigos pertinentes? —inquirió Holmes.

—Por supuesto —repuso Lestrade—. Ayer, el procurador de lord Hull y uno de sus ayudantes aparecieron en la casa y fueron conducidos al estudio de Hull. Permanecieron allí por espacio de unos quince minutos. Stephen Hull afirma que, en una ocasión, el procurador levantó la voz en señal de protesta, aunque no sabe de qué se trataba, pero Hull lo hizo callar. Jory, el mediano, estaba arriba, pintando, y lady Hull había salido a visitar a una amiga. Pero tanto Stephen como William vieron entrar a los letrados, y también los vieron marcharse al cabo de un rato. William dice que se marcharon cabizbajos, y pese a que William se acercó para preguntar al señor Barnes, el procurador, si se encontraba bien y hacer algunos comentarios banales sobre la persistencia de la lluvia, Barnes no respondió y el ayudante, al parecer, incluso se sobresaltó. Como si estuvieran avergonzados, dijo William.

Bueno, adiós a esa solución, pensé.

—Ya que estamos en ello, hábleme de los muchachos —rogó Holmes.

—Como quiera. Huelga decir que el odio que sentían por el cabeza de familia tan solo se veía superado por el ilimitado desprecio que el cabeza de familia sentía hacia ellos…, aunque no comprendo cómo podía despreciar a Stephen… Bueno, no importa. Vayamos por orden. William tiene treinta y seis años. Si su padre le hubiera dado alguna suerte de asignación, supongo que habría sido un playboy. Puesto que siempre ha tenido poco dinero o ninguno, ha pasado los días en diversos gimnasios, enfrascado en lo que creo se denomina «cultura física» (parece ser un tipo bastante musculoso), y la mayor parte de las noches en diversos bares baratos. Y los días en que por casualidad sí tiene algún dinero en el bolsillo, lo más probable es que lo pierda jugando a las cartas. No es un hombre agradable, Holmes. Un hombre sin objetivos, sin oficio, sin aficiones ni ambiciones (salvo la de sobrevivir a su padre) nunca es un hombre agradable. Se me ocurrió la idea más extraña cuando lo estaba interrogando, y es que no estaba interrogando a un hombre, sino a un jarrón vacío sobre el que hubieran grabado el rostro de su padre.

—Un jarrón a la espera de ser llenado de libras esterlinas —añadió Holmes.

—Jory ya es harina de otro costal —prosiguió Lestrade—. Lord Hull reservaba la mayor parte de su desprecio para él, y desde niño le había dedicado apodos tan cariñosos como «cara de pez», «piernas de barrilete» y «barriga de armiño». Por desgracia, no es difícil adivinar el origen de tales motes; Jory Hull mide apenas metro y medio, es patizambo y extremadamente feo. Se parece un poco a ese poeta. Ese sarasa…

—¿Oscar Wilde? —inquirí.

Holmes se volvió hacia mí con expresión divertida.

—Creo que Lestrade se debe referir a Algernon Swinburne —corrigió Holmes—. Quien a mi juicio no es más sarasa que usted, Watson.

—Jory Hull nació muerto —prosiguió Lestrade—. Después de estar totalmente inmóvil y azul durante un minuto entero, el médico así lo declaró y cubrió su cuerpo deforme con una toalla. En un arranque de heroísmo, el único de su vida, lady Hull se incorporó, retiró la toalla y sumergió las piernas del bebé en el agua caliente que habían traído para el parto. Y entonces el bebé empezó a moverse y patalear.

Lestrade esbozó una sonrisa y se encendió un purito con gran elegancia.

—Hull afirmaba que la inmersión había provocado que el chico fuera patizambo, y cuando tomaba unas copas de más atormentaba a su mujer por ello. Le decía que debería haberlo dejado morir. Que hubiera sido preferible que Jory muriera a que viviera para convertirse en lo que era, decía en ocasiones, para convertirse en una criatura con patas de cangrejo y cara de abadejo.

La única reacción de Holmes ante tan extraordinaria y, según mi experiencia como médico, bastante sospechosa historia fue comentar que Lestrade había logrado recabar una información muy amplia en un período de tiempo extremadamente breve.

—Ello se debe a uno de los aspectos del caso que, a mi juicio, le interesará, mi querido Holmes —comentó Lestrade al tiempo que doblábamos por Rotten Row levantando un gran abanico de agua—. No requieren ningún tipo de presión para hablar; la presión haría falta para hacerlos callar, en todo caso. Al parecer, han tenido que guardar silencio durante demasiado tiempo. Y luego está el hecho de que el nuevo testamento ha desaparecido. El alivio suelta la lengua de un modo ilimitado, según he advertido.

—¿Que ha desaparecido? —exclamé.

Sin embargo, Holmes no pareció darse cuenta; seguía concentrado en Jory, el hijo mediano de cuerpo deforme.

—Entonces, ¿es realmente feo? —preguntó a Lestrade.

—Pues no es demasiado guapo, pero tampoco tan feo como otros —repuso Lestrade con toda tranquilidad—. Creo que su padre no cesaba de incordiarlo porque...

—... porque era el único que no necesitaba del dinero de su padre para abrirse camino en la vida —terminó Holmes.

—¡Diablos! ¿Cómo lo sabe? —exclamó Lestrade sobresaltado.

—Porque lord Hull se tenía que conformar con importunar a Jory por sus defectos físicos. ¡Cómo debía de fastidiar al viejo diablo tener que enfrentarse con un blanco potencial tan bien dotado en otros sentidos! Meterse con un hombre por su aspecto o su presencia física puede ser divertido para los muchachos o los borrachos, pero un villano como lord Hull debía de estar acostumbrado a jugar mucho más fuerte, sin duda alguna. Me atrevería a decir que es bien posible que temiera a su hijo mediano de piernas torcidas. ¿Cuál era la llave que abría la celda de Jory?

—¿No se lo he dicho? Jory pinta —aclaró Lestrade.

—Ah.

Tal como demostraron los lienzos colgados en los salones de la planta baja de la casa de los Hull, Jory era, de hecho, un pintor muy bueno. No maravilloso, no me refiero a eso en absoluto. Pero los retratos que había realizado de su madre y sus hermanos eran tan fieles que años más tarde, cuando vi por primera vez fotografías en color, me volvió a la memoria aquella lluviosa tarde de noviembre de 1899. Y el retrato de su padre tal vez sí era obra de un pintor maravilloso. En verdad asombraba, casi intimidaba por la malevolencia que parecía manar del lienzo como el aliento del aire malsano de un cementerio. Tal vez Jory se pareciera a Algernon Swinburne, pero la figura del padre, al menos vista por la mano y el ojo de su hijo mediano, me recordó a uno de los personajes de Oscar Wilde, aquel *roué* casi inmortal... Dorian Gray.

Sus lienzos constituían procesos largos y lentos, pero era capaz de realizar bocetos con tal rapidez que algunos sábados por la tarde regresaba a casa de Hyde Park con la bonita suma de veinte libras en el bolsillo.

—Apuesto lo que sea a que a su padre le encantaba eso —intervino Holmes.

Alargó la mano hacia la pipa en un ademán automático, pero en seguida volvió a retirarla.

—El hijo de un par haciendo bocetos de turistas americanos ricos y sus novias como si fuera un bohemio francés.

—Le daba una rabia tremenda, como puede figurarse —repuso Lestrade con una carcajada—. Pero Jory, bien por él, no renunció a sus ventas en el Hyde Park... hasta que su padre accedió a pagarle una asignación semanal de treinta y cinco libras. Decía que se trataba de un chantaje.

—Me destroza el corazón —tercié.

—A mí también, Watson —convino Holmes—. Ahora el tercer hijo, Stephen. Dese prisa, Lestrade, que estamos a punto de llegar a la casa.

Como ya había insinuado Lestrade con anterioridad, Stephen era el que, sin duda, más motivos tenía para odiar a su padre. A medida que su gota empeoraba y su cabeza se tornaba más confusa, lord Hull confiaba más y más asuntos de empresa a su hijo Stephen, que tan solo contaba veintiocho años en el momento de la muerte de su padre. Las responsabilidades recaían en Stephen, así como las culpas en caso de que la menor de sus decisiones constituyera un error. Sin embargo no obtenía beneficio económico alguno si tomaba una decisión acertada y contribuía a que los negocios de su padre prosperaran.

Lord Hull debería haber visto a Stephen con buenos ojos, pues era el único de sus hijos que se interesaba por la empresa que él había fundado y que tenía las aptitudes necesarias para dirigirla. Stephen era un perfecto ejemplo de lo que la Biblia denomina «el buen hijo». Sin embargo, en lugar de mostrar amor y gratitud hacia su hijo, lord Hull recompensaba los casi siempre fructíferos esfuerzos del joven con desprecio, suspicacia y celos. Durante los dos últimos años de su vida, el viejo expresó en diversas ocasiones la halagadora opinión de que Stephen «sería capaz incluso de robarle la camisa a un muerto».

—¡Vaya con el hijo de...! —grité sin poder contenerme.

—Dejemos por un momento el nuevo testamento —sugirió Holmes al tiempo que volvía a juntar los dedos—, y volvamos al viejo. Incluso bajo las condiciones algo más generosas de dicho testamento, Stephen habría tenido motivos para sentirse resentido. A pesar de todos sus esfuerzos, que no solo habían conservado la fortuna familiar, sino que incluso la habían incrementado, su recompensa no habría consistido más que en las migajas más exangües del pastel que se repartirían los hermanos. Por cierto, ¿qué iba a suceder con los astilleros según las cláusulas de lo que podríamos denominar el Testamento de los Mininos?

Observé a Holmes con atención, pero, como siempre, resultaba difícil dilucidar si había intentado hacer un pequeño *bon mot*. Incluso después de todos los años que he pasado con él y todas las aventuras que hemos compartido, el sentido del humor de Sherlock Holmes sigue siendo un misterio insondable, incluso para mí.

—Debía ser puesta en manos de la junta de directores, sin ninguna clase de disposición para Stephen —repuso Lestrade.

Arrojó el purito al exterior en el momento en que el

coche doblaba por el sendero curvo de una casa que en aquel momento me pareció extremadamente fea, pues se alzaba entre prados amarronados y aparecía surcada de lluvia.

—Pero puesto que el padre está muerto y no hay rastro del nuevo testamento, Stephen Hull tiene lo que los americanos llaman «ventaja». La empresa lo nombrará director ejecutivo. Es probable que lo hubieran hecho de todos modos, pero ahora se hará bajo las condiciones que imponga Stephen Hull.

—Sí —dijo Holmes—. La ventaja. Una buena palabra. —Se asomó al exterior—. ¡Deténgase, cochero! ¡Todavía no hemos terminado!

—Como usted diga, señor —replicó el cochero—. Pero aquí fuera me estoy quedando empapado.

—Y te irás con dinero suficiente en el bolsillo para empaparte por dentro tanto como por fuera —aseguró Holmes.

Al parecer, sus palabras dejaron satisfecho al cochero, que detuvo el vehículo a unos treinta metros de la puerta principal de la casona. Escuché el sonido de la lluvia al golpear los costados del coche mientras Holmes reflexionaba.

—El viejo testamento, el que utilizó para burlarse de ellos... Ese no ha desaparecido, ¿verdad? —pregunté por fin.

—Desde luego que no. Estaba sobre su escritorio, cerca del cadáver.

—¡Cuatro sospechosos excelentes! Podemos descartar a los criados... o al menos eso parece de momento. Dese prisa, Lestrade. Hábleme de las circunstancias, de la habitación cerrada.

Lestrade explicó el resto del caso, recurriendo a sus notas de vez en cuando. Un mes antes, lord Hull había descubierto que tenía una manchita negra en la pierna derecha, justo detrás de la rodilla. Hizo llamar al médico de la familia. Este diagnosticó gangrena, una consecuencia poco frecuente aunque no rara de la gota y la mala circulación. El médico le advirtió que había que amputarle la pierna muy por encima del lugar de la infección.

Lord Hull rió hasta que se le saltaron las lágrimas. El médico, que había esperado cualquier reacción menos aquella, se quedó petrificado.

—Cuando me metan en el ataúd, matasanos —sentenció Hull—, será con las dos piernas enteras, de eso me encargo yo.

El médico le dijo que comprendía su deseo de conservar la pierna, pero que sin la amputación no le quedaban más de seis meses de vida, de los cuales los últimos dos los pasaría entre terribles dolores. Lord Hull preguntó al médico cuántas probabilidades tenía de sobrevivir si se sometía a la operación. Seguía riendo, explicó Lestrade, como si se tratara del chiste más gracioso que hubiera oído en su vida. Tras unas cuantas vacilaciones, el médico contestó que tenía un cincuenta por ciento de probabilidades.

—Bobadas —exclamé.

—Eso fue lo que dijo lord Hull —prosiguió Lestrade—, si bien empleó un término que se oye con mayor frecuencia en las tabernas que en los salones.

Hull dijo al médico que no creía tener más de una probabilidad entre cinco de sobrevivir.

—Por lo que se refiere al dolor, no creo que sea para tanto —prosiguió—, siempre y cuando haya láudano y una cuchara a mano.

Al día siguiente, Hull se decidió por fin a darles la desagradable sorpresa... Tenía intención de cambiar su testamento. Pero no les dijo en seguida en qué iban a consistir los cambios.

—Oh —exclamó Holmes observando a Lestrade con aquellos fríos ojos grises que tanto veían—. ¿Y quién, si puede saberse, se sorprendió?

—Ninguno de ellos, diría yo. Pero ya conoce la naturaleza humana, Holmes, ya sabe que la gente siempre espera contra toda esperanza.

—Y que algunos forjan planes para prevenir las catástrofes —añadió Holmes distraído.

Aquella misma mañana, lord Hull había reunido a su familia en el salón, y cuando todos hubieron tomado asiento, interpretó un papel que pocos testadores tienen la oportunidad de representar, un papel que por lo general corresponde a los parlanchines procuradores en cuanto los propios testadores han quedado silenciados para siempre. En pocas palabras, les leyó el nuevo testamento, en el que legaba el grueso de su fortuna a los díscolos mininos de la señora Hemphill. En el silencio que siguió a sus palabras, el viejo se levantó, no sin dificultad, y les dedicó una sádica sonrisa. Y apoyándose en su bastón, pronunció las siguientes palabras, que considero tan asombrosamente viles ahora como en el momento en que Lestrade nos explicó la historia en la cabina del coche: «¡En fin! Todo está en orden, ¿verdad? ¡Sí, señor, en perfecto orden! Me habéis servido con lealtad durante unos cuarenta años, mujer y muchachos. Y ahora tengo la intención, con la mente más clara y serena que pueda imaginarse, de desheredaros. ¡Pero animaos! ¡Podría ser mucho peor! Si tenían tiempo, los faraones hacían matar a sus animales domésticos predilectos, gatos, por lo general, a fin de que estos pudieran darle la bienvenida en el otro mundo y ser acariciados y golpeados a capricho de sus dueños para siempre... para siempre... para siempre jamás». Dicho aquello lanzó una carcajada. Se apoyó en su bastón, y de su rostro pastoso y moribundo siguió brotando la risa mientras sostenía el nuevo testamento, firmado ante testigos como todos ellos habían comprobado, en una de sus garras.

—Señor, es cierto que es usted mi padre y el autor

de mis días —dijo William tras levantarse—, pero también es la criatura más vil que ha existido sobre la faz de la tierra desde que la serpiente tentó a Eva en el Edén.

—¡No, en absoluto! —replicó el viejo monstruo sin dejar de reír—. Conozco a cuatro criaturas más viles que yo. Y ahora, si me disculpáis, debo ir a guardar unos importantes documentos en la caja fuerte... y quemar otros que ya no tienen valor alguno.

—¿Todavía tenía el viejo testamento cuando habló con ellos? —inquirió Holmes con expresión más interesada que sorprendida.

—Sí.

—Podría haberlo quemado en cuanto el nuevo estuvo firmado y avalado —comentó Holmes con aire pensativo—. Había tenido toda la tarde anterior y la mañana para hacerlo. Pero no lo hizo. ¿Por qué no? ¿Qué me dice de eso, Lestrade?

—Todavía no había acabado de burlarse de ellos, supongo. Les estaba ofreciendo una oportunidad, una tentación que creía ninguno de ellos aprovecharía.

—Tal vez creía que uno de ellos la aprovecharía —aventuró Holmes—. ¿No se le ha ocurrido eso?

Holmes volvió la cabeza y escrutó mi rostro con el momentáneo destello de su brillante (y algo escalofriante) atención.

—¿No se les había ocurrido a ninguno de los dos? ¿Acaso no es posible que un ser vil como lord Hull presentara una tentación como aquella sabiendo que si un miembro de su familia sucumbía y lo libraba de su calvario (Stephen parece el más probable por lo que nos ha contado), que en tal caso dicho miembro podría ser descubierto... y condenado por parricidio?

Miré a Holmes mudo de horror.

—No importa —prosiguió Holmes—. Siga, inspector. Creo que ha llegado el momento de la habitación cerrada, ¿verdad?

Los cuatro se habían quedado sentados en anonadado silencio mientras el viejo recorría lentamente el pasillo en dirección a su estudio. Los únicos sonidos que se percibían era el golpeteo de su bastón, el dificultoso siseo de su respiración y el movimiento constante del péndulo del reloj del salón. Entonces oyeron el chirrido de las bisagras cuando Hull abrió la puerta del estudio y entró.

—Espere —lo interrumpió Holmes con brusquedad, al tiempo que se inclinaba hacia delante—. Nadie lo vio entrar en el estudio, ¿verdad?

—Siento decepcionarlo, viejo amigo —replicó Lestrade—. El señor Oliver Stanley, el ayuda de cámara de lord Hull, había oído a lord Hull caminar por el pasillo. Salió del vestidor de Hull, se acercó a la barandilla de la galería y desde ahí le preguntó si todo iba bien. Hull alzó la vista (Stanley lo vio tan claramente como yo lo veo a usted, viejo amigo) y le aseguró que las cosas no podrían ir mejor. A continuación se frotó la nuca, entró en el estudio y cerró la puerta con llave tras de sí.

»Cuando su padre alcanzó la puerta del estudio (el pasillo es bastante largo y le llevaría al menos dos minutos recorrerlo), Stephen ya había salido de su estupor y se había dirigido a la puerta del salón. Fue testigo de las palabras que cruzaron su padre y el criado de su padre. Por supuesto, lord Hull estaba de espaldas, pero Stephen oyó la voz de su padre y describió el mismo gesto característico; Hull frotándose la nuca.

—¿Es posible que Stephen Hull y ese Stanley se pusieran de acuerdo antes de que llegara la policía? —inquirí... con perspicacia, creía yo.

—Por supuesto que es posible —repuso Lestrade con expresión cansada—. Lo más probable es que lo hicieran. Pero no había ninguna contradicción.

—¿Está seguro? —preguntó Holmes, aunque no parecía interesarle demasiado el asunto.

—Sí. Estoy seguro de que Stephen Hull miente de un modo muy convincente, pero Stanley no. Puede aceptar mi opinión profesional o no, Holmes. Haga lo que le plazca.

—La acepto.

Así pues, lord Hull había entrado en el estudio, la famosa habitación cerrada, y todos oyeron el clic de la cerradura cuando hizo girar la llave..., la única llave que hay para acceder al santuario. Aquel sonido fue seguido de otro menos usual..., el del pestillo.

Y a continuación, el silencio.

Los cuatro, lady Hull y sus hijos, que estaban a un paso de convertirse en mendigos de sangre azul, se miraron también en silencio. El gato volvió a maullar desde la cocina y lady Hull comentó distraída que si el ama de llaves no le daba un cuenco de leche, suponía que tendría que dárselo ella misma. Dijo que los maullidos del gato la volverían loca si continuaban durante mucho rato. Salió del salón. Al cabo de unos instantes, sin cruzar palabra, los tres hermanos la imitaron. William subió a su habitación, Stephen entró en la salita de música y Jory fue a sentarse en un banco que hay debajo de la escalera, donde, según contó a Lestrade, se había refugiado desde pequeño cuando estaba triste o tenía asuntos delicados sobre los que reflexionar.

Al cabo de menos de cinco minutos oyeron un grito procedente del estudio. Stephen salió corriendo de la salita de música, donde había estado tocando notas sueltas en el piano. Jory se reunió con él ante la puerta del estudio. William se hallaba a media escalera y los vio forzar la puerta en el momento en que Stanley, el ayuda de cámara, salía del vestidor de lord Hull y se acercaba a la barandilla de la galería por segunda vez. Stanley ha declarado que vio a Stephen Hull precipitarse al interior del estudio; que vio a William llegar al pie de la escalera y estar a punto de resbalar en el mármol;

que vio a lady Hull salir del comedor con una jarra de leche en la mano. Al cabo de pocos instantes, todos los criados se habían reunido en el lugar.

Lord Hull estaba derrumbado sobre el escritorio, y los tres hermanos se habían congregado en torno a él. El viejo tenía los ojos abiertos, y en ellos se leía una expresión de... sorpresa, creo. Una vez más, son ustedes libres de creer en mi opinión profesional o no, pero les digo que, a mi juicio, su expresión era de sorpresa. En una mano sostenía todavía el testamento... el viejo. Del nuevo no había ni rastro. Y tenía una daga clavada en la espalda.

Dicho aquello, Lestrade ordenó al cochero que continuara.

Al entrar en la casa pasamos entre dos agentes de expresión tan impávida como los guardias del palacio de Buckingham. Una vez dentro nos hallamos ante un larguísimo pasillo cuyo suelo consistía en baldosas blancas y negras, colocadas como en un tablero de ajedrez, que conducían a una puerta abierta y flanqueada por otros dos guardias: la puerta del tristemente célebre estudio. A la izquierda se veía la escalera, a la derecha dos puertas, la del salón y la de la salita de música, supuse.

—La familia está reunida en el salón —anunció Lestrade.

—Bien —repuso Holmes con toda serenidad—. Pero ¿podríamos Watson y yo echar un vistazo al lugar del crimen?

—¿Quieren que los acompañe?

—No creo que sea necesario —repuso Holmes—. ¿Ha sido retirado el cadáver?

—Seguía aquí cuando salí para ir a su casa, pero estoy casi seguro de que ya se lo habrán llevado.

—Excelente.

Holmes empezó a alejarse. Lo seguí.

—¡Holmes! —llamó Lestrade.

Holmes se volvió con las cejas enarcadas.

—Ni paneles secretos, ni puertas secretas. Por tercera vez, puede creerme o no, como le plazca.

—Creo que esperaré hasta que... —empezó Holmes.

De repente empezó a respirar de forma entrecortada. Rebuscó en sus bolsillos, sacó una servilleta que sin duda se habría llevado sin darse cuenta del restaurante en el que habíamos cenado la noche anterior, y estornudó con fuerza. Bajé la mirada y vi un enorme gato sembrado de cicatrices, tan fuera de lugar en aquel suntuoso pasillo como lo habría estado uno de aquellos pilluelos en los que había estado pensando un rato antes, restregándose contra las piernas de Holmes. Tenía una de las orejas pegadas al cráneo marcado por las cicatrices. La otra había desaparecido, perdida sin duda en alguna batalla de callejón.

Holmes estornudó varias veces y propinó una patada al gato. El minino retrocedió con una mirada de reproche en lugar del siseo enojado que uno habría esperado de un luchador tan veterano como aquel. Holmes miró a Lestrade por encima de la servilleta, con los ojos llenos de reproche y lágrimas. Sin inmutarse en lo más mínimo, Lestrade inclinó la cabeza hacia delante y esbozó una sonrisa de simio.

—Diez, Holmes —dijo—. Diez. La casa está llena de felinos. A Hull le encantaban.

Y dicho aquello se alejó.

—¿Cuánto tiempo hace que sufre este trastorno, querido amigo? —inquirí algo alarmado.

—Desde siempre —repuso antes de volver a estornudar.

La palabra alergia apenas se conocía por aquel entonces, pero, por supuesto, tal era el origen del mal que padecía mi amigo.

—¿Quiere que nos marchemos? —pregunté.

En cierta ocasión había presenciado un caso de asfixia incipiente como consecuencia de una aversión como aquella; se trataba de una alergia a las ovejas, pero por lo demás era exactamente igual al problema de Holmes.

—Ya le gustaría a ese —comentó Holmes.

No hacía falta que me explicara a quién se refería. Holmes volvió a estornudar (le estaba saliendo una gran mancha roja en la frente por lo general pálida) y acto seguido pasamos entre los dos agentes para entrar en el estudio. Holmes cerró la puerta tras de sí.

Se trataba de una estancia larga y relativamente estrecha. Se hallaba en algo parecido a un ala, y la parte principal se extendía a ambos lados a partir de un punto situado en el último tramo del pasillo. Había ventanas en dos de las paredes del estudio, por lo que la estancia resultaba bastante luminosa pese a la nubosidad exterior. Las paredes estaban salpicadas de coloridas cartas de navegación encuadradas en hermosos marcos de teca, y entre ellos se veía una vitrina de estructura de latón que contenía un juego de instrumentos meteorológicos también muy hermosos. Había un anemómetro (suponía que Hull tendría las veletas colocadas sobre alguna aguja del tejado), dos termómetros, uno que medía la temperatura exterior y otro, la del estudio, y un barómetro muy parecido al que Holmes había consultado hasta llegar a la falsa conclusión de que el mal tiempo iba a acabarse. Advertí que el barómetro seguía subiendo, por lo que miré por la ventana. Llovía más que nunca, por mucho que subiera el barómetro. Creemos saber mucho con todos nuestros instrumentos y demás aparatos, pero ya entonces era lo suficientemente viejo como para creer que no sabemos ni la mitad de lo que creemos saber, y ahora soy lo suficientemente viejo como para creer que nunca será así.

Holmes y yo nos volvimos para observar la puerta. El pestillo estaba arrancado, pero aparecía inclinado hacia dentro, como debía ser. La llave seguía en el lado interior de la cerradura del estudio, y todavía estaba girada.

Aunque todavía le lloraban los ojos, Holmes había empezado una vez más su agudo escrutinio, tomando nota, catalogando, almacenando.

—Se encuentra un poco mejor.

—Sí —repuso mi amigo al tiempo que bajaba la servilleta y se la guardaba con indiferencia en el bolsillo de la chaqueta—. Es posible que le encantaran los gatos, pero desde luego, no los dejaba entrar aquí. Al menos no siempre. ¿Qué le parece esto, Watson?

Aunque mis ojos eran más lentos que los suyos, también yo estaba mirando a mi alrededor. Las ventanas de doble vidrio estaban cerradas y aseguradas con pestillos y cerrojos. No había ni un solo cristal roto. La mayor parte de los mapas enmarcados, así como la vitrina que contenía los instrumentos meteorológicos, se hallaban junto a dichas ventanas. Las otras dos paredes aparecían repletas de libros. Había una pequeña estufa de carbón, pero ninguna chimenea; el asesino no había bajado por el tiro de la chimenea como Santa Claus, a menos que fuera lo suficientemente flaco como para caber en el tubo de una estufa y se hubiera puesto un traje de amianto, pues la estufa todavía estaba bastante caliente.

El escritorio se encontraba en un extremo de aquella estancia alargada y bien iluminada; el extremo opuesto consistía en un agradable rincón de lectura, no propiamente una librería, que contaba asimismo con dos butacas de respaldo alto y una mesita de café situada entre ellas. Sobre esta mesita se veía una pila de libros escogidos al azar. El suelo estaba cubierto por una alfombra turca. Si el asesino había entrado por una trampilla oculta, no tenía ni la menor idea de cómo había logrado deslizarse de nuevo bajo la alfombra sin arrugarla... Y no estaba arrugada en lo más mínimo; las sombras de las patas de la mesita se extendían sobre ella sin ondulación alguna.

—¿Se lo ha creído, Watson? —inquirió Holmes.

Sus palabras me arrancaron de una suerte de trance hipnótico. Había algo... Había algo en aquella mesita de café...

—¿Creerme qué, Holmes?

—Que los cuatro salieron del salón en cuatro direcciones distintas cuatro minutos antes del asesinato?

—No lo sé —repuse con voz débil.

—Yo no me lo creo; ni en... —De repente se interrumpió—. Watson, ¿se encuentra bien?

—No —repuse con voz casi inaudible.

Me derrumbé en una de las sillas de la librería. El corazón me latía con demasiada rapidez; me costaba respirar. Me palpitaba la cabeza y tenía la sensación de que mis ojos se habían tornado demasiado grandes como para caber en las cuencas. No podía apartar la mirada de las sombras que las patas de la mesita de café proyectaban sobre la alfombra.

—No... me encuentro... nada... bien —farfullé.

En aquel preciso instante, Lestrade apareció en el umbral del estudio.

—Si ya ha visto bastante, Ho... —Se interrumpió—. Pero ¿qué diablos le pasa a Watson?

—Creo —repuso Holmes en tono pausado y mesurado— que Watson ha resuelto el caso. ¿No es así, Watson?

Asentí con la cabeza. Tal vez no el caso entero, pero sí la mayor parte. Sabía quién había cometido el asesinato y cómo lo había hecho.

—¿Es esto lo que le pasa a usted, Holmes? —inquirí— quiero decir, ¿cuándo ve...?

—Sí —asintió mi amigo—. Aunque por lo general, yo consigo mantenerme en pie.

—¿Que Watson ha resuelto el caso? —intervino Lestrade con impaciencia—. ¡Bah! Watson ha propuesto cientos de soluciones a cientos de casos, y nunca ha dado en el clavo, Holmes. Es su cruz. Vaya, si recuerdo precisamente el verano pasado, cuando...

—Conozco a Watson mejor de lo que usted llegará a conocerlo jamás —terció Holmes—, y esta vez sí ha dado en el clavo. Conozco esa mirada.

De repente se puso a estornudar de nuevo; el gato al que le faltaba una oreja había entrado en el estudio por la puerta que Lestrade había dejado abierta. El minino se dirigió directamente hacia Holmes con una expresión que aparentaba ser de afecto pintada en su fea cara.

—Si esto es lo que se siente —comenté—, entonces jamás volveré a envidiarlo, Holmes. Tengo el corazón a punto de estallar.

—Uno se habitúa incluso a la perspicacia —aseguró Holmes sin la menor presunción—. En fin, dispare, Watson... ¿O prefiere que hagamos venir a los sospechosos, como en el último capítulo de una novela policíaca?

—¡No! —exclamé horrorizado.

No había visto a ninguno de los sospechosos, pero tampoco tenía ninguna prisa por conocerlos.

—Pero creo que debo mostrarles cómo se cometió el asesinato. Si usted y el inspector Lestrade tuvieran la bondad de salir al pasillo un momento...

El gato llegó hasta Holmes y saltó a su regazo ronroneando como si fuera la criatura más feliz de la faz de la tierra.

Holmes estalló en una perfecta salva de estornudos. Las manchas de su rostro, que ya habían empezado a palidecer, brillaron de nuevo con mayor intensidad. Apartó el gato de sí y se levantó.

—Dese prisa, Watson, a fin de que podamos marcharnos de este maldito lugar lo antes posible —farfulló.

Dicho aquello, abandonó la estancia con los hombros encogidos en un ademán desconocido en él, la cabeza gacha y sin mirar atrás. Créanme si les digo que una parte de mi corazón salió con él.

Lestrade seguía apoyado en el marco de la puerta; su abrigo mojado desprendía un poco de vapor, y el policía tenía los labios semiabiertos en una detestable sonrisa.

—¿Quiere que me lleve al nuevo admirador de Holmes, Watson?

—Déjelo aquí —repuse—. Y cierre la puerta al salir.

—Apostaría cinco libras a que nos está haciendo perder el tiempo, viejo amigo —comentó Lestrade.

Sin embargo, en sus ojos se veía una expresión bien distinta. Si hubiera aceptado la apuesta, no cabe duda de que Lestrade habría encontrado el modo de zafarse de ella.

—Cierre la puerta —repetí—. No tardaré mucho.

El inspector cerró la puerta. Me había quedado solo en el estudio de Hull..., a excepción del gato, por supuesto, que ahora estaba sentado en el centro de la alfombra, con la cola pulcramente curvada alrededor de las garras y los ojos verdes fijos en mí.

Rebusqué en mis bolsillos y encontré otro recuerdo de la cena de la noche anterior... Los hombres solos suelen ser bastante desordenados, me temo, pero el hecho de que llevara un mendrugo de pan en el bolsillo se debía a algo más que simple desaliño. Casi siempre llevaba un pedazo en uno de mis bolsillos, pues me divertía dar de comer a las palomas que se posaban ante la ventana junto a la que Holmes había estado sentado al llegar Lestrade.

—Minino —llamé mientras colocaba el pan bajo la mesita de café a la que lord Hull había dado la espalda al sentarse con sus dos testamentos, el perverso y el increíblemente perverso—. Miniminimini.

El gato se levantó y avanzó lánguido hacia la mesa para inspeccionar el mendrugo de pan.

Me dirigí hacia la puerta y la abrí.

—¡Holmes! ¡Lestrade! ¡Entren, deprisa!

Los dos hombres entraron.

—Acérquense —indiqué mientras me dirigía hacia la mesita de café.

Lestrade miró en derredor y empezó a fruncir el ceño, pues no veía nada; Holmes, por supuesto, se puso a estornudar de nuevo.

—¿No podemos sacar a este maldito bicho de aquí? —logró articular desde detrás de la servilleta, que ya estaba bastante empapada.

—Por supuesto —asentí—. Pero ¿dónde está el maldito bicho, Holmes?

Una expresión de asombro se dibujó en sus llorosos ojos. Lestrade giró en redondo, avanzó hacia el escritorio de Hull y miró detrás. Holmes sabía que su reacción no sería tan virulenta si el gato se encontrara en el extremo más alejado de la habitación. Se agachó y miró debajo de la mesita de café, pero no vio más que la alfombra y el estante inferior de la librería al otro lado, por lo que se incorporó. Si no le hubieran llorado los ojos con tanta intensidad, lo habría visto todo en aquel mismo instante; a fin de cuentas, estaba justo encima. Pero hay que reconocer el mérito a quien lo merece, y desde luego, la ilusión era extremadamente convincente. El espacio hueco que se abría bajo la mesita de café de lord Hull había sido la obra maestra de Jory Hull.

—No... —empezó Holmes.

De repente, el gato, a quien mi amigo gustaba mucho más que cualquier mendrugo de pan seco, surgió de las profundidades de la mesa y empezó a restregarse de nuevo contra los tobillos de Holmes. Lestrade había vuelto y abrió los ojos de tal forma que creí que iban a salírsele de sus órbitas. Por mi parte, y aunque ya había comprendido el truco, estaba impresionado. El gato surcado de cicatrices parecía haberse materializado de la nada; primero la cabeza y el cuerpo; por último, la cola.

Se restregó una vez más contra las piernas de Holmes, ronroneando mientras mi amigo estornudaba.

—Ya basta —dije—. Has hecho tu trabajo y ahora puedes irte.

Cogí el gato en brazos, lo llevé hasta la puerta, lo cual me valió un buen arañazo, y lo arrojé sin ceremonias al pasillo antes de cerrar la puerta a toda prisa.

—Dios mío —exclamó Holmes con voz nasal al tiempo que se dejaba caer en una silla.

Lestrade era incapaz de pronunciar palabra. No apartaba los ojos de la mesa y de la desvaída alfombra turca que se extendía debajo de ella; un espacio hueco que había dado vida a un gato.

—Debería haberlo visto —estaba mascullando Holmes—. Sí..., pero usted..., ¿cómo lo ha averiguado tan deprisa?

Detecté cierto matiz dolido en su voz, y se lo perdoné de inmediato.

—Gracias a ellas —repuse señalando la alfombra.

—¡Por supuesto! —casi gruñó Holmes mientras se daba repetidas palmadas en la manchada frente—. ¡Idiota! ¡Soy un perfecto idiota!

—Tonterías —repliqué con aspereza—. Con toda la casa llena de gatos..., uno de los cuales parece haberlo escogido como amigo del alma..., estoy seguro de que lo veía todo doble.

—¿Qué pasa con la alfombra? —terció Lestrade impaciente—. Es muy bonita, eso lo reconozco, y probablemente muy cara, pero...

—La alfombra no —lo interrumpí—. Las sombras...

—Muéstreselo, Watson —indicó Holmes en tono cansado al tiempo que dejaba la servilleta sobre su regazo.

Así pues, me agaché y cogí una de las sombras.

Lestrade se dejó caer en la otra silla como un hombre al que hubieran asestado un puñetazo inesperado.

—No podía apartar la mirada de ellas, ¿comprenden? —expliqué sin poder evitar un tono de disculpa.

Todo parecía ir al revés. Era tarea de Holmes explicar el quién y el cómo al término de la investigación. No obstante, aunque sabía que ya lo comprendía todo, también sabía que se negaría a hablar del caso. Y supongo que una parte de mí, la parte que sabía que lo más probable era que no volviera a tener una oportunidad como aquella, quería explicar el caso. Y debo decir que el gato había sido un toque bastante bueno. Un mago no habría tenido más éxito con un conejo o una chistera.

—Sabía que algo iba mal, pero tardé un momento en asimilar de qué se trataba. Esta habitación es muy luminosa, pero hoy llueve a cántaros. Miren a su alrededor y comprobarán que ni un solo objeto de la habitación proyecta sombra... a excepción de las patas de la mesa.

Lestrade masculló un juramento.

—Lleva casi una semana lloviendo —proseguí—, pero tanto el barómetro de Holmes como el del difunto lord Hull indicaban que podíamos esperar que el tiempo cambiara hoy. De hecho, parecía algo seguro. Así pues, añadió las sombras como toque final.

—¿Quién?

—Jory Hull —intervino Holmes en el mismo tono cansado de antes—. ¿Quién si no?

Me agaché y deslicé la mano bajo el extremo derecho de la mesita de café. La mano desapareció del mismo modo en que había aparecido el gato. Lestrade masculló otro juramento. Di unas palmaditas en el dorso de la lona tensada entre las patas delanteras de la mesita de café. Los libros y la alfombra se abombaron y ondularon, y la ilusión, casi perfecta hacía un momento, quedó rota al instante.

Jory Hull había pintado la nada que había bajo la mesita de café de su padre, se había agazapado detrás de la nada mientras su padre entraba en la habitación, cerraba la puerta y se sentaba ante el escritorio con sus dos testamentos, y por último había salido disparado de detrás de la nada con una daga en la mano.

—Era el único capaz de conseguir crear una obra tan realista —expliqué mientras pasaba la mano por la parte anterior del lienzo.

Todos oímos el suave rasgueo que emitía la tela, parecido al del ronroneo de un gato muy viejo.

—El único que podía crearla y el único que podía ocultarse tras ella; Jory Hull, que no medía más de metro y medio, que era patizambo y de hombros caídos. Como ha dicho Holmes, la sorpresa del nuevo testamento no fue tal sorpresa. Incluso aunque el viejo hubiera mantenido en secreto su intención de excluir a sus parientes del testamento, cosa que no hizo, solo un estúpido habría sido incapaz de comprender el significado de la visita del procurador, y lo que es más importante aún, la presencia del ayudante. Se requiere la presencia de dos testigos para convertir un testamento en un documento válido en el juzgado. Holmes tenía razón en lo que ha dicho respecto a que algunas personas se preparan para prevenir las catástrofes. Desde luego, un lienzo como este no se pinta de la noche a la mañana, ni tan siquiera en un mes. Es posible que averigüemos que lo tenía preparado, para el caso de que necesitara emplearlo, desde hace un año...

—O cinco —terció Holmes.

—Supongo que sí. En cualquier caso, cuando Hull anunció esta mañana que quería hablar con su familia en el salón, imagino que Jory comprendió que había llegado el momento. Anoche, después de que su padre se retirara, bajó al estudio y montó el lienzo. Supongo que es posible que colocara las sombras al mismo tiempo, pero si yo hubiera sido Jory, habría entrado sin ser visto en el estudio, antes de la reunión matinal en el salón, para comprobar que el barómetro seguía subiendo. Y si la puerta estaba cerrada con llave, supongo que le quitaría a su padre la llave del bolsillo y se la devolvería más tarde.

—No estaba cerrada con llave —intervino Lestrade en tono lacónico—. Por regla general, cerraba la puerta para que no entraran los gatos, pero casi nunca cerraba con llave.

—Por lo que respecta a las sombras, no son más que tiras de fieltro, como pueden ver. Tiene buen ojo, porque ofrecen el aspecto que tendrían aproximadamente a las once de la mañana... si el barómetro hubiera funcionado correctamente.

—Si creía que esta mañana brillaría el sol, ¿por qué se molestó en colocar las sombras? —gruñó Lestrade—. El sol se ocupa de eso solito, por si no se había dado cuenta, Watson.

No supe qué responder a aquella pregunta. Me volví hacia Holmes, quien pareció sentirse agradecido por poder representar algún papel en la obra.

—¿Acaso no lo ve? ¡He aquí la mayor ironía de todas! Si el sol hubiera brillado tal como sugería el barómetro, el lienzo habría bloqueado las sombras. Las patas pintadas no proyectan sombras. Jory ha sido descubierto por culpa de unas sombras en un día en que no había sombras, porque temía que pudieran descubrirlo todo por la ausencia de sombras en un día en que el barómetro de su padre indicaba que, con toda probabilidad, habría sombras en toda la habitación.

—Sigo sin entender cómo Jory logró entrar aquí sin que Hull lo viera —insistió Lestrade.

—Tampoco yo lo entiendo —comentó Holmes.

¡El viejo Holmes! Estaba seguro de que sí lo entendía, pero estas fueron sus palabras.

—¿Watson?

—El salón en el que lord Hull se reunió con su mujer y sus hijos tiene una puerta que comunica con la salita de música, ¿verdad?

—Sí —asintió Lestrade—. Y la salita de música tiene una puerta que comunica con la salita de lady Hull, que es la siguiente habitación según se avanza hacia la parte posterior de la casa. Pero desde la salita de la señora Hull solo se puede regresar al pasillo. Si el estudio tuviera dos puertas, no creo que me hubiera dado tanta prisa en ir a buscar a Holmes.

Pronunció estas palabras como en un intento de justificarse.

—Oh, Jory volvió al pasillo, desde luego —intervine—, pero su padre no lo vio.

—¡Bobadas!

—Se lo demostraré.

Me acerqué al escritorio, contra el cual todavía estaba apoyado el bastón del anciano muerto. Lo cogí y me volví de nuevo hacia los demás.

—En cuanto lord Hull salió por la puerta del salón, Jory se levantó y echó a correr.

Lestrade lanzó una mirada asombrada a Holmes, quien le dedicó una fría e irónica. En aquel momento no comprendí el significado de aquellas miradas ni les presté demasiada atención, para ser sincero. De hecho, no comprendí las implicaciones del cuadro que estaba representando hasta al cabo de bastante tiempo. Supongo que por entonces estaba demasiado absorto en mi reconstrucción del crimen.

—Cruzó la primera puerta de conexión, atravesó la salita de música a la carrera y entró en la salita de lady Hull. Corrió a la puerta y se asomó al pasillo. Si la gota de lord Hull había empeorado hasta el punto de provocar gangrena, lo más probable es que no hubiera recorrido por entonces ni una cuarta parte del pasillo. A lo sumo. Y ahora présteme atención, Lestrade, y le mostraré el precio que un hombre paga por haber pasado toda una vida entregado a la buena comida y a la bebida abundante. Si todavía alberga alguna duda cuando haya terminado, haré desfilar ante usted a una docena de enfermos de gota, y comprobará que todos ellos presentan los mismos síntomas ambulatorios que ahora le mostraré. Le ruego tome note de cuán concentrado avanzo... y del punto en que concentro mi atención.

Dicho aquello empecé a cojear lentamente por la estancia en dirección a los dos hombres, con las manos aferradas con firmeza a la empuñadura del bastón. A cada paso alzaba un pie a una altura considerable, lo bajaba de nuevo, me detenía un instante y a continuación arrastraba el otro pie. En ningún momento alcé la vista. Siempre la mantenía fija, o bien en el bastón, o bien en el suelo.

—Sí —murmuró Holmes—. El buen doctor tiene toda la razón del mundo, inspector Lestrade. Primero viene la gota; luego la pérdida del equilibrio; a continuación, si el paciente sigue vivo, la inclinación característica que es consecuencia de mirar siempre al suelo.

—Sin lugar a dudas, Jory sabía muy bien que su padre siempre miraba al suelo cuando caminaba —proseguí—. En consecuencia, lo ocurrido esta mañana es diabólicamente simple. Cuando Jory llegó a la salita de su madre, se asomó al pasillo, vio que su padre tenía la mirada fija en el bastón y en el suelo, como siempre, y supo que estaba a salvo. Salió al pasillo, justo delante de su padre, y se dirigió al estudio. La puerta, según nos ha notificado Lestrade, no estaba cerrada con llave, así que, ¿qué riesgo corría? No estuvieron juntos en el pasillo más de tres segundos, tal vez incluso un poco menos. —Hice una pausa—. El suelo del pasillo es de mármol, ¿verdad? Debe de haberse quitado los zapatos.

—Llevaba zapatillas —puntualizó Lestrade en tono extrañamente calmado.

Por segunda vez, su mirada se encontró con la de Holmes.

—Ah —exclamé—. Ya veo. Jory llegó al estudio mucho antes que su padre y se escondió tras su impresionante decorado. A continuación sacó la daga y esperó. Su padre llegó al final del pasillo. Jory oyó que Stanley lo llamaba desde el piso superior y que su padre respondía que todo iba bien. Entonces lord Hull entró en el estudio por última vez..., cerró la puerta... e hizo girar la llave.

Tanto Holmes como Lestrade me miraban con gran atención, y comprendí una parte del poder divino que Holmes debía de sentir en momentos como aquel, cuando explicaba a los demás lo que solo él sabía. Pese a todo, debo repetir que no se trata de una sensación que me gustaría experimentar con demasiada frecuencia. Creo que el deseo de repetir una experiencia como aquella habría corrompido a la mayoría de los hombres..., hombres con el corazón menos templado que el de mi amigo Sherlock Holmes.

—Sin lugar a dudas, el viejo Piernas de Barrilete se encogió todo lo que pudo antes de que su padre cerrara la puerta con llave, tal vez porque sabía o quizá tan solo intuía que su padre echaría un buen vistazo a su alrededor antes de hacer girar la llave y correr el pestillo. Podía padecer gota y estar empezando a desmoronarse, pero eso no significa que se estuviera quedando ciego.

—Stanley afirma que tenía una vista excelente —intervino Lestrade—. Fue una de las primeras cosas que pregunté.

—Así pues, Hull miró a su alrededor —repetí.

Y de repente, vi la escena. Supongo que lo mismo le sucedía a Holmes en aquellos casos, que se enfrascaba en una reconstrucción que, pese a basarse tan solo en hechos y deducciones, se convertía casi en una visión.

—No vio nada fuera de lo corriente; no vio nada excepto que el estudio tenía el aspecto de siempre, vacío salvo por su propia presencia. Se trata de una estancia extremadamente abierta. No hay armarios, y el gran número de ventanas impide que existan rincones oscuros incluso en un día como este. Satisfecho al comprobar que estaba solo, cerró la puerta, hizo girar la llave y corrió el pestillo. Jory lo oiría cojear en dirección al escritorio. También oiría el golpe sordo y pesado y el silbido del asiento acolchado de la silla al dejarse caer su padre en la silla; un hombre aquejado de gota en estado muy avanzado no se sienta, sino que más bien se coloca sobre un lugar blando y a continuación se deja caer sobre él. Por último, Jory se arriesgó a asomarse.

Lancé una mirada a Holmes.

—Continúe, viejo amigo —me alentó con amabilidad—. Está haciendo usted un trabajo espléndido. De primera categoría.

Me di cuenta de que lo decía en serio. Miles de personas lo habrían tildado de persona fría, y de hecho, no habrían ido tan desencaminados, pero lo cierto es que también tenía un gran corazón. Simplemente, lo protegía mejor que la mayoría de los hombres.

—Gracias. Jory vio a su padre dejar el bastón a un lado y colocar los documentos, los dos fajos de documentos, sobre el papel secante del escritorio. No obstante, no mató a su padre de inmediato, aunque podría haberlo hecho. Eso es lo más cruel y patético de este asunto; la causa por la que no entraría en el salón en el que están reunidos ni aunque me pagaran mil libras. No entraría ahí a menos que usted y sus hombres me llevaran a rastras.

—¿Cómo sabe que no lo mató enseguida? —inquirió Lestrade.

—El viejo gritó varios minutos después de hacer girar la llave y correr el pestillo; eso es lo que usted mismo ha explicado, y supongo que tiene testigos suficientes como para no dudarlo. No obstante, no puede haber más de doce pasos largos desde la puerta hasta el escritorio. Ni siquiera un hombre aquejado de gota como lord Hull tardaría más de medio minuto, cuarenta segundos a lo sumo, en llegar a la silla y sentarse. Añadamos quince segundos para dejar el bastón donde usted lo ha encontrado y colocar los testamentos sobre el papel secante. ¿Qué sucedió a continuación? ¿Qué sucedió durante aquellos últimos minutos, dos a lo sumo, pero que al menos a Jory Hull debieron de antojársele una eternidad? Creo que lord Hull se limitó a permanecer sentado, mirando los testamentos. Sin duda, Jory era capaz de distinguirlos sin dificultad; el color del pergamino era la única pista que precisaba. Sabía que su padre tenía intención de arrojar uno de los testamentos a la estufa; creo que Jory esperó para comprobar cuál de los dos sufriría tal destino. A fin de cuentas, cabía la posibilidad de que el viejo demonio hubiera gastado una broma cruel a su familia. Tal vez quemaría el nuevo testamento y volvería a guardar el viejo en la caja fuerte. Y entonces podía salir del estudio y comunicar a su familia que el nuevo testamento estaba guardado bajo llave. ¿Sabe dónde está, Lestrade? Me refiero a la caja fuerte.

—Cinco de los libros de esa estantería se deslizan hacia fuera —explicó Lestrade señalando la librería.

—En tal caso, tanto la familia como el viejo habrían estado satisfechos; la familia habría sabido que sus merecidas herencias estaban a salvo, y el viejo se habría ido a la tumba con la seguridad de haber gastado una de las bromas más crueles de todos los tiempos..., pero habría muerto a manos de Dios o de sí mismo, no de Jory Hull.

Una vez más aquella extraña mirada entre Holmes y Lestrade, una mirada entre divertida y asqueada.

—Personalmente, creo más bien que el viejo solo estaba saboreando el momento, como un hombre que saborea la perspectiva de tomarse la copa de la noche en plena tarde o de comerse una golosina tras un prolongado período de abstinencia. En cualquier caso, transcurridos unos minutos, lord Hull empezó a levantarse... pero con el pergamino más oscuro y en dirección a la estufa y no a la caja fuerte. Pese a las esperanzas que había albergado hasta entonces, Jory no vaciló al ver que había llegado el momento. Salió de su escondite, recorrió la distancia entre la mesita de café y el escritorio en un periquete, y hundió el cuchillo en la espalda de su padre antes de que este pudiera incorporarse del todo. Sospecho que la autopsia revelará que el arma atravesó el ventrículo derecho del corazón y se clavó en el pulmón, lo cual explicaría la gran cantidad de sangre que se vertió sobre la mesa. Asimismo, explicaría la razón por la que lord Hull pudo gritar antes de morir, y eso fue lo que perdió al señor Jory Hull.

—¿Por qué? —preguntó Lestrade.

—Una habitación cerrada con llave es mal asunto a menos que se intente hacer pasar el asesinato por suicidio —expliqué al tiempo que miraba a Holmes, quien sonrió y asintió con un gesto al oír una de sus máximas—. Lo último que le interesaba a Jory era que las cosas tuvieran el aspecto que tienen... La habitación cerrada, las ventanas cerradas, el hombre con un cuchillo clavado en un lugar en que no podría habérselo clavado él mismo. Creo que no había previsto que su padre moriría gritando. Su plan consistía en apuñalarlo, quemar el nuevo testamento, desvalijar el escritorio, abrir una de las ventanas y salir por ella. A continuación entraría de nuevo en la casa por otra puerta, volvería a sentarse bajo la escalera y cuando descubrieran el cuerpo, parecería un robo.

—No se lo parecería al procurador de lord Hull —comentó Lestrade.

—No obstante, es posible que guardara silencio —murmuró Holmes antes de añadir con entusiasmo—: Apuesto algo a que nuestro amigo el artista también tenía intención de dejar unas cuantas pistas. He llegado a la conclusión de que a los mejores asesinos casi siempre les gusta dejar unas cuantas pistas misteriosas que alejen a los investigadores de la escena del crimen.

Holmes emitió un sonido carente de humor que más parecía un ladrido que una carcajada, y a continuación se apartó de la ventana más cercana al escritorio para volverse hacia Lestrade y hacia mí.

—Creo que todos convendremos en que habría parecido un asesinato demasiado oportuno como para no despertar sospechas, dadas las circunstancias, pero incluso aunque el procurador hubiera expresado tal opinión, habría sido imposible probar nada.

—Pero lord Hull lo estropeó todo al gritar —proseguí—, al igual que lo había estropeado todo durante toda su vida. Se produjo un gran revuelo en la casa. Sin duda, Jory se quedó paralizado de pánico, como un ciervo ante una luz muy brillante. Fue Stephen Hull quien le salvó el pellejo..., o bien fue su coartada, al menos, ya que dijo que Jory estaba sentado en el banco bajo la escalera en el momento en que su padre fue asesinado. Stephen salió al pasillo desde la salita de música, forzó la puerta del estudio y debió de susurrar a Jory que se reuniera con él junto al escritorio, a fin de que pareciera que ambos habían entrado jun...

Me interrumpí, pues por fin había comprendido el significado de las miradas que habían estado intercambiando Holmes y Lestrade. Comprendí lo que debían de haber visto desde el momento en que les mostré el escondrijo del asesino..., que no podía haberlo hecho una persona sola. El asesinato sí, pero el resto...

—Stephen afirma que él y Jory se encontraron delante de la puerta del estudio —dije con lentitud—. Que él, Stephen, forzó la puerta y que ambos entraron juntos y descubrieron el cadáver juntos. Pero estaba mintiendo. Es posible que lo dijera para proteger a su hermano, pero mentir tan bien cuando uno no sabe qué ha sucedido parece... parece...

—Imposible —intervino Holmes—. Esa es la palabra que andaba buscando, Watson.

—Entonces Jory y Stephen estaban confabulados —dije—. Lo planearon juntos... y a los ojos de la ley, ¡ambos son culpables del asesinato de su padre! ¡Dios mío!

—No ellos dos, querido Watson —corrigió Holmes con extraña amabilidad—, sino todos ellos.

Me lo quedé mirando con la boca abierta.

Holmes asintió con la cabeza.

—Ha hecho usted gala de una perspicacia notable esta mañana, Watson; de hecho, ha ardido usted con un poder de deducción que apostaría algo a que no vuelve a generar en su vida. Me descubro ante usted, querido amigo, como ante cualquier hombre que es capaz de trascender su capacidad habitual, aunque solo sea durante un rato. Pero en cierto modo, ha demostrado ser el mismo buen muchacho de siempre; si bien sabe cuán buenas pueden ser las personas, no sabe cuán malvadas pueden llegar a ser.

Lo miré en silencio, casi con humildad.

—No es que este asunto implique mucha maldad, si todo lo que hemos oído decir acerca de lord Hull es cierto —añadió Holmes antes de levantarse y empezar a recorrer la habitación como un oso enjaulado—. ¿Quién testifica que Jory estaba con Stephen cuando este forzó la puerta? Jory, por supuesto. Stephen, por supuesto. Pero este retrato de familia contiene dos rostros más. Uno pertenece a William, el tercer hermano. ¿Está usted de acuerdo, Lestrade?

—Sí —asintió Lestrade—. Si lo que dice es cierto, entonces William también tiene que estar implicado. Afirma que estaba bajando la escalera cuando vio a sus dos hermanos entrar juntos en el estudio con Jory a la cabeza.

—¡Qué interesante! —exclamó Holmes con ojos relucientes—. Stephen fuerza la puerta, como cabe esperar de él por ser el más joven y fuerte, de modo que también cabría esperar que fuera él quien entrara primero. Sin embargo, William, que estaba bajando la escalera, vio a Jory entrar primero. ¿Por qué será, Watson?

Me limité a menear la cabeza en ademán humilde.

—Pregúntese cuál es el único testimonio en que podemos confiar. La respuesta es el único testigo que no forma parte de la familia, el criado de lord Hull, Oliver Stanley. Se acercó a la barandilla de la galería en el momento en que Stephen entraba en el estudio, como debe ser, puesto que Stephen estaba solo cuando forzó la puerta. Fue William, que contaba con un ángulo de visión mejor desde el lugar en que se encontraba, quien dijo que Jory había entrado en el estudio antes que Stephen. William dijo eso porque había visto a Stanley y sabía lo que debía decir. Todo el asunto se resume en esto, Watson; sabemos que Jory estaba dentro del estudio. El hecho de que sus dos hermanos testificaran que estaba fuera del estudio sugiere que existe, al menos, una contradicción. Pero como usted mismo ha dicho, la coherencia de sus testimonios sugiere que el asunto era mucho más serio de lo que parece.

—Conspiración —indiqué.

—Sí. ¿Recuerda que le he preguntado si realmente creía que los cuatro se habían limitado a salir del salón sin mediar palabra y habían tomado cuatro direcciones distintas en cuanto oyeron cerrarse la puerta del estudio?

—Sí, ahora lo recuerdo.

—Los cuatro —insistió volviéndose hacia Lestrade, quien asintió con un gesto, y otra vez hacia mí—. Sabemos que Jory tenía que estar ya en camino en cuanto el viejo salió del salón, a fin de poder llegar al estudio antes que él, pero los cuatro miembros supervivientes de la familia, incluyendo a lady Hull, aseguran que los cuatro seguían en el salón cuando se cerró la puerta del estudio. El asesinato de lord Hull ha sido un asunto familiar, Watson.

Yo estaba demasiado abrumado como para pronunciar palabra. Miré a Lestrade y vi una expresión en su rostro que jamás había visto y jamás volví a ver; una suerte de gravedad cansada y asqueada.

—¿Qué les espera? —preguntó Holmes con aire casi genial.

—A Jory lo ahorcarán, probablemente —repuso Lestrade—. A Stephen le caerá cadena perpetua. Es posible que a William Hull lo condenen a cadena perpetua, pero lo más probable es que lo condenen a veinte años en Wormwood Scrubs, lo que significa una especie de muerte en vida.

Holmes se agachó y acarició el lienzo tensado entre las patas de la mesita de café. Una vez más oí el ronroneo de la tela.

—Lady Hull —prosiguió Lestrade— puede pasar los próximos cinco años de su vida en Beechwood Manor, conocido vulgarmente como Palacio de la Sífilis, aunque, después de haber conocido a la señora, tengo la impresión de que buscará otra salida. Yo votaría por el láudano de su esposo.

—Y todo porque Jory Hull no apuñaló a su padre limpiamente —comentó Holmes con un suspiro—. Si el viejo hubiera tenido la decencia de morir en silencio, todo habría ido sobre ruedas. Tal como ha explicado Watson, Jory habría salido por la ventana, llevándose el lienzo, por supuesto... y las inútiles sombras. En cambio, lo que hizo fue armar un buen jaleo. Todos los criados entraron en el estudio lanzando exclamaciones al ver a su amo muerto. La familia estaba consternada. ¡Qué mala suerte han tenido, Lestrade! ¿Estaba muy cerca el policía cuando Stanley lo avisó?

—Más cerca de lo que imagina —repuso Lestrade—. De hecho, estaba acercándose a la puerta, porque mientras hacía la ronda oyó un grito procedente de la casa. Han tenido muy mala suerte, desde luego.

—Holmes —intervine, satisfecho de volver a asumir mi papel habitual—. ¿Cómo sabía que el agente estaba tan cerca?

—Por una razón muy simple, Watson. En caso contrario, la familia habría distraído a los criados el tiempo necesario para esconder el lienzo y las sombras.

—Y para abrir al menos una de las ventanas, diría yo —añadió Lestrade en voz baja, algo desusado en él.

—Podrían haberse llevado el lienzo y las sombras —exclamé de improviso.

—Sí —repuso Holmes.

Lestrade enarcó las cejas.

—Tenían dos opciones —proseguí—. Solo había tiempo para quemar el nuevo testamento o librarse de las pistas...; en ese momento solo estaban Stephen y Jory en el estudio, por supuesto; eran los instantes después de que Stephen forzara la puerta. Decidieron, o mejor dicho, si ha evaluado los caracteres bien, y supongo que así es, Stephen decidió quemar el nuevo testamento y esperar que todo fuera bien. Supongo que tuvieron el tiempo justo de meterlo en la estufa.

Lestrade se volvió para contemplar la estufa.

—Solo un hombre tan malvado como Hull habría podido reunir fuerzas suficientes para gritar antes de morir —comentó.

—Solo un hombre tan malvado como Hull habría forzado a un hijo a matarlo —añadió Holmes.

Mi amigo y Lestrade volvieron a mirarse, y una vez más se transmitieron una suerte de comunicación perfecta y silenciosa de la que yo quedaba excluido.

—¿Lo ha hecho usted alguna vez? —preguntó Holmes como si retomara una antigua conversación.

Lestrade meneó la cabeza.

—Una vez estuve a punto —explicó—. Había una joven de por medio; pero en realidad no fue culpa suya. Estuve a punto. Pero... solo había una.

—Y aquí hay cuatro —replicó Holmes comprendiendo perfectamente al policía—. Cuatro personas maltratadas por un villano que, de todos modos, habría muerto dentro de seis meses.

Por fin comprendí de qué estaban hablando.

Holmes clavó sus ojos grises en mí.

—¿Qué me dice, Lestrade? Watson ha resuelto el caso, aunque no ha descubierto todas sus ramificaciones. ¿Dejamos que él decida?

—De acuerdo —gruñó Lestrade—. Pero dese prisa. Quiero salir de esta maldita habitación.

En lugar de responder me agaché, cogí las sombras de fieltro, hice una bola con ellas y me las guardé en el bolsillo del abrigo. Me acometió una sensación muy extraña, parecida a la que había experimentado cuando las fiebres habían estado a punto de acabar con mi vida en la India.

—¡Increíble, Watson! —exclamó Holmes—. Ha resuelto su primer caso y se ha convertido en cómplice de un asesinato antes de la hora del té. Y he aquí un recuerdo que me llevo... Un auténtico Jory Hull. No creo que esté firmado, pero a caballo regalado...

Holmes despegó con el cortaplumas el lienzo pegado a las patas de la mesa. Se dio mucha prisa; al cabo de menos de un minuto estaba deslizando un estrecho tubo de lienzo en uno de los bolsillos interiores de su voluminoso abrigo.

—Vaya trabajo más sucio —comentó Lestrade, pero se dirigió hacia una de las ventanas y tras un instante de vacilación, descorrió el pestillo y la abrió un par de centímetros.

—Mejor decir que hemos deshecho un trabajo sucio —replicó Holmes con una alegría casi histérica—. ¿Nos vamos, caballeros?

Nos dirigimos hacia la puerta. Lestrade la abrió. Uno de los agentes le preguntó si habían hecho algún progreso.

En otra ocasión, Lestrade habría empleado su lengua viperina contra el hombre.

—Al parecer se trata de un intento de robo que pasó a mayores —explicó sin embargo—. Yo me he dado cuenta en seguida; Holmes, al cabo de un momento.

—¡Qué lastima! —exclamó el otro agente.

—Sí —asintió Lestrade—, pero al menos, el grito del viejo sirvió para que el ladrón se marchara sin poder robar nada. Vamos.

Nos marchamos. La puerta del salón estaba abierta, pero mantuve la cabeza baja cuando pasamos ante ella. Holmes miró, por supuesto; habría sido incapaz de resistir la tentación. Así era Holmes. Por lo que a mí respecta, nunca vi a ningún miembro de la familia. Nunca tuve deseos de ello.

Holmes empezó a estornudar de nuevo. Su amigo volvía a restregarse contra sus piernas y a maullar encantado.

—Déjenme salir —murmuró saliendo disparado hacia la puerta.

Una hora más tarde estábamos de vuelta en el 221B de Baker Street, en las mismas posiciones que habíamos ocupado en el momento en que apareció Lestrade; Holmes sentado junto a la ventana y yo, en el sofá.

—Bien, Watson, ¿cómo cree que dormirá esta noche?

—Como un lirón —repuse—. ¿Y usted?

—Igual, estoy seguro. Me alegro mucho de haberme librado de esos malditos gatos, eso sí.

—¿Cómo cree que dormirá Lestrade?

Holmes me observó con una sonrisa.

—Esta noche bastante mal. Creo que bastante mal durante una semana. Pero ya se le pasará. Entre sus muchos talentos se encuentra el del olvido creativo.

Aquello me hizo reír.

—¡Mire, Watson! —exclamó Holmes de pronto.

Me acerqué a la ventana, convencido de que vería a Lestrade acercarse a la casa una vez más. Sin embargo, vi el sol abriéndose paso entre las nubes para bañar Londres en una gloriosa luz vespertina.

—Ha salido el sol a fin de cuentas —comentó Holmes—. ¡Maravilloso, Watson! ¡Hace que uno se sienta feliz por estar vivo!

Cogió el violín y empezó a tocar con el rostro bañado por la luz del sol.

Eché un vistazo al barómetro y comprobé que estaba bajando.

Aquello me hizo reír de tal forma que me vi obligado a sentarme. Cuando Holmes me preguntó con cierta irritación qué me ocurría, no pude sino menear la cabeza. La verdad es que no estoy seguro de que lo hubiera entendido de todas formas. No era así como funcionaba su mente.

EL ÚLTIMO CASO DE UMNEY

> Las lluvias han terminado. Las colinas siguen verdes y en el valle que se abre frente a las colinas de Hollywood puede verse nieve en las montañas más altas. Los burdeles especializados en vírgenes de dieciséis años están haciendo su agosto. Y en Beverly Hills, las jaracandas empiezan a florecer.
>
> RAYMOND CHANDLER,
> *La hermana pequeña*

1. NOTICIAS DE PEORIA

Era una de esas mañanas tan perfectas de Los Ángeles en que uno siempre esperaba hallar el símbolo de marca registrada pegado en alguna parte. Los gases de los vehículos olían levemente a adelia, las adelias llevaban un leve perfume de gases de vehículo, y el cielo aparecía tan claro y limpio como la conciencia de un baptista de pura cepa. Peoria Smith, el vendedor de periódicos ciego, estaba en su lugar acostumbrado, la esquina de Sunset y Laurel, y si aquello no significaba que Dios estaba en el cielo y todo iba sobre ruedas, entonces no sé qué otra cosa podría ser.

Sin embargo, desde que había saltado de la cama a las siete de la mañana, una hora poco habitual en mí, había tenido la sensación de que algo no iba bien, como un instrumento algo desafinado. Mientras me afeitaba, o al menos mostraba la cuchilla a esos hirsutos pinchos en un intento de asustarlos y someterlos a mi voluntad, me di cuenta de una parte de la razón por la que las cosas no parecían ir bien. Aunque había permanecido despierto y leyendo hasta las dos de la madrugada, no había oído llegar a los Demmick, borrachos como cubas e intercambiando aquellas frasecitas que parecían constituir la base de su matrimonio.

Ni tampoco había oído a *Buster*, y aquello quizá era aún más extraño. *Buster*, el corgi galés de los Demmick, posee un ladrido agudo que te atraviesa la cabeza como fragmentos de cristal, y lo emplea con tanta frecuencia como puede. Además es muy celoso. Se pone a emitir esos terribles ladridos agudos cada vez que George y Gloria Demmick se hacen carantoñas, y lo cierto es que cuando no se están peleando como un par de cómicos de vodevil, George y Gloria suelen hacerse carantoñas. Más de una vez me he dormido escuchándoles reír mientras el chucho da saltitos alrededor de ellos haciendo arfarfarfarf y preguntándome cuán difícil sería estrangular a un perro musculoso y de tamaño mediano con una cuerda de piano. La noche anterior, sin embargo, el piso de los Demmick había permanecido silencioso como una tumba. Era un poco extraño, pero desde luego, nada del otro jueves; los Demmick no eran precisamente unos dechados de regularidad.

Peoria Smith, sin embargo, estaba bien, alegre como unas pascuas, como siempre, y me reconoció por la forma de caminar, a pesar de que aquella mañana había llegado a su esquina al menos una hora antes de lo habitual. Llevaba un ancho jersey de la politécnica CalTech que le llegaba a los muslos y unos pantalones de pana que dejaban al descubierto sus rodillas roñosas. El bastón blanco que tanto odiaba estaba apoyado contra el costado de la mesa de cartas en la que exhibía sus productos.

—¡Buenas, señor Umney! ¿Cómo va la cosa?

Las gafas oscuras de Peoria relucían bajo el sol matutino, y cuando se volvió hacia el sonido de mis pasos con mi ejemplar del *L.A. Times* en la mano, se me ocurrió una idea inquietante; era como si le hubieran taladrado dos grandes orificios negros en la cara. Intenté desterrar aquel pensamiento de mi mente, y me dije que tal vez había llegado la hora de renunciar a mi ración nocturna de whisky. O eso o doblaba la dosis.

Hitler aparecía en primera plana del *Times*, como tantas veces por aquel entonces. En aquella ocasión se trataba de algo relacionado con Austria. Pensé, y no por primera vez, que aquel rostro pálido rematado por un mechón lacio habría encajado a la perfección en el tablón de noticias de una oficina de correos.

—Pues la cosa va de maravilla —repuse—. De hecho, la cosa va tan bien que voy a estallar.

Dejé caer una moneda de diez en la caja de Corona que yacía sobre la pila de periódicos de Peoria. El *Times* cuesta tres centavos, y me parece caro, pero llevo dejando caer la misma cantidad en la caja de Peoria más tiempo del que recuerdo. Es un buen chico y saca buenas notas en la escuela; yo mismo me ocupé de comprobarlo el año pasado después de que me ayudara en el caso Weld. Si Peoria no hubiera aparecido en el barco-casa de Harris Brunner en el momento en que lo hizo, yo todavía estaría intentando mantenerme a flote con los pies atados a un bidón de queroseno en algún lugar de Malibú. Decir que le debo mucho no le haría justicia.

En el transcurso de aquella investigación en particular (sobre Peoria Smith, no sobre Harris Brunner ni

Mavis Weld), incluso descubrí el verdadero nombre del muchacho, aunque no me lo arrancarían ni con hierros candentes. El padre de Peoria decidió irse al otro barrio desde el noveno piso de un edificio de oficinas el Viernes Negro,* la madre es la única blanca que trabaja en esa estúpida lavandería china que hay en La Punta, y el chico es ciego. A la vista de todo esto, ¿tiene el mundo necesariamente que saber que le endosaron el nombre de Francis cuando era demasiado joven como para resistirse? Huelga todo comentario.

Si ha pasado algo realmente jugoso la noche anterior, por lo general se encuentra la noticia en la primera página del *Times*, en la parte izquierda, justo debajo del pliegue. Giré el periódico y leí que el líder de una orquesta cubana había sufrido un ataque al corazón mientras bailaba con su cantante femenina en The Carousel, en Burbank. Había muerto al cabo de una hora en el Hospital General de Los Ángeles. Sentí cierta compasión por la viuda del maestro, pero ninguna por él. En mi opinión, la gente que va a bailar a Burbank merece cualquier cosa que le suceda.

Abrí el periódico por la sección de deportes para comprobar cómo había quedado Brooklyn en el partido doble que había jugado contra los Cards la noche anterior.

—¿Y tú qué tal, Peoria? ¿Todos bien en el castillo? ¿Todos los fosos y almenas en buen estado?

—¡Desde luego, señor Umney! ¡Sí, señor!

Algo en su voz me llamó la atención, y bajé el periódico para observarlo con mayor atención. Y entonces vi lo que un perspicaz sabueso como yo debería haber advertido en seguida; que el chico estaba a punto de estallar de alegría.

—Tienes el aspecto de alguien al que acaban de re-

* El inicio del *crac* de 1929 arrastró al suicidio a muchos financieros. *(N. del E.)*

galar seis entradas para el primer partido de la Liga Mundial —comenté—. ¿Qué es lo que pasa, Peoria?

—¡Mi madre ha ganado la lotería en Tijuana! —exclamó—. ¡Cuarenta mil pavos! ¡Somos ricos, hermano! ¡Ricos!

Le dediqué una sonrisa que no vio y le alboroté el pelo. Eso le desordenó el remolino del pelo, pero qué mas daba.

—Bueno, bueno, no te pases. ¿Cuántos años tienes, Peoria?

—Cumplí doce en mayo. Pero usted ya lo sabe, señor Umney; me regaló un polo. Pero no veo qué tiene eso que ver con...

—Con doce años ya hay que saber que a veces la gente confunde lo que quiere que suceda con lo que realmente sucede. Eso es lo que quería decir.

—Si se refiere a soñar despierto, tiene toda la razón; sé exactamente lo que es soñar despierto —replicó Peoria al tiempo que se pasaba la mano por la coronilla para volver a colocar el remolino en su sitio—. Pero no estoy soñando despierto, señor Umney. ¡Es verdad! Mi tío Fred bajó a buscar el dinero ayer por la tarde. Lo trajo en la cartera de la Vinnie. ¡Olí el dinero! Maldita sea, ¡me revolqué en el dinero! ¡Estaba esparcido por toda la cama de mi madre! Es la sensación más fuerte que he tenido en toda mi vida, eso se lo digo yo... ¡Cuarenta mil jodidos pavos!

—Es posible que con doce años ya pueda distinguirse entre soñar despierto y la realidad, pero no se puede hablar de esta forma.

Aquello sonó bien; estoy seguro de que la Legión de la Decencia habría aprobado mis palabras al ciento por ciento, pero lo cierto es que hablaba con el piloto automático puesto y apenas oía las palabras que brotaban de mis labios. Estaba demasiado ocupado intentando comprender lo que el muchacho acababa de contarme. Solo estaba seguro de una cosa; el chico se había equivocado. Tenía que haberse equivocado, porque si lo que decía era cierto, Peoria dejaría de estar en la esquina cuando pasara de camino a mi oficina en el edificio Fulwider. Y eso no podía ser.

De repente recordé a los Demmick, quienes por primera vez en la historia no habían puesto ninguno de sus discos de *big bands* a todo volumen antes de irse a la cama, y también recordé a *Buster*, que por primera vez en la historia no había saludado con una salva de ladridos el sonido de George al hacer girar la llave en la cerradura. La sensación de que algo no iba bien me acometió de nuevo, aunque con mayor fuerza.

Entretanto, Peoria me miraba con una expresión que nunca habría esperado ver en su rostro abierto y sincero; una expresión de irritación huraña mezclada con humor exasperado. La expresión que adopta un niño al que un viejo tío ha contado todos los cuentos, incluso los aburridos, tres o cuatro veces.

—¿Es que no se entera de la noticia, señor Umney? ¡Somos ricos! Mi madre ya no tendrá que planchar camisas para ese viejo estúpido de Lee Ho, y yo ya no tendré que vender periódicos en la esquina, temblar cuando llueva ni hacerles la pelota a esos gilipollas que trabajan en Bilder's. Y podré dejar de fingir que he muerto y he ido al cielo cada vez que algún imbécil me deje un centavo de propina.

Aquellas palabras me produjeron un ligero sobresalto, pero, ¡qué diablos! Al fin y al cabo, yo no era hombre de un centavo. Siempre le dejaba siete centavos. A menos que estuviera demasiado arruinado como para permitírmelo, claro está, pero en mi negocio hay muchas épocas de vacas flacas.

—Quizá deberíamos ir a Blondie's para tomar una taza de café —dije—. Y para hablar del asunto.

—No podemos. Está cerrado.

—¿Blondie's? ¿Cómo va a estar cerrado Blondie's?

Pero Peoria no iba a molestarse con algo tan mundano como la cafetería que estaba calle arriba.

—¡Pero todavía no sabe lo mejor, señor Umney! Mi tío Fred conoce a un médico en Frisco, un especialista que cree que puede arreglarme los ojos.

Alzó el rostro hacia mí. Bajo las gafas oscuras y la nariz demasiado delgada, le temblaban los labios.

—Dice que quizá no es el nervio óptico, y si no es existe una operación que... No entiendo todas las cosas técnicas, ya sabe, pero la cuestión es que volvería a ver, señor Umney.

El chico alargó la mano hacia mí a tientas. Bueno, por supuesto. ¿De qué otra forma iba a alargar la mano?

—¡Volvería a ver!

Se aferró a mí, y yo lo tomé de las manos y se las oprimí un momento antes de apartarlas con suavidad. Tenía tinta en los dedos, y aquella mañana me había sentido tan bien que me había puesto la nueva americana blanca. Demasiado para un día de verano, por supuesto, pero en toda la ciudad había aire acondicionado por aquel entonces, y además, sentía una especie de frescor natural.

No obstante, ahora ya no estaba tan fresco. Peoria me estaba mirando con una expresión preocupada en su delgado y en cierto modo perfecto rostro de vendedor de periódicos. Una leve brisa que olía entre oleander y tubos de escape le alborotaba el remolino, y en aquel instante me di cuenta de la razón; Peoria no llevaba la sempiterna gorra de *tweed*. Parecía desnudo sin ella. A fin de cuentas, todo vendedor de periódicos debía llevar gorra de *tweed*, del mismo modo que todo limpiabotas debía llevar una gorra colocada detrás de la cabeza.

—¿Qué pasa, señor Umney? Creía que se alegraría por mí. Caray, ni siquiera tendría que haber venido a la esquina hoy, ¿sabe? Pero he venido; incluso he venido un poco más pronto, porque tenía la sensación de que usted también llegaría pronto. Creía que se alegraría de que a mi madre le haya tocado la lotería y de que eso me dé la oportunidad de operarme. Pero no se alegra —exclamó con voz temblorosa—. ¡No se alegra!

—Sí que me alegro —repuse.

Y de hecho, quería alegrarme, al menos una parte de mí quería alegrarse, pero la verdad es que el chico tenía mucha razón. Porque aquello significaba que las cosas iban a cambiar, y las cosas no debían cambiar. Peoria Smith debía seguir en aquella misma esquina año tras año, tocado con aquella gorra perfecta que se apartaba un poco de la cara en los días más calurosos y se calaba hasta los ojos cuando llovía, a fin de que las gotas resbalaran por la visera. Peoria Smith debía exhibir siempre una sonrisa, nunca decir «gilipollas» ni «jodidos»; y sobre todo, debía ser ciego.

—¡No, no se alegra! —repitió el chico.

Y de repente, sin previo aviso, hizo caer la mesita al suelo. Todos los periódicos salieron volando. El bastón blanco de Peoria rodó hasta la cuneta. Vi que unas lágrimas surgían de debajo de las gafas oscuras y resbalaban por las mejillas pálidas y delgadas del chiquillo. Buscó a tientas el bastón, pero este había caído cerca de mí, y Peoria estaba buscándolo en la dirección equivocada. Me acometió el acuciante deseo de propinarle un puntapié en el trasero al vendedor de periódicos ciego.

En lugar de ceder a dicho deseo, me agaché, cogí el bastón y le golpeé ligeramente la cadera con él.

Peoria se volvió raudo como una serpiente y me arrebató el bastón. Por el rabillo del ojo vi las fotografías de Hitler y del recientemente fallecido líder del grupo cubano revoloteando por todo el Sunset Boulevard. Un autobús que se dirigía hacia Van Ness pisó un montón de ellos, dejando una amarga estela de diésel quemado. No soportaba el aspecto que tenían aquellos periódicos que revoloteaban por todas partes. Daban una sensación de desorden. Peor aún, daban la sensación de que algo iba mal. Completa y absolutamente mal. Contuve otro deseo, tan intenso como el primero, de agarrar a Peoria y zarandearlo. De decirle que iba a pasar toda la mañana recogiendo los periódicos y que no lo dejaría marchar hasta que hubiera recogido todos y cada uno de ellos.

Se me ocurrió que hacía apenas diez minutos todavía había creído que aquella era la perfecta mañana de Los Ángeles, tan perfecta que merecía el simbolito de marca registrada. Y es que había sido la mañana perfecta, maldita sea. Así que, ¿cuándo habían empezado a ir mal las cosas?

No obtuve respuesta, claro está, tan solo una irracional vocecilla interior que me decía que la madre de aquel crío no podía haber ganado la lotería, que el crío no podía dejar de vender periódicos, y que, sobre todo, el crío no podría dejar de ser ciego. Peoria Smith debía seguir siendo ciego el resto de su vida.

«Bueno, debe de ser una operación experimental —me dije—. Incluso aunque el médico de Frisco no sea un fantasma, que probablemente lo es, lo más probable es que la operación sea un fracaso.»

Y por extraño que parezca, aquel pensamiento me tranquilizó.

—Escucha —dije—. Hoy nos hemos levantado con el pie izquierdo, eso es todo. Deja que te compense. Vamos a Blondie's y te invito a desayunar, ¿vale, Peoria? Podrás devorar un plato de huevos con bacon y contarme...

—¡Váyase a tomar por culo! —gritó Peoria para mi enorme sorpresa—. ¡Váyase a tomar por culo, maldito gilipollas! ¿Cree que los ciegos no sabemos cuándo alguien dice mentiras? ¡A tomar por el saco! ¡Y no me ponga las manos encima nunca más! ¡Creo que es usted un maldito maricón!

Aquello fue la gota que colmó el vaso; nadie me llama maricón y queda impune, ni siquiera un vendedor de periódicos ciego. Olvidé por completo que Peoria Smith me había salvado el pellejo durante el caso de Mavis Weld; alargué la mano hacia el bastón, con la intención de arrebatárselo y darle unos cuantos azotes con él. Para darle una lección de buenos modales.

Pero antes de que pudiera cogerlo, Peoria se abalanzó sobre mí y me golpeó con el bastón en el bajo vientre... Y he dicho bajo vientre. Me encogí de dolor, pero incluso mientras hacía lo imposible por no ponerme a gritar, me dije que tenía suerte. Cinco centímetros más abajo y podría haber dejado de espiar para ganarme la vida y buscarme un trabajo como soprano en el Palace of the Doges.

Pese a todo, volví a alargar la mano en dirección a Peoria, pero el chico me golpeó en la nuca. Con fuerza. El bastón no se rompió, pero sí se oyó un crujido. Me dije que podría acabar de romperlo cuando consiguiera quitárselo y metérselo en la oreja. Ya le enseñaría yo quién era el maricón.

El chico retrocedió como si me hubiera leído el pensamiento y arrojó el bastón a la calle.

—Peoria —conseguí farfullar.

Tal vez todavía no era demasiado tarde para conservar la cordura.

—Peoria, ¿quieres decirme qué narices te...?

—¡No me llame Peoria! —chilló el chico—. ¡Me llamo Francis! ¡Frank! ¡Fue usted quien empezó a llamarme Peoria! ¡Fue usted quien empezó y ahora todo el mundo me llama así y no lo soporto!

Me lloraban los ojos, por lo que vi a dos Peorias volviéndose y cruzando la calle a toda prisa. El chico hacía caso omiso del tráfico, aunque, por suerte para él, no pasaban coches en aquel momento, y corría con los brazos extendidos ante sí. Creí que tropezaría con el bordillo del otro lado, de hecho, esperaba que tropezara, pero supongo que los ciegos tienen todo un juego de mapas tipográficos en la cabeza. Peoria saltó al bordillo con la agilidad de una cabra montesa y a continuación volvió sus gafas oscuras hacia mí. En su rostro surcado de lágrimas se leía una expresión de triunfo enloquecido, y los cristales negros parecían más que nunca simples agujeros negros. Agujeros grandes, como si alguien le hubiera disparado varias veces con una escopeta de gran calibre.

—¡Blondie ya no existe, ya se lo he dicho! —chilló—. ¡Mi madre dice que se ha largado con la putita pelirroja que contrató el mes pasado! ¡Ya le gustaría a usted, desgraciado!

Peoria giró en redondo y echó a correr calle arriba de aquella forma tan extraña y tan característica de él; con los dedos abiertos extendidos ante él. La gente se paraba en pequeños grupos para mirarlo, para mirar los periódicos que revoloteaban en la calle, para mirarme a mí.

De hecho, principalmente para mirarme a mí, por lo visto.

Peoria... bueno, está bien, Francis, llegó hasta el bar de Derringer antes de girarse para dedicarme su último saludo.

—¡A tomar por culo, señor Umney! —gritó.

Dicho aquello siguió corriendo.

2. LA TOS DE VERNON

Conseguí erguirme y cruzar la calle. Peoria, alias Francis Smith, se había perdido de vista hacía rato, pero lo cierto era que quería alejarme de aquellos periódicos desordenados lo antes posible. Mirarlos me estaba produciendo un dolor de cabeza que, en cierto modo, era peor que el dolor que me atormentaba la ingle.

Una vez al otro lado de la calle, me puse a contemplar el escaparate de la papelería Felt como si el nuevo bolígrafo de Parker fuera la cosa más fascinante que hubiera visto en toda mi vida (o tal vez aquellas agendas de piel de imitación tan sexys). Al cabo de unos cinco minutos, el tiempo suficiente como para grabarme todos los objetos del polvoriento escaparate en la memoria, me sentí capaz de reanudar mi travesía por Sunset sin llamar demasiado la atención.

Las preguntas me daban vueltas alrededor de la cabeza del modo en que los mosquitos te dan vueltas alrededor de la cabeza cuando vas al cine al aire libre de San Pedro sin llevarte el repeleinsectos. Pude ignorar la mayoría, pero un par de ellas eran muy persistentes. En primer lugar, ¿qué diablos le había pasado a Peoria? En segundo lugar, ¿qué diablos me había pasado a mí? Seguí pensando en aquellas inquietantes cuestiones hasta llegar ante el escaparate de Blondie's City Eats, abierto las 24 horas, especialidad en bollería, situado en la esquina de Sunset y Travernia; cuando llegué ahí, todas aquellas cuestiones quedaron disipadas de golpe. Blondie's había estado en aquella esquina desde que me alcanzaba la memoria, con todos los chanchulleros, mafiosos, chulos y excéntricos entrando y saliendo sin cesar; sin olvidar a los tipos adinerados, las lesbianas y los drogadictos. En cierta ocasión, una famosa estrella del cine mudo había sido detenida por asesinato cuando salía de Blondie's, y yo mismo había hecho un trabajito sucio en Blondie's no hacía demasiado tiempo, un trabajito consistente en cargarme a un pijo repleto de coca llamado Dunninger, que se había cargado a su vez a tres cocainómanos en las postrimerías de una orgía de drogas celebrada en Hollywood. Asimismo, era el lugar en que me había despedido de una rubia platino de ojos violetas llamada Ardis McGill. Había pasado el resto de aquella noche caminando entre una desusada niebla que tal vez solo se hallaba tras mis ojos... y había empezado a rodar por mis mejillas al salir el sol.

¿Blondie's cerrado? ¿Que Blondie's había desaparecido? Imposible, habría dicho cualquiera... Era más probable que la Estatua de la Libertad desapareciera de su yerma lengua de roca del puerto de Nueva York.

Imposible pero cierto. La vitrina que antes había albergado una deliciosa selección de tartas y pasteles aparecía cubierta de jabón, pero quien lo hubiera hecho no se había esforzado demasiado; el local estaba casi desierto. El suelo de linóleo se veía seco y sucio. Las aspas manchadas de grasa de los ventiladores de techo estaban inmóviles como las hélices de un avión que se hubiera estrellado. Quedaban algunas mesas, y seis u ocho de las sempiternas sillas tapizadas de rojo estaban apiladas patas arriba; pero eso era todo... a excepción de un par de azucareros volcados en un rincón.

Me quedé ahí parado, intentando asimilarlo, y fue como intentar subir un sofá grande por una escalera estrecha. Toda aquella vitalidad y emoción, aquellas movidas y sorpresas de la madrugada... ¿Cómo podía haber terminado todo aquello? No parecía un error; parecía una blasfemia. Para mí, Blondie's había sido un cúmulo de todas las contradicciones que rodeaban el corazón esencialmente oscuro y carente de amor de Los Ángeles; en ocasiones había pensado que Blondie's era Los Ángeles tal como la había conocido durante los últimos quince o veinte años, que era la ciudad, solo que en miniatura. ¿En qué otro lugar podía verse a un mafioso desayunando a las nueve de la noche junto a un cura, o a una tía despampanante cargada de diamantes sentada en la barra junto a un obrero cubierto de grasa que celebrara el fin de su turno con una taza de café caliente? De repente recordé al músico cubano y su ataque al corazón, aunque esta vez con una punzada de considerable compasión.

Toda aquella maravillosa y espectacular vida de Los Ángeles... ¿Lo captas, amigo? ¿Te enteras?

El cartel colgado en la puerta decía: CERRADO POR REFORMAS, REAPERTURA EN BREVE, pero no lo creí. Según mi experiencia, unos azucareros volcados en el rincón no indican que haya obras de reforma en marcha. Peoria tenía razón; Blondie's había pasado a la historia. Me volví y seguí caminando por la calle, pero ahora a paso lento y obligando conscientemente a mi cabeza a permanecer erguida. Mientras me acercaba al edificio Fulwider, donde tengo un despacho desde hace más tiempo del que me gusta recordar, me embargó una extraña certeza. Los pomos de las grandes puertas dobles estarían cerrados con una gruesa cadena y un gran candado. Los cristales estarían surcados de descuidadas tiras de jabón. Y habría un cartel que rezaría: CERRADO POR REFORMAS, REAPERTURA EN BREVE.

Cuando llegué al edificio, aquella idea loca se había adueñado de mí con fuerza obsesiva, y ni siquiera el hecho de ver a Bill Tuggle, el peculiar asesor fiscal del tercer piso, entrando en el edificio logró apartar aquel pensamiento. Pero como suele decirse, ver para creer; al llegar al 2221 no vi ninguna cadena, ningún cartel ni espuma en los cristales. Solo era el Fulwider, el mismo de siempre. Entré en el vestíbulo, olí el mismo olor de siempre, que me recuerda a las pastillas de color rosa que suelen poner en los lavabos públicos de hombres, y vi las mismas palmeras escuálidas sombreando el mismo suelo de desvaídas baldosas rojas.

Bill estaba junto a Vernon Klein, el ascensorista más viejo del mundo, en el ascensor número 2. Con su raído traje rojo y el viejo sombrero en forma de pastillero, Vernon parece un cruce entre el botones de Philip Morris y un macaco que se ha caído en un robot industrial de limpieza a vapor. Vern alzó hacia mí aquellos ojos tristones de perro que le lloraban a causa del Camel que pendía de la comisura de sus labios. De hecho, sus ojos deberían haberse acostumbrado al humo hacía muchos años; no recordaba haberlo visto jamás sin un Camel colgando de su boca en aquella misma posición.

Bill se hizo a un lado, pero no lo suficiente. No había espacio en la cabina como para que Bill se apartara lo suficiente. No creo que hubiera espacio en Rhode Island como para que Bill se apartara lo suficiente. Delaware, quizá. Bill olía a mortadela marinada durante un año en whisky barato. Y justo en el momento en que pensaba que las cosas ya no podían ir peor, Bill eructó.

—Lo siento, Clyde.

—No me extraña —repuse al tiempo que agitaba la mano para apartar el aire y Vern cerraba las puertas para llevarnos a la luna... o al menos hasta el séptimo piso—. ¿En qué desagüe has pasado la noche, Bill?

No obstante, aquel olor tenía algo reconfortante, mentiría si dijera lo contrario. Porque se trataba de un olor conocido. No era más que Bill Tuggle, maloliente, con resaca, de pie en el ascensor con las rodillas ligeramente dobladas, como si alguien le hubiera metido ensalada de pollo en los calzoncillos y acabara de darse cuenta de ello. No era un olor agradable, ningún aspecto del viaje matinal en ascensor podía serlo, pero al menos era algo conocido.

Bill me dedicó una débil sonrisa mientras el ascensor iniciaba su trayecto, pero no pronunció palabra.

Me volví hacia Vernon, sobre todo para huir de aquel olor a contable demasiado hecho, pero cualesquiera que fueran las superficiales palabras que hubiera pretendido pronunciar murieron en mi garganta. Las dos imágenes que habían colgado de la pared de la cabina por encima del taburete de Vernon, una de Jesucristo caminando sobre el Mar de Galilea mientras sus discípulos lo miraban fascinados desde una barca, y una foto de la mujer de Vernon ataviada en un vestido con flecos de cuero, en plan guapa del rodeo, y tocada con un peinado de fines de siglo, habían desaparecido. Lo que las había reemplazado no debería haber sorprendido a nadie, sobre todo en vista de la edad de Vernon, pero aun así supuso un tremendo golpe para mí.

Se trataba de una simple postal, nada más, una postal que mostraba la silueta de un hombre pescando en un lago al atardecer. Fueron las palabras que había bajo la imagen las que me dejaron hecho polvo: FELIZ JUBILACIÓN.

El momento en que Peoria me había dicho que tal vez volvería a ver se quedaba cortísimo ante lo que sentí en aquel instante. Los recuerdos me cruzaban la mente a la velocidad de las cartas de una baraja mezcladas por un auténtico jugador profesional. En cierta ocasión, Vernon había forzado la puerta del despacho contiguo al mío para llamar a una ambulancia cuando aquella enloquecida dama, Agnes Sternwood, arrancó el cable del teléfono de la pared y a continuación se tragó lo que, según afirmaba, era desatascador. El «desatascador» resultó ser azúcar, y el despacho cuya puerta forzó Vernon resultó ser un chiringuito de apuestas de primera categoría. Que yo sepa, el tipo que tenía alquilado el despacho bajo el nombre de MacKenzie Imports sigue recibiendo cada año el catálogo de Sears Roebuck en su celda de San Quintín. En otra ocasión, Vernon utilizó el taburete para dejar fuera de combate a un tipo que estaba a punto de freírme a tiros. El caso Mavis Weld, por supuesto. Por no hablar del día en que llevó a su hija a mi despacho (¡vaya monada!) porque se había metido en un asunto de revistas sucias.

¿Retirarse Vernon?

Era imposible. Imposible.

—Vernon —empecé—. ¿Qué clase de broma es esta?

—No es ninguna broma, señor Umney.

Y cuando detuvo el ascensor en el tercer piso, empezó a toser de un modo que no había oído en todos los años que hacía que lo conocía. Sonaba como bolos de mármol rodando por una calle de piedra. Se sacó el Camel de la boca, y comprobé horrorizado que la punta era de color de rosa, y no a causa de un lápiz de labios. Vern observó el cigarrillo, hizo una mueca, se lo volvió a meter en la boca y tiró de la puerta metálica en forma de acordeón.

—Tercerrr piso, señor Tuggle.

—Gracias, Vern —repuso Bill.

—No olvide la fiesta del viernes —advirtió Vern.

Sus palabras sonaban apagadas, pues había extraído un pañuelo con manchas marrones del bolsillo y se estaba limpiando los labios con él.

—Me gustaría mucho que viniera.

Volvió la mirada reumática hacia mí, y lo que vi en sus ojos me dio un susto de muerte. Algo esperaba a Vernon Klein a la vuelta de la esquina, y aquella mirada decía que Vernon sabía exactamente de qué se trataba.

—Y usted también, señor Umney. Hemos vivido muchas cosas juntos, y me encantaría brindar con usted por ello.

—¡Un momento! —grité aferrando a Bill por el brazo cuando intentaba salir del ascensor—. ¡Un momento, maldita sea! ¿Qué fiesta? ¿Qué pasa aquí?

—La jubilación —explicó Bill—. Suele ocurrir en un momento dado después de que se te ponga el pelo blanco, por si estás demasiado ocupado como para darte cuenta. La fiesta de Vernon se celebrará el viernes por la tarde en el sótano. Todo el edificio irá, y yo voy a hacer mi famosísimo ponche Dinamita. ¿Qué te pasa, Clyde? Hace un mes que sabes que Vernon se va el treinta de mayo.

Aquellas palabras me enojaron otra vez, del mismo

modo que cuando Peoria me había llamado maricón. Agarré a Bill por las hombreras del traje cruzado y lo zarandeé.

—¡Y una mierda!

—¡Y una mierda nada, Clyde! —replicó Bill con una sonrisa débil y dolida—. Pero si no quieres venir, allá tú. No vengas. De todas formas, llevas seis meses actuando de una forma un poco rara.

—¿Qué quieres decir con eso de un poco rara?

—Pues que estás como una cabra, como un cencerro, pirado, que te falta un tornillo, mochales... ¿Te suena alguna de estas? Y antes de que contestes, permíteme que te informe de que si me vuelves a sacudir, aunque solo sea un poquito, me explotarán las tripas, me saldrán despedidas a través del pecho y ni siquiera en la tintorería te podrán limpiar la porquería que dejarán.

Se soltó antes de que pudiera volver a zarandearlo y empezó a avanzar por el pasillo, con el trasero de los pantalones colgándole aproximadamente a la altura de las rodillas, como siempre. Se volvió una vez mientras Vernon volvía a cerrar la puerta metálica.

—Deberías tomarte unos días libres, Clyde. Ya mismo.

—Pero ¿qué es lo que te pasa? —le grité—. ¿Qué os pasa a todos?

Pero en aquel momento se cerró la puerta interior y reanudamos la subida, esta vez al Séptimo. Mi séptimo cielo. Vern arrojó la colilla al cubo de arena que había en el rincón y de inmediato se metió un cigarrillo nuevo en la boca. Encendió una cerilla con la uña del pulgar y se puso a toser de nuevo. Pequeñas gotas de sangre brotaban de entre sus labios resecos. Era un espectáculo lamentable. Vern había bajado los ojos; tenía la mirada fija en el otro rincón, sin ver nada, sin esperar nada. El olor corporal de Bill Tuggle pendía entre nosotros como un fantasma etílico.

—Muy bien, Vern —empecé—. ¿Qué te pasa y adónde irás?

Vernon nunca había hecho un uso excesivo de la lengua inglesa, y al menos aquello no había cambiado.

—Cáncer —repuso—. El sábado cojo el tren Desert Blossom para Arizona. Me voy a vivir con mi hermana. Pero no creo que se llegue a cansar de mí. No creo que tenga que cambiarme las sábanas más de dos veces.

Detuvo el ascensor y abrió la puerta corredera.

—Séptimooo, señor Umney. Su séptimo cielo.

Sonrió como siempre había hecho al pronunciar aquellas palabras, pero su sonrisa recordaba las calaveras de caramelo que se ven en Tijuana el Día de los Difuntos.

Ahora que la puerta del ascensor estaba abierta, olí algo en mi séptimo cielo que desentonaba tanto que tardé un momento en reconocer de qué se trataba: pintura fresca. Una vez advertí qué era, lo archivé; tenía otras cosas en qué pensar.

—Esto no está bien —comenté—. Tú sabes que no está bien, Vern.

Vernon volvió su aterradora mirada vacua hacia mí. Y en ella la muerte, una silueta negra moviéndose y haciendo señas justo detrás del desvaído azul del iris.

—¿Qué es lo que no está bien, señor Umney?

—Tú tienes que estar aquí, maldita sea. ¡Aquí mismo! Sentado en tu taburete, con Jesucristo y tu mujer ahí en la pared. ¡No esto!

Alargué el brazo, cogí la postal del hombre pescando en el lago, la rompí en dos pedazos, los junté, la rompí en cuatro y por fin la tiré. Los pedazos revolotearon hacia la desvaída alfombra del ascensor como confeti.

—Estar aquí mismo —repitió sin apartar de mí aquellos terribles ojos.

Más allá, dos hombres en monos salpicados de pintura se habían vuelto para mirarnos.

—Exacto.

—¿Durante cuánto tiempo, señor Umney? Puesto que lo sabe todo, supongo que también me podrá decir eso, ¿no? ¿Durante cuánto tiempo se supone que tengo que seguir manejando este maldito ascensor?

—Bueno, pues... para siempre —repuse.

Aquellas palabras quedaron suspendidas entre nosotros, otro fantasma en el ascensor repleto de humo. De haber podido escoger un fantasma, probablemente me habría decantado por el olor corporal de Bill Tuggle, pero no había elección.

—Para siempre, Vern —repetí.

Vernon dio una chupada al Camel, tosió humo y una finísima lluvia de sangre, y siguió mirándome.

—No es asunto mío dar consejos a los inquilinos, señor Umney, pero creo que le voy a dar uno de todas formas, ya que es mi última semana aquí y todo eso. Creo que debería ir al médico. Uno de esos que te enseñan manchas de tinta y te preguntan qué ves.

—No puedes jubilarte, Vern. —El corazón me latía con más violencia que nunca, pero logré seguir hablando en tono normal—. No puedes.

—¿No? —Vernon se sacó el cigarrillo de la boca (la punta ya estaba empapada de sangre fresca) y me volvió a mirar con una sonrisa escalofriante—. Pues parece que no me queda más remedio, señor Umney.

3. DE PINTORES Y PESOS

El olor a pintura fresca me llenó las narices, superando tanto el olor del humo de Vernon como el de los sobacos de Bill Tuggle. Los hombres en mono se hallaban bastante cerca de la puerta de mi despacho. Habían colocado una tela en el suelo, y sus herramientas estaban esparcidas encima... Latas, brochas, aguarrás. También había dos escaleras de mano que flanqueaban a los pintores como escuálidas estanterías. Quería correr por el pasillo y dar patadas a las paredes al pasar.

—¿Qué derecho tenían a pintar aquellas viejas y oscuras paredes de un sacrílego y estridente color blanco?

Sin embargo, lo que hice fue acercarme al que parecía tener un coeficiente de inteligencia de dos dígitos y preguntarle con toda cortesía qué estaban haciendo él y su compañero. El hombre se volvió hacia mí.

—¿Y a usté qué coño le parece? Pues yo le estoy metiendo mano a Miss América y aquí Chick le está poniendo carmín en las tetitas a Betty Garble.

Aquello era el colmo. El colmo de todo. Alargué la mano, agarré al tipejo por el sobaco y le pellizqué un nervio especialmente desagradable que se oculta ahí detrás. El hombre gritó y dejó caer la brocha. Gotas de pintura blanca le salpicaron los zapatos. Su compañero me lanzó una tímida mirada y retrocedió un paso.

—Si intentas largarte antes de que haya terminado contigo —gruñí—, te meteré la brocha por el culo de tal forma que necesitarás un telescopio para encontrarte las cerdas. ¿Tienes ganas de comprobar si estoy mintiendo?

El hombre dejó de moverse y se quedó parado en el borde de la tela, mirando a su alrededor como un demente en busca de ayuda. No había nadie a la vista. Casi esperaba que Candy abriera la puerta de mi despacho para ver qué era aquel jaleo, pero la puerta permaneció cerrada. Volví mi atención hacia el tipejo al que estaba sujetando.

—Te he hecho una pregunta bastante sencilla... ¿Qué coño estáis haciendo aquí? ¿Puedes contestar o quieres que te machaque otra vez?

Apreté un poco los dedos bajo la axila para refrescarle la memoria, y el tipejo volvió a gritar.

—¡Estamos pintando el pasillo! ¡Maldita sea! ¿Es que no lo ve?

Sí, señor, lo veía; y aunque fuera ciego, lo habría olido. Y no me gustaba nada la información que me transmitían esos dos sentidos. El pasillo no debía pintarse, y menos aún de ese estridente y deslumbrante color blanco. El pasillo debía ser oscuro y estar lleno de sombras; debía oler a polvo y a viejos recuerdos. Fuera lo que fuese que había dado comienzo con el desusado silencio de los Demmick, estaba empeorando por momentos. Estaba cabreado como una mona, tal como estaba averiguando aquel pobre tipo. También estaba asustado, pero ese es un sentimiento que se aprende a ocultar cuando llevar una pipa forma parte de tu modo de ganarte la vida.

—¿Y quién os ha enviado?

—Nuestro jefe —repuso el tipo mirándome como si yo estuviera loco—. Trabajamos en Pintura Personalizada Challis, en Van Nuys. El jefe es Hap Corrigan. Si quiere saber quién ha contratado la empresa, tendrá que preguntárselo a...

—El dueño —intervino el otro pintor—. El dueño del edificio. Un tipo llamado Samuel Landry.

Intenté hacer memoria, unir el nombre de Samuel Landry con lo que sabía acerca del edificio Fulwider, pero no lo logré. De hecho, no podía unir el nombre de Samuel Landry con nada..., pero aun así, durante un instante todo pareció encajar en mi mente, todo pareció sonar como una campana que se oye a kilómetros de distancia en una mañana de niebla.

—Estáis mintiendo —dije, aunque sin convicción, simplemente por decir algo.

—Llame al jefe —replicó el otro pintor.

Las apariencias engañan; al parecer, era el más listo de los dos. Se metió la mano en uno de los bolsillos del mono sucio y salpicado de pintura y extrajo una pequeña tarjeta.

Agité la mano en ademán cansado.

—De todas formas, ¿quién narices querría pintar este sitio?

No se lo preguntaba a ellos, pero el pintor que me había dado la tarjeta contestó de todos modos.

—Bueno —empezó con cautela—. Debe reconocer que alegra mucho.

—Oye, hijito —repliqué avanzando un paso hacia él—. ¿Tu madre ha tenido algún hijo que haya sobrevivido o solo abortos como tú?

—Bueno, bueno, no se ponga así —exclamó el hombre retrocediendo.

Seguí su mirada preocupada hasta mis puños cerrados y me obligué a abrirlos. No pareció demasiado aliviado, y desde luego, no me extrañó.

—A usted no le gusta. Eso está más claro que el agua. Pero hay que hacer lo que dice el jefe, ¿no? Quiero decir, jolines, que así es como se hacen las cosas en América.

Miró a su compañero y luego otra vez a mí. Fue una mirada rápida, casi de soslayo, pero en mi trabajo las había visto más de una vez, y es el tipo de mirada de la que no haces demasiado caso. «No molestes a este tipo —decía la mirada—. No le pongas nervioso ni hagas que se enfade. Está como una chota.»

—Quiero decir que tengo mujer y un hijo de los que cuidar —prosiguió—. Ahí fuera hay una Depresión, por si no lo sabía.

En aquel momento, una inmensa sensación de confusión se apoderó de mí, y mi enfado se esfumó del mismo modo que un incendio se esfuma bajo un chaparrón. ¿Había Depresión? ¿Había Depresión, de verdad?

—Ya lo sé —repuse, aunque no sabía nada—. Dejemos correr el asunto, ¿de acuerdo?

—De acuerdo —asintieron los pintores al unísono y con tanto entusiasmo que parecían casi un coro de barberos.

El que había tomado equivocadamente por medio inteligente tenía la mano izquierda sepultada en el sobaco en un intento de tranquilizar aquel nervio. Podría haberle dicho que al menos tardaría una hora en lograrlo, pero no tenía ganas de seguir hablando con ellos. No quería hablar con nadie ni ver a nadie... ni siquiera a la encantadora Candy Kane, cuyas miradas húmedas y sinuosas curvas subtropicales, como se sabe, han hecho hincarse de rodillas a los tipos más duros. Lo único que quería era atravesar la recepción y encerrarme en mi santuario. Tenía una botella de Robb's Eye en el cajón inferior izquierdo, y en aquel momento necesitaba un trago como fuera.

Me dirigí hacia la puerta acristalada sobre la que se leía CLYDE UMNEY DETECTIVE PRIVADO, conteniendo el deseo de propinar un puntapié a una lata de pintura blanca Dutch Boy para arrojarla por la ventana del final del pasillo a la escalera de incendios. De hecho, estaba a punto de hacer girar el pomo de mi puerta cuando se me ocurrió una idea y me volví de nuevo hacia los pintores..., pero despacio, para que no creyeran que me había dado otro ataque. Asimismo, tenía la sensación de que si me volvía demasiado rápido los sorprendería sonriéndose y llevándose los dedos a la sien..., el gesto para indicar locura que todos hemos aprendido en el patio del colegio.

Los pintores no se habían llevado los dedos a las sienes, pero tampoco me habían perdido de vista. El medio inteligente pareció medir la distancia que había hasta la puerta marcada con el cartel ESCALERA. De repente me entraron deseos de asegurarles que yo no era tan mal tipo una vez que se me conocía bien. De hecho, algunos clientes y al menos una ex mujer me consideraban una especie de héroe. Pero aquello no era algo que uno pudiera decir de sí mismo, sobre todo a dos desgraciados como aquellos.

—Tranquilos —dije—. No voy a abalanzarme sobre vosotros. Solo quiero haceros otra pregunta.

Se tranquilizaron un poco. De hecho, muy poco.

—Pregunte —replicó el Pintor Número Dos.

—¿Alguno de vosotros ha jugado alguna vez en Tijuana?

—¿«La lotería»? —preguntó Número Uno.

—Vuestros conocimientos de español me abruman. Sí, «la lotería».

Número Uno meneó la cabeza.

—La lotería mexicana y las casas de putas mexicanas son solo para los desgraciados.

«¿Y por qué crees que te lo pregunto a ti?», pensé aunque no lo dije en voz alta.

—Además —prosiguió—, se ganan diez o veinte mil pesos, ya ves. ¿Cuánto dinero de verdad es eso? ¿Cincuenta pavos? ¿Ochenta?

«Mi madre ha ganado la lotería en Tijuana —había dicho Peoria e incluso entonces había sabido que algo fallaba—. Cuarenta mil pavos... Mi tío Fred bajó a buscar el dinero ayer por la tarde. Lo trajo en la cartera de la Vinnie.»

—Sí —asentí—, algo así, creo yo. Y siempre pagan en metálico, ¿no? En pesos.

El pintor me volvió a mirar como si creyera que yo estaba loco, luego se dio cuenta de que realmente lo estaba y recompuso la expresión de su rostro.

—Bueno, sí. Es la lotería mexicana, ya sabe. No creo que pudieran pagar en dólares.

—Muy cierto —repuse.

Recordé el rostro delgado y entusiasmado de Peoria, el modo en que había dicho: «¡Estaba esparcido por toda la cama de mi madre! Es la sensación más fuerte que he tenido en toda mi vida, eso se lo digo yo... ¡Cuarenta mil jodidos pavos!».

Pero ¿cómo podía estar un niño ciego seguro de la

cantidad exacta... o siquiera de que realmente se estaba revolcando en dinero? La respuesta era bien sencilla. No podía. Pero incluso un vendedor de periódicos ciego debía de saber que no se puede llevar pasta mexicana por valor de cuarenta mil dólares en la maleta de una motocicleta Vincent. Su tío habría necesitado un camión de basura de Los Ángeles para transportar tanta pasta.

Confusión, confusión, tan solo oscuras nubes de confusión.

—Gracias —dije al tiempo que me alejaba hacia la oficina.

Estoy seguro de que los tres sentimos un gran alivio.

4. EL ÚLTIMO CLIENTE DE UMNEY

—Candy, cariño, no quiero ver a nadie ni aceptar ningún ca...

Me interrumpí de golpe. La recepción estaba desierta. La mesa de Candy, colocada en el rincón, aparecía extrañamente desnuda, y al cabo de un instante me di cuenta de la razón; la bandeja de ENTRADA/SALIDA estaba en la papelera, y las fotografías de Errol Flynn y William Powell habían desaparecido. Al igual que la radio Philco. El pequeño taburete azul de taquigrafía, desde el que Candy solía mostrar sus espléndidas piernas, estaba desocupado.

Me volví de nuevo hacia la bandeja de ENTRADA/SALIDA que sobresalía de la papelera como la proa de un barco a punto de hundirse, y el corazón me dio un vuelco. Tal vez alguien había entrado, puesto el lugar patas arriba y secuestrado a Candy. Tal vez se trataba de un caso, en otras palabras. En aquel momento me habría venido bien un caso, aunque significara que un mafioso estaba atando a Candy en aquellos momentos... y ajustando la cuerda sobre la firme curva de sus pechos con especial cuidado. Cualquier modo de zafarme de las telarañas que parecían estar adueñándose de mí me parecía tentador.

El problema de aquella idea era bien sencillo: la habitación no estaba patas arriba. La bandeja de ENTRADA/SALIDA se hallaba en la papelera, cierto, pero eso no indicaba que se hubiera producido una lucha; de hecho, era más bien como si...

Quedaba un solo objeto sobre la mesa y estaba colocado en el centro del papel secante. Un sobre blanco. Solo mirarlo me produjo una sensación muy desagradable. Pese a ello, crucé la habitación con gesto automático y cogí el sobre. No me sorprendió en lo más mínimo ver mi nombre escrito con la letra rizada y florida de Candy; tan solo era otra desagradable parte de aquella larga y desagradable mañana.

Rasgué el sobre, y un solo papel me cayó sobre la mano.

> Querido Clyde:
> Estoy harta de aguantar tus magreos y tus burlas, y estoy cansada de tus ridículos e infantiles chistes sobre mi nombre. La vida es demasiado corta como para malgastarla dejando que un detective divorcista de mediana edad y con mal aliento te ande metiendo mano todo el rato. Tenías tus cosas buenas, Clyde, pero las malas están ganando demasiado terreno, sobre todo desde que te pusiste a beber como un cosaco.
> Hazte un favor y crece de una vez.
>
> Sinceramente tuya,
> ARLENE CAIN
>
> P.D.: Vuelvo a casa de mi madre en Idaho. No intentes ponerte en contacto conmigo.

Sostuve la nota durante unos instantes más, mirándola sin dar crédito a mis ojos, y por fin la dejé caer. Recordé una de las frases mientras el papel flotaba en un perezoso zigzag hacia la papelera ya atestada. «Estoy cansada de tus ridículos e infantiles chistes sobre mi nombre.»

Pero ¿tenía idea yo de que su nombre no fuera Candy Kane? Reflexioné sobre ello mientras la nota proseguía su lento y en apariencia interminable balanceo hacia la papelera, y la respuesta fue un sincero no. Su nombre siempre había sido Candy Kane; habíamos bromeado sobre ello en muchas ocasiones, y si habíamos tenido unas cuantas sesiones de flirteo de oficina, ¿qué había de malo en ello? A ella siempre le había gustado. A los dos nos había gustado.

«¿De verdad le gustaba? —preguntó una vocecilla procedente de lo más hondo de mi ser—. ¿De verdad le gustaba o eso no es más que otro cuento que te has estado contando todos estos años?»

Intenté silenciar aquella voz, y al cabo de un momento lo logré, pero la que la sustituyó aún era peor. La segunda voz pertenecía ni más ni menos que a Peoria Smith.

«Y podré dejar de fingir que he muerto y he ido al cielo cada vez que algún imbécil me deja un centavo de propina —había dicho—. ¿Es que no se entera de la noticia, señor Umney?»

—Cierra el pico, niño —ordené a la habitación vacía—. No eres precisamente Gabriel Heatter.

Me aparté de la mesa de Candy, y de repente desfiló ante mis ojos una serie de rostros que recordaban los rostros de una banda de música formada por lunáticos: George y Gloria Demmick, Peoria Smith, Bill Tuggle, Vernon Klein, una rubia que valía un millón de dólares y que se hacía llamar por el insignificante nombre de Arlene Cain..., incluso los dos pintores.

Confusión, confusión, solo confusión.

Entré en mi oficina arrastrando los pies y cabizbajo, cerré la puerta tras de mí y me senté ante la mesa. A través de la ventana cerrada me llegaba el sonido amortiguado del tráfico de Sunset. Tenía la sensación de que para la persona adecuada seguía siendo una mañana perfecta de Los Ángeles, tan perfecta que uno esperaría ver un simbolito de marca registrada estampado en alguna parte, pero para mí, el día carecía de toda luz... tanto externa como interna. Pensé en la botella de bebercio que tenía en el cajón inferior, pero de repente, incluso agacharme para cogerla se me antojaba un esfuerzo demasiado grande. De hecho, me parecía un esfuerzo comparable a escalar el Everest con zapatillas de tenis.

El olor a pintura fresca había penetrado hasta mi santuario. Se trataba de un olor que por lo general me gustaba, pero no en aquel momento. En aquel momento era el olor de todo lo que había ido mal desde que los Demmick habían llegado a su *bungalow* de Hollywood diciéndose agudezas más afiladas que un cuchillo, poniendo los discos a todo volumen y al corgi a cien con sus eternas broncas. De improviso, se me ocurrió una idea de gran simplicidad y claridad, como suponía que debían ser las grandes verdades que se les ocurrían a las personas propensas a dar con ellas. Si un médico pudiera extirpar el cáncer que estaba matando al ascensorista del edificio Fulwider, el tumor sería blanco. Muy blanco. Y olería a pintura fresca marca Dutch Boy.

Aquella idea resultaba tan agotadora que me vi obligado a bajar la cabeza y presionar las palmas de las manos contra las sienes para mantenerla en su sitio... o tal vez para evitar que lo que había dentro estallara y salpicara las paredes. Y cuando la puerta se abrió sin ruido y empezaron a oírse pasos en la habitación, no levanté la cabeza, pues me parecía un esfuerzo mayor del que me sentía capaz de realizar en aquel instante.

Además, tenía la extraña sensación de que ya sabía quién era. No podía poner nombre a esa certeza, pero aquellos pasos me resultaban familiares. Al igual que la colonia, si bien sabía que no podría haber dicho de cuál se trataba aunque me hubieran apuntado con una pistola, y por una razón muy sencilla: no había olido aquella colonia en mi vida. ¿Cómo iba a reconocer una fragancia que no había olido en mi vida?, se preguntarán. No tengo ni idea, amigos, pero así fue.

Y eso no era lo peor de todo. Lo peor de todo era que estaba cagadito de miedo. Me he enfrentado a hombres furiosos que me apuntaban con armas, lo cual es terrible, y a mujeres furiosas con cuchillos, lo cual es mil veces peor; en cierta ocasión me ataron al volante de un Packard aparcado sobre las vías de una línea de trenes de carga muy frecuentada. Una vez incluso me arrojaron por la ventana de un tercer piso. He llevado una vida muy ajetreada, sí señor, pero nunca había sentido tanto miedo como al oler aquella colonia y oír aquellos silenciosos pasos.

Me embargó la sensación de que la cabeza me pesaba trescientos kilos.

—Clyde —dijo una voz.

Una voz que no había oído jamás, una voz que, no obstante, conocía tan bien como la mía. Aquella palabra hizo que la cabeza pasara a pesarme una tonelada en una fracción de segundo.

—Largo de aquí, quienquiera que sea —masculló sin alzar la mirada—. El chiringuito está cerrado. —Y algo me hizo añadir—: Por reformas.

—Mal día, ¿eh, Clyde?

¿Había un matiz de compasión en aquella voz? Creía que sí, y eso empeoraba las cosas aún más. Quienquiera que fuese aquel imbécil, no quería su compasión.

Algo me decía que su compasión entrañaba un peligro mayor que su odio.

—No tanto —repuse sin dejar de sujetarme la pesada y dolorida cabeza con las palmas de las manos y con la mirada clavada en el secante de la mesa.

En la esquina superior izquierda estaba escrito el número de teléfono de Mavis Weld. No podía dejar de mirarlo una y otra vez... BEverly 6-4214. Me parecía buena idea mantener la mirada fija en el secante. No sabía quién era el visitante, pero sabía que no tenía deseo alguno de verlo. En aquel momento era lo único que sabía.

—Creo que estás siendo poco... sincero, podríamos decir —comentó la voz con un matiz inconfundible de compasión.

El timbre de su voz hizo que mi estómago se encogiera hasta convertirse en algo que recordaba un puño empapado de ácido. Se oyó un crujido cuando el visitante se dejó caer en la silla de los clientes.

—No sé exactamente qué significa esa palabra, pero, sí, podríamos decirla —asentí—. Y ahora que ya la hemos dicho, ¿por qué no levanta sus posaderas de la silla y se larga de aquí? Creo que me voy a tomar el día libre. Puedo hacerlo sin problema, ¿sabe? Al fin y al cabo, soy el jefe. Es estupendo cómo salen las cosas a veces, ¿verdad?

—Supongo que sí. Mírame, Clyde.

El corazón me dio otro vuelco, pero mantuve la cabeza baja, leyendo una y otra vez el BEverly 6-4214. Una parte de mí se preguntó si el infierno era lo suficientemente espantoso para Mavis Weld. Cuando hablé, comprobé sorprendido aunque agradecido que mi voz sonaba firme y segura.

—De hecho, es posible que me tome el año libre.

Quizá me vaya a Carmel. Pasarme los días sentado en el porche con el *American Mercury* sobre el regazo y mirando las olas gigantescas que llegan de Hawai.

—Mírame.

No quería hacerlo, pero mi cabeza empezó a alzarse contra mi voluntad. El visitante estaba sentado en la silla que Mavis había ocupado en cierta ocasión, al igual que Ardis McGill y Big Tom Hatfield. Incluso Vernon Klein se había sentado en ella una vez, cuando recibió aquellas fotos de su hija sin nada encima excepto una gran sonrisa drogada. Estaba ahí sentado, con el consabido parche de sol californiano iluminándole las facciones..., unas facciones que sí conocía, sin lugar a dudas. De hecho, las había visto por última vez una hora antes, en el espejo de mi cuarto de baño, mientras pasaba por ellas una hoja Gillette Blue.

La expresión de compasión que se leía en sus ojos, en mis ojos, era lo más espantoso que había visto en mi vida, y cuando extendió la mano, mi mano, me acometió el acuciante deseo de hacer girar la silla, levantarme y saltar directamente por la ventana de mi oficina del séptimo piso. Creo que lo habría hecho si no me hubiera sentido tan confuso, tan completamente perdido. He leído muchas veces la expresión «a la deriva», pues es la predilecta de los escritorzuelos baratos, pero era la primera vez que me sentía realmente así.

De repente, el despacho se oscureció. Habría jurado que el día había estado del todo despejado, pero en aquel momento, una nube cubrió el sol. El hombre sentado frente a mí me llevaba al menos diez años, tal vez quince, y tenía el cabello casi completamente blanco, mientras que el mío todavía era casi del todo negro, pero aquello no cambiaba el hecho de que, se llamara como se llamase y tuviera los años que tuviese, él era yo. ¿Había creído que la voz me resultaba familiar? Pues sí, del mismo modo en que nuestra propia voz nos resulta familiar cuando la escuchamos en una grabación, si bien no suena exactamente igual como la oímos cuando hablamos.

El hombre tomó mi mano flácida, la estrechó con la brusquedad de un agente de fincas en pleno negocio y la dejó caer. Chocó contra el secante con un golpe sordo, justo en el lugar en que estaba escrito el número de Mavis Weld. Cuando levanté los dedos, comprobé que el número de Mavis había desaparecido. De hecho, todos los números que había garabateado sobre el secante a lo largo de los años habían desaparecido. El secante estaba tan limpio como..., bueno, como la conciencia de un baptista de pura cepa.

—Dios mío —farfullé—. Dios mío.

—Nada de Dios mío —replicó la versión más vieja de mí que estaba sentada al otro lado de la mesa—. Landry. Samuel D. Landry. A su servicio.

5. UNA ENTREVISTA CON DIOS

Aunque estaba de lo más confuso, no tardé más de dos o tres segundos en situar el nombre, probablemente porque hacía muy poco que lo había oído. Según el Pintor Número Dos, Samuel Landry era la razón por la que el largo y penumbroso pasillo que conducía a mi despacho sería blanco al cabo de muy poco tiempo. Landry era el propietario del edificio Fulwider.

De repente se me ocurrió una idea demencial, pero su demencia patente no menguó en lo más mínimo la súbita punzada de esperanza que la acompañó. Dicen, quienesquiera que sean, que todo el mundo tiene su doble. Tal vez Landry era mi doble. Tal vez éramos gemelos idénticos, dobles desconocidos que, de algún modo, habían nacido de padres diferentes y con diez o quince años de diferencia. Aquella idea no explicaba ningún otro de los sucesos acaecidos durante aquel extraño día, pero al menos era algo a lo que aferrarse, maldita sea.

—¿Qué puedo hacer por usted, señor Landry? —pregunté en un intento vano de hablar con voz firme—. Si se trata del alquiler, tendrá que concederme uno o dos días más para que me organice. Por lo visto, mi secretaria acaba de darse cuenta de que tenía algo urgentísimo que hacer en Sobaco, Idaho.

Landry no prestó atención alguna a aquel débil intento de desviar la conversación.

—Imagino que ha sido uno de los peores días que puedan imaginarse..., y todo por mi culpa. Lo siento, Clyde..., de verdad. Conocerte en persona ha sido..., bueno, no ha sido lo que esperaba. En absoluto. En primer lugar, me caes mucho mejor de lo que esperaba. Pero es imposible echarse atrás.

Landry exhaló un profundo suspiro. El sonido no me hizo ni pizca de gracia.

—¿Qué quiere decir con eso?

Me temblaba la voz cada vez más, y el rayo de esperanza se estaba apagando. Al parecer, ello se debía a la falta de oxígeno en la cavidad que antes había sido mi cerebro.

Landry no contestó de inmediato. En lugar de ello, se inclinó y cogió el asa de una delgada cartera de cuero que estaba apoyada contra la pata delantera de la silla. Las iniciales grabadas en ella eran S.D.L., por lo que deduje que mi extraño visitante la había traído consigo. A fin de cuentas, no gané el premio al Mejor Sabueso del Año 1934 y 1935 en balde, ¿saben?

Nunca había visto una cartera como aquella; era demasiado pequeña y delgada como para ser un portafolios, y no se cerraba con correas y hebillas, sino con una cremallera. Y tampoco había visto nunca una cremallera como aquella, ahora que lo pensaba. Los dientes eran minúsculos y no parecían ser de metal.

Pero el equipaje de Landry no era más que el comienzo de toda una serie de cosas raras. Incluso dejando de lado el increíble parecido entre él y yo, Landry no se parecía a ningún hombre de negocios que hubiera visto en mi vida, y desde luego, no parecía un hombre de negocios lo suficientemente próspero como para ser propietario del edificio Fulwider. No es el Ritz, ya lo sé, pero se encuentra en el centro de Los Ángeles, y mi cliente (si es que lo era) parecía un vagabundo en un día bueno después de ducharse y afeitarse.

Llevaba tejanos, en primer lugar, y zapatillas deportivas..., solo que no se parecían a ninguna zapatilla de deporte que hubiera visto jamás, sino que eran una especie de trastos toscos. En realidad, parecían los zapatos que Boris Karloff lleva como parte de su atuendo de Frankenstein, y habría jurado que no estaban hechos de lona. La palabra escrita en letra roja a los lados de los zapatos parecía el nombre de un plato chino: REEBOK.

Bajé la mirada hacia el secante que antes había estado cubierto de una maraña de números y me di cuenta de que ya no recordaba el de Mavis Weld, aunque debía de haberla llamado al menos un millón de veces durante el invierno anterior. Sentía un miedo cada vez mayor.

—Mire —empecé—. Me gustaría que me informara del motivo de su visita y a continuación saliera por esa puerta. Ahora que lo pienso, ¿por qué no se salta la parte del motivo de la visita y pasa directamente a la de salir por esa puerta?

El hombre esbozó una sonrisa... cansada, me pareció. Eso era otra cosa. El rostro que surgía por encima de la sencilla camisa blanca de cuello abierto tenía un aspecto terriblemente cansado. Y también terriblemente triste. Indicaba que el hombre al que pertenecía había pasado por situaciones que yo ni siquiera podía imaginar. Sentí cierta compasión por el visitante, pero lo que sentía con mayor intensidad era miedo. Y enojo. Porque también se trataba de mi rostro, y por lo visto, aquel hijo de perra había hecho lo imposible por gastarlo.

—Lo siento, Clyde —repuso—. Eso es imposible.

Colocó una mano sobre aquella pequeña y extraña cremallera, y de repente sentí que lo último que deseaba en el mundo era que Landry abriera el maletín.

—¿Siempre va a ver a sus inquilinos vestido como un pordiosero? —pregunté para distraerlo— ¿Es que es usted uno de esos millonarios excéntricos?

—Soy un excéntrico, sí señor —asintió—. Y no te servirá de nada intentar librarte de este asunto, Clyde.

—¿Y quién le dice que quiero...?

Y entonces dijo lo que yo había estado temiendo y en lo que, al mismo tiempo, había depositado mi última esperanza.

—Conozco todos tus pensamientos, Clyde. Al fin y al cabo, yo soy tú.

Me pasé la lengua por los labios y me obligué a hablar; cualquier cosa era preferible a permitir que abriera aquella cremallera. Cualquier cosa. Pronuncié las siguientes palabras con voz ronca, pero al menos las pronuncié:

—Sí, ya me he dado cuenta del parecido. Sin embargo, no conozco esa colonia. Yo siempre uso Old Spice.

Seguía sujetando la cremallera con el pulgar y el índice, pero no la abrió. Al menos de momento.

—Pero te gusta esta colonia —replicó con absoluta seguridad en sí mismo—, y la usarías si pudieras comprarla en la droguería de la esquina, ¿verdad? Por desgracia, no es así. Se llama Aramis y no será inventada hasta dentro de unos cuarenta años. —Bajó la mirada hacia sus extrañas y feas zapatillas de baloncesto—. Como las zapatillas.

—Y ahora una de indios.

—Los indios no tienen nada que ver en todo esto —replicó Landry sin sonreír.

—¿De dónde es usted?

—Creía que lo sabías.

Landry tiró de la cremallera y dejó al descubierto un artilugio hecho de plástico liso. Era del mismo color que adquiriría el pasillo del séptimo piso en cuanto se pusiera el sol. Nunca había visto nada parecido. No se veía ninguna marca, tan solo algo que debía de ser el número de serie: T-1000. Landry lo sacó del maletín, manipuló unos cierres que había a los lados y levantó la tapa hasta dejar al descubierto algo parecido a la pantalla de un aparatejo de película de ciencia ficción.

—Vengo del futuro —prosiguió Landry—. Igual que en las historias de las revistas sensacionalistas.

—Usted viene del loquero, hombre —masculló.

—Pero, en realidad, no exactamente como en las historias de ciencia ficción —continuó sin hacer caso alguno de mis palabras—. No, no exactamente.

Pulsó un botón situado en un costado de la caja de plástico. Del interior del aparato surgió un débil silbido seguido de un agudo pitido. El trasto que el hombre sostenía sobre el regazo parecía una extraña máquina de taquigrafía... y tenía la sensación de que no iba tan desencaminado.

—¿Cómo se llamaba tu padre, Clyde? —preguntó alzando la vista hacia mí.

Lo miré durante un instante, resistiendo la tentación de volverme a pasar la lengua por los labios. La estancia seguía en la penumbra, pues el sol todavía estaba oculto detrás de alguna nube que ni siquiera había estado en el cielo cuando entré en el edificio. El rostro de Landry parecía flotar en la semioscuridad como un viejo y marchito globo.

—¿Qué tiene eso que ver con nada? —repliqué.

—No lo sabes, ¿verdad?

—Pues claro que lo sé —repuse.

Y era cierto, lo que ocurría era que no me salía en aquel momento, eso era todo. Lo tenía en la punta de la lengua, al igual que el número de Mavis Weld, que era BAyshore algo.

—¿Y tu madre?

—¡Déjese de jueguecitos!

—Una fácil... ¿A qué instituto fuiste? Todo americano de bien recuerda el nombre de la escuela a la que fue, ¿no? O la primera chica con la que llegó hasta el final. O la ciudad en la que creció. ¿Se llamaba San Luis Obispo la ciudad en que creciste?

Abrí la boca, pero de mis labios no brotó sonido alguno.

—¿Carmel?

Aquel nombre me resultaba familiar..., y al mismo tiempo no. La cabeza me daba vueltas.

—O tal vez Dusty Bottom, Nuevo México.

—¡Basta ya! —grité.

—¿Lo sabes? ¿Lo sabes?

—¡Sí! Era...

Se agachó y golpeó las teclas de su extraño aparato.

—¡San Diego! ¡Nacido y criado!

Colocó la máquina sobre la mesa y le dio la vuelta para que pudiera leer las palabras que flotaban en la ventanilla que se abría sobre el teclado.

¡San Diego! ¡Nacido y criado en San Diego!

Aparté la mirada de la ventanilla para fijarla en la palabra impresa en el marco de plástico que la rodeaba.

—¿Qué es un Toshiba? —inquirí—. ¿Lo que te ponen de guarnición cuando pides un plato de Reebok?

—Es una empresa japonesa de electrónica.

Solté una risita seca.

—¿Estás de broma? Los japoneses ni siquiera saben montar un muñeco mecánico sin poner todos los muelles al revés.

—En la actualidad no —admitió—. Y hablando de la actualidad, Clyde... ¿Qué es la actualidad? ¿En qué año estamos?

—1938 —repuse antes de llevarme una mano medio insensible a los labios—. No, un momento... 1939.

—Podría incluso ser 1940, ¿verdad?

No dije nada, pero sentí que el rostro me empezaba a arder.

—No te preocupes, Clyde; no lo sabes porque yo tampoco lo sé. Siempre lo he dejado un poco en el aire. De hecho, el marco temporal que buscaba es más bien una sensación... Podríamos llamarlo Tiempo Americano Chandler. Funcionó a las mil maravillas con la mayoría de mis lectores, y facilitó mucho las cosas también desde el punto de vista de la copia y la modificación, porque resulta imposible precisar con exactitud el paso del tiempo. ¿No te has dado nunca cuenta de la frecuencia con que dices cosas como «desde hace más años de lo que recuerdo», «hace tanto tiempo que ya no me acuerdo» o «desde el principio de los tiempos»?

—No, no puedo decir que me haya dado cuenta.

Pero ahora que lo mencionaba, sí me daba cuenta. Y aquello me recordó el *L.A. Times*. Lo leía todos los días, pero ¿qué días eran esos? El periódico mismo no lo revelaba, porque nunca ponía la fecha en la cabecera, sino tan solo el eslogan que reza: «El periódico más justo de la ciudad más justa de América».

—Dices esas cosas porque el tiempo no pasa realmente en este mundo. Es...

Se interrumpió con una sonrisa. Aquella sonrisa era una visión terrible, una mueca llena de ansia y extraña codicia.

—Es uno de sus múltiples encantos —terminó.

Estaba asustado, pero siempre he cogido al toro por los cuernos cuando lo he creído necesario, y aquella era una de esas ocasiones.

—Explíqueme qué demonios está pasando aquí.

—De acuerdo..., pero creo que ya empiezas a saberlo, ¿verdad?

—Quizá. No sé cómo se llama mi padre, cómo se llama mi madre ni cómo se llama la primera chica con la que me acosté porque usted no lo sabe, ¿verdad?

Landry asintió y sonrió del modo en que un maestro sonreiría a un alumno que acaba de hacer un alarde de lógica, contestando correctamente a una pregunta contra todo pronóstico. Pero sus ojos seguían llenos de aquella escalofriante compasión.

—Y al escribir San Diego en ese aparato y ocurrírseme a mí al mismo tiempo...

Landry volvió a asentir con gesto alentador.

—No solo es dueño del Fulwider, ¿verdad?

Tragué saliva en un intento de deshacer el enorme nudo que me bloqueaba la garganta y que no parecía tener intención de moverse.

—Usted es dueño de todo.

Pero Landry estaba meneando la cabeza.

—De todo no. Solo de Los Ángeles y sus alrededores. Es decir, de esta versión de Los Ángeles, aderezada con un ocasional desliz de continuidad y alguna que otra invención.

—Menuda sandez —susurré.

—¿Ves el cuadro que está colgado a la izquierda de la puerta, Clyde?

Me volví hacia el cuadro, aunque no había necesidad; se trataba de Washington cruzando el Delaware, y llevaba colgado ahí desde..., bueno, desde el principio de los tiempos.

Landry había vuelto a colocarse sobre el regazo el artefacto de plástico propio de película de ciencia ficción, y en aquel momento se inclinó sobre él.

—¡No haga eso! —grité al tiempo que intentaba alargar el brazo hacia él.

Sin embargo, las fuerzas parecían haberme abandonado, y me sentía incapaz de tomar una decisión. Estaba aletargado, débil, como si hubiera perdido un litro de sangre y estuviera perdiendo mucha más.

Landry volvió a pulsar las teclas y a continuación giró la máquina hacia mí para que pudiera leer las palabras de la ventanilla. *En la pared izquierda de la puerta que lleva al País de Candy pende nuestro Venerado Líder... pero siempre ligeramente torcido. He aquí mi método para conservar siempre la perspectiva ante él.*

Volví a mirar el cuadro. George Washington había desaparecido, y en su lugar se veía una foto de Franklin Roosevelt. F.D.R. exhibía una sonrisa y sostenía la boquilla del cigarrillo en ese ángulo ascendente que sus partidarios denominaban desenvuelto y sus detractores tildaban de arrogante. La fotografía estaba un poco torcida.

—No necesito el portátil para hacer esto —aseguró Landry un poco avergonzado, como si yo lo hubiera acusado de algo—. Me basta con concentrarme, como ya has podido comprobar cuando los números han desaparecido del secante, pero el portátil ayuda. Porque estoy acostumbrado a escribir las cosas, supongo. Y después modificarlas. En cierto sentido, corregir y reescribir son las partes más fascinantes del trabajo, porque es en estas fases cuando se producen los cambios definitivos, por lo general pequeños, pero a menudo cruciales, y la historia realmente cobra forma.

Me volví hacia Landry.

—Usted me inventó, ¿verdad? —dije con voz muerta.

Landry asintió con expresión avergonzada, como si hubiera hecho algo repugnante.

—¿Cuándo? —pregunté antes de soltar una extraña risita ronca—. ¿O no es esa la respuesta adecuada?

—No sé si lo es o no —repuso—, y supongo que cualquier escritor te diría lo mismo. No sucedió de repente, de eso sí estoy seguro. Fue un proceso constante. Apareciste por primera vez en *Scarlet Town*, pero escribí ese libro en 1977, y desde entonces has cambiado mucho.

1977, pensé. Un año de ciencia ficción, eso seguro. No quería creer que todo aquello estaba sucediendo, quería pensar que era un sueño. Por extraño que parezca, el olor de su colonia me lo impedía, aquel olor tan conocido que no había olido jamás. ¿Cómo podría haberlo olido? Era Aramis, una marca tan desconocida para mí como Toshiba.

Pero Landry seguía hablando.

—Desde entonces te has vuelto mucho más complicado e interesante. Al principio eras bastante unidimensional.

Carraspeó y se miró las manos con una sonrisa.

—Pues qué bien.

Hizo una mueca ante el enfado que denotaba mi voz, pero pese a ello se obligó a alzar la mirada hacia mí.

—Tu último libro fue *How Like a Fallen Angel*. Lo empecé en 1990, pero no lo terminé hasta 1993. Tuve algunos problemas en aquella época. Un período... interesante de mi vida —comentó en un tono desagradable y ácido—. Los escritores no escriben obras de arte durante los períodos interesantes de su vida, Clyde. Eso te lo aseguro.

Eché un vistazo a las holgadas y desaliñadas ropas que llevaba y decidí que tal vez tenía razón en ese punto.

—Quizá por eso esta vez la ha fastidiado bien fastidiada —intervine—. Eso de la lotería y los cuarenta mil dólares es un cuento chino... Al otro lado de la frontera pagan en pesos.

—Ya lo sabía —repuso Landry con suavidad—. No digo que no la fastidie de vez en cuando... Es posible que sea una especie de Dios en este mundo, pero en el mío soy completamente humano. Pero cuando la fastidio, ni tú ni los demás personajes os enteráis, porque mis errores y deslices de continuidad forman parte de vuestra verdad. No, Peoria estaba mintiendo. Yo lo sabía y quería que tú también lo supieras.

—¿Por qué?

Se encogió de hombros con expresión de nuevo incómoda y algo avergonzada.

—Para prepararte un poco para mi llegada, supongo. A eso se debía todo el asunto, empezando por los Demmick. No quería asustarte más de lo necesario.

Todo detective privado que se precie sabe cuándo la persona sentada en la silla del cliente está mintiendo y cuándo dice la verdad; saber cuándo el cliente está diciendo la verdad, pero no toda la verdad, es una virtud menos frecuente, y no creo que ni siquiera los genios de la profesión acierten siempre. Tal vez yo solo lo notaba porque las ondas cerebrales de Landry y las mías funcionaban al unísono, pero, en cualquier caso, lo estaba captando. Había cosas que no me estaba diciendo. La cuestión residía en si debía o no revelárselo.

Lo que me lo impidió fue una súbita y espantosa intuición que pareció surgir de la nada, como un fantasma que surge de la pared en una casa encantada. Tenía algo que ver con los Demmick. La razón por la que habían obrado con tanto silencio la noche anterior era que los muertos no se enzarzan en discusiones conyugales... Es una de esas reglas, como la que dice que las cosas rueden pendiente abajo, con eso se puede contar en todos los casos. Desde el momento en que lo conocí, había intuido que existía un carácter violento bajo la educada capa superficial de George, y que era bien posible que bajo la cara bonita y la actitud locuela de Gloria anidara una perra de uñas afiladas. Eran un poco demasiado estilo Cole Porter para ser reales, no sé si entienden lo que quiero decir. Y ahora estaba convencido de que George había estallado por fin y matado a su mujer... y probablemente también a su estridente corgi galés. Tal vez Gloria estaba sentada en un rincón del cuarto de baño, entre la ducha y el inodoro, con el rostro ennegrecido, los ojos abiertos de par en par como mármoles opacos y la lengua sobresaliendo por entre los labios azulados. El perro yacía con la cabeza en el regazo de Gloria y una percha retorcida alrededor del cuello; sus agudos ladridos habían quedado silenciados para siempre. ¿Y George? Muerto en la cama, con el frasco de Veronal de Gloria (ahora vacío) junto a él, sobre la mesita de noche. No habría más fiestas, no más bailes en el Al Arif, no más pomposos asesinatos de clase alta en Palm Desert o Beverly Glen. En aquellos momentos se estaban enfriando, atrayendo a las moscas, palideciendo bajo el elegante bronceado de piscina.

George y Gloria Demmick, que habían muerto dentro de la máquina de aquel hombre. Dentro de la cabeza de aquel hombre.

—Pues la verdad es que le ha salido muy mal eso de no asustarme —comenté.

De repente me pregunté si le habría podido salir de otra forma. Al fin y al cabo, ¿cómo se prepara a un hombre para encontrarse con Dios? Seguro que incluso Moisés se puso un poco nervioso cuando vio que el arbusto empezaba a arder, y yo no soy más que un sabueso que trabaja por cuarenta al día más dietas.

—*How Like a Fallen Angel* era la historia de Mavis

391

Weld. El nombre de Mavis Weld procede de una novela titulada *La hermana pequeña*. De Raymond Chandler. —Me observó con una expresión de preocupada inseguridad que tenía un matiz de culpabilidad—. Es un homenaje.

Pronunció las dos primeras sílabas de forma que rimaran con Roma.

—Pues qué bien —repliqué—, pero el nombre de ese tipo no me suena.

—Pues claro que no. En tu mundo, es decir, mi versión de Los Ángeles, por supuesto, Chandler jamás ha existido. No obstante, en mis libros he utilizado muchísimos nombres de personajes suyos. El edificio Fulwider es el lugar en que Philip Marlowe, el detective de Chandler, tenía su oficina. Vernon Klein..., Peoria Smith... y Clyde Umney, por supuesto. Así se llamaba el abogado de la novela *Playback*.

—¿Y a esas cosas las llama homenajes?

—Exacto.

—Lo que usted diga, pero a mí esa palabra me parece una forma elegante de decir copiada.

No obstante, me producía una sensación extraña saber que mi nombre había sido inventado por un hombre del que nunca había oído hablar en un mundo que jamás había imaginado siquiera.

Landry tuvo la delicadeza de ruborizarse, pero no bajó la mirada.

—De acuerdo; quizá robé unas cuantas cosas. Sin lugar a dudas, adopté el estilo de Chandler, pero, desde luego, no soy el primero; Ross Macdonald hizo lo mismo en los cincuenta y los sesenta, Robert Parker lo hizo en los setenta y los ochenta, y los críticos no paraban de echarles flores. Además, Chandler aprendió de Hammett y Hemingway, por no hablar de escritorzuelos como...

—Dejemos la clase de literatura y vayamos al grano

—lo interrumpí levantando una mano—. Esto es una locura, pero...

Desvié la mirada hacia la fotografía de Roosevelt, de ahí al secante vacío y escalofriante, y de ahí otra vez al rostro macilento que me miraba desde el otro lado de la mesa.

—... pero digamos que me lo creo. ¿Qué está haciendo aquí? ¿Por qué ha venido?

Por supuesto, ya lo sabía. Soy detective de oficio, pero la respuesta a aquella pregunta me llegó del corazón, no de la cabeza.

—He venido a por ti.

—A por mí.

—Sí, lo siento. Me temo que tendrás que empezar a pensar en tu vida desde una nueva perspectiva, Clyde. Como..., bueno, como un par de zapatos, por así decirlo. Tú te los quitas y yo me los pongo. Y una vez me haya atado los cordones me marcharé.

Por supuesto. Por supuesto que se marcharía. Y de repente supe lo que tenía que hacer..., lo único que podía hacer.

Deshacerme de él.

Dejé que una amplia sonrisa me iluminara el rostro. Una sonrisa de aliento. Al mismo tiempo doblé las piernas bajo el cuerpo, a fin de prepararme para abalanzarme sobre él por encima de la mesa. Solo uno de nosotros saldría de aquella oficina, eso estaba más que claro. Y tenía la intención de ser yo.

—¿De verdad? —exclamé—. Fascinante. ¿Y qué pasa conmigo, Sammy? ¿Qué pasa con el detective descalzo? ¿Qué pasa con Clyde...?

Umney, la última palabra debía ser mi apellido, la última palabra que ese ladrón entrometido oiría en su vida. En el momento de pronunciarla tenía intención de abalanzarme sobre él. El problema era que el asunto de la telepatía parecía funcionar en ambas direcciones.

Vi que una expresión de alarma se abría paso en sus ojos, que a continuación cerró para concentrarse. No se molestó en utilizar el artefacto de ciencia ficción. Supongo que sabía que no había tiempo para eso.

—«Sus revelaciones me golpearon como una suerte de droga debilitadora —dijo en el tono suave pero intenso del que recita—. Las fuerzas me abandonaron, mis piernas parecían manojos de espagueti *al dente* y lo único que pude hacer fue echarme hacia atrás en mi silla y mirarlo.»

Me eché hacia atrás en la silla, desdoblé las piernas y me quedé mirándolo, incapaz de hacer otra cosa.

—Nada del otro mundo —prosiguió en tono de disculpa—, pero la redacción rápida nunca ha sido mi fuerte.

—Hijo de perra —gruñí—. Maldito hijo de puta.

—Sí —asintió—. Supongo que tienes razón.

—Pero ¿por qué hace esto? ¿Por qué quiere robar mi vida?

En aquel momento observé un brillo de furia en sus ojos.

—¿Tu vida? Sabes perfectamente que eso no es cierto, Clyde, por mucho que te cueste reconocerlo. No es tu vida. Yo te inventé un día lluvioso de enero de 1977 y he seguido creándote hasta la actualidad. Yo te di la vida, y por tanto tengo derecho a quitártela.

—Muy noble —mascullé—, pero si Dios bajara ahora mismo del cielo y empezara a hacer añicos su vida, quizá le resultaría más fácil entender mi punto de vista.

—De acuerdo —admitió—; supongo que tienes razón. Pero ¿de qué sirve discutir? Discutir con uno mismo es como jugar solo al ajedrez. Todas las partidas acaban en tablas. Digamos que lo hago porque puedo.

De repente me sentí un poco más tranquilo. Ya había pasado por aquello. Cuando te tienen atrapado, lo mejor que puedes hacer es obligarlos a seguir hablando. Había funcionado con Mavis Weld y también funcionaría ahora. Siempre acababan diciendo algo como: «Bueno, supongo que ya no importa si lo sabes o ¿Qué más da si te lo cuento?».

La versión de Mavis había sido muy elegante: «Quiero que lo sepas, Umney... Quiero que te lleves la verdad al infierno. Puedes contársela al diablo mientras os tomáis un café». En realidad, daba igual lo que dijeran, pero lo cierto es que cuando hablan no disparan.

Siempre hay que conseguir que sigan hablando, eso es. Hacerlos hablar y esperar que la caballería aparezca por algún lado.

—La cuestión es, ¿por qué quiere hacer eso? —inquirí—. No es lo normal, ¿verdad? Quiero decir, ¿es que los escritores no se conforman con ingresar los cheques y meterse en sus asuntos?

—Estás intentando hacer que hable, ¿verdad, Clyde?

Aquello fue un golpe bajo, pero la única posibilidad que me quedaba era jugarme todas las cartas, así que sonreí y me encogí de hombros.

—Quizá sí. Quizá no. En cualquier caso, la verdad es que me interesa el asunto.

Y era cierto.

Titubeó unos instantes más, se inclinó, tocó las teclas de aquella extraña caja (lo cual me produjo calambres en las piernas, el estómago y el pecho) y por fin volvió a erguirse.

—Supongo que ya no importa si lo sabes —dijo—. ¿Qué más da si te lo cuento?

—No importa nada.

—Eres un chico listo, Clyde, y tienes razón. Por lo general, los escritores no se zambullen de lleno en los mundos que han creado, y en caso contrario, creo que solo lo hacen en sus cabezas, mientras que sus cuerpos vegetan en algún manicomio. La mayoría de nosotros nos conformamos con ser turistas en el país de nuestra fantasía. Desde luego, ese era mi caso. No soy un escritor rápido; de hecho, la redacción siempre ha sido una tortura para mí, creo que ya te lo he dicho, pero aun así, conseguí escribir cinco novelas de Clyde Umney en diez años, y a cuál más famosa. En 1983 dejé mi trabajo como director regional de una importante compañía de seguros para dedicarme por completo a la literatura. Tenía una esposa a la que quería, un hijo que hacía salir el sol cuando se levantaba cada mañana y se lo llevaba a la cama cada noche, o al menos así me lo parecía a mí, y no creía que las cosas me pudieran ir mejor.

Se removió inquieto en la abultada silla de los clientes, agitó la mano y en aquel instante vi que la quemadura de cigarrillo que Ardis McGill había hecho en el abultado brazo de la butaca también había desaparecido. Landry soltó una amarga y glacial risita.

—Y tenía toda la razón del mundo —prosiguió—. Las cosas no podían irme mejor, pero sí podían irme mil veces peor. Y eso fue lo que pasó. Unos tres meses después de que empezara a escribir *How Like a Fallen Angel*, Danny, nuestro pequeño, se cayó de un columpio en el parque y se dio un golpe en la cabeza. Se dio un batacazo, como dirías tú.

Una breve sonrisa, tan glacial y amarga como la risita, cruzó su rostro con la rapidez del dolor.

—Sangró mucho... Has visto muchas heridas en la cabeza en tu vida, así que ya sabes cómo sangran, y Linda se llevó un susto de muerte, pero los médicos que lo trataron eran buenos y resultó ser tan solo una contusión; lo estabilizaron y le inyectaron medio litro de sangre porque había perdido mucha. Tal vez no habría sido necesaria aquella sangre, y la idea me atormenta, pero la cuestión es que se la inyectaron. Y el verdadero problema no residía en su cabeza, sino en aquel medio litro de sangre. Estaba contaminada con el sida.

—¿Con qué?

—Algo que no conoces, por lo que debes dar gracias a Dios —repuso Landry—. No existe en tu época, Clyde. No aparecerá hasta mediados de los setenta. Como la colonia Aramis.

—¿Y qué hace?

—Devora el sistema inmunitario hasta que se desmorona como un castillo de naipes. Y entonces, todos los bichos que pululan por ahí, desde el cáncer hasta la varicela, se abalanzan sobre ti y se corren una buena juerga.

—¡Dios mío!

Otra vez aquella sonrisa fugaz como un calambre.

—Si tú lo dices. El sida es principalmente una enfermedad de transmisión sexual, pero de vez en cuando aparece en las reservas de sangre. Supongo que podría decirse que mi hijo ganó el gordo de una versión muy desgraciada de «la lotería».

—Lo siento —intervine.

Aunque aquel hombre delgado de rostro cansado me daba un miedo terrible, lo decía en serio. Perder a un hijo por algo así... Era lo peor. Quizá había cosas peores, sí, siempre hay cosas peores, pero habría que romperse los cuernos para dar con ellas, ¿verdad?

—Gracias —repuso—. Gracias, Clyde. Al menos fue rápido. Se cayó del columpio en mayo. Las primeras manchas violáceas, el sarcoma de Kaposi, aparecieron justo antes de su cumpleaños, en septiembre. Murió el 18 de marzo de 1991. Y tal vez no sufrió tanto como otros, pero sufrió. Ya lo creo que sufrió.

No tenía ni la menor idea de lo que era el sarcoma

de Kaposi, pero decidí que no quería preguntárselo. Ya sabía más de lo que quería saber.

—Quizá comprendas por qué todo aquello retrasó tu libro —prosiguió—. ¿Verdad, Clyde?

Asentí con un gesto.

—Sin embargo, perseveré. Sobre todo porque creo que la imaginación cura muchas cosas. Tal vez tenga que creer en eso. También intenté rehacer mi vida, pero todo iba mal... Era como si *How Like a Fallen Angel* tuviera un maleficio que me hubiera convertido en Job. Mi mujer se sumió en una profunda depresión tras la muerte de Danny, y yo estaba tan preocupado por ella que apenas advertí las manchas rojas que habían empezado a salirme en las piernas, el estómago y el pecho. Y el escozor. Sabía que no era el sida, y al principio eso era lo único que me interesaba. Pero cuando pasó el tiempo y la situación empeoró... ¿Has tenido alguna vez un eccema, Clyde?

De repente se echó a reír y se golpeó la frente con la palma de la mano en un gesto de mira-que-soy-idiota antes de que yo pudiera menear la cabeza.

—Pues claro que no... Tú nunca has tenido nada más grave que una resaca. Eccema, mi querido amigo, es un nombre divertido para una enfermedad terrible y crónica. Existen algunos medicamentos bastante eficaces para aliviar los síntomas en mi versión de Los Ángeles, pero lo cierto es que no me hacían efecto. A fines de 1991 estaba hecho polvo. En parte se debía a la depresión general sobre lo que le había sucedido a Danny, por supuesto, pero la mayor parte se debía a la agonía y el escozor. Qué título más interesante para un libro sobre un escritor torturado, ¿no te parece? *La agonía y el escozor* o *Thomas Hardy se enfrenta a la pubertad*.

Soltó una risita ronca.

—Lo que tú digas, Sam.

—Lo que digo es que fue una temporada infernal. Por supuesto, ahora resulta fácil bromear sobre ello, pero en los alrededores del Día de Acción de Gracias de aquel año, te aseguro que no era ninguna broma. Dormía tres horas por noche como máximo, y había días en que tenía la sensación de que la piel quería salirse de mi cuerpo y escaparse como un ladrón. Y supongo que por eso no me di cuenta de lo mal que estaba Linda.

Yo no lo sabía, no podía saberlo..., pero lo sabía.

—Se suicidó —intervine.

—En marzo de 1992, en el aniversario de la muerte de Danny. Hace ya más de dos años.

Una sola lágrima rodó por aquella mejilla arrugada y prematuramente envejecida, y me dije que sin duda aquel hombre había envejecido a una velocidad increíble. En cierto modo era terrible enterarme de que había sido inventado por una versión tan escuálida de Dios, pero aquello también explicaba muchas cosas. Mis carencias, por ejemplo.

—Ya basta —dijo con una voz cargada de enojo además de lágrimas—. Al grano, como dirías tú. En mi época decimos corta el rollo, pero es lo mismo. Terminé el libro. El día que encontré a Linda muerta en la cama (igual que la policía descubrirá a Gloria Demmick dentro de unas horas, Clyde) había escrito ciento noventa páginas. Había llegado a la parte en la que pescabas al hermano de Mavis del lago Tahoe. Tres días más tarde volví del funeral, encendí el ordenador personal y empecé en la página ciento noventa y uno. ¿Te sorprende?

—No —repuse.

Pensé en preguntarle qué era un ordenador personal, pero decidí que no hacía falta. La cosa que tenía sobre el regazo era un ordenador personal, por supuesto. Por fuerza.

—Pues eres el único —siguió Landry—. Desde luego, dejó de piedra a los pocos amigos que me quedaban. La familia de Linda creía que tenía menos sensibilidad que un pedrusco. No tenía la energía necesaria para explicarles que estaba intentando salvarme. A la porra, como diría Peoria. Me aferré a mi libro como un hombre a punto de ahogarse se aferra al salvavidas. Me aferré a ti, Clyde. Mi eccema seguía en estado grave, y eso me frenaba, de hecho, me bloqueaba hasta cierto punto, porque si no habría llegado antes, seguramente, pero no llegó a detenerme. Empecé a restablecerme un poco, al menos físicamente, cuando estaba a punto de terminar el libro. Pero cuando lo terminé del todo, caí en lo que supongo era mi propia depresión. Pasé por el proceso de correcciones como drogado. Estaba embargado por una sensación de dolor... de pérdida. —Me miró a los ojos—. ¿Lo encuentras lógico?

—Sí, lo encuentro lógico.

Y en un sentido demencial, así era.

—Quedaban muchas píldoras en la casa —continuó Landry—. Linda y yo nos parecíamos mucho a los Demmick, Clyde. Realmente creíamos vivir mejor a través de la química, y un par de veces estuve a punto de tomarme un par de puñados de golpe. Cuando pensaba en ello no lo hacía en términos de suicidio, sino en que tenía que alcanzar a Linda y a Danny. Alcanzarlos antes de que fuera demasiado tarde.

Asentí con la cabeza. Era lo que había pensado acerca de Ardis McGill cuando, tres días después de despedirme de ella en Blondie's, la encontré en aquel ático polvoriento con un pequeño orificio azul en la frente. Solo que había sido Sam el que la había matado, y la había matado disparándole una suerte de bala flexible en el cerebro. Por supuesto que sí. En mi mundo, Sam Landry, el hombre de aspecto cansado y pantalones de vagabundo, era responsable de todo. La idea debería haberme parecido una locura, y así era..., pero cada vez en menor medida.

Reuní fuerzas suficientes para hacer girar la silla y mirar por la ventana. Lo que vi no me sorprendió en lo más mínimo. Sunset Boulevard y todo lo que lo rodeaba estaban paralizados. Los coches, los autobuses, los peatones..., todo estaba petrificado. Ahí fuera solo había un mundo Kodak, y al fin y al cabo, ¿por qué no? Su creador no tenía tiempo para ocuparse de la animación, al menos no de momento; todavía estaba en las garras de su dolor y su pena. Demonios, podía considerarme afortunado por seguir vivo.

—Así que, ¿qué ocurrió? —inquirí—. ¿Cómo has llegado hasta aquí, Sam? ¿Puedo llamarte así? ¿Te importa?

—No, no me importa. Pero no puedo darte una respuesta demasiado buena, porque no lo sé con exactitud. Lo único que sé es que cada vez que pensaba en las píldoras pensaba en ti. Y lo que pensaba concretamente era: «Clyde Umney nunca haría una cosa así, y se burlaría de cualquiera que lo hiciese. Diría que es la salida de los cobardes».

Reflexioné sobre aquellas palabras y me parecieron acertadas, por lo que asentí con un gesto. En el caso de alguien que sufriera alguna enfermedad terrible, como por ejemplo el cáncer de Vernon Klein o la espantosa pesadilla que había acabado con la vida del hijo de aquel hombre, tal vez haría una excepción, pero ¿suicidarte solo porque estás deprimido? Vamos, eso era de gallinas.

—Y entonces pensaba: «Pero es Clyde Umney, y Clyde Umney es un personaje inventado... un producto de tu imaginación». Sin embargo, aquella idea no prosperaba. Son los idiotas del mundo, los políticos y los abogados, en su mayor parte, los que desprecian la imaginación y creen que una cosa no es real a menos que se pueda fumar, acariciar, tocar o follar. Piensan así porque no tienen ninguna imaginación ni tampoco tienen idea de hasta dónde llega su poder. Yo sí lo sé. Maldita sea, es normal que lo sepa; a fin de cuentas, mi imaginación es la que me ha comprado la comida y ha pagado la hipoteca durante los últimos diez años aproximadamente. Al mismo tiempo, sabía que no podía seguir viviendo en lo que consideraba «el mundo real», bajo el cual supongo que todos entendemos «el único mundo». Fue entonces cuando empecé a darme cuenta de que solo quedaba un lugar al que podía ir y en el que sería bien acogido, y que solo había una persona que yo pudiera ser en cuanto llegara ahí. El lugar es este... Los Ángeles, mil novecientos treinta y pico. Y la persona eres tú.

Volví a oír el ronroneo procedente del interior del artefacto, pero no me volví.

En parte porque me daba miedo.

Y en parte porque no estaba seguro de poder.

6. EL ÚLTIMO CASO DE UMNEY

Siete pisos más abajo, en la calle, un hombre se había quedado paralizado con la cabeza medio vuelta hacia la mujer de la esquina, que estaba subiendo el escalón del autobús cincuenta y ocho que se dirigía hacia el centro. La mujer mostraba buena parte de una preciosa pierna, y la mirada del hombre se había concentrado en aquella parte de la anatomía de la joven. Un poco más lejos, un chico tenía extendida la mano enfundada en un raído guante de béisbol para cazar una pelota suspendida en el aire, justo encima de su cabeza. Y a unos dos metros del suelo, como un fantasma conjurado por un médium de tres al cuarto en una sesión carnavalesca, flotaba uno de los periódicos de la mesa volcada de Peoria Smith.

Por increíble que parezca, desde donde me hallaba distinguía las dos fotografías de la primera página: Hitler en la parte superior y el recientemente fallecido músico cubano en la parte inferior.

La voz de Landry parecía llegar desde muy lejos.

—Al principio creí que aquello significaba pasar el resto de mis días encerrado en algún manicomio, creyendo ser tú, pero no importaba, porque solo mi ser físico estaría encerrado en el manicomio, ¿lo entiendes? Y entonces empecé a darme cuenta de que podía llegar a ser mucho más... de que tal vez existía un modo de..., en fin..., de meterme del todo. ¿Y sabes cuál fue la clave?

—Sí —repuse sin volverme.

Volví a oír el ronroneo de la máquina, y de repente, el periódico suspendido en el aire cayó al Boulevard. Al cabo de un instante, un viejo DeSoto atravesó a trompicones el cruce de Sunset y Fernando. Golpeó al muchacho que llevaba el guante de béisbol, y tanto él como el sedán DeSoto desaparecieron. No así la pelota, que cayó a la calle, rodó hacia la cuneta y de repente se detuvo de nuevo.

—¿De verdad? —exclamó Landry sorprendido.

—Sí. Peoria fue la clave.

—Exacto.

Landry rió y carraspeó... Dos sonidos llenos de nerviosismo.

—Siempre olvido que tú eres yo.

Era un lujo que yo no podía permitirme.

—Estaba intentando empezar un nuevo libro, pero no me salía nada. Había intentado escribir el primer capítulo de seis maneras distintas, y de repente me di cuenta de algo muy interesante; a Peoria Smith no le caías bien.

Aquello me hizo volverme con brusquedad.

—Pero ¡qué dice!

—Estaba casi seguro de que no te lo creerías, pero

es cierto, y de algún modo siempre lo había sabido. No quiero volver a empezar con la clase de literatura, Clyde, pero te diré una cosa acerca de mi oficio... Escribir historias en primera persona es extraño y complicado. Es como si todo lo que el autor sabe procediera de su personaje protagonista, como una serie de cartas o comunicados procedentes de algún lejano campo de batalla. Es muy poco frecuente que el escritor tenga un secreto, pero en este caso, yo sí tenía uno. Era como si tu trocito de Sunset Boulevard fuera el Edén...

—Nunca lo había oído llamar así —tercié.

—... y había una serpiente en él, una que yo veía y tú no. Y se llamaba Peoria Smith.

Afuera, el mundo petrificado que Landry había denominado mi Edén continuaba tornándose cada vez más oscuro, a pesar de que en el cielo no se veía ni una sola nube. El Red Door, un club nocturno que, al parecer, pertenecía a Lucky Luciano, desapareció. Por un momento solo quedó un hueco en el lugar que había ocupado el local, y de repente, un nuevo edificio pasó a ocupar su puesto, un restaurante llamado Petit Déjeuner en cuyo escaparate se veían numerosos helechos. Miré el resto de la calle y me di cuenta de que se estaban produciendo otros cambios... Nuevos edificios ocupaban el lugar de los viejos a una velocidad silenciosa y escalofriante. Los cambios significaban que se me estaba acabando el tiempo; lo sabía. Por desgracia, también sabía otra cosa. No disponía de margen de error alguno. Cuando Dios entra en tu oficina y te dice que ha decidido que le gusta más tu vida que la Suya, ¿qué narices puedes hacer?

—Tiré todos los borradores de la novela que había empezado dos meses después de la muerte de mi mujer —explicó Landry—. Fue fácil... Al fin y al cabo, era una porquería. Y a continuación empecé una nueva. La titulé... ¿Lo adivinas, Clyde?

—Sí —asentí al tiempo que me volvía.

Tuve que hacer acopio de todas las fuerzas que me quedaban, pero supongo que lo que ese desgraciado llamaría mi «motivación» era buena. Sunset Strip no es precisamente los Campos Elíseos ni Hyde Park, pero es mi mundo. No estaba dispuesto a contemplar cómo Landry lo destrozaba para volverlo a crear a su antojo.

—Supongo que la tituló *El último caso de Umney.*

—Pues supones bien.

Agité la mano. Me costó un gran esfuerzo, pero lo conseguí.

—A fin de cuentas, no gané el premio al Mejor Sabueso del Año 1934 y 1935 en balde, ¿sabe?

—Sí, siempre me ha encantado esta frase —comentó Landry con una sonrisa.

De repente lo odié, lo odié con todas mis fuerzas. Si hubiera podido reunir fuerzas suficientes como para abalanzarme sobre él y estrangularlo lo habría hecho. Él también lo advirtió. La sonrisa se desvaneció de su rostro.

—Olvídalo, Clyde. No tienes ninguna posibilidad.

—¿Por qué no se larga de aquí? —grazné—. ¿Por qué no se larga y me deja en paz?

—Porque no puedo. No podría aunque quisiera... y no quiero. —Me miró con una expresión entre enojada e implorante—. Intenta verlo desde mi punto de vista, Clyde...

—¿Acaso tengo elección? ¿Alguna vez he tenido elección?

Landry hizo caso omiso de mis palabras.

—Este es un mundo en el que nunca envejeceré, un mundo en el que todos los relojes se han detenido unos dieciocho meses antes del estallido de la Segunda Guerra Mundial, un mundo en que los periódicos siempre cuestan tres centavos, en el que puedo comer todos los huevos y toda la carne roja que me apetezca sin tener que preocuparme por el colesterol.

—No tengo ni la menor idea de lo que está hablando.

Landry se inclinó hacia mí con expresión grave.

—No, no tienes ni idea. Y esa es la cuestión, Clyde. Este es un mundo en el que realmente puedo tener el trabajo con el que siempre soñaba cuando era pequeño... Puedo ser detective. Puedo pasearme por ahí en un bólido, liarme a tiros con los malos, sabiendo que ellos pueden morir, pero yo no... y despertarme ocho horas más tarde junto a una hermosa cantante, mientras los pajaritos cantan y el sol entra a raudales por la ventana de mi dormitorio. El hermoso y diáfano sol de California.

—La ventana de mi dormitorio está orientada al oeste —puntualicé.

—Ya no —replicó Landry con toda calma.

Sentí que mis puños se cerraban sin fuerza sobre los brazos de la butaca.

—¿Ves lo maravilloso que es? ¿Lo perfecto que es? En este mundo, la gente no se vuelve medio loca de escozor por culpa de una estúpida y humillante enfermedad llamada eccema. En este mundo, a la gente no le salen canas ni, por supuesto, se le cae el pelo.

Me miró a la cara, y en sus ojos no vi ninguna esperanza para mí. Ninguna.

—En este mundo, tus amados hijos no mueren de sida ni tu amada esposa se toma una sobredosis de somníferos. Además, tú siempre has sido el marginado aquí, no yo, te pareciera lo que te pareciese. Este es mi mundo, nacido de mi imaginación y conservado gracias a mis esfuerzos y mi ambición. Te lo he prestado durante un tiempo, nada más... y ahora me lo llevo.

—Termine de explicarme cómo ha llegado hasta aquí, ¿de acuerdo? Siento una gran curiosidad.

—No fue difícil. Lo destrocé, empezando por los Demmick, que nunca fueron mucho más que una mala imitación de Nick y Nora Charles, y lo reconstruí a mi antojo. Acabé con todos los personajes de apoyo, y ahora estoy haciendo desaparecer los lugares. Te estoy privando de todos los apoyos uno a uno, en otras palabras, y no creas que me siento orgulloso, aunque sí estoy orgulloso del gran esfuerzo que me ha costado privarte de todo ello.

—¿Qué le ha sucedido en su mundo? —inquirí.

Seguía haciéndole hablar, pero aquello se había convertido ya en costumbre, como en el caso de las ovejas que encuentran el camino al redil cada noche después de pastar.

—Quizá he muerto —repuso con un encogimiento de hombros—. O tal vez he dejado realmente un ser físico catatónico encerrado en algún manicomio. Pero no creo que haya pasado ninguna de las dos cosas. Todo esto me parece demasiado real. No, creo que he conseguido pasar del todo, Clyde. Creo que en mi mundo están buscando a un escritor desaparecido..., sin tener ni idea de que ha desaparecido en la memoria de su ordenador personal. Y la verdad es que no me importa.

—¿Y yo qué? ¿Qué será de mí?

—Clyde —repuso—, eso tampoco me importa.

Volvió a inclinarse sobre el artefacto.

—¡No! —exclamé con brusquedad.

Landry alzó la mirada.

—Yo... —empecé intentando controlar el temblor de mi voz, aunque sin conseguirlo—. Mire, tengo miedo. Déjeme en paz, por favor. Sé que ese mundo de ahí fuera ya no es el mío... Diablos, ni siquiera el de aquí dentro, pero es el único mundo que conozco. Déjeme conservar lo que queda de él. Por favor.

—Demasiado tarde, Clyde.

Una vez más oí aquel matiz de despiadada compasión.

—Cierra los ojos. Intentaré acabar lo antes posible.

Intenté abalanzarme sobre él, lo intenté con todas mis fuerzas, pero no logré moverme ni un milímetro. Y por lo que respectaba a cerrar los ojos, averigüé que no hacía falta, porque toda la luz había desaparecido de aquel día, y el despacho estaba más oscuro que una noche de negros en un túnel.

No vi pero sí percibí que Landry se inclinaba sobre la mesa hacia mí. Intenté retroceder y descubrí que ni siquiera podía hacer eso. Algo seco y crujiente me rozó la mano; me puse a gritar.

—Tranquilo, Clyde.

Su voz llegaba desde la oscuridad, no solo frente a mí, sino desde todas partes. «Por supuesto —pensé—. Al fin y al cabo, soy un producto de su imaginación.»

—Solo es un cheque.

—¿Un... cheque?

—Sí. De cinco mil dólares. Me has vendido el negocio. Los pintores quitarán tu nombre de la puerta y pintarán el mío antes de marcharse a casa —explicó con voz soñadora—. Samuel D. Landry, detective privado. Suena de maravilla, ¿verdad?

Intenté implorar pero no pude. Ahora incluso la voz me había fallado.

—Prepárate —ordenó—. No sé exactamente qué va a pasar, Clyde, pero lo que sea está a punto de pasar. No creo que duela.

«Y si duele me da exactamente igual», era la parte que no expresó en voz alta.

De la oscuridad llegó el débil ronroneo del artefacto. Sentí que la silla se fundía bajo mi cuerpo, y de repente empecé a caer. La voz de Landry cayó conmigo, acompañando los chasquidos y los golpecitos de su increíble máquina de taquigrafía, recitando las dos últimas frases de una novela titulada *El último caso de Umney*.

—«Así pues, salí de la ciudad y por lo que respecta al lugar al que fui... Bien, señor, creo que eso es asunto mío, ¿no le parece?»

Debajo de mí había una brillante luz verde. Estaba cayendo hacia ella. Muy pronto, aquella luz me consumiría y la única sensación que me embargaría sería el alivio.

—«FIN» —tronó la voz de Landry.

Y en aquel preciso instante caí en la luz verde, y la luz me envolvió, me penetró, me atravesó, y Clyde Umney dejó de existir.

Hasta la vista, sabueso.

7. EL OTRO LADO DE LA LUZ

Todo esto sucedió hace seis meses.

Recobré el conocimiento en el suelo de una habitación semioscura con un zumbido en los oídos, logré ponerme de rodillas, sacudí la cabeza para aclarármela y contemplé la estridente luz verde por la que había caído, al igual que Alicia a través del espejo. Vi un artefacto de ciencia ficción que era el hermano mayor del que Landry había llevado a mi despacho. Sobre él se veían brillantes letras verdes; me incorporé para poder leerlas mientras me rascaba los antebrazos sin darme cuenta:

Así pues, salí de la ciudad, y por lo que respecta al lugar al que fui... Bien, señor, creo que eso es asunto mío, ¿no le parece?

Y debajo, centrada y en mayúsculas, otra palabra:

FIN

Volví a leer aquellas dos frases mientras me rascaba el estómago. Lo estaba haciendo porque algo le pasaba a mi piel, algo que no dolía pero resultaba realmente molesto. Y en cuanto se abrió paso hasta mi mente consciente, me di cuenta de que aquella sensación me recorría todo el cuerpo... La nuca, el cuello, la parte posterior de los muslos, las ingles.

«Eccema —se me ocurrió de repente—. Tengo el eccema de Landry. Lo que siento es escozor, y la razón por la que no lo he reconocido es que...»

—Nunca había tenido un escozor en mi vida —dije.

En aquel instante, todo empezó a encajar. La sensación fue tan repentina que me tambaleé. Me acerqué lentamente a un espejo colgado de la pared, intentando no rascarme la piel, que parecía vibrar, consciente de que vería reflejada una versión más vieja de mi rostro, un rostro surcado de arrugas secas y rematado por una opaca mata de cabello blanco.

Ahora sabía qué sucedía cuando los escritores se adueñaban de alguna forma de las vidas de los personajes que habían creado. No se trataba de un robo a fin de cuentas.

Más bien de un intercambio.

Me quedé mirando el rostro de Landry..., mi rostro, solo que quince duros años más viejo, mientras la piel me seguía escociendo. ¿No había dicho que el eccema había comenzado a remitir? Si esto era un caso de eccema en remisión, ¿cómo había soportado la fase más virulenta sin volverse completamente loco?

Me encontraba en casa de Landry, por supuesto..., mi casa ahora..., y en el cuarto de baño que comunicaba con el estudio encontré el medicamento que Landry tomaba para el eccema. Tomé mi primera dosis menos de una hora después de recobrar el conocimiento debajo de su mesa y la máquina que había encima, y me acometió la sensación de que me había tragado su vida en lugar del medicamento.

Como si me hubiera tragado su vida entera.

Me alegra poder decir que mi eccema ya ha pasado a la historia. Tal vez simplemente se ha acabado su efecto, pero a mí me gusta creer que el espíritu de Clyde Umney ha tenido algo que ver en ello. Clyde no ha estado enfermo en su vida, y aunque siempre parece que tengo algún achaque en el maltrecho cuerpo de Sam Landry, que me aspen si me rindo a ellos... ¿Y desde cuándo no viene bien un poco de pensamiento positivo? Creo que la respuesta correcta es «desde nunca».

He tenido algunos días bastante malos, eso sí; el primero se produjo menos de veinticuatro horas después de que aterrizara en el increíble año 1994. Estaba buscando algo para comer en la nevera de Landry (me había puesto hasta el culo de cerveza Balck Horse Ale y creía que me vendría bien para la resaca comer algo) cuando un repentino dolor me atenazó las entrañas. Creí que me moría. La cosa empeoró, y entonces supe que me moría. Me desplomé en el suelo de la cocina intentando no gritar. Al cabo de unos segundos sucedió algo y el dolor cesó.

Llevo casi toda la vida empleando la expresión «Me importa una mierda». Sin embargo, eso ha cambiado, y todo empezó aquella mañana. Me limpié y a continuación subí la escalera, sabiendo lo que encontraría en el dormitorio; sábanas mojadas en la cama de Landry.

Pasé la mayor parte de la primera semana en el mundo de Landry aprendiendo a ir al lavabo. En mi mundo, por supuesto, nadie iba al lavabo. Ni al dentista tampoco, y mi primera visita al que encontré en la agenda de Landry es algo en lo que no quiero pensar, y mucho menos comentar.

Pero este cúmulo de desastres también ha tenido su lado bueno. En primer lugar, no me ha hecho falta buscar trabajo en el mundo confuso y vertiginoso de Landry; por lo visto, sus libros siguen vendiéndose muy bien, y no tengo ningún problema para cobrar los cheques que llegan por correo. Por supuesto, nuestras firmas son idénticas. Y si me preguntan si esto me causa alguna clase de conflicto moral... Por favor, no me hagan reír. Estos cheques son el pago de historias escritas sobre mí. Landry solo las ha escrito; yo las he vivido. Maldita sea, me merezco cincuenta mil pavos y una vacuna antirrábica por haber tenido la desgracia siquiera de acercarme a las garras de Mavis Weld.

Había creído que tendría problemas con los llamados amigos de Landry, pero supongo que un tipo duro como yo debería haber sabido que las cosas no van así. ¿Querría un tipo que tuviera amigos de verdad zambullirse en un mundo que él mismo había creado? No era demasiado probable. Los amigos de Landry eran su mujer y su hijo, y ambos habían muerto. Por supuesto, hay algunos conocidos y vecinos, pero todos ellos parecen aceptar que yo soy él. La mujer que vive enfrente me mira con desconcierto de vez en cuando, y su hija pequeña se echa a llorar en cuanto me acerco, a pesar de que antes la había cuidado alguna vez (al menos eso es lo que afirma la mujer, ¿y por qué iba a mentir?), pero no pasa nada.

Incluso he hablado con el agente de Landry, un tipo de Nueva York que se llama Verrill. Quiere saber cuándo empezaré una nueva novela.

Pronto, le aseguro. Pronto.

Por lo general, no salgo de casa. No me urge en absoluto ponerme a explorar el mundo al que Landry me desterró tras echarme del mío. Ya veo más de lo que quisiera durante mis excursiones semanales al banco y al supermercado, y arrojé un sujetalibros al televisor al cabo de dos horas escasas de haber aprendido a manejarlo. No me extraña que Landry tuviera ganas de largarse de este desastroso mundo, lleno de enfermedades y violencia gratuita, un mundo en que mujeres desnudas bailan en los escaparates de los clubes nocturnos y acostarse con ellas puede suponer la muerte.

No, por lo general me quedo en casa. He releído todas sus novelas, y cada una de ellas es como hojear un álbum de recortes muy querido. Y por supuesto, he aprendido a utilizar el ordenador personal. No es como el televisor; la pantalla es parecida, pero el ordenador personal te permite crear las imágenes que quieres ver, porque todas ellas proceden de tu mente.

Me gusta eso.

He estado preparándome, ya saben, construyendo frases y descartándolas del mismo modo en que se descartan las piezas del rompecabezas que no encajan. Y esta mañana he escrito unas cuantas que me parecen bien... o casi bien. ¿Quieren oírlas? Vale, allá va.

Al mirar hacia la puerta vi a Peoria Smith parado en el umbral con expresión tímida y compungida.

—Creo que la última vez que nos vimos lo traté bastante mal, señor Umney —empezó—. He venido a disculparme.

Habían pasado más de seis meses, pero Peoria tenía el mismo aspecto que antes. Y quiero decir el mismo.

—Todavía llevas las gafas oscuras —comenté.

—Sí. Me operaron, pero no funcionó —explicó con un suspiro antes de sonreír y encogerse de hombros.

En aquel momento parecía el Peoria de siempre.

—¡Qué más da, señor Umney, ser ciego no es el fin del mundo!

No es perfecto, ya lo sé. Al fin y al cabo, empecé siendo detective, no escritor. Pero creo que se puede conseguir casi cualquier cosa si uno se lo propone de verdad, y en el fondo, esto se parece mucho a lo de espiar por el ojo de la cerradura. El tamaño y la forma de las cerraduras del ordenador personal son un poco distintos, pero aun así, es lo mismo que espiar las vidas de otras personas y luego informar al cliente de lo que uno ha visto.

Estoy aprendiendo a escribir por una sencilla razón. No quiero estar aquí. Pueden llamarlo Los Ángeles 1994 si quieren, pero yo lo llamo infierno. Consiste en terribles comidas congeladas que se cuecen en unas cajas llamadas microondas, zapatillas que parecen zapatos de Frankenstein, música que sale de la radio como cuervos a los que están cociendo vivos en una olla a presión, y...

Bueno, todo.

Quiero recuperar mi propia vida, quiero que las cosas vuelvan a ser como antes, y creo que sé cómo conseguirlo.

Eres un desgraciado ladrón hijo de puta, Sam... ¿Puedo seguir llamándote así? Y me das pena..., pero la pena tiene un límite, porque la clave de todo es que me has robado. No he cambiado de opinión sobre el tema, ya lo ves. Sigo creyendo que la capacidad de crear no da derecho a robar.

¿Qué estás haciendo en este momento, ladronzuelo? ¿Cenar en ese restaurante que inventaste, el Petit Déjeuner? ¿Dormir junto a alguna encantadora criatura de pechos perfectos e instintos asesinos bajo el salto de cama? ¿O solo balancearte en la vieja silla de la oficina, disfrutando de tu vida indolora, inodora y carente de mierda? ¿Qué estás haciendo?

Yo me he dedicado a aprender a escribir, eso es lo que he estado haciendo, y ahora que me he puesto, creo que mejoraré muy deprisa. Ya casi puedo verte.

Mañana por la mañana, Clyde y Peoria irán a Blondie's, que ya ha vuelto a abrir. Esta vez Peoria aceptará la invitación a desayunar de Clyde. Paso número dos.

Sí, ya casi puedo verte, Sam, y muy pronto te veré. Pero no creo que tú me veas a mí. No hasta que salga de detrás de la puerta de la oficina y te agarre el cuello con las manos.

Esta vez nadie se irá a casa.

BAJA LA CABEZA

NOTA DEL AUTOR: Intervengo en este punto, lector constante, para explicarle que esto no es un relato, sino un ensayo, casi un diario. Apareció publicado por primera vez en *The New Yorker* la primavera de 1990.

S. K.

Baja la cabeza ¡Que bajes la cabeza!

Desde luego, no se trata de la mayor proeza deportiva que existe, pero cualquier persona que lo haya probado dirá que es bastante difícil; utilizar un bate redondeado para acertar una pelota redonda. Es lo suficientemente difícil como para que el puñado de hombres que lo hacen bien se hagan ricos y famosos, para que todo el mundo los idolatre. Se trata de los Jose Canseco, los Mike Greenwell y los Kevin Mitchell de este mundo. Para miles de chicos (y algunas chicas) son sus rostros los que importan, no el de Axl Rose ni el de Bobby Brown. Sus pósteres ocupan el lugar de honor en paredes de dormitorios y puertas de taquillas. Hoy, Ron St. Pierre está enseñando a algunos de estos chicos, chicos que representarán el West Side de Bangor en el torneo de la Pequeña Liga del Distrito 3, a golpear la pelota redonda con el bate redondeado. En este momento está trabajando con un chiquillo llamado Fred Moore mientras mi hijo Owen los observa de cerca. Después le toca a él pasar por el tubo. Owen es de hombros anchos y constitución robusta, igual que su viejo; Fred parece casi penosamente delgado en su jersey de color verde brillante. Y no está bateando bien.

—¡La cabeza baja, Fred! —grita St. Pierre.

Se encuentra a medio camino entre el montículo del lanzador y la base de meta de uno de los dos campos de la Pequeña Liga, el que hay detrás de la fábrica de Coca-Cola de Bangor. Fred estaba casi pegado a la valla protectora. Hace calor, pero si el calor molesta a Fred o a St. Pierre, lo cierto es que no se nota. Están completamente absortos en su tarea.

—¡La cabeza baja! —vuelve a gritar St. Pierre antes de lanzar la pelota.

Fred la golpea desde abajo. Se oye ese tintineo de aluminio, el sonido que se produce al golpear un tazón de hojalata con una cucharilla. La pelota choca contra la valla protectora, rebota y está a punto de darle en el casco. Los dos se echan a reír, y a continuación, St. Pierre saca otra pelota del cubo de plástico rojo que tiene junto a él.

—¡Prepárate, Fred! —grita—. ¡La cabeza baja!

El distrito 3 de Maine es tan grande que está dividido en dos partes. Los equipos del condado de Penobscot configuran media división, mientras que los equipos de los condados de Aroostook y Washington configuran la otra media. Los chicos de la selección son escogidos por sus méritos en todos los equipos de la Pequeña Liga. De los doce equipos que existen en el Distrito tres disputan torneos simultáneos. A finales de julio, los dos equipos clasificados juegan la final al mejor de tres partidos, que se convertirá en el campeón del distrito. Este equipo representa al Distrito 3 en el campeonato del estado, y hace mucho tiempo, dieciocho años, que un equipo de Bangor no consigue llegar al torneo del estado.

Este año, los partidos del campeonato del estado se jugarán en Old Town, donde fabrican las canoas. Cuatro de los cinco equipos que juegan en ese torneo volverán a casa. El quinto pasará a representar a Maine en el Torneo Regional del Este, que este año se disputará en Bristol, Connecticut. Más allá, por supuesto, tenemos Williamsport, Pennsylvania, donde tiene lugar el Campeonato Mundial de la Pequeña Liga. Los jugadores de Bangor West casi nunca parecen pensar en tan vertiginosas alturas; se contentarían con vencer al Millinocket, su equipo rival en la primera ronda del torneo del condado de Penobscot. Sin embargo, los entrenadores tienen derecho a soñar..., de hecho, están casi obligados a soñar.

Esta vez, Fred, que es el payaso del equipo, baja la cabeza. Consigue enviar una débil pelota rasa al lado incorrecto de la línea de primera base, y la falla por unos dos metros.

—Mira —dice St. Pierre mientras coge otra pelota.

Se trata de una bola gastada, sucia y manchada de hierba. Pese a ello, es una pelota de béisbol, por lo que Fred la contempla con respeto.

—Voy a enseñarte un truco. ¿Dónde está la pelota?

—En su mano —responde Fred.

St. Pierre, Saint, como lo llama Dave Mansfield, el entrenador jefe del equipo, deja caer la pelota en el guante.

—¿Y ahora?

—En el guante.

Saint da un cuarto de vuelta e introduce la mano con la que lanza en el guante.

—¿Y ahora?

—En la mano, creo.

—Exacto. Así que observa mi mano. Observa mi mano, Fred Moore, y espera a que la pelota salga de ahí. Estás buscando la pelota. Nada más. Yo no soy más que una silueta difuminada. ¿Por qué ibas a querer verme a mí, eh? ¿Qué más te da si estoy sonriendo? Nada. Estás esperando para ver por dónde te voy a salir. Para ver si te lanzo una pelota lateral, de tres cuartos o alta. ¿Estás esperando?

Fred asiente con la cabeza.

—¿Estás observando?

Fred vuelve a asentir.

—Muy bien —dice St. Pierre antes de volver al entrenamiento de bateo.

Esta vez, Fred golpea con verdadera autoridad y envía la pelota fuerte y recta a la derecha del campo.

—¡Muy bien! —grita Saint— ¡Muy bien, Fred Moore!

Se limpia el sudor de la frente.

—¡El siguiente bateador!

Dave Mansfield, un hombre fornido y barbudo que se presenta en el campo con gafas de aviador y un polo del Campeonato Mundial Universitario (le da buena suerte), lleva una bolsa de papel al partido que disputan Bangor West y Millinocket. La bolsa contiene dieciséis banderines de varios colores. BANGOR, proclaman todos ellos, y la palabra está flanqueada por una langosta a un lado y un pino al otro. Mientras se anuncia a cada jugador de Bangor West por los altavoces sujetos al alambre de la valla protectora, este coge un banderín de la bolsa que sostiene Dave, atraviesa corriendo el campo interior y se lo entrega a su adversario.

Dave es un hombre ruidoso e inquieto al que le gusta el béisbol y los chicos que juegan a este nivel. Cree que la Pequeña Liga de los mejores jugadores tiene dos objetivos: pasarlo bien y ganar. Ambas cosas revisten importancia, dice, pero lo más importante es mantenerlas en el orden correcto. Los banderines no son una estratagema malvada para poner nerviosos a los adversarios, sino tan solo una diversión. Dave sabe que los chicos de ambos equipos recordarán este partido, y quiere que los jugadores del Millinocket se lleven un recuerdo. Así de sencillo.

Los jugadores del Millinocket parecen sorprendidos ante el gesto, y no saben exactamente qué hacer con los banderines mientras del radiocasete de alguien empiezan a surgir las notas de la versión de Anita Bryant del himno nacional. El receptor del Millinocket resuelve el problema de un modo único; se lleva el banderín de Bangor al corazón.

Una vez finalizada la ceremonia preliminar, Bangor West da una paliza rápida y monumental al equipo contrario; el resultado final es de Bangor West 18, Millinocket 7. Sin embargo, la derrota no mengua el significado de los recuerdos, y cuando los jugadores del Millinocket se marchan en el autobús del equipo, en el foso del equipo visitante no queda nada salvo unos cuantos vasos de papel y palitos de polo. Los banderines, todos y cada uno de ellos, han desaparecido.

—¡Corre a segunda! —grita Neil Waterman, el árbitro auxiliar de Bangor West—. ¡Corre a segunda, corre a segunda!

Es el día después del partido contra el Millinocket. Todos los jugadores vienen a los entrenamientos, pero es que todavía es pronto. Dentro de poco empezará la deserción. Es un hecho; los padres no siempre están dispuestos a renunciar a sus planes de verano para que sus hijos puedan jugar en la Pequeña Liga después de la temporada normal de mayo y junio, y a veces los propios chicos se hartan del esfuerzo constante que suponen los entrenamientos. Algunos prefieren ir en bicicleta, practicar con el monopatín o simplemente ir a la piscina municipal y mirar a las chicas.

—¡Corre a segunda! —grita Waterman.

Es un hombre bajo y fornido que lleva unos pantalones cortos de color caqui y el cabello cortado al cepillo. En la vida real es profesor y entrenador de baloncesto en la universidad, pero este verano está intentando enseñar a estos chicos que el béisbol guarda más relación con el ajedrez de lo que creen. Conoce tu juego, les dice una y otra vez. Entérate de a quién estás apoyando. Y lo más importante de todo, presta atención para saber cuál es el punto débil de tus rivales en cada situación, a fin de que puedas aprovecharte de ello. Se esfuerza con mucha paciencia para enseñarles cuál es la verdad que se oculta en el corazón del juego; que se juega mucho más con la cabeza que con el cuerpo.

Ryan Iarrobino, el centro de Bangor West, dispara una bala a Casey Kinney, que se encuentra en segunda base. Casey toca a un corredor imaginario, gira en redondo y dispara otra bala a la base de meta, donde J. J. Fiddler atrapa la bola y se la devuelve a Waterman.

—¡Pelota de doble jugada! —grita Waterman y lanza una a Matt Kinney (que no está emparentado con Casey). Matt juega de interbase hoy. La pelota pega un extraño respingo y parece dirigirse hacia la parte izquierda del campo. Matt consigue arrojarla al suelo, la recoge y se la lanza a Casey en la segunda; Casey se vuelve y se la pasa a Mike Arnold, que se encuentra en primera; Mike la lanza a la base de meta, donde la recoge J. J.

—¡Muy bien! —grita Waterman—. ¡Buen trabajo, Matt Kinney! ¡Buen trabajo! ¡Uno-dos-uno! ¡Tú cubres, Mike Pelkey!

Nombre y apellido. Siempre nombre y apellido, para evitar confusiones. El equipo está plagado de Matts, Mikes y Kinneys.

Los lanzamientos se ejecutan con gran corrección. Mike Pelkey, el lanzador número dos del Bangor West, se encuentra en el lugar indicado, cubriendo la primera. Se trata de una estrategia que no siempre se acuerda de seguir, pero esta vez sí lo hace. Sonríe y trota de vuelta al montículo mientras Neil Waterman se prepara para iniciar la siguiente combinación.

—Es la mejor selección de la Pequeña Liga que he visto en muchos años —comenta Dave Mansfield algunos días después de la aplastante victoria de Bangor West contra el Millinocket.

Se mete un puñado de pipas de girasol en la boca y empieza a masticarlas. Mientras habla va escupiendo cáscaras.

—No creo que nadie pueda vencerlos, al menos no en esta división.

Se interrumpe y observa a Mike Arnold correr hacia la base de meta desde la primera, atrapar un toque y girarse de nuevo hacia la base. Echa el brazo hacia atrás y... no lanza la pelota. Mike Pelkey sigue en el montículo; esta vez ha olvidado que su tarea consiste en cubrir, pues la base está desprotegida. Lanza una rápida mirada de culpabilidad a Dave. A continuación esboza una radiante sonrisa y se prepara para repetir la jugada. La próxima vez lo hará bien, pero ¿se acordará de hacerlo bien durante el partido?

—Por supuesto, podemos vencernos a nosotros mismos —comenta Dave—. Eso es lo que suele ocurrir. ¿Dónde estabas, Mike Pelkey? —aúlla de repente—. ¡Se supone que debes cubrir la primera!

Mike asiente con la cabeza y se dirige a su puesto... Más vale tarde que nunca.

—Brewer —prosigue Dave meneando la cabeza—. Brewer jugando en casa. Eso sí que será difícil. Los del Brewer siempre son difíciles.

Bangor West no da una paliza a Brewer, pero sí gana su primer «partido en ruta» sin demasiada dificultad. Matt Kinney, el primer lanzador del equipo, está en buena forma. No es que sea abrumador, pero sus pelotas rápidas tienen un efecto traidor y sinuoso, y asimismo tiene un lanzamiento oblicuo modesto pero eficaz. A Ron St. Pierre le gusta decir que todos los lanzadores de la Pequeña Liga de América creen que tienen un lanzamiento en curva de impresión.

—Lo que creen que es un lanzamiento en curva suele ser un cambio en forma de piruleta —comenta—. Cualquier bateador con un poco de autodisciplina puede merendarse un lanzamiento así de mediocre.

Sin embargo, el lanzamiento en curva de Kinney realmente describe una curva, y esta noche se luce y elimina a ocho bateadores. Y lo que es más importante, concede solo cuatro bases por bolas. Las bases por bolas son la cruz de todo entrenador de la Pequeña Liga.

—Te matan —afirma Neil Waterman—. Las bases por bolas te matan en cada partido. Sin excepción. El sesenta por ciento de los bateadores consiguen bases por bolas hasta anotar tantos en los partidos de la Pequeña Liga.

Pero no sucede así en este partido; dos de los bateadores a los que Kinney concede bases por bolas son forzados en la segunda, mientras que los otros dos se quedan estancados en la base al terminar la entrada correspondiente. Tan solo un bateador del Brewer consigue un golpe bueno; se trata de Denise Hewes, el centro del equipo, que consigue una jugada simple con un bateador eliminado, pero es forzada en la segunda.

Con el partido ya en el bolsillo, Matt Kinney, un muchacho solemne y casi escalofriante por lo controlado de su carácter, dedica una de sus infrecuentes sonrisas a Dave, dejando al descubierto una pulcra hilera de aparatos de ortodoncia.

—¡Le ha dado! —exclama casi con veneración.

—Espera a ver a los del Hampden —responde Dave con sequedad—. Ahí todos le dan.

El 17 de julio, el escuadrón del Hampden se presenta en el campo del Bangor West, situado detrás de la fábrica de Coca-Cola, y no tarda en confirmar que Dave estaba en lo cierto. Mike Pelkey se marca unas jugadas bastante decentes y conserva el control mucho más que en el partido contra el Millinocket, pero no constituye ningún problema para los chicos del Hampden. Mike Tardif, un robusto muchacho con un bate increíblemente rápido, envía el tercer lanzamiento de Pelkey más allá de la valla izquierda del campo, a unos setenta metros de distancia, y logra así una carrera en la primera entrada. Hampden consigue dos carreras más en la segunda y aventaja al Bangor West por 3 a 0.

En la tercera entrada, sin embargo, el Bangor West parece despertar. El lanzamiento del Hampden es bueno. El lanzamiento del Hampden es impresionante, pero la defensa del Hampden, sobre todo en el cuadro, deja bastante que desear. El Bangor West logra tres bases, que combinadas con cinco errores y dos bases por bolas les proporcionan siete carreras. Así es como se suelen jugar los partidos de la Pequeña Liga, y siete carreras deberían haber bastado, pero no es así; los adversarios persisten y consiguen dos carreras en su mitad de la tercera y dos más en la quinta. Cuando el Hampden sale a batear en la segunda mitad de la sexta, ya solo pierde por tres carreras, 10 a 7.

Kyle King, un muchacho de doce años que hoy ha sido el primer lanzador del Hampden y después ha pasado a ser receptor en la quinta, empieza la segunda mitad de la sexta con una doble jugada. A continuación, Mike Pelkey elimina a Mike Tardif por strikes. Mike Wentworth, el nuevo lanzador del Hampden, logra una jugada simple al enviar una pelota al fondo del campo, entre segunda y tercera base. King y Wentworth avanzan una base, pero se ven obligados a quedarse ahí porque Jeff Carson batea una roleta directamente de regreso al lanzador. A continuación sale a batear Josh Jamieson, una de las cinco grandes amenazas del Hampden, en un momento en que hay dos jugadores en bases y dos eliminados. Si consigue batear bien, el marcador quedará empatado. Aunque se nota que está cansado, Mike saca fuerzas de flaqueza y lo elimina. El partido ha terminado.

Los chicos se ponen en fila y entrechocan las manos como manda la costumbre, pero es evidente que Mike no es el único que está agotado; cabizbajos y con los hombros caídos, todos ellos tienen aspecto de perdedores. El Bangor West tiene ahora en su haber tres victorias y ninguna derrota, pero el triunfo de hoy ha sido pura coincidencia, el tipo de partido que convierte la Pequeña Liga en una experiencia tan enervante tanto para los espectadores como para los entrenadores y los propios jugadores. El Bangor West, un equipo por lo general seguro de sí mismo en el campo, ha cometido alrededor de nueve errores.

—No he pegado ojo en toda la noche —mascull a

Dave durante el entrenamiento del día siguiente—. Maldita sea, jugaron mucho mejor que nosotros. Deberíamos haber perdido el partido.

Al cabo de dos noches, tiene algo más de qué preocuparse. Ha recorrido diez kilómetros con Ron St. Pierre para ver jugar a Kyle King y sus compañeros del Hampden contra el Brewer. No es un viaje de exploración. El Bangor ha jugado contra ambos equipos, y los dos hombres han tomado gran cantidad de notas. Lo que realmente esperan, reconoce Dave, es que el Brewer tenga suerte y consiga derrotar al Hampden. Pero no sucede; lo que realmente ven no es un partido de béisbol, sino un ejercicio de artillería.

Josh Jamieson, que quedó eliminado en un momento crítico contra Mike Pelkey, envía una pelota de carrera completa al campo de entrenamiento del Hampden. Y Jamieson no está solo. Carson consigue una carrera, Wentworth otra y Tardif dos. El resultado final es de Hampden 21, Brewer 9.

En el viaje de regreso a Bangor, Dave Mansfield masca un montón de pipas de girasol y apenas pronuncia palabra. Tan solo habla en una ocasión cuando entra con su viejo Chevrolet verde en el maltrecho estacionamiento de tierra que hay junto a la fábrica de Coca-Cola.

—El martes tuvimos suerte y lo saben —afirma—. Cuando vayamos ahí el jueves nos estarán esperando.

Todos los diamantes en los que los equipos del Distrito 3 representan sus dramas de seis entradas tienen las mismas dimensiones, palmo más o puerta menos. Todos los entrenadores llevan el reglamento en el bolsillo posterior, y lo consultan con frecuencia. A Dave le gusta decir que hombre prevenido vale por dos. El cuadro mide veinte metros a cada lado y es un cuadrado colocado sobre el punto que es la base de meta. De acuerdo con el reglamento, la valla protectora debe encontrarse como mínimo a siete metros de la base de meta, a fin de proporcionar tanto al receptor como al corredor en tercera una oportunidad justa en caso de un error. Las vallas deben hallarse a setenta metros de la base. En el campo del Bangor West la distancia es algo mayor. Y en Hampden, hogar de bateadores de primera como Tardif y Jamieson, la distancia es unos diez metros más corta.

La medida más inflexible es también la más importante; se trata de la distancia que media entre la plataforma del lanzador y el centro de la base de meta. Quince metros, ni más ni menos. Cuando se trata de esta distancia, nadie dice nunca: «Va, más o menos ya es eso; dejémoslo». La mayoría de los equipos de la Pequeña Liga viven y mueren a causa de lo que ocurre en los quince metros que median entre estos dos puntos.

Los campos del Distrito 3 varían de forma considerable en otros aspectos, y por lo general basta un breve vistazo para descubrir qué actitud tiene cada comunidad hacia el béisbol. El campo del Bangor West está en malas condiciones, una circunstancia que el ayuntamiento ignora sistemáticamente a la hora de distribuir el presupuesto de las actividades de ocio. La superficie es una arcilla estéril que se convierte en sopa cuando llueve y en cemento cuando no llueve, como ha sido el caso de este verano. El riego mantiene la mayor parte del campo exterior bastante verde, pero el cuadro no tiene remedio. A lo largo de las líneas crece un poco de hierba descuidada, pero la zona situada entre la plataforma del lanzador y la base de meta está casi pelada. La valla protectora está muy oxidada; con frecuencia, los errores y los lanzamientos malos se cuelan por una amplia brecha que hay entre el suelo y la valla. Dos grandes dunas se extienden a través de la parte derecha y el centro del campo. De hecho, estas dunas se han convertido en una ventaja para el equipo local. Los jugadores del Bangor West aprenden a aprovechar las carambolas en ellas, del mismo modo en que los jugadores de los Red Sox aprenden a aprovechar sus carambolas en el Monstruo Verde. Los defensores de los equipos visitantes, por otra parte, se ven obligados en muchas ocasiones a perseguir sus errores hasta la valla.

El campo del Brewer, situado entre la sucursal local de supermercados IGA y unos almacenes Mardens, se ve obligado a disputarse el espacio con lo que tal vez es el parque infantil más viejo y oxidado de Nueva Inglaterra; los hermanos y las hermanas pequeñas de los jugadores miran el partido montados boca abajo en los columpios, con la cabeza apuntando al suelo y los pies, al cielo.

El campo Bob Beal, de Machias, con su cuadro salpicado de gravilla, es con toda probabilidad el peor campo que el Bangor West visitará esta temporada, mientras que el del Hampden, con su campo impecable y su pulcro diamante, es con toda probabilidad el mejor. El diamante de Hampden, situado tras la sucursal de la asociación de veteranos de guerra y flanqueado por una zona de picnic situada tras la valla y un bar con lavabos, parece un campo de niños bien. Pero las apariencias engañan. Este equipo se compone de jugadores de Newburgh y Hampden, y Newburgh sigue siendo una zona de pequeñas granjas y productos lácteos. Muchos de los jugadores van a los partidos en viejos coches con selladora alrededor de los faros y con el tubo de escape sujeto con alambre; tienen la piel quemada por el sol a causa de las tareas que les toca hacer, no porque se pasen el día tumbados junto a la piscina del club de campo. Niños de ciudad y niños de campo. Una vez enfundados en sus uniformes, no importa mucho quién es qué.

Dave tiene razón. Los aficionados de Hampden y Newburgh están esperando. La última vez que Bangor West consiguió el título del Distrito 3 de la Pequeña Liga fue en 1971; Hampden jamás ha ganado el campeonato, y muchos aficionados locales esperan que este año sea la primera vez, pese a la derrota que han encajado frente al Bangor West. Por primera vez, el equipo de Bangor es consciente de que juega fuera de casa; se enfrenta con gran cantidad de aficionados contrarios.

Matt Kinney es el primero en lanzar. Por Hampden empieza Kyle King, y el partido se convierte con gran rapidez en el fenómeno más interesante y menos frecuente de la Pequeña Liga; en un auténtico duelo de lanzadores. Al término de la tercera entrada, el marcador señala Hampden 0, Bangor West 0.

En la segunda mitad de la cuarta, Bangor se anota dos carreras inmerecidas cuando la defensa del Hampden se viene abajo. Owen King, el primera base del Bangor West, pasa a batear con dos jugadores en bases y uno eliminado. Los dos King, Kyle por el equipo de Hampden y Owen por el equipo de Bangor West, no están emparentados. No hace falta jurarlo; un vistazo basta para darse cuenta. Kyle King mide alrededor de un metro sesenta, mientras que Owen King pasa bastante del metro ochenta. Las diferencias de estatura y constitución son tan extremas en la Pequeña Liga que resulta muy fácil sentirse desorientado, víctima de una alucinación.

El King de Bangor dispara una roleta al interbase. Se trata de una doble jugada hecha a medida, pero el interbase no la atrapa limpiamente, de modo que King consigue trasladar sus cien kilos a primera base a velocidad punta y llegar antes que la pelota. Mike Pelkey y Mike Arnold llegan a la base de meta.

En la primera mitad de la quinta, Matt Kinney, que se ha estado portando de maravilla, alcanza con la pelota a Chris Witcomb, el octavo bateador del Hampden. Brett Johnson, el noveno bateador, envía una pelota directa a Casey Kinney, el segunda base del Bangor West. Podría ser otra doble jugada hecha a medida, pero Casey no acierta. Sus manos, que han ido bajando automáticamente para atrapar la pelota, se paralizan de repente a unos centímetros del suelo, y el muchacho vuelve la cabeza para protegerse de un posible rebote. Se trata del error defensivo más corriente en la Pequeña Liga, y también el más fácil de comprender; puro instinto de conservación. La mirada consternada que Casey lanza a Dave y a Neil cuando la pelota avanza hacia el centro del campo completa esta parte del ballet.

—¡No pasa nada, Casey! ¡La próxima vez será! —aúlla Dave con su acento grave y confiado del norte.

—¡Siguiente bateador! —grita Neil haciendo caso omiso de la mirada de Casey—. ¡Siguiente bateador! ¡Presta atención a tu juego! ¡Seguimos ganando! ¡A por una eliminación! ¡Concentraos en conseguir una eliminación!

Casey empieza a tranquilizarse, empieza a concentrarse de nuevo en el juego, y de repente, más allá de las vallas del campo exterior, los Cláxones de Hampden empiezan a sonar. Algunos de ellos pertenecen a coches nuevos, Toyotas, Hondas y elegantes Dodge Colt que lucen adhesivos de EE.UU. FUERA DE CENTROAMÉRICA y CORTA LEÑA, NO ÁTOMOS en los guardabarros. Pero la mayoría de los Cláxones de Hampden pertenecen a furgonetas y coches más antiguos. Muchas de las furgonetas tienen las puertas oxidadas, convertidores de FM instalados bajo el salpicadero y la caja cubierta. ¿Y quién hay dentro de los vehículos, tocando el claxon? Nadie parece saberlo, al menos no con certeza. Desde luego, no son los padres ni otros parientes de los jugadores del Hampden; los padres y demás parientes (además de una generosa selección de hermanos pequeños manchados de helado) llenan las gradas y la valla de la tercera base del diamante, donde se encuentra el foso del Hampden. Es posible que se trate de gente del pueblo que acaba de salir de trabajar, tipos que se han detenido a ver una parte del partido antes de ir a tomarse unas cuantas cervezas en el bar de la asociación de veteranos de guerra, que está al lado. O tal vez se trate de los fantasmas de jugadores de la Pequeña Liga del Pasado, ansiosos por conseguir la bandera del campeonato del estado que durante tanto tiempo les ha sido negada. Esta alternativa parece al menos posible; hay algo sobrecogedor y definitivo en los Cláxones de Hampden. Suenan en armonía... cláxones agudos, cláxones graves, un par de cláxones de niebla alimentados con baterías casi agotadas. Algunos jugadores del Bangor West se vuelven hacia el sonido con expresión inquieta.

Tras la valla protectora, unos técnicos de la televisión local se preparan para filmar en vídeo un reportaje para la sección de deportes de las noticias de las once. Ello causa cierto revuelo entre algunos espectadores, pero tan solo unos cuantos jugadores del banquillo del Hampden parecen percatarse de la presencia de la tele. Matt Kinney no se ha fijado, desde luego. Está completamente concentrado en el siguiente bateador del Hampden, Matt Knaide, que se golpea la zapatilla con el bate de aluminio Worth y a continuación entra en la plataforma del bateador.

Los Cláxones de Hampden se sumen en un completo silencio. Matt Kinney inicia el movimiento de lanzamiento. Casey Kinney regresa a su posición al este de la segunda base, con el guante bajo. Los corredores del Hampden esperan expectantes en primera y segunda base. En la Pequeña Liga está prohibido adelantarse hacia la base siguiente antes del lanzamiento. Los espectadores situados a ambos lados del diamante observan con nerviosismo. Las conversaciones languidecen. El béisbol bien jugado (y desde luego, este es un partido excelente, de los que uno pagaría por ver) es un deporte de pausas descansadas puntuadas por algunas inhalaciones breves e intensas. Los aficionados perciben que se acerca una de dichas inhalaciones. Matt Kinney blande la pelota y lanza.

Knaide envía una pelota directa más allá de la segunda base y consigue una jugada simple, por lo que el marcador se sitúa en 2 a 1. Kyle King, el lanzador del Hampden, entra en la plataforma del bateador y envía una línea rápida y baja directamente de regreso al montículo. El esférico golpea a Matt Kinney en la espinilla derecha. El muchacho efectúa un movimiento instintivo para atrapar la pelota, que ya se dirige a trompicones hacia el hueco entre tercera e interbase, antes de darse cuenta de que se ha lesionado y doblarse sobre sí mismo. Ahora las bases están llenas, pero de momento a nadie le importa. En el instante en que el árbitro levanta las manos para señalar tiempo muerto, todos los jugadores del Bangor West se congregan en torno a Matt Kinney. Más allá del centro del campo, los Cláxones del Hampden entonan su cántico triunfal.

Kinney está muy pálido y es evidente que le duele la pierna. Alguien trae una bolsa de hielo del botiquín que hay en el bar, y tras unos minutos, Kinney consigue incorporarse y atravesar el campo cojeando y con los brazos alrededor de Dave y Neil. Los espectadores le dedican una ovación cuando sale.

Owen King, anterior primera base, se convierte en el nuevo lanzador del Bangor West, y el primer bateador al que debe enfrentarse es Mike Tardif. Los Cláxones de Hampden envían un breve saludo de anticipación cuando Tardif entra en la plataforma. El tercer lanzamiento de King es malo y se estrella contra la valla protectora. Brett Johnson corre hacia la base de meta; King echa a correr hacia la plataforma desde el montículo, tal como le han enseñado. En el foso del Bangor West, Neil Waterman, que todavía rodea con un brazo los hombros de Matt Kinney, grita:

—¡Cubrir-cubrir-CUBRIR!

Joe Wilcox, el receptor del Bangor West, es unos treinta centímetros más bajo que King, pero muy rápido. Al comienzo de esta temporada de la selección no quería ser receptor, y todavía no le gusta, pero ha aprendido a vivir con ello y a tener muchísimo aguante en una posición en la que casi ningún jugador bajo sobrevive durante mucho tiempo; incluso en la Pequeña Liga, la mayoría de los receptores parecen mucho más pequeños de lo que son. Hace un rato ha logrado efectuar una impresionante recepción de una pelota mala con una sola mano. Ahora se abalanza sobre la valla protectora, quitándose la máscara con la mano desnuda en el mismo instante en que recibe el lanzamiento malo al rebote. Se vuelve hacia la plataforma y pasa la pelota a King mientras los Cláxones de Hampden entonan una salvaje melodía triunfal que resulta ser prematura.

Johnson está en baja forma. En su rostro se dibuja una expresión asombrosamente parecida a la que ha adoptado Casey Kinney al permitir que la fuerte roleta de Johnson se colara a la interbase. Se trata de una expresión de ansiedad e inquietud extremas, la expresión de un chico que de repente desearía encontrarse en otro lugar. En cualquier otro lugar. El nuevo lanzador bloquea la plataforma.

Johnson inicia un derrape poco convincente. King atrapa la pelota que le ha lanzado Wilcox, se vuelve con sorprendente y encantadora gracia y toca la base antes que el pobre Johnson. A continuación regresa al montículo mientras se enjuga el sudor de la frente y se dispone a enfrentarse a Tardif una vez más. Tras él, los Cláxones de Hampden han vuelto a enmudecer.

Tardif batea un englobado a tercera base. Kevin

Rochefort, el tercer base del Bangor, reacciona retrocediendo un paso. Es una jugada muy sencilla, pero en el rostro de Rochefort se aprecia una expresión de terrible desconcierto, y es en ese preciso instante, cuando Rochefort está a punto de fallar ese sencillo englobado, cuando puede advertirse en qué medida ha afectado al equipo la lesión de Matt. La pelota aterriza en el guante de Rochefort y vuelve a salir porque Rochefort, al que primero Freddy Moore y después todo el equipo han dado en llamar Pinzas, no la aprieta con el guante. Knaide, que ha avanzado a tercera base mientras King y Wilcox se ocupaban de Johnson, ya está corriendo hacia la base de meta. Rochefort podría haber alcanzado a Knaide sin dificultad si hubiera atrapado la pelota, pero en la Pequeña Liga, al igual que en las ligas importantes, se trata de peros y escasos centímetros. Rochefort no atrapa la pelota. En lugar de ello, la lanza al azar hacia primera base. Mike Arnold se ha hecho cargo de la situación en primera, y es uno de los mejores defensores del equipo, pero la verdad es que no tiene zancos. Entretanto, Tardif llega corriendo a segunda. El duelo de lanzadores se convierte en un típico partido de Pequeña Liga, y los Cláxones de Hampden, en una cacofonía de júbilo. El equipo local está fuera de sí de emoción, y el resultado final es de Hampden 9, Bangor West 2. Pese a todo, existen dos motivos para regresar a casa contentos. En primer lugar, la lesión de Matt Kinney no reviste gravedad, y en segundo lugar, cuando Casey Kinney se ha visto obligado a enfrentarse a otra situación difícil en una de las últimas entradas, no se ha amilanado, sino que ha jugado a la perfección.

En cuanto se anota la última eliminación, los jugadores del Bangor West se dirigen cabizbajos hacia su foso y toman asiento en el banco. Se trata de su primera derrota, y la mayoría de ellos no se lo están tomando demasiado bien. Algunos arrojan el guante al suelo con rabia. Algunos están llorando, otros parecen a punto de estallar en sollozos, y nadie dice nada. Ni siquiera Freddy, el payaso oficial del Bangor, tiene nada que decir esta bochornosa tarde. Más allá de la valla del centro del campo, algunos Cláxones de Hampden siguen entonando su canto de alegría.

Neil Waterman es el primero en hablar. Ordena a los chicos que levanten la cabeza y lo miren. Tres de ellos ya lo están haciendo; Owen King, Ryan Iarrobino y Matt Kinney. Ahora, aproximadamente la mitad del equipo obedece. Otros sin embargo, entre ellos Josh Stevens, el último en ser eliminado, parecen seguir tremendamente interesados en sus zapatillas.

—Levantad la cabeza —repite Waterman.

Ha levantado la voz, pero habla con amabilidad, y ahora todos consiguen mirarlo.

—Habéis jugado bastante bien —empieza Neil con amabilidad—. Simplemente, os habéis puesto un poco nerviosos y por eso han acabado ganando. Eso no quiere decir que sean mejores... Eso ya lo averiguaremos el sábado. Lo único que habéis perdido es un partido de béisbol. Pero mañana el sol saldrá igualmente.

Los chicos empiezan a removerse en sus asientos. Por lo visto, esta antigua homilía no ha perdido aún su poder de consuelo.

—Habéis dado todo lo que teníais, y eso es lo único que importa. Estoy orgulloso de vosotros, y vosotros también debéis estar orgullosos de vosotros mismos. No ha pasado nada de lo que tengáis que avergonzaros.

Se aparta un poco para dejar sitio a Dave Mansfield, quien observa a su equipo. Cuando habla, su habitual rugido ha desaparecido para dar paso a un tono más bajo incluso que el de Waterman.

—Antes de empezar ya sabíamos que tenían que ganarnos, ¿verdad? —Habla en tono pensativo, casi como si hablara solo—. Si no vencían hoy, quedaban eliminados. El sábado vendrán a nuestro campo. Y entonces nosotros tendremos que ganarles a ellos. ¿Queréis ganarles?

Todos los jugadores lo están mirando con atención.

—Quiero que recordéis lo que os dijo Neil —prosigue Dave en el mismo tono pensativo, tan distinto de sus rugidos durante los entrenamientos—. Sois un equipo. Eso quiere decir que tenéis que quereros los unos a los otros. Os queréis los unos a los otros perdáis o ganéis, porque sois un equipo.

La primera vez que alguien dijo a estos chicos que tenían que quererse los unos a los otros mientras estaban en el campo, todos se habían puesto a reír con nerviosismo. Pero ahora no ríen. Después de soportar los Cláxones de Hampden, parecen comprender, al menos un poquito.

Dave vuelve a observarlos y por fin asiente con la cabeza.

—Muy bien. Recoged el equipo.

Los chicos recogen los bates, los cascos y el equipo de recepción y lo embuten todo en bolsas de lona. Cuando llevan el equipo a la vieja furgoneta verde de Dave, algunos de ellos ya están riendo otra vez.

Dave ríe con ellos, pero no ríe en el camino de regreso a casa. El trayecto se le antoja eterno.

—No sé si podremos ganarles el sábado —dice en el camino de vuelta en el mismo tono pensativo de antes—. Quiero ganarles, y ellos también quieren, pero no sé si podremos. El Hampden tiene el ímpetu de su parte.

Ímpetu, la fuerza mítica que decide no solo partidos, sino temporadas enteras. Los jugadores de béisbol son peculiares y supersticiosos en cualquier categoría, y por alguna razón, los jugadores del Bangor West han adoptado una pequeña sandalia de plástico, parte del atuendo de la muñeca de una jovencísima aficionada, como mascota. Y han bautizado a su absurdo talismán con el nombre de Ímpetu. Lo colocan en la valla de alambre del foso en cada partido, y con frecuencia, los bateadores lo tocan furtivamente antes de entrar en la plataforma del bateador. Nick Trzaskos, que por lo general juega de exterior izquierdo en el Bangor West, es el encargado de guardar a Ímpetu entre partidos. Y hoy ha olvidado por primera vez traer el talismán.

—Espero que Nick se acuerde de traer a Ímpetu el sábado —mascula Dave en tono sombrío—. Pero incluso aunque se acuerde...

Menea la cabeza.

—No sé, no sé.

En los partidos de la Pequeña Liga no se cobra entrada; las reglas lo prohíben de modo expreso. En lugar de ello, un jugador pasa el sombrero durante la cuarta entrada, solicitando donaciones para comprar equipo y contribuir al mantenimiento del campo. El sábado, cuando el Bangor West y el Hampden se enfrentan en Bangor en la final del torneo del condado de Penobscot, puede juzgarse el aumento del interés local en las vicisitudes del equipo por un simple ejercicio de comparación. En el partido disputado entre el Bangor y el Millinocket, la colecta asciende a quince dólares con cuarenta y cinco centavos; cuando el sombrero termina su circuito en la quinta entrada del partido del sábado por la tarde contra el Hampden, está repleto de monedas y billetes arrugados. El total asciende a noventa y cuatro dólares con veinticinco centavos. Las gradas están abarrotadas; las vallas, oscurecidas de gente; el estacionamiento, completo. La Pequeña Liga tiene un rasgo en común con casi todos los deportes y negocios americanos; nada tiene tanto éxito como el éxito en sí mismo.

El partido empieza muy bien para Bangor, pues ganan por 7 a 3 al final de la tercera entrada, y entonces todo se va al garete. En la cuarta entrada, el Hampden se anota seis carreras, la mayoría de ellas honestas. Bangor West no se rinde, como hizo después de que Matt Kinney recibiera un pelotazo en el partido contra el Hampden, y los jugadores no bajan la cabeza, por emplear la expresión de Neil Waterman. Pero cuando salen a batear en la segunda mitad de la sexta entrada, pierden por 14 a 12. La eliminación parece muy cercana y muy real. Ímpetu se halla en su lugar acostumbrado, pero, aun así, el Bangor West está a tres eliminaciones del fin de su temporada.

Un jugador al que no hacía falta decirle que levantara la cabeza después de la derrota por 9 a 2 contra el Hampden es Ryan Iarrobino. En aquel partido jugó bien y salió del campo sabiendo que había jugado bien. Es un chico alto, de hombros anchos y una espesa mata de cabello castaño oscuro. Es uno de los dos atletas naturales con que cuenta el equipo del Bangor West. El otro es Matt Kinney. Aunque ambos chicos tienen un físico totalmente opuesto, pues Kinney es delgado y todavía bastante bajo, mientras que Iarrobino es alto y muy musculoso, comparten una cualidad muy poco frecuente entre los chicos de su edad; confían en sus cuerpos. La mayoría de los demás jugadores del Bangor West, por mucho talento que posean, consideran sus pies, brazos y manos como espías y traidores en potencia.

Iarrobino es uno de esos chicos que, en cierto modo, parece estar más presente que los demás cuando se viste para algún tipo de competición. Es uno de los pocos chicos de los dos equipos que puede llevar un casco de bateador sin parecer un tontorrón que lleva una de las ollas de su madre. Cuando Matt Kinney está en el montículo y lanza una pelota, parece encontrarse en el lugar indicado en el momento preciso. Y cuando Ryan Iarrobino entra en la plataforma para diestros y señala con la punta del bate al lanzador antes de colocárselo detrás del hombro derecho, también parece pertenecer a ese lugar en aquel momento. Parece haber echado raíces antes de prepararse para el primer lanzamiento; podría describirse una línea del todo recta desde la bola de su hombro hasta la bola de su cadera y desde ahí hasta la bola de su tobillo. Matt Kinney está hecho para lanzar pelotas; Ryan Iarrobino, para batearlas.

Última oportunidad para el Bangor West. Jeff Carson, cuya carrera en la cuarta entrada ha sido el momento más destacado del partido y que ha sustituido a Mike Wentworth en la plataforma de lanzamiento, es reemplazado ahora por Mike Tardif. Su primer bateador es Owen King. King batea tres pelotas más allá de la línea de falta, sufre dos strikes (uno de los cuales se debe a que intenta batear una pelota de carrera que resulta ser demasiado baja) y a continuación deja pasar una pelota interior mala con la esperanza de lograr una base por bolas. El siguiente bateador es Roger Fisher, que sustituye al charlatán Fred Moore. Roger es un chico bajito de ojos y cabellos negros azabache. Parece un bateador fácil de eliminar, pero las apariencias engañan. Roger tiene fuerza. Pero hoy no la emplea y queda eliminado.

En el campo, los jugadores del Hampden se mueven y se miran. Están muy cerca y lo saben. El estacionamiento está demasiado lejos como para que los Cláxones de Hampden puedan desempeñar algún papel, de modo que los hinchas se conforman con alentar a su equipo a gritos. Detrás del foso, dos mujeres tocadas con gorras de color violeta del Hampden se abrazan jubilosas. Otros hinchas parecen corredores esperando el pistoletazo del juez; es evidente que tienen intención de precipitarse al campo en el momento en que sus muchachos consigan eliminar al Bangor West definitivamente.

Joe Wilcox, que no quería ser receptor y que ha acabado jugando en esa posición pese a todo, envía una pelota de jugada simple a la izquierda del campo. King se detiene en la segunda. Sale a batear Arthur Dorr, el exterior derecho del Bangor, que lleva el par de zapatillas altas más viejo del mundo y no ha logrado batear una sola pelota buena en todo el partido. Ahora sí batea bien, pero envía la pelota directamente al interbase del Hampden, que apenas tiene que moverse. Pasa la pelota a segunda base con la esperanza de llegar antes que King, pero no tiene suerte. Sin embargo, ya hay dos bateadores eliminados.

La afición del Hampden sigue alentando a sus jugadores. Las mujeres que están tras el foso dan saltos de emoción. Se oyen ahora algunos Cláxones de Hampden, pero se han precipitado un poco, y para darse cuenta de ello basta con echar un vistazo al rostro de Mike Tardif mientras se enjuga el sudor de la frente y entrechoca la pelota con el guante.

Ryan Iarrobino entra en la plataforma del bateador. Blande el bate de un modo casi naturalmente perfecto; ni siquiera Ron St. Pierre tendrá nada que objetar al respecto.

Ryan falla el primer lanzamiento de Tardif, el más fuerte del partido; de hecho, la pelota suena como un disparo al chocar contra el guante de Kyle King. A continuación, Tardif desperdicia un lanzamiento. King le devuelve la pelota; Tardif medita unos segundos y a continuación lanza una pelota recta y baja; Ryan se la mira, y el árbitro decreta strike dos. Ha tocado la esquina exterior..., tal vez. En cualquier caso, eso es lo que dice el árbitro, por lo tanto, fin de la discusión.

Los hinchas de ambos equipos han enmudecido, al igual que los entrenadores. Todos están al margen del asunto. Ahora todo depende de Tardif e Iarrobino, suspendidos antes el último strike de la última eliminación del último partido que uno de estos dos equipos jugará. Quince metros entre estos dos rostros. Lo que ocurre es que Iarrobino no está mirando el rostro de Tardif, sino su guante, y en algún lugar oigo a Ron St. Pierre diciendo a Fred: «Estás esperando para ver por dónde te voy a salir. Para ver si te lanzo una pelota lateral, de tres cuartos o alta».

Iarrobino está esperando para ver por dónde le saldrá Tardif. Mientras Tardif inicia el movimiento de lanzamiento, se oye el lejano golpeteo de pelotas de tenis procedente de una pista cercana, pero aquí solo hay silencio y las marcadas sombras negras de los jugadores, tendidas sobre la tierra como siluetas de cartulina negra, e Iarrobino espera para ver por dónde le saldrá Tardif.

Tardif lanza una pelota alta. Y de repente, Iarrobino se pone en movimiento, con las dos rodillas ligeramente dobladas y el hombro izquierdo inclinado; el bate de aluminio no es más que un destello a la luz del sol. En esta ocasión, el golpe metálico, el que recuerda una cucharilla chocando con un tazón de hojalata, suena algo diferente. Esta vez no se oye un chink, sino un crunch cuando Ryan golpea la pelota, y entonces la pelota sale disparada hacia el cielo, en dirección al campo izquierdo, un golpe largo, alto, amplio y elegante en la tarde veraniega. Más tarde, alguien encuentra la pelota debajo de un coche, a unos noventa metros de la base de meta.

La expresión que se dibuja en el rostro de Mike Tardif, un muchacho de doce años, es de asombro e incredulidad. Echa un vistazo rápido a su guante, como si esperara que la pelota siguiera ahí, como si esperara que el espectacular toque de Iarrobino, efectuado tras dos lanzamientos malos y dos strikes, no haya sido más que una pesadilla momentánea. Las dos mujeres situadas detrás de la valla protectora se miran anonadadas. En el primer momento, nadie emite sonido alguno. En ese instante antes de que todo el mundo empiece a gritar y los jugadores del Bangor West salgan disparados del foso para esperar a Ryan en la base de meta y alzarlo a hombros, solo dos personas están completamente seguras de que en verdad ha ocurrido lo que ha ocurrido. Una de ellas es el propio Ryan. Cuando llega a primera base, levanta los brazos hasta la altura de los hombros en un ademán de triunfo breve pero expresivo. Y cuando Owen King llega a la base de meta y se anota la primera de las tres carreras que darán fin a la temporada de selecciones del Hampden, Mike Tardif también se da cuenta de lo que ha ocurrido. Permanece de pie en la plataforma del lanzador por última vez como jugador de la Pequeña Liga y estalla en sollozos.

—Hay que recordar que solo tienen doce años —afirman los tres entrenadores del equipo en un momento dado.

Y cada vez que uno de ellos lo dice, el que escucha tiene la sensación de que el que lo dice, es decir, Mansfield, Waterman o St. Pierre, se lo está recordando a sí mismo.

—Cuando estéis en el campo os querremos y vosotros os querréis los unos a los otros —dice Waterman a los muchachos una y otra vez.

Después de la ajustada victoria de 15 a 14 sobre el Hampden, en la que realmente se han querido los unos a los otros, los chicos ya no se ríen al oír estas palabras.

—A partir de ahora —prosigue Waterman— voy a ser duro con vosotros... Muy duro. Mientras estéis jugando, no recibiréis de mí más que amor incondicional. Pero cuando estemos entrenando en nuestro campo, algunos de vosotros averiguaréis lo mucho que puedo llegar a gritar. Si hacéis el tonto, directos al banquillo. Si os digo que hagáis algo y no lo hacéis, directos al banquillo. El recreo ha terminado, chicos, todo el mundo fuera de la piscina. Ahora empieza el trabajo duro.

Unos días más tarde, Waterman envía una pelota a la derecha del campo durante el entrenamiento de recepción. La pelota casi le arranca la nariz a Arthur Dorr, que estaba comprobando si tenía la bragueta cerrada, o verificando si tenía los cordones de las zapatillas abrochados. O haciendo cualquier otra tontería.

—¡Arthur! —ruge Neil Waterman.

Arthur se asusta más al oír este grito de lo que se ha asustado al pasarle la pelota por delante de las narices.

—¡Ven aquí! ¡Al banquillo! ¡Ahora mismo!

—Pero... —empieza Arthur.

—¡Que vengas aquí! —lo interrumpe Neil— ¡Al banquillo!

Arthur se acerca cabizbajo y huraño, y J. J. Fiddler ocupa su puesto. Al cabo de unos días, Nick Trzaskos pierde la oportunidad de seguir bateando tras fallar dos toques de sacrificio de unos cinco intentos. Se sienta en el banquillo solo y con las mejillas arreboladas.

El Machias, el vencedor del campeonato de los condados de Aroostook y Washington, es el siguiente equipo de la lista; se jugará una serie al mejor de tres partidos, y el ganador será el campeón del Distrito 3. El primer partido tendrá lugar en el campo del Bangor West, detrás de la fábrica de Coca-Cola; el segundo, en el campo Bob Beal, del Machias, y el tercero, si es que se tercia, se jugará en un campo neutral situado entre ambas ciudades.

Tal como ha prometido Neil Waterman, los entrenadores son todo aliento en cuanto termina el himno nacional y empieza el partido.

—¡Perfecto, no pasa nada! —grita Dave Mansfield

cuando Arthur no acierta a atrapar una pelota larga que aterriza en el suelo detrás de él—. ¡Ahora a eliminar! ¡Juego de barriga! ¡A eliminar!

Nadie parece saber qué significa «juego de barriga», pero si tiene algo que ver con ganar partidos de béisbol, entonces a los chicos les parece perfecto.

No hace falta jugar el tercer partido contra el Machias. El Bangor West cuenta con una excelente actuación del lanzador Matt Kinney en el primero y vence por 17 a 5. Ganar el segundo partido es un poco más difícil porque el tiempo no coopera. Una copiosa tormenta de verano obliga a suspender el partido el día señalado, por lo que el Bangor West tiene que realizar el viaje de doscientos cincuenta kilómetros a Machias dos veces para poder ganar el campeonato. Por fin lo consiguen el veintinueve de julio. La familia de Mike Pelkey se ha llevado al segundo lanzador del Bangor a Disneylandia, con lo que Mike se convierte en el tercer jugador que abandona el equipo; pero Owen King ocupa la posición y consigue eliminar a ocho antes de cansarse y dar paso a Mike Arnold en la sexta entrada. El Bangor West gana por 12 a 2 y se convierte en el campeón del Distrito 3 de la Pequeña Liga.

En momentos así, los profesionales se retiran a sus vestuarios con aire acondicionado y se empapan unos a otros con champán. El equipo del Bangor West va a Helen's, el mejor, tal vez el único restaurante de Machias, para celebrar el triunfo con perritos calientes, hamburguesas, litros de Pepsi-Cola y montañas de patatas fritas. Observando cómo se ríen unos de otros, cómo se burlan unos de otros y cómo se disparan bolas de papel a través de las pajitas, resulta imposible no darse cuenta de que muy pronto encontrarán formas más escandalosas de celebrar cualquier ocasión.

De momento, sin embargo, se conforman con esto... De hecho, lo encuentran perfecto. No están abrumados por lo que han hecho, pero parecen tremendamente encantados, verdaderamente felices. Si han sido rozados con la varita mágica este verano, ellos no lo saben, y nadie ha sido lo suficientemente rudo como para decirles que tal vez es así. De momento, pueden permitirse los placeres fritos de Helen's, y estos placeres les bastan. Han alcanzado su objetivo; para el Campeonato del Estado, donde lo más probable es que equipos más fuertes y mejores de regiones más pobladas del sur del estado los eliminen, todavía falta una semana.

Ryan Iarrobino se ha vuelto a poner su camiseta sin mangas. Arthur Dorr tiene una enorme mancha de ketchup en la mejilla. Y Owen King, que ha sembrado el terror entre los bateadores del Machias al enfrentarse a ellos con un lanzamiento lateral directo en el último momento, disfruta haciendo burbujas en su vaso de Pepsi-Cola. Nick Trzaskos, que puede parecer la persona más infeliz del mundo cuando las cosas no van como él quiere, muestra una expresión de felicidad sublime. ¿Y por qué no? Hoy tienen doce años y son ganadores.

Claro está que de vez en cuando ya se encargan de recordártelo. El día en que se suspende el partido, a medio camino entre Machias y Bangor, J. J. Fiddler comienza a retorcerse en el asiento trasero del coche.

—Tengo que ir al lavabo —farfulla en tono ominoso al tiempo que se lleva las manos al vientre—. De verdad, tengo que ir. Lo digo muy en serio.

—¡J. J. se va a mear encima! —grita Joe Wilcox jubiloso—. ¡Mirad! ¡J. J. va a inundar el coche!

—Cierra el pico, Joey —contesta J. J. antes de seguir retorciéndose.

Ha esperado hasta el peor momento para dar la noticia. El tramo de ciento veinte kilómetros entre Machias y Bangor está prácticamente desierto. Ni siquiera hay una buena arboleda en la que J. J. pueda desaparecer durante unos minutos; no hay más que kilómetros y kilómetros de campos abiertos alrededor de la sinuosa carretera 1A.

Justo cuando la vejiga de J. J. entra en alarma roja hace su aparición una gasolinera providencial. El entrenador auxiliar aprovecha para llenar el depósito de gasolina mientras J. J. se precipita al lavabo de caballeros.

—¡Madre mía! —exclama apartándose el cabello de los ojos mientras vuelve trotando al coche—. ¡Ha ido de pelos!

—Tienes un poco en los pantalones, J. J. —comenta Joe Wilcox como quien no quiere la cosa.

Todos estallan en salvajes carcajadas cuando J. J. baja la mirada para comprobarlo.

Al día siguiente, en el viaje a Machias, Matt Kinney revela una de las principales atracciones que la revista *People* posee a los ojos de los muchachos en edad de jugar en la Pequeña Liga.

—Estoy seguro de que hay uno en alguna parte —dice mientras hojea lentamente un ejemplar que ha encontrado en el asiento posterior del coche—. Casi siempre hay uno.

—¿Hay qué? ¿Qué es lo que estás buscando? —pregunta el tercera base, Kevin Rochefort, mirando por encima del hombro de Matt mientras este pasa las páginas de las celebridades de la semana sin apenas prestarles atención.

—El anuncio de la exploración de los pechos —explica Matt—. No se ve todo, pero se ve bastante. ¡Aquí está!

Sostiene la revista en alto con ademán triunfante.

Otras cuatro cabezas cubiertas con las gorras rojas

del Bangor West se ciernen sobre la revista. Durante unos instantes, el béisbol desaparece por completo de las mentes de estos chicos.

El campeonato de Pequeña Liga del estado de Maine de 1989 da comienzo el 3 de agosto, unas cuatro semanas después del inicio de los partidos de selección. El estado se divide en cinco distritos, y todos ellos envían equipos a Old Town, donde tendrá lugar el torneo de este año. Los participantes son Yarmouth, Belfast, Lewiston, York y Bangor West. Todos los equipos, a excepción del Belfast, tienen más prestigio que el Bangor West, y se rumorea que el Belfast tiene un arma secreta. Su primer lanzador es el niño prodigio del torneo de este año.

El nombramiento del niño prodigio del torneo es una ceremonia anual, un pequeño tumor que parece desafiar todo intento de extirpación. El chico en cuestión, que es nombrado Niño Béisbol quiera el honor o no lo quiera, se convierte en inocente centro de atención, objeto de discusión, especulaciones y, cómo no, apuestas. Asimismo, se encuentra en la poco envidiable situación de tener que estar a la altura de toda la locura previa al torneo. Un torneo de Pequeña Liga constituye un motivo de gran presión para cualquier chico; pero si además uno llega al lugar del torneo y se entera de que se ha convertido en una especie de leyenda momentánea, por lo general es demasiado.

El objeto de discusión y admiración de este año es el lanzador zurdo del Belfast, Stanley Sturgis. En sus dos partidos en el Belfast ha logrado treinta eliminaciones, catorce en el primero y dieciséis en el segundo. Treinta eliminaciones en dos partidos hacen una impresionante estadística en cualquier liga, pero para entender del todo la hazaña de Sturgis hay que tener en cuenta que los partidos de la Pequeña Liga constan de tan solo seis entradas. Ello significa que el ochenta y tres por ciento de las eliminaciones que el Belfast ha conseguido con Sturgis en el montículo han sido eliminaciones por strikes.

Luego está el York. Todos los equipos que acuden al campo Knights of Columbus de Old Town para competir en el torneo cuentan con un historial excelente, pero el York, que jamás ha sido batido, es el claro favorito a hacerse con un billete para el campeonato de las regiones del este. Ninguno de sus jugadores es un gigante, pero algunos de ellos pasan del metro setenta, y su mejor lanzador, Phil Tarbox, tiene un lanzamiento recto que a veces alcanza una velocidad superior a los cien kilómetros por hora, algo excepcional en los baremos de la Pequeña Liga. Al igual que en el caso del Yarmouth y el Belfast, los jugadores del York llevan uniformes especiales de selección y zapatillas a juego, atuendo que les hace parecer profesionales.

Solo el Bangor West y el Lewiston llevan «mufti», es decir, camisetas de muchos colores con los nombres de los patrocinadores de sus respectivos equipos de la temporada ordinaria impresos sobre ellas. Owen King lleva una camiseta anaranjada del club Elk, Ryan Iarrobino y Nick Trzaskos llevan camisetas rojas de la Hidroeléctrica de Bangor, Roger Fisher y Fred Moore llevan camisetas verdes del club Lions, y así sucesivamente. Los jugadores del Lewiston van vestidos de forma similar, aunque a ellos al menos les han proporcionado zapatillas y estribos iguales. En comparación con los chicos del Lewiston, los jugadores del Bangor, vestidos con una gran variedad de pantalones demasiado anchos y camisetas indescriptibles, parecen unos excéntricos. Pero al lado de los demás equipos parecen unos auténticos golfos. Nadie, a excepción tal vez de los entrenadores del Bangor y los propios jugadores, los toma demasiado en serio. En su primer artículo sobre el torneo, el periódico local habla más de Sturgis, del Belfast, que de todos los jugadores del Bangor juntos.

Dave, Neil y Saint, el extraño pero eficaz equipo de cerebros que ha llevado el equipo tan lejos, observan a los jugadores del Belfast practicar el bateo y la recepción sin hablar mucho. Los muchachos del Belfast están imponentes en sus nuevos uniformes violetas y blancos, uniformes que no han tenido una sola mancha de tierra hasta hoy.

—Bueno, por fin hemos llegado hasta aquí —comenta Dave—. Al menos hemos conseguido esto. Y ahora, que nos quiten lo bailado.

El Bangor West procede del distrito en que se celebra el torneo este año, y el equipo no tendrá que jugar hasta que dos de los cinco equipos hayan quedado eliminados. Esto se denomina primera ronda, y de momento es la mayor ventaja, tal vez la única con la que cuenta el equipo. En su distrito todo el mundo los consideraba campeones, salvo tras aquel espantoso partido contra el Hampden, pero Dave, Neil y Saint llevan suficiente tiempo en esto como para saber que se enfrentan a un nivel totalmente distinto de béisbol. El silencio que guardan mientras observan a los jugadores del Belfast es buena prueba de ello.

En cambio, el York ya ha encargado pins del Distrito 4. Intercambiar pins es una tradición en los torneos regionales, y el hecho de que el York ya haya encargado un gran lote dice mucho de su actitud. Dice que el York tiene intención de jugar en Bristol con lo mejor de la Costa Este. Los pins dicen que no creen que el Yarmouth pueda impedírselo; ni el Belfast con su niño prodigio zurdo; ni el Lewiston, que consiguieron llegar a trompicones hasta el campeonato del Distrito 2 a través de la escalera de los perdedores, tras perder su primer partido por 15 a 12; y menos que nadie esos catorce mequetrefes mal vestidos de la parte oeste de Bangor.

—Al menos tendremos la oportunidad de jugar —interviene Dave—, e intentaremos hacer que recuerden que hemos pasado por aquí.

Pero antes de eso, Belfast y Lewiston tienen su oportunidad de jugar, y una vez la orquesta Boston Pops ha emitido una versión grabada del himno nacional y un escritor local de cierto prestigio ha efectuado el primer lanzamiento de rigor, que por cierto se estrella contra la valla protectora, ambos equipos se zambullen en el partido.

Los periodistas de la zona especializados en deportes han gastado ríos de tinta en el tema de Stanley Sturgis, pero no se permite la entrada de periodistas en el campo una vez iniciado el partido (una circunstancia causada por un error en la redacción original de las reglas, parecen pensar algunos de ellos). Una vez el árbitro ha dado la señal de poner la pelota en juego, Sturgis se queda solo. Los periodistas, las autoridades y toda la liga de hinchas del Belfast se encuentran ahora al otro lado de la valla.

El béisbol es un deporte de equipo, pero solo hay un jugador con una pelota en el centro del diamante, y un jugador con un bate en el punto más bajo del diamante. Los jugadores se turnan al bate, pero el lanzador siempre es el mismo, a menos que no pueda más, claro está. Hoy Stan Sturgis descubrirá la dura realidad de los torneos; tarde o temprano, todo niño prodigio se topa con la horma de su zapato.

Sturgis eliminó a treinta jugadores en sus dos partidos anteriores, pero aquello sucedió en el Distrito 2. El equipo al que se enfrenta el Belfast, un puñado de chavales de la Liga de la Avenida Elliot de Lewiston, es harina de otro costal. Los jugadores no son tan voluminosos como los muchachos del York ni defienden con mano tan experta como los chicos del Yarmouth, pero son astutos y persistentes. El primer bateador, Carlton Gagnon, personifica el espíritu perseverante y tenaz del equipo. Consigue una jugada simple, roba la segunda base, llega a tercera a causa de un toque de sacrificio y por fin roba la base de meta por orden del entrenador. En la tercera entrada, cuando el marcador señala 1 a 0, Gagnon consigue otra base, esta vez por error del defensor. Randy Gervais, el bateador que sigue a este prodigio, queda eliminado, pero antes de eso, Gagnon ya ha corrido a segunda gracias a un lanzamiento malo y robado la tercera. Se anota una carrera cuando Bill Paradis, el tercera base, consigue una jugada simple cuando ya hay dos bateadores eliminados.

Belfast se anota una carrera en la cuarta entrada, confiriendo gran emoción al partido por unos instantes, pero entonces Lewiston acaba con ellos y con Stanley Sturgis al anotarse dos carreras en la quinta y cuatro más en la sexta. El resultado final es de 9 a 1. Sturgis elimina a once bateadores por strikes, pero también concede siete golpes buenos, mientras que Carlton Gagnon, el lanzador del Lewiston, elimina a ocho jugadores por strikes y solo concede tres golpes buenos. Al abandonar el campo después del partido, Sturgis parece deprimido y aliviado a un tiempo. Para él ha terminado el espectáculo. Puede dejar de ser un artículo periodístico y dedicarse a ser un niño otra vez. Su expresión indica que ve algunas ventajas en esta circunstancia.

Más tarde, en un duelo de gigantes, el equipo favorito del torneo, el York, derrota al Yarmouth. Todo el mundo se marcha a casa, o en el caso de los equipos visitantes, a sus moteles o a casa de sus familias de acogida. Mañana viernes jugará por primera vez el Bangor West, mientras York espera para enfrentarse al ganador en la final.

El viernes amanece caluroso, cubierto de niebla y nubes. Amenaza lluvia desde primeras horas de la mañana, y una hora antes de la señalada para el inicio del partido entre el Bangor West y el Lewiston, empieza a llover, en efecto; de hecho, empieza a llover a cántaros. El día en que cayó la tormenta en Machias, el partido fue cancelado. Aquí no. Se trata de un campo diferente, que cuenta con un diamante de hierba y no de tierra, pero no es este el único factor. La razón principal es la televisión. Este año, dos canales de televisión han unido por primera vez sus recursos para retransmitir la final del torneo a todo el estado el sábado por la tarde. Si la semifinal entre el Bangor y el Lewiston se pospone, se producirán conflictos de horario, y ni siquiera en Maine, ni siquiera en el más aficionado de los deportes aficionados se juega con los horarios de los medios de comunicación.

Así pues, el Bangor West y el Lewiston no reciben la orden de retirarse cuando llegan al campo. En lugar de ello, esperan en coche o se amontonan en pequeños grupos bajo los toldos de lona rayada del chiringuito de refrescos y golosinas para esperar a que cambie el tiempo. Y esperan. Y esperan. Por supuesto, los chicos empiezan a inquietarse. Muchos de ellos jugarán partidos más importantes antes de que termine su carrera deportiva, pero hasta la fecha, este es el partido más importante para todos ellos; están sobrecargados de adrenalina.

Por fin a alguien se le ocurre una idea luminosa. Tras un par de rápidas llamadas, dos autobuses escolares de Old Town, cuyo brillante color amarillo destaca aún más en el chaparrón, se detienen ante el Club de los Alces, y los jugadores suben para dirigirse a una visita a la fábrica de canoas de Old Town, así como a la fábrica de papel James River. (La empresa James River es el comprador más importante de espacios publicitarios durante la retransmisión de la final del campeonato.) Los jugadores no parecen excesivamente felices al subir a los autobuses; ni tampoco parecen excesivamente felices al regresar. Cada jugador lleva un remo de canoa, del tamaño indicado para un elfo de constitución robusta. Un recuerdo de la fábrica de canoas. Ninguno de los chicos parece saber qué hacer con los remos, pero más tarde, al revisar el foso, compruebo que todos ellos han desaparecido, al igual que los banderines del Bangor tras el primer partido contra el Millinocket. Recuerdos gratuitos, qué bien.

Y por lo visto, el partido se jugará a fin de cuentas. En algún momento dado, tal vez mientras los jugadores de la Pequeña Liga contemplaban cómo los trabajadores de la empresa James River convertían árboles en papel higiénico, ha dejado de llover. El campo ha absorbido bien el agua, el montículo del lanzador y las plataformas de los bateadores han sido espolvoreados con una sustancia secante y ahora, escasos minutos después de las tres de la tarde, un tímido sol empieza a asomar por entre las nubes.

Los jugadores del Bangor West han vuelto de la excursión bastante apáticos. Nadie ha lanzado ni bateado ni corrido una sola base, pero todo el mundo parece cansado. Los jugadores se dirigen hacia el campo de entrenamiento sin mirarse, con los guantes colgando en los extremos de sus brazos caídos. Caminan como perdedores; hablan como perdedores.

En lugar de echarles un sermón, Dave los pone en fila y empieza a jugar con ellos su particular versión de la recepción rápida. Al cabo de unos instantes, los jugadores del Bangor West ya se están abucheando, burlando unos de otros, intentando efectuar recepciones dignas de acróbatas, gruñendo y maldiciendo cuando Dave decreta error y los envía al final de la fila. Y entonces, cuando Dave está a punto de dar por terminado el calentamiento y enviar a los chicos a practicar el bateo con Neil y Saint, Roger Fisher se aparta de la fila y se inclina hacia delante con el guante sobre la barriga. Dave se acerca a él de inmediato con la sonrisa trocada en una expresión de preocupación. Le pregunta a Roger si se encuentra bien.

—Sí —responde Roger—. Solo quería coger esto.

Se inclina un poco más con expresión concentrada, coge algo de la hierba y se lo da a Dave. Es un trébol de cuatro hojas.

En los partidos de campeonato de la Pequeña Liga, el equipo local siempre se determina arrojando una moneda al aire. Dave suele tener mucha suerte en eso, pero hoy pierde, por lo que Bangor es designado equipo visitante. No obstante, a veces no hay mal que por bien no venga, y eso es lo que sucede hoy. La razón es Nick Trzaskos.

La habilidad de todos los jugadores ha aumentado durante las seis semanas que llevan de temporada, pero en algunos casos, también la actitud ha mejorado. Nick empezó la temporada atado al banquillo pese a su probada eficacia como defensor y su potencial como bateador; su miedo al fracaso le impedía estar preparado para jugar. Pero poco a poco ha aprendido a confiar en sí mismo, y Dave está dispuesto a ponerlo en juego.

—Nick ha aprendido por fin que los demás chicos no van a meterse con él si deja caer una pelota o queda eliminado al bate —comenta St. Pierre—. Para un chico como Nick, eso ya es mucho.

En el partido de hoy, Nick envía el tercer lanzamiento al fondo del campo. Se trata de un golpe de línea fuerte y alto que desaparece antes de que el centro tenga tiempo de girarse a mirar, por no hablar de correr para atrapar la bola. Cuando Nick Trzaskos rodea la segunda base y reduce la velocidad para trotar hacia la base de meta con esos andares que todos estos chicos han visto tantas veces en la tele, los espectadores sentados detrás de la valla protectora presencian un espectáculo poco corriente; Nick está sonriendo. Cuando cruza la base de meta y sus sorprendidos y jubilosos compañeros lo alzan a hombros, Nick se echa a reír. Cuando entra en el foso, Neil le da unas palmaditas en la espalda, y Dave Mansfield, un breve abrazo de oso.

Nick completa lo que Dave ha empezado con su juego de recepción; todos los jugadores están completamente despiertos y preparados para ir al grano. Matt Kinney concede una base a Carl Gagnon, el prodigio que inició el proceso de desmoronamiento de Stanley Sturgis. Gagnon avanza a segunda gracias a un toque de sacrificio de Ryan Stretton, sigue hasta tercera a causa de un lanzamiento malo y se anota una carrera a causa de otro lanzamiento malo. Se trata de una repetición casi exacta de su jugada durante el partido contra el Belfast. El control de Kinney deja algo que desear esta tarde, pero la carrera de Gagnon es la única que el equipo de Lewiston consigue en la primera entrada. Mala suerte para ellos, pues el Bangor West sale a batear en la primera mitad de la segunda entrada.

Owen King abre la entrada con una jugada simple. Arthur Dorr consigue otra; Mike Arnold va a primera cuando el receptor del Lewiston, Jason Auger, recoge el toque sorpresa de Arnold y lo lanza sin ton ni son a primera base. King se anota una carrera gracias al error, por lo que el Bangor West se adelanta en el marcador por 2 a 1. Joe Wilcox, el receptor del Bangor, golpea una pelota floja para llenar las bases. Nick Trzaskos queda eliminado por strikes en su segundo turno, por lo que Ryan Iarrobino sale a batear. Ha quedado eliminado en su primer turno, pero ahora no. Convierte el primer lanzamiento de Matt Noyes en un golpe que permite anotar cuatro carreras de golpe, y tras una entrada y media, el marcador señala Bangor 6, Lewiston 1.

Hasta la sexta entrada, el partido es un auténtico trébol de cuatro hojas para el Bangor West. Cuando el Lewiston sale a batear por lo que los hinchas del Bangor esperan que sea la última vez, pierde por 9 a 1. El prodigio, Carlton Gagnon, es el primero en batear y consigue una base gracias a un error. El siguiente bateador, Ryan Stretton, también consigue una base a causa de un error. Los hinchas del Bangor, que hasta ahora han estado vitoreando a su equipo como locos, parecen ahora un poco inquietos. Es difícil perder cuando se gana por ocho carreras, pero no imposible. Estas gentes del norte de Nueva Inglaterra son hinchas de los Red Sox. Lo han visto muchas veces.

Bill Paradis no hace más que empeorar las cosas al conseguir una jugada simple. Tanto Gagnon como Stretton alcanzan la base de meta. El marcador se sitúa en 9 a 3, con un corredor en primera y ningún bateador eliminado. Los hinchas del Bangor se remueven en sus asientos y se miran inquietos. *No puede escapársenos el partido a estas alturas, ¿verdad?*, dicen sus miradas. Pero la respuesta es que sí, por supuesto que sí. En la Pequeña Liga puede suceder cualquier cosa, y con frecuencia sucede.

Pero no esta vez. Lewiston se anota otra carrera, pero nada más. Noyes, que quedó eliminado tres veces por Sturgis, queda eliminado por tercera vez en el partido de hoy, por lo que ya solo quedan dos por eliminar. Auger, el receptor del Lewiston, envía el primer lanzamiento al interbase, Roger Fisher. Roger no ha logrado atrapar la pelota de Carl Gagnon en la primera mitad de la entrada, pero recibe esta con facilidad y se la pasa a Mike Arnold, quien a su vez se la lanza a Owen King, situado en primera. Auger es lento, y King tiene los brazos muy largos. El resultado es una jugada doble que sentencia el partido. No se ven muchas jugadas dobles en el mundo hecho a escala de la Pequeña Liga, donde la distancia entre bases es de tan solo veinte metros, pero Roger ha encontrado un trébol de cuatro hojas antes del partido. Si hay que atribuir la victoria a algo, ¿por qué no a eso? Pero se atribuya a lo que se atribuya, los chicos del Bangor han ganado otro partido por 9 a 4.

Mañana deberán enfrentarse a los gigantes del York.

Es el 5 de agosto de 1989, y en el estado de Maine, solo veintinueve chicos siguen en el torneo de la Pequeña Liga; catorce en el Bangor y quince en el York. El día es una réplica casi exacta del día anterior; caluroso, con niebla y amenazador. El partido debería empezar a las doce y media, pero los cielos han vuelto a abrirse, y a las once todo parece indicar que el partido será cancelado, que tendrá que ser cancelado. Llueve a cántaros.

Sin embargo, Dave, Neil y Saint prefieren no correr ningún riesgo. A ninguno de ellos le gustó la apatía que los muchachos mostraron ayer al regreso de la excursión, y no tienen intención de permitir que se repita. Nadie quiere acabar depositando todas las esperanzas en un partido de recepción rápida ni en un trébol de cuatro hojas. Si se juega el partido (y la televisión es una motivación muy poderosa, por muy mal tiempo que haga) deberá ser para ir a por todas. Los vencedores van a Bristol; los perdedores vuelven a casa.

Así pues, una cabalgata improvisada de furgonetas y coches familiares conducidos por entrenadores y padres se reúne junto al campo situado tras la fábrica de Coca-Cola, y el equipo recorre los quince kilómetros que separan el estadio de la casa de campo de la Universidad de Maine, una especie de cobertizo en el que Neil y Saint hacen entrenarse a los jugadores hasta que están empapados en sudor. Dave se ha encargado de que los jugadores del York también puedan utilizar el cobertizo, y cuando el Bangor sale al día nublado, los jugadores del York, enfundados en sus elegantes uniformes azules, entran en fila india.

El chaparrón se ha convertido en llovizna a las tres de la tarde, y el personal del campo trabaja a marchas forzadas para volver a poner el terreno en condiciones. Cinco plataformas improvisadas de televisión se alzan sobre estructuras metálicas alrededor del campo. En un estacionamiento cercano hay un enorme camión con las palabras UNIDAD MÓVIL DE LA TELEVISIÓN DE MAINE pintadas en un costado. Gruesos manojos de cables sujetos con bridas de cinta aislante se extienden desde las cámaras y la cabina provisional del anunciador hasta la parte posterior del camión. Una de las puertas está abierta, y en el interior del vehículo brillan numerosos monitores.

Los jugadores del York todavía no han regresado de la casa de campo. Los chicos del Bangor West practican lanzamientos al otro lado de la valla izquierda, más que nada para tener algo que hacer y dominar el nerviosismo; desde luego, no necesitan calentarse más después de la dura hora que han pasado en la universidad. Los cámaras esperan en sus torres y observan al personal del campo intentar librarse del agua.

El campo exterior está ya en buenas condiciones, y los bordes del cuadro han sido rastrillados y espolvoreados con secante. El verdadero problema reside en la zona entre la base de meta y el montículo del lanzador. Antes de empezar el torneo se plantó hierba nueva en esta parte del diamante, por lo que las raíces no han tenido tiempo de salir y crear un drenaje natural. Por consiguiente, toda esta zona es un auténtico lodazal, un lodazal que se extiende hasta la tercera base.

Alguien tiene una idea, una idea brillante que consiste en retirar buena parte del cuadro dañado. Mientras se procede a ello llega un camión del Instituto de Old Town, del que se descargan dos aspiradoras industriales. Al cabo de cinco minutos, el personal de campo empieza a aspirar el subsuelo del cuadro. La idea funciona. A las tres y veinticinco, los trabajadores del campo vuelven a colocar pedazos de césped que parecen grandes piezas de un rompecabezas verde. A las cuatro menos veinticinco, una profesora de música de la ciudad entona una deliciosa versión del himno nacional acompañada por una guitarra acústica. A las cuatro menos veintitrés, Roger Fisher, elegido por Dave para ser el primer lanzador en ausencia de Mike Pelkey, se está calentando. ¿Ha tenido el hallazgo de Roger algo que ver con la decisión de Dave de nombrarlo primer lanzador en lugar de a King o a Arnold? Dave se lleva el dedo a un lado de la nariz y esboza una sonrisa de complicidad.

A las cuatro menos veinte llega, por fin, el árbitro.

—Adelante, receptor —dice con brusquedad.

Joey obedece. Mike Arnold efectúa el toque inicial al corredor imaginario y a continuación envía la pelota a realizar su rápido trayecto alrededor del cuadro. Una audiencia televisiva que se extiende desde New Hampshire hasta las Provincias Marítimas de Canadá contempla a Roger juguetear nervioso con las mangas de su jersey verde y la camiseta gris de calentamiento que lleva debajo. Owen King le pasa la pelota desde primera base. Fisher la atrapa y se la apoya contra la cadera.

—Pelota en juego —indica el árbitro.

Se trata de unas palabras que los árbitros llevan diciendo a los jugadores de la Pequeña Liga desde hace cincuenta años; Don Bouchard, el receptor del York y primer bateador, entra en la plataforma de bateo. Roger se dirige a la posición de lanzamiento y se prepara para efectuar el primer lanzamiento de la final del campeonato estatal de 1989.

Cinco días antes:

Dave y yo llevamos a los lanzadores del Bangor West a Old Town. Dave quiere que sepan la sensación que produce el montículo del lanzador antes de que vayan a jugar el partido. Puesto que Mike Pelkey ya no forma parte del equipo, el grupo consiste en Matt Kinney (para cuyo triunfo sobre el Lewiston todavía faltan cuatro días), Owen King, Roger Fisher y Mike Arnold. Salimos tarde, y mientras los cuatro chicos se turnan para lanzar, Dave y yo nos sentamos en el foso del equipo visitante, observando a los muchachos mientras la luz abandona lentamente el cielo estival.

En el montículo, Matt Kinney está lanzando potentes pelotas en curva a J. J. Fiddler. En el foso del equipo local, al otro lado del diamante, los otros tres lanzadores, que ya han acabado sus ejercicios, están sentados en el banco con algunos compañeros de equipo que los han acompañado. Aunque tan solo me llegan retazos de la conversación, me percato de que hablan principalmente de la escuela, un tema que surge con creciente frecuencia durante el último mes de las vacaciones de verano. Hablan de profesores pasados y futuros, de anécdotas que forman parte integrante de la mitología de su adolescencia; la profesora que perdió los estribos durante el último mes de clase porque su hijo había tenido un accidente de coche; el entrenador de primaria loco (hacen que parezca una combinación mortífera de Jason, Freddy y Leatherface); el profesor de ciencias que, al parecer, arrojó a un chico con tal fuerza contra su taquilla que el pobre perdió el conocimiento; el tutor que te da dinero para la comida si te la olvidas, o si dices que te la has olvidado. Apócrifos de la escuela secundaria, cosas fuertes que los chicos comentan con fruición mientras el anochecer empieza a cernirse sobre ellos.

Entre los dos fosos, la pelota es un destello blanco que Matt lanza una y otra vez. Su ritmo constituye una suerte de hipnosis; posición, movimiento, lanzamiento. Posición, movimiento, lanzamiento. Posición, movimiento, lanzamiento. El guante de J. J. cruje en cada recepción.

—¿Qué se llevarán consigo? —pregunto a Dave—. Cuando todo haya terminado, ¿qué se llevarán consigo? ¿Qué crees que significa para ellos todo esto?

Dave adopta una expresión entre sorprendida y pensativa. A continuación se vuelve para mirar a Matt y sonríe.

—Pues se llevarán unos a otros —dice.

No es la respuesta que había esperado, desde luego que no. Hoy he leído un artículo sobre la Pequeña Liga en el periódico, uno de esos articulitos que, por lo general, se pierden en el desierto sembrado de anuncios que hay entre las esquelas y el horóscopo. Dicho artículo resumía los descubrimientos de un sociólogo que había pasado una temporada controlando a jugadores de la Pequeña Liga y siguió su evolución durante un breve período posterior a los partidos. Quería averiguar si el deporte hacía lo que afirman los defensores de la Pequeña Liga, es decir, transmitir antiguos valores americanos tales como el juego limpio, el trabajo duro y la virtud de la labor en equipo. El tipo que realizó el estudio llegaba a la conclusión de que así era, en parte, pero que la Pequeña Liga apenas cambiaba la vida individual de los jugadores. Los niños más problemáticos seguían siendo niños problemáticos cuando la escuela volvía a empezar en septiembre; los buenos alumnos seguían siendo buenos alumnos; el payaso de la clase (léase Fred Moore), que se reservaba los meses de junio y julio para dedicarse seriamente al béisbol, seguía siendo el payaso de la clase el Día del Trabajo. El sociólogo indicaba que había excepciones; en ocasiones, un juego excepcional daba lugar a cambios excepcionales. Pero en líneas generales, afirmaba este hombre, los chicos volvían al colegio igual que habían salido.

Supongo que la confusión que he sentido ante la respuesta de Dave se debe a que lo conozco y sé que es un defensor casi fanático de la Pequeña Liga. Estoy seguro de que ha leído el artículo, y esperaba que se pusiera a refutar las conclusiones del sociólogo tras emplear mi pregunta como trampolín. En cambio, lo que ha hecho es soltar uno de los clichés más manidos del mundo deportivo.

En el montículo, Matt sigue lanzando pelotas a J. J., ahora con mucha más fuerza. Ha encontrado ese punto místico que los lanzadores llaman el «ritmo», y aunque tan solo se trata de un entrenamiento informal, destinado a que los chicos se familiaricen con el campo, le cuesta dejarlo.

Pregunto a Dave si puede explicarse un poco mejor, pero no se lo pido con demasiado énfasis, pues hasta cierto punto tengo la impresión de que me va a bombardear con una salva hasta ahora insospechada de clichés: los búhos jamás vuelan de día; los ganadores nunca renuncian y los que renuncian nunca ganan; aprovecha toda ocasión; tal vez incluso, Dios nos libre, un pequeño hummm, muñeca.

—Míralos —dice Dave sin dejar de sonreír.

Algo en su sonrisa sugiere que tal vez me está leyendo el pensamiento.

—Míralos bien.

Los miro bien. Hay unos seis chicos sentados en el banco, todavía riendo y contándose batallitas de la escuela. Uno de ellos se aparta de la conversación para pedir a Matt Kinney que lance una pelota en curva, y Matt lo hace... Lanza una pelota curvada con un efecto especialmente retorcido. Los chicos del banco estallan en carcajadas y lo vitorean.

—Mira a esos dos chicos —señala Dave—. Uno de ellos es de buena familia. El otro no tanto.

Se mete algunas pipas de girasol en la boca y a continuación señala a otro chico.

—O ese. Nació en uno de los peores barrios de Boston. ¿Crees que conocería a chicos como Matt Kinney o Kevin Rochefort si no fuera por la Pequeña Liga? No asisten a las mismas clases en la escuela, por lo que no se dirigirían la palabra en los pasillos, no tendrían ni la menor idea de que el otro está vivo.

Matt lanza otra pelota curva, tan difícil que J. J. no puede con ella. La pelota rueda hasta la valla protectora, y cuando J. J. se incorpora para ir a buscarla, los chicos del banco vuelven a vitorear ruidosamente.

—Pero esto lo cambia todo —prosigue Dave—. Estos chicos han jugado juntos y han ganado el campeonato del distrito juntos. Algunos proceden de familias acomodadas, y un par de ellos son de familias más pobres que las ratas, pero cuando se ponen el uniforme y cruzan la línea de tiza dejan todo eso al otro lado. Las notas de la escuela no te ayudan en el campo, ni lo que hacen tus padres, ni lo que no hacen. En el campo, lo que sucede es asunto exclusivo del chico. Y hacen todo lo que está en sus manos. El resto... —Dave agita una mano—. El resto queda olvidado durante el juego. Y lo saben. Míralos si no me crees, porque la prueba salta a la vista.

Miro al otro lado del campo y veo a mi propio hijo

y a uno de los chicos a los que Dave ha mencionado sentados con las cabezas muy juntas, hablando de algo con gran seriedad. De repente se miran asombrados y estallan en carcajadas.

—Han jugado juntos —prosigue Dave—. Han entrenado juntos día tras día, y probablemente, eso es más importante que los partidos. Y ahora van a ir al campeonato estatal. Incluso tienen posibilidades de ganarlo. No creo que lo ganen, pero da igual. Estarán ahí, y eso basta. Incluso aunque Lewiston los elimine en la primera ronda, eso basta. Porque es algo que han hecho juntos dentro del campo. Y eso lo recordarán. Recordarán la sensación que eso produce.

—En el campo —repito.

Y en ese momento, lo entiendo todo, veo la luz. Dave Mansfield cree en este viejo cliché. Y no solo eso, sino que además puede permitirse creer en él. Tal vez estos clichés resulten huecos en las ligas importantes, donde cada semana o cada dos un jugador da positivo en las pruebas antidoping, donde el jugador autónomo es Dios, pero esto no es una liga importante. Aquí, Anita Bryant canta el himno nacional a través de destartalados altavoces atados a las vallas que hay detrás de los fosos. En lugar de pagar entrada para ver el partido, uno pone algo en el sombrero cuando lo pasan. Si quiere, claro está. Ninguno de estos chicos va a pasar la temporada baja dedicándose al béisbol de exhibición en Florida con hombres de negocios obesos, ni firmando cromos de béisbol carísimos en exhibiciones, ni haciendo apariciones públicas por dos mil pavos la noche. Cuando todo es gratis, sugiere la sonrisa de Dave, tienen que devolverte los clichés, dejar que vuelvas a poseerlos. Se te permite volver a creer en Red Barber, John Tunis y el Niño de Tomkinsville. Dave Mansfield cree en lo que dice respecto a que todos los chicos son iguales en el campo, y tiene derecho a creerlo, porque él, Neil y Saint han llevado a los chicos hasta el punto que ellos también lo creen. Los chicos creen en ello. Lo veo en sus rostros mientras están sentados en el foso, al otro lado del diamante. Tal vez por eso Dave Mansfield y todos los demás Dave Mansfields del país hacen esto año tras año. Es un pase gratuito. No de regreso a la infancia, la cosa no funciona así, pero sí de regreso a los sueños.

Dave permanece en silencio durante unos instantes, pensando y sopesando un montón de pipas de girasol que sostiene en la mano.

—No se trata de ganar o perder —explica por fin—. Eso viene más tarde. Se trata de que este año, cuando se encuentren en los pasillos de la escuela o incluso en el camino a la escuela, se mirarán y recordarán. En cierto modo, serán durante largo tiempo el equipo que ganó el campeonato del distrito de 1989.

Dave se vuelve hacia el foso de primera base, envuelto ya en sombras, donde Fred Moore ríe con Mike Arnold. Owen King los mira alternativamente con una sonrisa en los labios.

—Se trata de saber quiénes son tus compañeros de equipo. Las personas de las que dependiste en un momento dado, te gustara o no.

Observa a los muchachos reír y bromear cuatro días antes del inicio del torneo, y por fin alza la voz para ordenar a Matt que lance cuatro o cinco veces más y después lo deje.

No todos los entrenadores que ganan en el lanzamiento de la moneda, como sucede con Dave Mansfield el 5 de agosto por sexta vez en nueve partidos de postemporada, decide que su equipo será el equipo local. Algunos de ellos, como por ejemplo, el entrenador del Brewer, creen que la supuesta ventaja del equipo local es pura ficción, sobre todo en un partido de campeonato, donde ninguno de los dos equipos juega en su propio campo. El argumento para ser el equipo visitante en un partido decisivo es el siguiente. Al inicio de un partido de tales características, ambos equipos están nerviosos. El modo de aprovecharse de dicho nerviosismo, prosigue el razonamiento, consiste en ser los primeros en batear y dejar que el equipo defensivo conceda suficientes bases y cometa suficientes errores como para que el equipo visitante tome las riendas del partido. Si eres el primero en batear y consigues cuatro carreras, concluyen dichos teóricos, te haces con el partido al cabo de poquísimo rato. QED... Es una teoría a la que Dave Mansfield nunca se ha adherido.

—Quiero que seamos los segundos en batear —dice, y para él, ahí se acaba la historia.

Salvo que hoy las cosas son un poco distintas. No solo se trata de un partido de torneo, sino de un importante partido de campeonato, un partido de campeonato televisado, de hecho. Y cuando Roger Fisher echa el brazo hacia atrás y efectúa el primer lanzamiento, el rostro de Dave Mansfield es el de un hombre que espera con todas sus fuerzas no haber cometido un error. Roger sabe que es un primer lanzador de urgencia, que Mike Pelkey estaría en su lugar si no fuera porque en aquel momento estaba estrechándole la mano a Pluto en Disneylandia, pero domina los nervios propios de la primera entrada con tanta maestría como cabía esperar, tal vez incluso un poco más. Se aparta del montículo tras cada devolución del receptor, Joe Wilcox, examina al bateador, juguetea con las mangas de su camiseta y se toma todo el tiempo necesario. Y lo más importante, sabe cuán importante es mantener la pelota en la parte inferior de la zona de strike. La alineación del York es muy fuerte. Si Roger comete un error y lanza una pelota alta, sobre todo en el caso de un bateador como Tar-

465

box, que batea con la misma fuerza con la que lanza, las cosas empezarán a ir muy mal.

Pese a todo, pierde contra el primer bateador del York. Bouchard avanza a primera acompañado por los vítores histéricos de los hinchas del York. El siguiente bateador es Philbrick, el interbase. En una de esas jugadas que con frecuencia sentencian un partido, Roger decide ir a segunda y forzar al primer corredor. En la mayoría de los partidos de Pequeña Liga, ello constituye un error. O bien el lanzador lanza una pelota mala al centro del campo, con lo que el corredor consigue avanzar a tercera, o bien se da cuenta de que el interbase no se ha desplazado para cubrir la segunda y la almohadilla está indefensa. Sin embargo, hoy funciona. St. Pierre ha entrenado a sus chicos muy bien en las posiciones defensivas. Matt Kinney, el interbase de hoy, se encuentra en el lugar indicado. Al igual que el lanzamiento de Roger. Philbrick alcanza primera gracias a un fallo del defensor, pero Bouchard queda eliminado. Esta vez son los hinchas del Bangor West los que rugen de alegría.

La jugada tranquiliza los nervios de la mayor parte de los jugadores de Bangor y da a Roger Fisher la confianza que tanto necesita. Phil Tarbox, el mejor bateador del York además de lanzador estrella, queda automáticamente eliminado a causa de un lanzamiento bajo.

—¡La próxima vez, Phil! —grita un jugador del York desde el banco—. ¡Es que no estás acostumbrado a lanzamientos tan lentos!

Pero la velocidad no es el problema que Roger está planteando a los jugadores del York; es la posición. Ron St. Pierre lleva toda la temporada predicando el evangelio del lanzamiento bajo, y Roger Fisher, Fish, como lo llaman los muchachos, ha sido un alumno callado pero extremadamente atento durante los seminarios de Saint. La decisión de poner a Roger como lanzador y dejar que el Bangor batee en segundo lugar parece bastante acertada cuando el Bangor sale a batear en la segunda mitad de la primera entrada. Observo que varios chicos tocan a Ímpetu, la pequeña sandalia de plástico, cuando entran en el foso.

La confianza..., la del equipo, la de los hinchas y la de los entrenadores, es una cualidad que puede medirse por distintos raseros, pero sea cual sea dicho rasero, el York siempre sale ganando. Los hinchas de su ciudad han colgado una pancarta en los postes inferiores del marcador. YORK A BRISTOL, reza este exuberante «fanograma». Y luego está el asunto de los pins del Distrito 4, ya hechos y listos para intercambiar. Pero el indicador más claro de la profunda confianza que el entrenador del York profesa a sus jugadores es su primer lanzador. Todos los demás equipos, incluyendo el Bangor West, sacaron a su mejor lanzador en primer lugar siguiendo un antiguo axioma del béisbol: si no tienes pareja, no bailas en la fiesta de graduación. Si no ganas los preliminares, no tienes que preocuparte por la final. Solo el entrenador del York contravino esta regla y sacó a su segundo lanzador, Ryan Fernald, en el primer partido, que el equipo jugó contra el Yarmouth. Le salió bien la jugada, aunque por los pelos, porque su equipo ganó al Yarmouth por 9 a 8. Fue una victoria muy ajustada, pero hoy tendrá su recompensa. Ha reservado a Phil Tarbox para el final, y aunque es posible que Tarbox no sea tan bueno como Stanley Sturgis desde el punto de vista técnico, tiene algo en su favor que Sturgis no tenía. Phil Tarbox da miedo.

A Nolan Ryan, probablemente el mejor lanzador de pelotas rápidas de la historia del béisbol, le gusta contar la historia de un partido del torneo Babe Ruth en el que fue lanzador. Dio al primer bateador en el brazo y se lo rompió. Dio al segundo bateador en la cabeza, partiéndole el casco en dos y dejándolo inconsciente durante unos instantes. Mientras atendían al segundo chico, el tercer bateador, pálido y tembloroso, se acercó a su entrenador y le rogó que no lo hiciera batear. «Y no le culpé», añade Ryan.

Tarbox no es Nolan Ryan, pero lanza con fuerza y es consciente de que la intimidación es el arma secreta del lanzador. Sturgis también lanzaba con fuerza, pero siempre pelotas bajas y exteriores. Sturgis es un lanzador cortés. A Tarbox le gusta efectuar lanzamientos altos y ajustados. El Bangor West ha llegado a donde está por su forma de blandir el bate. Si Tarbox consigue intimidarlos les arrebatará los bates de las manos, y si hace esto, el Bangor está acabado.

Nick Trzaskos ni se acerca a la proeza de empezar con una carrera. Tarbox lo elimina con una pelota recta y ajustada que obliga a Nick a apartarse. Nick se vuelve con expresión incrédula hacia el árbitro de base de meta y abre la boca para protestar.

—¡No digas ni una palabra, Nick! —grita Dave desde el foso—. ¡Vuelve aquí!

Nick obedece, pero su rostro ha vuelto a adquirir la acostumbrada expresión huraña. Una vez dentro del foso, arroja el casco bajo el banco con ademán disgustado.

Tarbox intenta eliminar a todo el mundo, pero Ryan Iarrobino está en forma. Ya se ha empezado a hablar de Iarrobino por ahí, y ni siquiera Phil Tarbox, por seguro de sí mismo que parezca, se atreverá a retarlo. Lanza pelotas bajas y exteriores, y por fin le concede una base. También concede una base de Matt Kinney, que sigue a Ryan en el turno al bate, pero a él le lanza de nuevo pelotas altas y ajustadas. Matt tiene unos reflejos fantásticos, y los necesita para evitar que las pelotas de Tarbox lo alcancen, y lo alcancen con fuerza.

Cuando por fin consigue una base, Iarrobino ya se encuentra en segunda gracias a un lanzamiento malo que ha pasado a pocos centímetros del rostro de Matt. A continuación, Tarbox se tranquiliza un poco y consigue eliminar a Kevin Rochefort y Roger Fisher, con lo cual termina la primera entrada.

Roger Fisher sigue trabajando con lentitud y método; juguetea con las mangas de su camiseta entre lanzamientos, se vuelve hacia el defensor del cuadro, de vez en cuando incluso observa el cielo, probablemente en busca de ovnis. Con dos jugadores en bases y uno eliminado, Estes, que ha logrado una base por bolas, echa a correr hacia tercera tras un lanzamiento que rebota en el guante de Joe Wilcox antes de caer al suelo. Joe se recobra con rapidez y lanza la pelota a Kevin Rochefort, que cubre la tercera. La pelota está esperando a Estes cuando llega, por lo que el muchacho regresa al foso. Dos eliminados; Fernald ha avanzado a segunda en la jugada.

Wyatt, el octavo bateador del York, envía una pelota rasa a la parte derecha del cuadro. El avance de la pelota se ve frenado por el estado del terreno. Fisher se abalanza sobre la pelota, al igual que King, el primera base. Roger la atrapa, resbala en la hierba mojada y se arrastra hacia la almohadilla con la pelota en la mano. Wyatt lo adelanta con facilidad. Fernald entra en la base de meta y anota la primera carrera del partido.

Si Roger va a sucumbir, cabe esperar que sucumba ahora. El muchacho observa el cuadro y examina la pelota. Parece preparado para lanzar, pero de repente se aparta del montículo. Por lo visto, está muy molesto con las mangas de su camiseta. Se toma todo el tiempo del mundo ajustándoselas mientras a Matt Francke, el bateador del York, le salen telarañas de tanto esperar. Cuando Fisher se decide por fin a lanzar, tiene a Francke en el bolsillo. El bateador del York envía una pelota fácil a Rochefort, que defiende la tercera base. Rochefort se la pasa a Matt Kinney, forzando a Wyatt. Pese a ello, el York ha anotado primero y vence por 1 a 0 después de una entrada y media.

El Bangor West tampoco se anota ninguna carrera en la segunda carrera, pero pese a ello, se anotan tantos contra Phil Tarbox. El excelente lanzador del York se ha alejado del montículo con la cabeza alta al término de la primera entrada. Pero después de lanzar en la segunda entrada, vuelve al foso cabizbajo, y algunos de sus compañeros lo observan inquietos.

Owen King, el primer bateador en el turno del Bangor West de la segunda entrada, no se deja intimidar por Tarbox, pero es un grandullón mucho más lento que Matt Kinney. Tras tres lanzamientos malos y dos strikes, Tarbox intenta eliminarlo con una pelota interior. La pelota rápida se eleva y entra demasiado. King recibe un tremendo golpe en la axila. Cae al suelo llevándose la mano al lugar del golpe, demasiado asombrado para llorar en el primer momento, aunque presa del dolor, sin lugar a dudas. Por fin llegan las lágrimas, no muchas, pero sí auténticas. King mide más de un metro ochenta y pesa más de cien kilos; es tan voluminoso como un hombre, pero lo cierto es que solo tiene doce años y no está acostumbrado a que le den con una pelota que va a ciento diez kilómetros por hora. Tarbox sale del montículo del lanzador y corre hacia él con el rostro contraído de preocupación y arrepentimiento. El árbitro, que ya se ha agachado junto al jugador caído, le hace señas impacientes para que se aparte. El enfermero que se acerca a la carrera ni siquiera mira a Tarbox. Pero los hinchas sí. Los hinchas lo miran con gran atención.

—¡Sáquenlo antes de que golpee a alguien más! —grita uno.

—¡Por favor, sáquenlo antes de que haga daño de

verdad a alguien! —añade otro, como si un golpe en las costillas no fuera hacerse daño de verdad.

—¡Avíselo, árbitro! —corea una tercera voz—. ¡Eso ha sido adrede! ¡Dígale lo que pasará si vuelve a hacerlo!

Tarbox lanza una mirada a los hinchas, y por un instante, este muchacho, que hasta ahora ha emanado una suerte de serena confianza en sí mismo, parece muy joven y muy inseguro. De hecho, tiene el mismo aspecto que Stanley Sturgis ofrecía cuando se acercaba el fin del partido entre el Belfast y el Lewiston. Mientras regresa al montículo golpea la pelota contra el guante en ademán frustrado.

Entretanto, King ha conseguido incorporarse con ayuda. Tras asegurar a Neil Waterman, al enfermero y al árbitro que quiere seguir en el partido y que puede hacerlo, vuelve a primera base. Los hinchas de los dos equipos le dedican una gran ovación.

Phil Tarbox, que por supuesto no tenía intención alguna de golpear al primer bateador de la alineación en un partido en el que solo había anotada una carrera, demuestra lo mucho que lo ha afectado el episodio lanzando una pelota facilísima a Arthur Dorr. Arthur, el segundo jugador titular más bajito del Bangor West, acepta este inesperado pero agradable regalo enviando la pelota al extremo derecho del campo.

King sale corriendo al oír el sonido del bate. Rodea tercera base, consciente de que no puede anotarse una carrera pero con la esperanza de garantizar a Arthur la segunda base, y en ese momento, las condiciones meteorológicas le juegan una mala pasada. La zona de tercera base sigue húmeda. Cuando King intenta frenar para rodearla, pierde pie y cae de culo. La pelota ha vuelto a Tarbox, y Tarbox no quiere correr riesgos; va a por King, que se esfuerza en vano por incorporarse. Por fin, el jugador más voluminoso del Bangor West levanta los brazos en un elocuente ademán de rendición. Gracias al terreno resbaladizo, Tarbox tiene ahora a un corredor en segunda y un bateador eliminado en lugar de corredores en segunda y tercera sin ningún jugador eliminado. Se trata de una diferencia importante, y Tarbox demuestra que ha recobrado la confianza en sí mismo eliminando a Mike Arnold.

En su tercer lanzamiento a Joe Wilcox, golpea al receptor del Bangor en el codo. En esta ocasión, los gritos de enojo de los hinchas del Bangor son más intensos y han adquirido un matiz amenazador. Algunos de ellos dirigen su ira hacia el árbitro de base de meta y le exigen que expulse a Tarbox. El árbitro, que comprende la situación a la perfección, ni siquiera se molesta en avisar a Tarbox. La expresión consternada que exhibe mientras Wilcox trota tembloroso hacia primera le demuestra que no es necesario. Pero el director del York tiene que salir y tranquilizar al lanzador, indicarle lo que es evidente; que hay dos bateadores eliminados y que la primera base estaba abierta de todos modos. No hay problema.

Pero para Tarbox sí hay un problema. Ha golpeado a dos chicos en esta entrada, y con fuerza suficiente como para que se echaran a llorar. Si eso no fuera un problema, el chico tendría que someterse a un examen psiquiátrico.

El York consigue tres jugadas simples y anotarse dos carreras más en la primera mitad de la tercera, con lo que el marcador se sitúa en 3 a 0. Si estas carreras, ambas merecidas, se hubieran producido en la primera mitad de la primera carrera, el Bangor habría estado en graves apuros, pero cuando entran a jugar, los muchachos del Bangor parecen emocionados y dispuestos. No tienen la sensación de que el partido esté perdido, de que vayan a fracasar.

Ryan Iarrobino es el primer bateador en la segunda parte de la tercera entrada, y Tarbox tiene cuidado con él..., demasiado cuidado. Ha empezado a apuntar la pelota, y la consecuencia es fácil de prever. Cuando la cuenta se sitúa en un strike y dos lanzamientos malos, Tarbox golpea a Iarrobino en el hombro. Iarrobino se vuelve y golpea el suelo con el bate, aunque resulta imposible determinar si lo hace a causa del dolor, la frustración o el enfado. Probablemente las tres cosas. La reacción del público es mucho más fácil de adivinar. Los hinchas del Bangor se han puesto en pie y gritan enfadados a Tarbox y al árbitro. En la sección de los aficionados del York, todo el mundo permanece en un extrañado silencio; no es el partido que esperaban. Mientras regresa al trote a la primera base, Ryan lanza una mirada a Tarbox. Una mirada breve, pero muy clara. *Ya es la tercera vez. Que sea la última.*

Tarbox habla un momento con su entrenador antes de enfrentarse con Matt Kinney. Su confianza se ha hecho añicos, y el primer lanzamiento que efectúa a Matt indica que le apetece tanto seguir lanzando en este partido como a un gato tomar un baño de burbujas. A Iarrobino no le cuesta esfuerzo alguno adelantarse a la pelota que el receptor del York, Dan Bouchard, pasa a segunda base. Tarbox concede una base por bolas a Kinney. El siguiente bateador es Kevin Rochefort. Tras dos intentos fallidos de batear, Roach se tranquiliza y permite que Tarbox cave su tumba un poco más. Tarbox lo hace y concede a Roach una base por bolas tras un strike y un lanzamiento malo. Tarbox ya ha efectuado más de sesenta lanzamientos en tan solo tres entradas.

Roger Fisher también llega a tres lanzamientos malos y dos strikes con Tarbox, que ahora parece confiar tan solo en las pelotas flojas; por lo visto, ha decidido que si tiene que golpear a otro bateador, al menos no lo golpeará con fuerza. Este no es lugar para Fish. Las bases están repletas. Tarbox lo sabe y corre un riesgo calculado, lanzando una pelota, pues cree que Roger no la bateará con la esperanza de lograr una base por bolas. Sin embargo, Roger la batea con fruición y la envía a la zona entre primera y segunda, lo que le vale una jugada simple. Iarrobino se dirige a la base de meta y consigue la primera carrera del Bangor.

Owen King, el jugador que estaba al bate cuando Phil Tarbox ha iniciado su proceso de autodestrucción, es el siguiente bateador. El entrenador del York, que sospecha que Tarbox aún lo hará peor en esta ocasión, ya tiene suficiente. Matt Francke sale a lanzar, y Tarbox se convierte en el receptor del York. Esperando en cuclillas a que Francke termine sus ejercicios de calentamiento, Tarbox parece resignado y aliviado a un tiempo. Francke no golpea a nadie, pero es incapaz de detener la hemorragia. Al final de la tercera entrada, el marcador señala Bangor 5, York 3.

Nos encontramos ya en la quinta entrada. El aire está cargado de humedad grisácea, y la pancarta que proclama YORK A BRISTOL y está sujeta a los postes del marcador empieza a arrugarse. Los hinchas también parecen un poco arrugados y cada vez más inquietos. ¿Realmente irá el York a Bristol? «Bueno, se supone que sí —dicen sus rostros—. Pero estamos en la quinta entrada y todavía perdemos por dos carreras. Dios mío, ¿cómo ha podido pasar?»

Roger Fisher sigue jugando de maravilla, y en la segunda mitad de la quinta, el Bangor West pone lo que parecen ser los últimos clavos del ataúd del York. Mike Arnold empieza la mitad con una jugada simple. Joe Wilcox da un toque de sacrificio y avanza a Moore a segunda, e Iarrobino consigue una jugada doble que permite a Moore anotarse una carrera. Le toca batear a Matt Kinney. Después de que un error avance a Ryan a tercera, Kinney envía una roleta fácil a la interbase, pero el esférico se escapa del guante del defensor del cuadro, por lo que Iarrobino se anota una carrera.

El Bangor West se dirige a sus posiciones de defensa con ademán de júbilo, pues aventaja a sus rivales en el marcador por 7 a 3 y solo necesita tres eliminaciones más para ganar.

Cuando Roger Fisher entra en el montículo para enfrentarse a los bateadores del York en la primera mitad de la sexta, ya ha efectuado setenta y nueve lanzamientos y está cansado. Lo demuestra de inmediato concediendo una base por bolas a Tim Pollack. Dave y Neil ya han visto bastante. Fisher pasa a segunda base, y Mike Arnold, que ha estado realizando ejercicios de calentamiento entre entradas, se dirige hacia el montículo. Por lo general es un buen sustituto, pero hoy no es su día. Tal vez se deba a la tensión, o tal vez a que la humedad de la tierra ha cambiado sus movimientos. Elimina a Francke, pero concede una base por bolas a Bouchard y una jugada doble a Philbrick, mientras que Pollack, el corredor al que Roger ha concedido una base, consigue anotarse una carrera, y Bouchard avanza a tercera. La carrera de Pollack no significa nada por sí sola. Lo importante es que el York ahora tiene corredores tanto en la segunda como en la tercera, y la potencial carrera del empate se acerca a la plataforma. La potencial carrera del empate es alguien con un interés personal en conseguir un buen golpe, porque es la razón principal por la que el York se encuentra a tan solo dos eliminaciones de la derrota. La potencial carrera del empate es Phil Tarbox.

Mike lanza hasta situarse en un lanzamiento malo y un strike antes de lanzar una pelota recta al centro de la plataforma. En el foso del Bangor West, Dave Mansfield hace una mueca y se lleva una mano a la frente en ademán desesperado incluso antes de que Tarbox se disponga a batear. Se oye un golpe sordo cuando Tarbox consigue la hazaña más difícil del béisbol; utilizar el bate redondeado para golpear la pelota redonda justo en el centro.

Ryan Iarrobino sale disparado en el momento en que Tarbox golpea la pelota, pero se queda sin espacio demasiado pronto. La pelota sobrepasa la valla por unos siete metros, rebota en una cámara de televisión y vuelve a caer en el campo. Ryan la contempla desesperado mientras los hinchas del York se vuelven locos, y el equipo entero sale disparado del foso para vitorear a Tarbox, que con su golpe ha conseguido tres carreras además de redimirse de un modo espectacular. En su rostro se aprecia una expresión de satisfacción casi beatífica. Sus extasiados compañeros lo alzan a hombros. De regreso al foso, no permiten que sus pies toquen el suelo.

Los hinchas del Bangor permanecen sentados y en silencio, asombrados ante el terrible giro que ha dado el partido. Ayer, el Bangor flirteó con el desastre; hoy lo han tomado en sus brazos. El ímpetu ha vuelto ha cambiar de bando, y los hinchas temen que esta vez sea para siempre. Mike Arnold conferencia con Dave y Neil. Le están diciendo que regrese al montículo y lance con fuerza, que el partido solo está empatado, no perdido, pero no cabe duda de que Mike tiene la moral por los suelos.

El siguiente bateador, Hutchins, envía una pelota rasa fácil a Matt Kinney, pero Arnold no es el único cuya moral está por los suelos; Kinney, por lo general de lo más fiable, no consigue atrapar la pelota, por lo que Hutchins avanza una base. Rochefort consigue hacerse con la pelota antes de que Andy Estes llegue a tercera, pero Hutchins avanza a segunda gracias a un lanzamiento malo. King atrapa la pelota englobada de Matt Hoyt, con lo que queda eliminado el tercer bateador y el Bangor consigue salir del atolladero.

El equipo tiene la oportunidad de desempatar el partido en la segunda mitada de la sexta, pero no la aprovecha. Fallan contra Matt Francke, por lo que, de repente, el Bangor West se encuentra jugando su primera prórroga de la postemporada, con el marcador empatado 7 a 7.

Durante el partido contra el Lewiston, el mal tiempo acabó por aclararse. Pero hoy no. Mientras el Bangor West pasa a la defensa en la primera mitad de la séptima, el cielo se torna cada vez más oscuro. Son casi las seis, por lo que, incluso bajo estas condiciones, el campo debería aparecer claro y luminoso, pero ha empezado a bajar la niebla. Un vídeo del partido haría pensar que las cámaras de televisión no funcionan; todo parece desvaído, opaco, subexpuesto. Los hinchas en mangas de camisa que llenan las gradas del centro del campo se están convirtiendo en cabezas decapitadas y manos amputadas; solo las camisetas permiten distinguir a Trzaskos, Iarrobino y Arthur Dorr, que se encuentran en el exterior del campo.

Justo antes de que Mike efectúe el primer lanzamiento de la séptima, Neil propina un codazo a Dave y señala al extremo derecho del campo. Dave pide tiempo muerto y corre hacia allí para ver qué le pasa a Arthur Dorr, que está inclinado hacia delante, con la cabeza casi enterrada entre las rodillas.

Arthur alza la mirada algo sorprendido cuando Dave se acerca a él.

—No me pasa nada —contesta a la pregunta que Dave todavía no ha formulado.

—Entonces, ¿qué diablos estás haciendo? —pregunta Dave.

—Estoy buscando tréboles de cuatro hojas —responde Arthur.

A Dave le asombra o le divierte la escena demasiado como para echar una bronca al muchacho. Se limita a decirle que tal vez sería más adecuado dedicarse a buscar tréboles de cuatro hojas después del partido.

Arthur contempla la niebla antes de volver a mirar a Dave.

—Creo que entonces ya estará demasiado oscuro —constata.

Una vez solucionado el problema de Arthur, el partido puede continuar, y Mike Arnold hace un trabajo meritorio, tal vez porque ahora se enfrenta casi exclusivamente a los reservas del York. El York no se anota ninguna carrera, y el Bangor sale a batear en la segunda mitad de la séptima con otra oportunidad de ganar.

Están a punto de conseguirlo. Con las bases repletas y dos eliminados, Roger Fisher envía una pelota fuerte a la línea de primera base. Sin embargo, ahí está Matt Hoyt para hacerse con ella, y los equipos vuelven a cambiar de posiciones.

Philbrick envía un englobado a Nick Trzaskos al comienzo de la octava, y a continuación vuelve a salir Phil Tarbox. Tarbox todavía no ha terminado con el Bangor West. Ya ha recuperado su confianza. Su rostro aparece completamente sereno al encajar el primer strike de Mike. Falla el segundo lanzamiento, una pelota baja que rebota contra el protector de espinilla de Joe Wilcox. Tarbox sale de la plataforma, se pone en cuclillas con el bate entre las rodillas y se concentra. Se trata de una técnica Zen que el entrenador del York ha enseñado a sus muchachos; Francke la ha empleado varias veces en el montículo en momentos críticos... Y lo cierto es que a Tarbox le funciona esta vez... junto con un poco de ayuda por parte de Mike Arnold.

El último lanzamiento de Arnold a Tarbox es una pelota curvada y alta que se dirige justo hacia el lugar en que Dave y Neil no querían ver ningún lanzamiento, y Tarbox la aprovecha a la perfección. La pelota vuela hacia la izquierda del campo y aterriza al otro lado de la valla. No hay ninguna cámara de televisión que la detenga; la pelota va a parar al bosque, y los hinchas del York vuelven a ponerse en pie, entonando cantos de «Phil, Phil, Phil» mientras Tarbox rodea la tercera, cruza la línea y empieza a dar saltos. No solo corre hacia la base de meta, sino que se abalanza sobre ella.

Y por lo visto, eso no es todo. Hutchins consigue una jugada simple y avanza a segunda gracias a un error. Estes envía una a tercera y Rochefort batea mal a segunda. Por suerte, Roger Fisher recibe el apoyo de Arthur Dorr y evita otra carrera, pero ahora hay muchachos del York en primera y en segunda, y el Bangor solo ha eliminado a un bateador.

Dave saca a Owen King a batear, y Mike Arnold pasa a primera. Tras efectuar un lanzamiento malo que avanza a los corredores a segunda y tercera respectivamente, Matt Hoyt envía una pelota rasa a Kevin Rochefort. En el partido que el Bangor perdió contra el Hampden, Casey Kinney fue capaz de volver y convertir la jugada tras cometer un error. Rochefort hace lo mismo, y además a la perfección. Atrapa la pelota, la sostiene durante un instante mientras se asegura de que Hutchins no va a correr hacia la base de meta, y a continuación se la lanza a Mike, adelantando a Matt Hoyt, un corredor lento, por dos pasos. Teniendo en cuenta la dura prueba por la que han pasado los muchachos, se trata de una jugada impresionante. El Bangor West se ha recuperado, y King maneja a Ryan Fernald, que bateó una pelota de tres carreras en el partido contra el Yarmouth, con verdadera maestría, buscando las esquinas, empleando una extraña aunque eficaz táctica lateral como complemento de las pelotas altas. Fernald batea una débil pelota a primera, y así finaliza la mitad. Después de siete entradas y media, el York vence al Bangor por 8 a 7. Seis de las carreras impulsadas del York se deben a Philip Tarbox.

Matt Francke, el lanzador del York, está tan cansado como estaba Fisher cuando Dave ha decidido sustituirlo por Mike Arnold. La diferencia estriba en que

Dave tenía a Mike Arnold y detrás de él, a Owen King. El entrenador del York no tiene a nadie; sacó a Ryan Fernald a lanzar contra el Yarmouth, por lo que no ha podido hacerlo lanzar hoy, y ahora no le queda más que Francke.

El muchacho empieza bien la octava entrada, pues consigue eliminar a King. Arthur Dorr es el siguiente bateador. Ha conseguido un golpe bueno en cuatro turnos, una doble jugada lanzada por Tarbox. Francke, que a todas luces está en apuros pero, al mismo tiempo, resuelto a ganar el partido, se ensaña con Arthur, pero al final le lanza una pelota muy exterior que avanza a Arthur a primera.

Mike Arnold es el siguiente. No ha sido su día en el montículo, pero en la plataforma se porta bien y efectúa un perfecto toque de bola; su intención no es efectuar un toque de sacrificio, sino lograr una jugada simple, que casi consigue. Pero la pelota no se detiene del todo en esa zona blanda que media entre la base de meta y el montículo del lanzador. Francke la atrapa, echa un breve vistazo a segunda base y por fin decide lanzarla a primera. Ahora hay dos jugadores eliminados y un corredor en segunda. El Bangor West está a una eliminación de la derrota.

Joe Wilcox, el receptor, es el siguiente bateador. Tras dos strikes y una bola mala, envía una pelota lenta a la línea de primera base. Matt Hoyt la atrapa, pero un segundo demasiado tarde; la bola ya había cruzado la línea de falta, y el árbitro de primera base está ahí para constatarlo. Hoyt, que ya se disponía a correr hacia el montículo para abrazar a Francke, se limita a devolver la pelota.

Ahora el marcador de Joey es de dos strikes y dos lanzamientos malos. Francke sale de la plataforma del lanzador, alza los ojos hacia el cielo y se concentra. A continuación regresa al montículo y efectúa un lanzamiento alto y fuera de la zona de strike. Joey se dispone a golpearla de todos modos, sin ni siquiera mirar, en un reflejo de autodefensa. El bate golpea la pelota por pura suerte... y aterriza más allá de la línea de falta. Francke vuelve a concentrarse y a continuación vuelve a lanzar... pero mal. Tercer lanzamiento malo.

Se acerca lo que podría ser el lanzamiento del partido. Parece un strike alto, un strike que sentenciará el partido, pero el árbitro decreta bola cuatro. Joe Wilcox trota hacia primera base con una expresión de incredulidad pintada en el rostro. Solo más tarde, en la moviola, se aprecia que el árbitro tenía razón al decretar lanzamiento malo. Joe Wilcox, tan ansioso que sostiene el bate como si fuera un palo de golf hasta el momento del lanzamiento, se pone de puntillas cuando se acerca la pelota, y por eso el lanzamiento parece más alto de lo que es cuando la pelota cruza la plataforma. El árbitro, que no se mueve en ningún momento, descuenta todos los tics nerviosos y toma una decisión digna de cualquier liga importante. Las reglas indican que el bateador no puede encoger la zona de strike agachándose; por la misma regla de tres, no se puede alargar estirándose. Si Joe no se hubiera puesto de puntillas, el lanzamiento de Francke habría ido a parar a la altura del cuello. Así pues, en lugar de convertirse en el tercer bateador eliminado y sentenciar el partido, Joe se convierte en otro corredor en base.

Una de las cámaras de televisión enfocaba a Matt Francke en el momento del lanzamiento, por lo que ha captado una imagen muy interesante. La moviola muestra cómo el rostro de Francke se ilumina cuando la pelota inicia el descenso un instante demasiado tarde como para convertirse en un strike. Alza el puño en ademán de triunfo. En ese momento, se vuelve para dirigirse hacia el foso del York, y el árbitro lo tapa durante un instante. Cuando Francke vuelve a aparecer, su expresión alegre se ha trocado en una de tristeza e incredulidad. No discute la decisión del árbitro, pues a estos niños se les enseña a no hacerlo en la temporada normal y no hacerlo nunca, nunca, nunca en un partido de campeonato, pero lo cierto es que parece estar llorando cuando se prepara para enfrentarse al siguiente bateador.

El Bangor West sigue vivo, y cuando Nick Trzaskos se acerca a la plataforma, los hinchas se ponen de nuevo en pie y empiezan a gritar. Es evidente que Nick espera un regalo de Francke, y por supuesto, lo obtiene. Francke le concede una base por bolas. Se trata de la decimoprimera base que el York concede en este partido. Nick corre a primera, con lo que las bases están repletas, y Ryan Iarrobino sale a batear. En estas situaciones siempre aparece Ryan Iarrobino, y esta jugada no es la excepción. Los hinchas del Bangor West están de pie, vitoreando. Los jugadores están en el foso con los dedos introducidos en los rombos del alambre de la valla.

—No puedo creerlo —exclama uno de los comentaristas de televisión—. No doy crédito al desarrollo de este partido.

—Bueno, te voy a decir una cosa —interviene su compañero—. En cualquier caso, así es como ambos equipos querrían que terminara el partido.

Mientras habla, la cámara ofrece su propia versión del comentario al enfocar la dolorida expresión de Matt Francke. La imagen sugiere que esto es lo último que quería el jugador zurdo del York. ¿Por qué iba a quererlo? Iarrobino ha conseguido dos jugadas dobles y dos simples, además de ser golpeado por una pelota. El York no ha conseguido eliminarlo ni una sola vez. Francke le lanza una pelota alta y exterior, y a continuación una baja. Son sus lanzamientos número 135 y 136. El muchacho está exhausto. Chuck Bittner, el director del

York, lo llama. Iarrobino espera a que termine la breve conversación y a continuación vuelve a entrar en la plataforma.

Matt Francke se concentra con la cabeza echada hacia atrás y los ojos cerrados; parece un polluelo esperando a que le den de comer. Al cabo de un instante se yergue y efectúa el último lanzamiento de la temporada de la Pequeña Liga de Maine.

Iarrobino no ha prestado atención al ejercicio de concentración. Ha bajado la cabeza; solo le interesa saber por dónde le saldrá Francke y no aparta la mirada de la pelota en ningún momento. El lanzamiento es una pelota recta, baja y exterior. Ryan Iarrobino flexiona un poco las rodillas. Blande el bate y golpea la pelota, la golpea con fuerza, y mientras el esférico sale del campo, levanta los brazos con ademán delirante y se abandona a una danza salvaje a lo largo de la línea de primera base.

Matt Francke, que ha estado dos veces a punto de ganar el partido, baja la cabeza sin atreverse a mirar. Y mientras Ryan rodea segunda e inicia el regreso hacia la base de meta, parece comprender por fin lo que ha hecho, y en ese momento empieza a llorar.

Los hinchas están histéricos; los comentaristas están histéricos; incluso Dave y Neil parecen encontrarse al borde de la histeria mientras bloquean la base de meta a fin de que Ryan tenga espacio para tocarla. El muchacho rodea la tercera base y pasa junto al árbitro, que todavía tiene el dedo levantado en señal de que la jugada es carrera.

Detrás de la base de meta, Phil Tarbox se quita la máscara y se aleja. Golpea el suelo con el pie mientras en su rostro se dibuja una expresión de profunda frustración. Sale del campo de visión de la cámara y de la Pequeña Liga para siempre. El año próximo jugará en la liga juvenil, y lo más probable es que juegue muy bien, pero ya no habrá más partidos como este para Tarbox ni para ninguno de estos chicos. Este partido quedará en los anales, como suele decirse.

Entre sollozos y risas, Ryan Iarrobino, que se sujeta el casco con una mano, mientras con la otra apunta al cielo gris, da un salto, llega a la base de meta y a continuación da otro salto que lo lleva directamente a los brazos de sus compañeros, los cuales lo alzan a hombros en ademán de triunfo. El partido ha terminado. El Bangor West ha ganado por 11 a 8. Son los campeones de la Pequeña Liga de Maine de 1989.

Al volverme hacia la valla que se alza tras la primera base me topo con un espectáculo impresionante; un bosque de manos que se agitan. Los padres de los jugadores se han agolpado tras la valla y han pasado las manos por encima para tocar a sus hijos. Muchos de ellos también están llorando. Todos los chicos muestran la misma expresión de jubilosa incredulidad, y todas esas manos, centenares de manos, tengo la impresión, se agitan hacia ellos para felicitarlos, abrazarlos, sentirlos.

Los chicos hacen caso omiso de las manos. Más tarde ya habrá tiempo para palmadas y abrazos. Sin embargo, ahora tienen cosas que hacer. Se ponen en fila para entrechocar las manos con los jugadores del York en la base de meta, como manda el ritual. La mayoría de los chicos de ambos equipos están llorando, algunos con tal fuerza que apenas pueden andar.

A continuación, un instante antes de que los muchachos del Bangor corran hacia la valla en la que los esperan todas aquellas manos, todos ellos rodean a los entrenadores y los abrazan con gesto triunfal. Han logrado ganar el campeonato... Ryan y Matt, Owen y Arthur, Mike y Roger Fisher, descubridor de tréboles de cuatro hojas. En este momento se vitorean unos a otros, y todo lo demás puede esperar. Al cabo de unos minutos se dirigen hacia la valla, hacia sus padres que los esperan entre llantos, risas y gritos, y el mundo inicia su retorno a la normalidad.

—¿Cuánto tiempo seguiremos jugando, entrenador? —preguntó J. J. Fiddler a Neil Waterman después de que el Bangor venciera al Machias.

—J. J. —contestó Neil—, jugaremos hasta que alguien nos detenga.

El equipo que por fin detuvo al Bangor West fue el Westfield, de Massachusetts. El Bangor West jugó contra este equipo en la segunda ronda del campeonato de las regiones del este, el 15 de agosto de 1989. Matt Kinney fue el lanzador del equipo y jugó el partido de su vida, pues eliminó a ocho jugadores, concedió cinco bases, una de ellas intencionada, y tan solo permitió tres golpes buenos. El Bangor West, sin embargo, solo consiguió arrancar un golpe bueno al lanzador del Westfield, Tim Laurita, y el que lo consiguió, por supuesto, fue Ryan Iarrobino. El resultado final fue Westfield 2, Bangor West 1. Cabe destacar la carrera impulsada del Bangor a King, conseguida gracias a una base por bolas en un momento en que las bases estaban repletas. Cabe destacar también la carrera impulsada a Laurita que sentenció el partido, también en un momento en que las bases estaban repletas. Fue un partido de impresión, un partido de puristas, pero no pudo igualar al disputado contra el York.

Fue un mal año para el béisbol profesional. Un jugador muy famoso fue inhabilitado de por vida. Un lanzador retirado mató a su mujer de un disparo antes de suicidarse. El presidente de la liga murió de un ataque al corazón. El primer partido de la Serie Mundial que debía disputarse en el estadio Candlestick tras más de veinte años tuvo que aplazarse a causa de un terremoto que sacudió el norte de California. Pero las ligas importantes son solo una parte de lo que significa el béisbol. En otros lugares y otras ligas, como por ejemplo, la Pequeña Liga, donde no hay jugadores autónomos, ni salarios ni entradas que pagar, el año fue excelente. El campeón del torneo de las regiones del este fue el Trumbull, de Connecticut. El 26 de agosto de 1989, el Trumbull venció al Taiwan y se proclamó campeón de la Serie Mundial de la Pequeña Liga. Era la primera vez que un equipo americano ganaba la Serie Mundial de Williamsport desde 1983, y la primera vez en catorce años que el vencedor procedía de la misma región que el Bangor West.

En septiembre, la división de Maine de la Federación de Béisbol de Estados Unidos nombró a Dave Mansfield entrenador amateur del año.

EL MENDIGO Y EL DIAMANTE

NOTA DEL AUTOR: El señor Surendra Patel, de Scarsdale, Nueva York, fue quien me contó este breve relato, una parábola hindú en su forma original. La he adaptado de un modo bastante libre y pido disculpas a quienes conozcan la versión original, en la que Shiva y su esposa son los personajes protagonistas.

Cierto día, el arcángel Uriel acudió a Dios con una expresión de tristeza pintada en su rostro.

—¿Qué es lo que te acongoja? —le preguntó solícito Dios.

—He presenciado algo muy triste —repuso Uriel al tiempo que señalaba el suelo entre sus pies—. Ahí abajo.

—¿En la Tierra? —inquirió Dios con una sonrisa—. ¡Oh! ¡No es que haya escasez de tristeza precisamente! Bien, veamos.

Se inclinaron juntos a mirar. A lo lejos vieron una figura maltrecha que caminaba arrastrando los pies por una carretera rural en las afueras de Chandrapur. El hombre era muy delgado y tenía las piernas y los brazos cubiertos de llagas. Los perros lo perseguían ladrando, pero él no se volvía para golpearlos con el bastón ni siquiera cuando le mordisqueaban los talones; se limitaba a seguir caminando, arrastrando los pies, cojeando sobre la pierna derecha. En un momento dado, un grupo de chiquillos apuestos y bien alimentados salieron de una gran casa exhibiendo sonrisas maliciosas para arrojar piedras al pobre hombre cuando alargó su escudilla vacía en petición de limosna.

—¡Fuera de aquí, asqueroso! —gritó uno de ellos—. ¡Vete a los campos y muérete!

Al oír aquellas palabras, el arcángel Uriel estalló en sollozos.

—Bueno, bueno —lo tranquilizó Dios al tiempo que le daba una palmadita en el hombro—. Creía que estabas más curtido.

—Y lo estoy —repuso Uriel enjugándose las lágrimas—. Solo que ese tipo de ahí abajo parece resumir todos los problemas que siempre han tenido los hijos e hijas de la Tierra.

—Y así es —replicó Dios—. Es Ramu, y este es su trabajo. Cuando muera, otro ocupará su lugar. Se trata de un trabajo muy honorable.

—Tal vez —dijo Uriel cubriéndose los ojos con un escalofrío—, pero no soporto mirarlo. Su dolor me llena el corazón de tinieblas.

—Aquí no están permitidas las tinieblas —advirtió Dios—, y por tanto debo tomar las medidas necesarias para cambiar lo que las ha cernido sobre ti. Mira, querido arcángel.

Uriel miró y vio que Dios sostenía en la mano un diamante del tamaño de un huevo de pavo.

—Un diamante de este tamaño y calidad alimentará a Ramu durante el resto de su vida y mantendrá a sus descendientes hasta la séptima generación —explicó Dios—. De hecho, es el diamante más valioso del mundo. Y ahora... veamos.

Dios se apoyó en las manos y las rodillas, sostuvo el diamante entre dos algodonosas nubes y lo dejó caer. Tanto él como Uriel siguieron su descenso con gran atención y lo vieron aterrizar en el centro del camino por el que andaba Ramu.

El diamante era tan grande y pesado que Ramu, sin duda, lo habría oído chocar contra el suelo si hubiera sido más joven, pero el oído no le funcionaba bien desde hacía varios años, al igual que los pulmones, la espalda y los riñones. Solo su vista seguía tan aguda como la de un lince, como cuando contaba tan solo veinte años.

Al subir una cuesta del camino sin percatarse del enorme diamante al que el sol arrancaba hermosos destellos, Ramu exhaló un suspiro antes de detenerse e inclinarse hacia delante sobre el bastón cuando el suspiro se convirtió en un acceso de tos. Se aferró al bastón con ambas manos, intentando sofocar la tos, y justo en el momento en que esta empezaba a ceder, el bastón, un palo viejo, seco y casi tan gastado como el propio Ramu, se rompió con un chasquido; Ramu cayó al suelo polvoriento.

Permaneció tendido, mirando al cielo y preguntándose por qué Dios era tan cruel.

«He sobrevivido a todos mis seres queridos —se dijo—. Pero no a aquellos a los que odio. Soy tan viejo y tan feo que los perros me ladran y los niños me arrojan piedras. Hace tres meses que no como más que sobras, y más de diez años que no como un ágape decente en compañía de familiares y amigos. Vago sobre la faz de la Tierra y no hay ningún lugar que pueda llamar hogar. Esta noche dormiré bajo un árbol o un seto, sin techo que me cobije de la lluvia. Estoy cubierto de llagas, me duele la espalda y cuando hago aguas veo sangre donde no debería haber sangre. Mi corazón está más vacío que mi escudilla.»

Ramu se incorporó con lentitud, sin darse cuenta que a menos de veinte metros y una cuesta de distancia, oculto de sus perspicaces ojos, yacía el diamante más grande del mundo, y volvió la mirada hacia el húmedo cielo azul.

—Dios mío, qué mala suerte tengo —exclamó—. No te odio, pero me temo que no eres mi amigo, que no eres amigo de nadie.

Dicho aquello, Ramu se sintió algo mejor y reanudó su renqueante caminata tras detenerse a recoger el trozo más largo del bastón roto. Mientras caminaba empezó a reprocharse la autocompasión que sentía y la desagradecida plegaria que había dicho.

—En realidad, sí tengo algunas cosas por las que sentirme agradecido —razonó—. Hace un día extraordinariamente bello, en primer lugar, y aunque he fracasado en muchos sentidos, sigo gozando de una vista excelente. ¿Qué sería de mí si fuera ciego?

A fin de demostrarse la veracidad de sus palabras, Ramu cerró los ojos y siguió avanzando con el bastón roto extendido ante sí como si fuera ciego. La oscuridad era terrible, sofocante y confusa. Al cabo de unos instantes ya no sabía si seguía avanzando como antes o si, por el contrario, se estaba desviando e iba a precipitarse a la cuneta en cualquier momento. La idea de lo que podría sucederles a sus viejos y frágiles huesos a causa de una caída como aquella lo atemorizaba, pero pese a ello, mantuvo los ojos cerrados y siguió avanzando a tientas.

—Esto es lo que te hacía falta para curarte de tu ingratitud, viejo amigo —se dijo—. Pasarás el resto de tu vida pensando que sí, eres un mendigo, pero que al menos no eres un mendigo ciego, y eso te hará feliz.

Ramu no cayó en la cuneta, aunque sí empezó a desviarse hacia el lado derecho de la carretera al llegar a la cima de la cuesta e iniciar el descenso, y por ello pasó junto al enorme diamante que relucía en el polvo; su pie izquierdo pasó a menos de cinco centímetros de la piedra.

Unos treinta metros más allá, Ramu abrió los ojos. La brillante luz del sol estival inundó su mirada y pareció inundar también su mente. Con un sentimiento de júbilo contempló el cielo azul, los polvorientos campos amarillos, el camino por el que caminaba. Siguió con la mirada y una sonrisa el vuelo de un pájaro de un árbol a otro, y si bien no se volvió ni una sola vez ni vio el enorme diamante que yacía detrás suyo, lo cierto era que había olvidado las llagas y el dolor de espalda que lo atormentaban.

—¡Gracias a Dios por conservarme la vista! —gritó—. ¡Gracias a Dios por esto, al menos! Tal vez vea algo de valor en el camino, una vieja botella que valga algún dinero en el bazar, o incluso una moneda; pero aunque no encuentre nada, veré muchas cosas. ¡Gracias a Dios por conservarme la vista! ¡Gracias a Dios por ser!

Una vez satisfecho, Ramu se puso de nuevo en marcha, dejando atrás el diamante. Dios alargó la mano, lo recogió y volvió a dejarlo en la montaña africana de la que lo había sacado. Casi como idea de último momento (si es que puede decirse que Dios tenga ideas de último momento), rompió una rama de un árbol y la dejó caer en la carretera de Chandrapur, al igual que había dejado caer el diamante.

—La diferencia estriba —explicó Dios a Uriel— en que nuestro amigo Ramu encontrará la rama, la cual le servirá como bastón durante el resto de sus días.

Uriel miró a Dios (en la medida en que alguien, incluido un arcángel, puede mirar ese rostro ardiente) con expresión insegura.

—¿Me has dado una lección, Padre?

—No lo sé —repuso Dios con aire inocente—. ¿Tú qué crees?

AGOSTO EN BROOKLYN

(PARA JIM BISHOP)

En el campo Ebbets crece la maleza
(donde dirigía Alston)
fila a fila
> *mientras el eje diurno declina hacia el crepúsculo*
> *todavía los veo, con ese olor verde*
> *a hierba recién cortada del cuadro, pesado*
> *en el penumbroso fin del día:*
> *realzados por los focos del campo derecho, encendidos*
> *hace nada y ya asaltdos por*
> *batallones de polillas describiendo círculos*
> *y bichos trabajando en el turno de noche;*
> *abajo, ancianos y taxistas fuera de servicio*
> *beben grandes jarras de cerveza en asientos baratos,*
> *este Flatbush tan real como las aterciopeladas*
> *calles de Harlem donde los tocadiscos*
> *exhalan temas de junio del 56.*
En el estadio Ebbets no hay marcha en el cuadro
y los asientos están vacíos, fila a fila
> *Hodges cubre la primera con el guante extendido*
> *para atrapar el lanzamiento de Robinson a tercera,*
> *las plataformas de bateo flotan en la luz fantasmal*
> *de esta velada de viernes repleta de cielo*

(Musial consigue carrera al comienzo, Flatbush
     pierde por dos).
Newcombe se dirige a regañadientes hacia los ves-
     tuarios
bajo una lluvia de palomitas y grandes titulares.
Ahora Carl Erskine lanza con fuerza, pero
Johnny Podres y Clem Labine calientan
por si acaso en el último tramo no puede;
le puede pasar, ya se sabe, a todos les puede pasar
En el estadio Ebbets vienen y van
y juegan las entradas, golpe a golpe
     tiempo muerto en el crepúsculo de la quinta entrada
     a Sandy Amoros le han vertido cerveza en el campo
          derecho
     sin decir nada recoge el vaso y se lo da
     a un empleado del campo que masca tabaco
     mientras los aficionados sin rostro maldicen a am-
          bos equipos en su jugoso dialecto de Brooklyn.
     Pee Wee Reese está en posición entre segunda y ter-
          cera
     Campanella da la señal
     con los ojos cerrados lo veo todo
     huelo las salchichas y la tierra de las ocho
     veo los celestiales tonos del cielo vespertino
     que nadan con los ángeles sobre el estadio y
     Erskine toma impulso, se vuelve y lanza una baja
          interior

NOTAS

Mi bonito pony

A principios de los ochenta, Richard Bachman estaba enfrascado en una novela titulada (lógicamente, supongo) «Mi bonito pony», que trataba de un matón a sueldo de nombre Clive Banning, contratado para reunir una cuadrilla de psicópatas de su misma calaña y asesinar a un grupo de peces gordos de la delincuencia en el curso de una boda. Así lo hacen, y la boda se convierte en un baño de sangre. Pero luego son traicionados por quienes los contrataron, que empiezan a eliminarlos uno por uno. La novela pretende ser la crónica de los desvelos de Banning por escapar del cataclismo que él mismo ha provocado.

Era un libro muy mediocre, surgido en un mal momento de mi vida, cuando muchas cosas que hasta entonces habían ido bien se derrumbaron con terrible estrépito. Richard Bachman murió precisamente en esa época, dejando tras de sí dos fragmentos: una novela casi terminada, titulada *Machine's Way*, escrita con su seudónimo, George Stark, y seis capítulos de «Mi bonito pony». Como albacea literario de Richard, terminé «Mi bonito pony» y reconvertí *Machine's Way* en una novela titulada *La mitad oscura*, que se publicó bajo mi nombre, aunque expresé mi reconocimiento a Richard. En cuanto a «Mi bonito pony», lo tiré…, salvo un breve *flash-back* en que Banning, mientras espera el momento de iniciar el atentado de la boda, recuerda cómo su abuelo le habló de la naturaleza plástica del tiempo. Descubrir ese *flash-back*, tan maravillosamente redondo, casi un relato en sí mismo, tal y como estaba, fue como hallar una rosa en medio de una montaña de basura. Lo robé muy agradecido. Resultó ser una de las pocas cosas buenas que escribí durante un año nefasto.

«Mi bonito pony» se publicó por primera vez en una edición demasiado cara (y demasiado de diseño, según mi humilde opinión) producida por el Museo Whitney. Más tarde apareció en una edición más accesible (pero todavía demasiado cara y demasiado de diseño, según mi humilde opinión) de Alfred A. Knopf. Y aquí, donde me alegro de verlo, pulido y algo más claro, como debería haber sido desde un buen principio. Otro relato más, un pelín mejor que algunos, no tan bueno como otros.

No se equivoca de número

¿Recuerdan cómo empecé, hace un millón de páginas, hablando de *Ripley's Believe It or Not*? Pues bien, casi diría que «No se equivoca de número» debería incluirse en él. La idea que se me ocurrió una noche, volviendo a casa tras comprar un par de zapatos, era como un guión televisivo. Supongo que llegó en formato «visual» porque la retransmisión de una película es uno de los elementos centrales. Lo escribí, casi como está aquí, en dos sesiones, y a finales de semana estaba ya en manos de mi agente de la Costa Oeste, el que se ocupa de las películas. A principios de la semana siguiente, lo leyó Steven Spielberg pensando en una serie de televisión, *Relatos asombrosos*, que estaba produciendo en ese momento pero que todavía no se había empezado a emitir.

Spielberg lo rechazó con el pretexto de que estaba buscando unos *Relatos asombrosos* un poco más alegres. Entonces se lo llevé a Richard Rubinstein, buen amigo y colaborador mío desde hacía años, que en aquel entonces tenía una serie titulada *Tales from the Darkside* en varias cadenas de alcance nacional. No se puede decir que a Richard le disgusten los finales felices; de hecho, creo que le gustan, como a cualquiera, pero nunca le ha asustado un final triste. Después de todo, *Cementerio de animales*, que junto con *Thelma y Louise* es, si mal no recuerdo, la única gran película de Hollywood que termina con la muerte de uno de los protagonistas desde finales de los años setenta, fue posible gracias a él.

Richard compró este relato aquel mismo día y empezó la producción una o dos semanas después. Se emitió por televisión un mes más tarde... como gran estreno de la temporada, si no me falla la memoria. Sigue siendo una de las traducciones del cerebro del autor a la pantalla más rápidas que conozco. Por cierto, esta es la primera versión, un poco más larga y matizada que el guión final para la serie que, por razones de presupuesto, exigía que la acción se desarrollara en dos escenarios. Figura aquí como otro tipo de narración... distinto, pero tan válido como cualquier otro.

La Gente de las Diez

Un día del verano de 1992 paseaba por el centro de Boston, buscando una dirección que parecía esquivarme. Di con el lugar, finalmente, pero antes tropecé con esta historia. Eran sobre las diez de la mañana cuando seguía el rastro de la dirección y reparé en unos grupos de personas congregadas delante de rascacielos de lujo. Pero los grupos eran sociológicamente discordantes. Carpinteros codeándose con hombres de negocios, porteros de tertulia con mujeres peinadas con elegancia y vestidas de punta en blanco, mensajeros pasando el rato con secretarias de dirección...

Tras media hora de cavilaciones sobre estos grupos, grupos que Kurt Vonegut nunca llegó a imaginar, se hizo la luz en mi mente; para un determinado tipo de ciudadano estadounidense, la adicción ha transformado el descanso para el café en descanso para el cigarrillo. Ahora que los rascacielos de lujo son zonas de no fumadores, los estadounidenses están protagonizando uno de los cambios más espectaculares del siglo veinte. Estamos purgando calladamente nuestra mala costumbre, con el resultado de la aparición de algunas bolsas de comportamiento sociológico más bien excéntricas. Los que se resisten a abandonar su vicio, la «Gente de las Diez», son un ejemplo de ello. Este relato no va más allá de ser un simple pasatiempo. Sin embargo, confío en que aporte algo interesante sobre la ola de cambio que, al menos temporalmente, ha hecho renacer algunas facetas del segregacionismo (las «instalaciones juntas pero separadas») de las décadas de los cuarenta y los cincuenta.

La casa de Maple Street

¿Recuerdan a Richard Rubinstein, mi amigo productor? Fue quien me envió el primer ejemplar de *The Mysteries of Harris Burdick*, de Chris van Allsburg, con una nota en que decía, con su letra puntiaguda: «Te gustará». Eso era todo y, en realidad, no era necesario decir más. Me gustó.

The Mysteries of Harris Burdick es una serie de dibujos, títulos y epígrafes del epónimo Burdick, y los relatos no aparecen por ninguna parte. Cada combinación de dibujo, título y epígrafe es una especie de ficha de test de Rorschach, y acaba configurando más bien un índice de la mente del lector-observador que de las intenciones de Van Allsburg. Una de mis fichas predilectas muestra un hombre con una silla en la mano, dispuesto a todas luces a utilizarla como cachiporra si se tercia, que observa una extraña protuberancia de aspecto orgánico que se alza bajo la moqueta de un salón. El epígrafe reza: «Pasaron dos semanas y volvió a ocurrir».

Teniendo en cuenta mis ideas sobre la motivación, es evidente que me atrae este tipo de cosas. ¿Qué es lo que volvió a ocurrir después de dos semanas? No creo que importe. En nuestras peores pesadillas no hay más que sustitutos de lo que nos persigue hasta hacernos despertar temblando y sudando de miedo y de alivio.

A mi esposa, Tabitha, también le impresionó el libro, y propuso que cada miembro de la familia escribiese un relato inspirándose en una de las fichas. Tabitha escribió el suyo, y nuestro hijo pequeño, Owen, entonces con doce años, escribió otro. Tabby escogió la primera imagen del libro, Owen la del medio, y yo, la última. Con el amable permiso de Chris van Allsburg, he incluido aquí mi contribución. No me queda nada que añadir, excepto que a lo largo de los últimos tres o cuatro años he leído una versión expurgada del relato a chicos de cuarto y quinto curso, y pareció encantarles. Sospecho que lo que les fascina es la perspectiva de enviar al Malvado Padrastro al Más Allá. Es un relato inédito, en razón sobre todo de sus complejos antecedentes, y estoy muy contento de poderlo presentar aquí. ¡Ojalá pudiera incluir también los relatos de mi mujer y de mi hijo!

El quinto fragmento

Bachman de nuevo. O quizá George Stark.

El último caso de Umney

Una descarada imitación, relacionada por ello con «El caso del doctor», pero un poco más ambiciosa. Desde que los descubriera en la universidad, he sido siempre un apasionado de Raymond Chandler y Ross Macdonald (por cierto, me parece instructivo y al mismo tiempo preocupante que, mientras se sigue leyendo y estudiando a Chandler, las elogiadas novelas de Lew Archer, escritas por Macdonald, son en la actualidad rarezas confinadas al reducido círculo de los amantes de la novela negra), y creo que fue precisamente el lenguaje de estas novelas lo que dio rienda suelta a mi imaginación. Me abrió los ojos a una manera radicalmente nueva de mirar, irresistiblemente atractiva para el corazón y la mente del joven solitario que yo era entonces.

Un estilo mortalmente fácil de copiar, como bien han descubierto decenas de novelistas en el curso de los últimos veinte o treinta años. Largo tiempo hice oídos sordos a esa voz chandleriana, porque no tenía dónde utilizarla... nada mío podía decirse en el tono de Philip Marlowe.

Y llegó el día en que sí. «Escribid sobre cosas que conozcáis», nos dicen los Sabios Ancianos, mortecinas estelas de cometas llamados Sterne, Dickens, Defoe o Melville. Por lo que a mí respecta, eso significa la enseñanza, la literatura y la guitarra... aunque no necesariamente por ese orden. En cuanto a mi propia carrera dentro de la carrera de escribir sobre la literatura, me viene a la memoria una frase que oí una noche en boca de Chet Atkins, en *Austin City Limits*. Miró un momento al público después de un par de minutos de infructuosos intentos de afinar su guitarra y dijo: «He tardado veinticinco años en descubrir que esta parte no se me da demasiado bien, pero para entonces ya era demasiado rico para dejarlo».

A mí me ha ocurrido lo mismo. Parece que no me quede más remedio que volver al Pueblo Peculiar (Paraíso del Rock and Roll, Oregon; Gatlin, Nebraska; o Willow, Maine, poco importa), y también parezco condenado a volver a lo que hago. Pero hay una pregunta que me atormenta, me fastidia y no me deja nunca en paz: «¿Quién soy yo cuando escribo? ¿Y usted? ¿Quién es usted? ¿Qué está pasando exactamente? ¿Por qué? ¿Por qué importa?».

Con todos estos interrogantes rondándome por la cabeza, me calé el sombrero a lo Sam Spade, encendí un Lucky (uno metafórico, a estas alturas), y puse manos a la obra. El resultado fue «El último caso de Umney», que es mi relato favorito de este libro. Esta es la primera vez que se publica.

Baja la cabeza

Empecé a escribir por dinero en el ámbito de los deportes (de hecho, durante un tiempo escribí en la sección deportiva del semanario *Lisbon Enterprise*), pero eso no quiere decir que resultara más fácil. Mi proximidad a la selección del Bangor West en el momento en que consiguió, por increíble que parezca, llegar al campeonato estatal, fue un golpe de suerte o del destino, según si se cree o no en la existencia de un poder supremo. Yo me inclino a favor de la hipótesis del poder supremo pero, en cualquier caso, estaba allí únicamente porque mi hijo jugaba en el equipo. Sin embargo, muy pronto, antes que Dave Mansfield, Ron St. Pierre o Neil Waterman, me di cuenta de que algo extraordinario estaba pasando o intentando pasar. Yo no tenía ningún interés especial por escribir sobre el asunto, pero una voz insistía en que debía hacerlo.

La estrategia que sigo cuando siento que me meto en terrenos pantanosos es la más sencilla del mundo; agacho la cabeza y corro tanto como puedo lo más deprisa posible. Es lo que hice en ese caso; iba como loco recabando montones de información, intentando seguir el ritmo del equipo. Durante aproximadamente un mes, fue como vivir inmerso en una de esas novelas sobre deportes tan horteras que todos hemos leído en las salas de estudio para matar tardes aburridas. Noveluchas como *Go up for Glory*, *Power Forward*, y alguna que otra destacable excepción como *The Kid from Tomkinsville*, de John R. Tunis.

Por duro que fuese, «Baja la cabeza» era una de esas oportunidades que se plantean una vez en la vida, y ya antes de que la terminara, Chip McGrath, de *The New Yorker*, me había sacado la mejor obra de no ficción que haya escrito nunca. Le estoy muy agradecido, pero los mayores agradecimientos son para Owen y sus compañeros de equipo que protagonizaron la historia y me permitieron luego publicar mi versión.

Agosto en Brooklyn

Es la pareja de «Baja la cabeza», desde luego, pero la puse aquí, casi al final del libro, por otro motivo más importante; ha escapado de la fastidiosa jaula de la controvertida reputación de su creador, y ha llevado una vida tranquila al margen del mismo. Se han hecho varias reimpresiones en diferentes antologías de curiosidades del béisbol, y parece que los editores que seleccionaron esta obra no tenían la menor idea de quién se supone que soy o hago. Y me encanta.

Bueno. Guárdenlo en la estantería y cuídense mucho hasta que nos volvamos a ver. Lean un par de libros buenos y, si ven caer a algún hermano o hermana suyo, ayúdenlo a levantarse. A lo mejor mañana serán ustedes quienes necesiten una mano... quizá para sacar un maldito dedo del desagüe.

Bangor, Maine
Dieciséis de septiembre de 1992

ÍNDICE

Queremos compartir más momentos contigo.

Únete a la comunidad de Penguin Libros
y encuentra tu siguiente lectura.

Penguin
Random House
Grupo Editorial